A

Gan yr un awdur:

Nofelau:

CWM HIRAETH — tair cyfrol
1. Y Briodas
2. Y Siôl Wen
3. Dyddiau Dyn
ADAR Y GWANWYN
BREUDDWYD RHONABWY JONES
APOLO
GALLT Y GOFAL
THE ANGRY VINEYARD
AMSER I WYLO

Barddoniaeth:

BARDDONIAETH RHYDWEN WILLIAMS
Y FFYNHONNAU
Y CHWYLDRO GWYRDD
YSTLUMOD
DEI GRATIA
YS GWN I
PEDWARAWD
AR Y CYD
(gyda Huw T. Edwards, Mathonwy Hughes
a Gwilym R. Jones)

Dramâu:

ARSWYD Y BYD
MENTRA GWEN
TERESA
Y DIAFOL I DALU
LLEISIAU

AMSER I WYLO

Senghennydd 1913

Rhydwen Williams

Christopher Davies

Cyhoeddwyd gan
Christopher Davies (Cyhoeddwyr) Cyf.,
Blwch Post 403, Sgeti, Abertawe, SA2 9BE.

ISBN 0 7154 0675 2

Argraffwyd gan
Wasg Dinefwr,
Heol Rawlings, Llandybïe, Dyfed.

Dymuna'r cyhoeddwyr gydnabod cymorth Adran Olygyddol
a Chyhoeddusrwydd y Cyngor Llyfrau Cymraeg
a noddir gan Gyngor Celfyddydau Cymru.

I
gofio'r Tri

WIL IFANS, glöwr
GEORGE IFANS, glöwr
DAI FFRANSIS, arweinydd y glowyr

DIOLCHIADAU

Trigolion Senghennydd ac Abertridwr;
Mr Bryn Jones a staff Llyfrgell Ddinesig Caerdydd;
y diweddar Mr Arnold Davies a staff Llyfrgell Aberdâr;
Mrs Julie Jones;
staff Llyfrgell Aberpennar, a Mr Stephen Graham;
Mr Meic Stephens a Chyngor y Celfyddydau am nawdd dros un cyfnod o gasglu'r deunydd a sgrifennu;
Thomas Roberts, Evan Moore ac aml hen löwr amyneddgar am fantais eu hatgofion a'u gwybodaeth;
Mr Bryn Williams (Bryn y Gelli), a Mr Michael Williams am gyfarwyddyd;
Adran Olygyddol y Cyngor Llyfrau;
y Prifardd Alan Llwyd;
Gwasg Dinefwr am bob gofal a chymorth wrth argraffu;
Huw Rhydwen am y clawr;
Marged Rhydwen am bob cefnogaeth.

CYNNWYS

RHAN 1

'Amser i wylo, ac amser i chwerthin; amser i alaru,
ac amser i ddawnsio . . .
Y mae amser i bob peth, ac amser i bob amcan
dan y nefoedd . . .'

* * *

Ni fedrwn oedi i'r Angau,
Ond oedodd Angau amdanaf i;
Dim ond fi a'r Angau a Thragwyddoldeb
Yn y cerbyd, a ffwrdd â ni!

SENGHENNYDD

Diwedd haf.
Prin oedd yr olion yn awr.
Lliwiau wedi hen bylu.
Dail crin dan draed.
Hen, hen goed ar y llethrau yn gwyro yn y gwynt —
gwyro fel y bydd milwyr yn gwyro wrth wneud eu safiad
ola.
Cwm hir, igam ogam.
Olwynion. Driliau.
Rhygnu, chwyrnu, chwalu.
Nentydd yn sur gan saim a sarhad.
Teresau a godwyd ar frys —
crechwenu ym mhob ffenest.
Yna, adenydd drwy'r ffurfafen.
Drws yn agor — rhywun yn rhoi croeso i'r dydd newydd.
Plant, llygaid ar gau, yn diolch am eu bwyd.
Hen geffyl yn mynd o ddrws i ddrws —
dyn llaeth yn llenwi ystên.
Postmon yn curo drws.
Ac wedyn, hwteri'r pwll yn hollti'r tawelwch
ac yn sgrechain y drychineb dros y cwm.

EVAN MOORE

"Ianto," galwodd y fam, "Allan o'r gwely 'na!"

Nid oedd angen iddi alw ddwywaith. Buasai Evan Moore ar ddi-hun drwy'r nos. Newydd gael ei benblwydd, 14 oed, dyddiau ysgol wedi dod i ben, a'i fam wedi paratoi ei ddillad gwaith am y tro cyntaf, dillad gwaith yr un fath â'i dad a'i frodyr. Pa grwt ar y ddaear a fedrai gysgu ar drothwy awr fwyaf ei fywyd? Gwybu gyffro gynt pan oedd yr Ysgol Sul yn mynd am ddiwrnod i'r Barri neu pan oedd ei rieni yn mynd i weld perthnasau yn y cwm arall, ond nid oedd traeth y Barri na thishen lap ei fodryb yn Nhrehafod i'w cymharu â'r disgwyliad a gerddai ei gorff fel trydan wrth feddwl ei fod ar fin dechrau ar ei yrfa danddaear.

Mae'n siŵr y dychrynai llawer i fachgennyn arall wrth ystyried ei fod o fewn awr neu ddwy i fynd i mewn i'r gaets gyda'r dynion, cael ei hyrddio i lawr y siafft nes bod yr ochrau'n gwreichioni, a cherdded am filltir neu ddwy nes cyrraedd y man lle yr oedd i weithio gyda'i dad yng ngolau'r lamp egwan. Trwy drugaredd, nid oedd ofn o gwbl arno; dyma'i uchelgais, ac ni fedrai ddychmygu pam yr arswydai unrhyw un am orfod ennill ei fywoliaeth yn torri glo. Magwyd ef yng ngolwg y pwll, safodd yn un bychan uwch ceg agored y siafft, a chlywsai o'r crud am y peryglon a'r difyrrwch, yr argyfyngau a'r direidi, ac ni freuddwydiodd ef, fwy na neb arall o'i deulu, fod dim o'i flaen ond mynd yn goliar fel ei dad a'i frodyr. Pan ddychwelodd ei fam ar ôl bod yn siopa a rhoi iddo'r bocs bwyd a'r jac ddŵr a brynasai iddo, yr oedd yr ias a deimlodd yn well filwaith na'r hyn a deimlasai unrhyw Nadolig wrth dderbyn llond hosan o gnau, afal, oren, a phâr o sgidiau hoelion newydd wrth erchwyn y gwely. Gwyliodd hi'n torri bara menyn ar ei gyfer a rhoi darn o gaws ac afal yn y bocs, a chafodd waith ei fywyd rhag rhoi ei ddannedd ynddyn nhw yr eiliad honno.

"Dere, 'mabi i!" meddai'r fam o waelod y staeriau, "Mae dy frecwast yn barod!"

Ac nid oedd angen iddi ddweud hynny ychwaith, oherwydd yr oedd arogl cig moch ac wyau yn cosi'i ffroenau yn barod, a'i goesau allan o'r gwely cyn bod ei fam wedi gorffen galw arno. Sawl tro y cawsai ddod at y bwrdd cyn toriad gwawr fel hyn, eistedd ar lin ei dad, llusgo darn o fara drwy'r saim a'r wy, a llymad o de poeth o soser ei dad ar ôl chwythu arno? A sawl tro y bu'n gofidio wrth weld ei dad a'i frodyr yn mynd allan o'r tŷ i wynebu twrn o waith ac yntau'n gorfod gwisgo i fynd i'r ysgol, yr ieuengaf o'r teulu, yr un bychan i'w warchod a'i fwydo a'i wisgo, ar gyrion bywyd fel petai heb drwydded hyd yn hyn i fyd mawr dynion? Bellach, y bore gogoneddus hwn, nid bachgen ysgol mohono mwyach, ond coliar go iawn fel y lleill, lle iddo wrth y bwrdd fel y lleill, a'i fam yn gweini arno fel y lleill am fod diwrnod o waith danddaear o'i flaen. Cyn bo hir, byddai cyrn ar ei ddwylo ac ambell graith ar ei freichiau a'i fochau, profion amlwg i bawb eu gweld nad crwt ysgol mohono mwy, oherwydd dyma oedd y nodau a ddangosai'r "dynion" rhagor na'r crots ysgol. 'Roedd gan ei dad farc hir a glas ar draws ei gern ar y dde lle y bu dan gwymp unwaith, bron nad oedd yn disgleirio i lygaid Ianto, rhywbeth gloywach na medal aur. Craith las oedd bathodyn coliar da, mor anrhydeddus â dim a addurnai lifrai milwr.

'Roedd tân mawr coch yn y grât a chwech o gathod mawr o'i gwmpas yn pwran fel côr pan gym'rodd Ianto ei le wrth y bwrdd. "Wyt ti wedi golchi tu ôl i dy glustie?" gofynnodd Wil, y brawd hynaf, "Ma Shaw y Manejar yn ffwslyd uffernol, cofia!"

"A chofia er d'ened i lanhau dy sgitsie!" ychwanegodd brawd arall, Harri, yn llawn direidi.

"Dyna ddigon!" meddai'r fam, "Dim racor o'r plago 'na! Un gair arall, mi wna *i* ych sgwaro!" Edrychodd ar ei mab ieuengaf wrth y bwrdd, ei wyneb diniwed, ei lygaid mawr glas llawn disgwyliad, a'i ddwylo esmwyth, bachgennaidd a fyddai'n crafu'r glo i helpu'i dad cyn pen yr awr. " 'Mabi gwyn i!" ochneidiodd eto.

"Fe gaiff a ddicon o'i blago nawr!" meddai'r tad yn ei ffordd ddihidans ei hun, "heb iddyn nhw fod cweit mor boleit ag y ma'n nhw o gwmpas bwrdd y gecin 'ma."

Gwyddai'r fam hynny gystal â neb. Arswydai wrth feddwl am y peth. Rhwygo diniweidrwydd y crwt fel tynnu pilyn oddi ar ei gefn! " 'Dyw hynny ddim yn esgus i chi ddiawliad dynnu'i goes a!"

Ac fe wyddai Ianto Moore yntau yn iawn beth oedd o'i flaen. Un croesawgar oedd y coliar, ond un cellweirus. Faint o weithiau y cafodd ei rybuddio o hynny? Nid oedd modd yn y byd y gallai osgoi, serch hynny. Nid oedd arno awydd osgoi. Byd ar ei ben ei hun oedd y bywyd danddaear. Mynnai brofi'r cwbl. Fel pob coliar erioed o'i flaen. Nid oedd ofn arno. Nid oedd elfen gachgïaidd i'w natur. A phe bai'n dod at hynny, 'roedd ganddo bâr o ddyrnau a phâr o draed. Medrai ddefnyddio'i ddyrnau fel Jimmy Wilde ifanc o Dylorstown a'i draed fel Billy Meredith. Cyn y gadawai i neb gael y trechaf arno, byddai'r dyrnau a'r traed fel melin wynt yn ei amddiffyn.

" 'Mlaen â ni!" meddai'r tad, wrthi'n sychu'i weflau a blas ei frecwast yn felys ar ei dafod. "Dere 'da fi, Ianto bach!"

"A gofala di amdano, Wiliam!" pwysodd y fam ar ei gŵr wrth blygu i roi cusan i'w chyw melyn olaf.

"Bydd y dram yn llawn cyn taro rhech!" meddai Twm,

y talaf o'r teulu, wrth iddyn nhw fynd trwy'r drws.

Mynd trwy'r drws! Ni chawsai Ianto brofiad fel hyn erioed o'r blaen. Tyfasai fodfeddi mewn eiliadau. Bu'n greadur mor fychan erioed. Bu'n rhaid iddo edrych i fyny ar bawb yn y teulu. Cafodd ei gario gan ei frodyr. Cafodd ei warchod gan ei dad a'i fam. Bu galw erioed ar rywun i'w amddiffyn. Ni fu erioed yn gyfrifol am ei dynged ei hun. Digon gwir, yr oedd llygaid yn ei wylio a'i amddiffyn o hyd, ond dywedai'r trowser hir a'r cap ar ei ben y medrai fforddio ymsythu bellach wrth fynd trwy'r drws. Nid oedd rhifo a sillebu a chofio enwau fel Wellington a Nelson yn mynd i beri pen tost iddo mwyach. Nid oedd gwthio'i benelinoedd o dan y ddesg haearn ac eistedd fel delw yn gwrando ar athro cynddeiriog yn bytheirio o'i flaen yn mynd i'w ofidio mwyach. Nid oedd yr hen ffenestri hir a'r muriau gwyrdd a'r mwg brwmstanaidd o'r stof yn mynd i beri na syrffed na pheswch iddo mwyach. Nid oedd yn berchen unrhyw ddoniau arbennig ar gyfer addysg, fel y tystiodd sawl athro wrtho, ond nid oedd gofyn iddo golli cwsg byth mwy ar gownt hynny. Mor rhydd â'r aderyn yn y nen neu'r carcharor druan ar gerdded allan o garchar, yr oedd yntau hefyd, y bore bendigedig hwn, yn greadur rhydd, a'r rhyddid hwnnw yn golygu y câi gerdded gyda'i dad a'i frodyr a'r dynion ar doriad pob gwawr i gyfeiriad y pwll yn un o goliars Senghennydd — ac yr oedd yn well ganddo hynny nag unrhyw awydd nac anrhydedd arall yn y byd!

Gwelodd Ianto ei dad yn edrych ar ei wats, llond dwrn o wats mewn casin pres, ac yn sownd ym mhoced ei wasgod â chortyn. "Pump o'r gloch, fechgyn!" meddai. "Towlwch ych coese mas!"

'Roedd sŵn y sgidiau hoelion ar y palmant yn fiwsig i glustiau Ianto Moore. Cyn bo hir, ar hyd ffordd Bedwas, yr oedd eraill, dynion a bechgyn, yn ymuno. Mae'n wir bod y ffordd o Gaerffili i Senghennydd yn dipyn o daith, yn enwedig i goesau bychain, ond teimlai y medrai ei cherdded hi yn rhwyddach nag y medrai aderyn hedfan. Ni welsai hen gapel Christmas Ifans, Tonyfelin, erioed yn y golau hwn o'r blaen. Pan daflodd ei lygaid i gyfeiriad y castell, ni welsai'r tŵr toredig yn y golau hwn erioed o'r blaen. Ac yr oedd yr un math o ryfeddod yn perthyn i bob tŷ a pherth a choeden wrth iddo fynd heibio iddyn nhw. I grwt o goliar yn mentro allan am y tro cyntaf, a holl ddirgelwch a chyfaredd y pwll glo yn aros i'w darganfod, 'roedd y darn hwn o'r byd y'i cawsai ei hun ynddo yn rhyfeddod yn wir.

"Dyma ni, grwt!" Wedi troi'r gornel, pwyntiodd y tad at y pwll nid nepell oddi wrthynt, a safodd am eiliadau fel pe bai am i'w fab bychan ystyried yn ddifrifol a fynnai fentro ymhellach.

Safodd y bachgen. Edrychodd. Ni ddaeth gair o'i ben.

Ac eto, er ei fudandod diniwed, nid oedd heb deimladau nad oedd ganddo hyd yn hyn eiriau i'w deall a'u dehongli. Geiriau, geiriau, geiriau, yr oedd yr athro wedi bytheirio yn ei glustiau, dim cynneddf ganddo i ddeall nac ymddiddori hyd yn oed ynddyn nhw, ond yr union bethau yr oedd arno eu hangen yn awr. Yr ysgerbwd mawr du, y behemoth dur, yn asennau ac olwynion a chysgodion yn llygadrythu ar ei ieuenctid bregus, ac yntau heb eiryn yn y byd i gronni'r adwaith, dim ond anadlu a dychmygu a dyfalu; nid bod ofn arno, na na na, nid ei fod am redeg adref, na na na, dim ond . . . nid oedd yn hollol siŵr, nid oedd *geiriau* ganddo.

Bord mawr hir, llythrennau mawr gwyn. "Be ma hwnna'n dweud, Ianto?" Gwyddai'r tad y medrai ei fab wneud un peth na fedrai ef ei wneud: darllen.

Daeth y geiriau allan yn araf a chlir — "Lewis Merthyr — Con-sol-id-ated — Collieries — Limited."

"Wyddost ti pwy yw'r Lewis 'na?"

"Na wn i . . . Pwy?"

"William Thomas Lewis, 'machan i, ond — nid dyna'i enw nawr."

"Beth yw ei enw nawr?"

"Arglwydd Merthyr o Senghennydd!"

Pyslodd y bachgen. "Arglwydd? Shwd newidiodd ei enw?"

"Shwd newidiodd ei enw, wir!" atebodd George Moore, yn brathu'i dafod fel pe bai hanner dwsin o gableddau ar fin cael eu hymollwng. "Edrych o dy flaen, w! Pe bai cwpwl o bylle fel'na gen ti a rhai canno'dd o ddinon yn gweithio i ti, mi fyddat titha'n *lord* cyn pen fawr o dro."

Pyslodd y bachgen eto. "Beth yw *lord*?"

Oerodd y wên ar wyneb y tad. "Un o'r byddigions, y bobol yr wyt ti a minne'n slafo drostyn nhw, er mwyn iddyn *nhw* gael arian!"

Dechreuodd George Moore ddweud tipyn o'r hanes wrth ei fab eiddgar.

" 'Roedd 'na hen fenyw lan sha Waun Wyllt 'na, Liwsi Thomas, hen fenyw hirben, breichie fel nafi, a hi ddechreuws yr holl fusnes. Pylle Llety Siencyn draw sha Aberdâr a'i mab, William, yn manajar, wel'di. A'i ferch, Anne, wyres Liwsi Thomas, briodws William Thomas Lewis. Crwt o Ferthyr oedd ef, Tŷ Abercanaid, a'i dad yn injinïar i waith dur y Plymouth. 'Roedd ei dad-cu wedi cychwyn ffwrnes fechan lan yn Dowlesh, felly 'roedd meilord wedi cael ei big i mewn yn gynnar. Cafodd fynd i ysgol Taliesin, mab Iolo Morganwg, ym Merthyr, a jobyn gyda'i dad yng ngwaith dur y Plymouth wedyn i ddysgu i fod yn injinïar. Ymhen tipyn, 'roedd injinïar pwysig yng Nghaerdydd, gweithio i'r Ardalydd Bute, Mr Clark, yn chwilio am lanc ifanc i'w helpu i sefydlu docie Bute a rheilffordd Rhymni. Fe ddigwyddws gwrdd â thafarnwr ym Merthyr a chlywodd am William Lewis — 'Dod o deulu da,' meddai'r tafarnwr yn frwd, 'wedi'i fagu yn y fusnes. Chewch chi neb gwell!' Pan fu farw'r Clark 'ma, cafodd Lewis ei swydd — pennaeth ystad Bute a'i gartref yn Nhŷ'r Maerdy, Aberdâr! Pan briodws William Lewis y ferch, Anne, cafodd ei ddwylo ar ffortiwn fawr, ac yr oedd hynny yr union beth a chwenychai i ymestyn allan, ar wahân i ofalu am ystad Bute, i gychwyn suddo pylle glo yn ei enw ei hun, wel'di."

'Roedd llygaid y bachgen wedi eu sefydlu ar amlinell anferth Pwll Senghennydd ar y gorwel. "Oes gan y dyn 'ma bylle glo erill?"

"Dechreuws yng Nghwm Rhondda, Treherbert, wedyn mentrodd wneud yr un peth yng Nghoed-cae a'r Hafod ar waelod y Cwm. Ar ôl hyn, 'roedd ganddo ddigon wrth gefn i fentro'i lwc yng Nghwm Rhymni, a chloddio'r haenau braf yn Senghennydd a Llanbradach — Universal oedd yr enw roddodd e ar y cwmni!"

Synhwyrodd y bachgen nad oedd y stori am yr holl lwyddiant wrth fodd calon ei dad.

"Ac ar ôl y pylle," aeth George Moore yn ei flaen, yn dweud yr hanes bron fel un yn adrodd ei bader gan mor gynefin ydoedd â'r manylion, "agorodd y rheilffordd o Rymni i Gaerdydd ac o Gaerffili i Senghennydd."

"Er mwyn cludo'r coliars i'r gwaith bob bore!" meddai Ianto, yn dechrau cael blas mawr ar yr hanes.

"Cludo'r coliars, wir!" meddai'r tad, ei wên yn rhewi unwaith eto. "Fydde dim yffarn o ots gan mei-lord pe bai pob coliar a chrwt yn gorfod cerdded i'r gwaith yn droednoeth, dim ond iddyn nhw ofalu bod *yn* y gwaith."

"Beth arall oedd e moyn y relwe 'te?"

"I gario'r glo i'r docie, wrth gwrs!" Rhoddodd y tad ei law ar ysgwydd ei fab wrth iddyn nhw gychwyn cerdded tua'r lamprwm, "A'r llonge mawr yn y docie i gario'r glo i ben draw'r byd — *fel'na* ma gneud arian, boi bach!"

"Faint gaf i am weithio 'ma felly?" holodd y crwt, heb feddwl am yr arian cyn hyn.

"Wyt ti moyn gwbod?" atebodd y tad, yn cydio'n dynn yn ei fab.

"Odw, wrth gwrs!"

"Wel, i mi fod yn onest, Ianto bach," meddai'r hen

goliar yn ddwys, "dasat ti'n gweithio yn Senghennydd 'ma o heddi nes dy fod yn gant, wnei di ddim ffortiwn!" Dechreuodd frysio tua'r ffenest i godi'r lampau. "Dim blydi ffïar!"

JIM PRICE

Creadur tal a gewynnog. Jim Hirael i'w gydnabod. Gŵr Bertha. "Un o'r Prysiaid 'dw i!" ymffrostiai yn sgwario'i ysgwyddau, "Ma 'da fi drwyn i brofi!" Cymerodd ei dywel i dynnu'r llwch o gonglau ei lygaid â'r ymyl. 'Roedd tolc yn ei dalcen, digon i gladdu wy, canlyniad carreg a ddisgynnodd arno unwaith. 'Roedd craith ar hyd ei gern fel mellten fforchog ar ochr chwith ei wyneb. Ar gefn ei ddwylo, 'roedd degau o fân greithiau glas. *Jim Gorgonsola* oedd yr enw a gawsai gan rai o'r coliars.

"Dere o'r glàs 'na!" meddai Bertha wrtho, dynes fawr, fronnog, yn anadlu'n galed wrth ffwdanu o gwmpas ei chegin, gweini ar ei gŵr a chadw'r dillad gwaith. "Sbriwsio fanna fel paun!" edliwiodd wrth i'w phenelin fynd yn ddwfn i'w feingefn a'i farnu â'i llygaid am roi golchiad mor sydyn i'w gnawd.

"Carca, fenyw! Wi'n ddelicet, cofia!" Gofalai Jim Price wacáu'r twba bob tro ar ôl ymolchi gan gadw'r dŵr ar gyfer ei ardd — "Dyna pam wi'n tyfu shwd rosynne pert, w!" Taerai Bertha mai dyna'r unig reswm y mentrai Jim olchi'r baw ymaith — "Moyn dŵr pwll a dŵr piso i dyfu rosys!"

Gosododd Bertha y twba yn daclus eto o flaen y tân ar gyfer Iestyn, y lojar, llencyn o'r wlad a ddaethai i weithio yn y pylle, ei drwyn yn ddwfn yn ei bapur, nid am newyddion, "Dojo molchi, waeth na Jim". Arllwysodd decellaid arall o ddŵr i'r bath. "Cwn oddi ar dy din, Iestyn!"

"Rhy dwym, w!"

"Rhy dwym! Bant â'r dillad brwnt 'na! Cofia 'nillad gwely i, y diawl bach!"

Canai'r tecell ar y pentan. Gwyrodd Bertha i gydio mewn un arall a'i arllwys i'r twba nes codi cwmwl mawr. Yr ochr arall i'r cwmwl, fel aderyn mawr yn ymestyn ei adenydd, tynnai Iestyn ei ddillad gan ofalu cadw un llaw yn rhydd i guddio'i gywilydd. "Dere, dere, ddyn dewr!" Cafodd slapen swnllyd ar ei ben ôl gan Bertha.

Edrychodd Jim Price ar y stêm yn codi i'r seilin. Bron na fedrai weld gwrid y lojar yn sefyll yno'n borcyn trwy'r mwg. 'Roedd Bertha wrth ei bodd yn tynnu'i goes, menyw gellweirus, dest yr un i gael gwared o'i swildod. Yffarn dân, cofiai'n dda pan oedd ei gorff yntau fel y sidan, mor bert â chorff Iestyn! Sylwodd ar Bertha yn rhoi ei bysedd yn y dŵr a thaflu diferion at Iestyn i'w bryfocio. Yr un halibalŵ bob dydd!

Digon undonog oedd bywyd yng Nghwm Aber, meddyliodd, fawr o ddewis gan greadur o goliar ond derbyn y sefyllfa, ildio i'w amgylchiadau, heb boeni na mwmian mwy amdanyn nhw. Beth ddiawl arall a fedrai coliar ei wneud pan oedd ganddo deulu i'w gynnal? O dŷ i dŷ, o ffenestri mawr a drysau crand Commercial Street i'r terasau syml dwy-i-fyny a dwy-i-lawr, ar wahân i'r gweinidogion a'r dynion busnes ac ambell hen ferch, 'roedd bywyd yn weddol debyg dan bob to — codi gyda'r wawr, brecwasta, a mynd i'r gwaith! Clywid tramp tramp tramp y traed ar bob pafin, cyfeiliant caled y boreau, cyn mynd am y lamp, mwgyn arall, mewn i'r gaets a disgyn fel bollt i'r gwaelod. Byddai'r rhaffau weithiau yn rhegi'r twllwch fel gwrachod. Cerdded wedyn, hanner awr a mwy, gam ar ôl cam, nes cyrraedd y stâl, tynnu siaced a mwffler a chrys cyn cydio mewn mandrel a rhaw; yna, tyllu, rhwygo, crafu, ar orwedd, ar sefyll, ar bâr o liniau, torri gair, piso, jo o faco, di-dor a diwyd . . . cyn mynd sha thre! Ac wedi dod sha thre, ymolchi, bwyta, mynd i'r capel, mynd i'r dafarn, mynd i'r ardd, mynd i'r côr, mynd i'r band, mynd am gêm o filiards, neu lan llofft i fwynhau'r gwely dwbl. Ymlaen ac ymlaen ac ymlaen. Rhy hwyr i greadur fel fe newid ei steil mwyach!

Estynnodd Jim am y faselîn — y ddefod arferol bob dydd! Ei rwbio ar ei glwyfau. "Sôn am falchder!" meddai Bertha wrth ei weld yn plastro'i wallt hefyd.

Plygodd Bertha y dillad gwaith a'u gosod ar y pentan. "Cer o'r ffordd, gath!" 'Roedd Iestyn yn troi ei gefn bob tro y gwthiai gwraig y tŷ heibio iddo. Meddai hi, yn ddireidus fel arfer, "Oes rhwbeth go sbesial gan ti fanna i'w gwato?" Sgrwbiai'r lojar ei gorff mewn afonydd tew o olchion.

Ar hyd y dydd, bu heulwen wannaidd yr hydref yn gymysg drwy'r cwm â chawodydd. Llygadai'r ffurfafen wgus y tipiau a'r pwll. Soniodd rhai o'r dynion fel yr oedd y perchenogion yn dal i ymlwybro'n gynnil — "Pac o gybyddion yw Lewis Merthyr!" Ni wyddai ef, Jim Price fawr ddim am y sefyllfa a chyfrwystra'r perchenogion. Nid oedd ganddo ronyn o ddiddordeb chwaith. Dim ond iddo ef gael gwaith, digon o gyflog i gadw Bertha a'r plant, a cheiniog dros ben ar gyfer ei beintan a'i owns o faco. Dyna'r cwbl, y cwbl a fynnai. Talai'r Universal chwe sifft am bump — y pwll gorau yn y cwm! Dyna'r cwbl a fynnai'r mwyafrif o goliars Senghennydd.

'Roedd cryn siarad y dyddiau hyn, mae'n wir, y dylasai coliars Senghennydd fod yn gofyn ychydig o gwestiynau. Digon gwael oedd yr amgylchiadau, nid oedd gwadu hynny. Cwymp ar ôl cwymp, sifft ar ôl sifft. Oedd, yr oedd y lle yn drewi o nwy, fel yr edliwid. Bu tanchwa yn ôl ym 1901. Nid oedd y gymdogaeth wedi anghofio hyn. Cyrff yn dod i fyny o waelod y pwll, stretshar ar ôl stretshar, ac angladdau am ddyddiau. Cofiai Jim am yr hen Lewsyn Trefoil yn tanio'i bib ac yn adrodd ei brofiad

— "Gretes i'n siŵr fod diwedd y byd wedi dod!" Oedodd, sychu'i wefusau, cyn ychwanegu — " 'Roedd Mr Shaw newydd gyrraedd o Aberdâr. Fydde'r pŵr dab ddim wedi dod 'ma ond bod y lle mor ddrwg. Pawb yn gwbod fod Senghennydd yn ddanjerus. Un ffrwydrad — 'na'r cwbl odd isie!"

Erbyn hyn, Mr Shaw oedd yr asiant yn ogystal â'r goruchwyliwr. Gŵr tawel oedd Mr Shaw, dipyn yn swrth ar dro, gormesol hyd yn oed weithiau, ond — 'roedd ganddo lawer ar ei blât. Roedd Ochr Orllewinol ac Ochr Ddwyreiniol Pwll Senghennydd yn cynnwys haenau o bedair troedfedd i naw troedfedd, yr oll yn gysylltiedig trwy amryw ddrifftiau.

"Dim ond i ti gael gwaith, mi symudwn ni ben bore fory!" — sawl tro y dywedodd Bertha hyn, ei gwallt yn ei llygaid a'r chwys yn berlau ar ei thalcen wrth sgrwbio'r llaid oddi ar ei ddillad gwaith. Cael ei gŵr allan o'r pwll glo, yn enwedig pwll Senghennydd, oedd yr uchelgais dawel a feddai oddi ar ddydd ei phriodas. Nid oedd yn mynd allan trwy'r drws yr un bore heb . . . nefoedd, 'roedd yn gas ganddi feddwl am y peth! 'Doedd hynny ddim yn syndod mewn pentre lle y gwelid stretshar yn mynd heibio yn amlach nag aderyn gwyllt. "Be sydd i fod sydd i fod, w!" oedd unig ymateb Jim Hirael, er nad oedd argyhoeddiad yn ei lais; dyna oedd ei gredo, fel y dangosai ei lygaid. Pa iws dychmygu'r gwaethaf, ymgysurai, ddaw dyn byth i ben, a pha beth arall sydd yn Senghennydd ar gyfer dyn abl ond y pwll glo? Coliar oedd ef, a choliar wrth reddf. Bod yn goliar oedd yr unig beth y breuddwydiodd amdano erioed. Coliar a fyddai hyd ei fedd.

Cofiai'r diwrnod cyntaf danddaear . . .

Ysgol ar y dydd Gwener, pêl-droed ar y Sadwrn ('roedd pâr o draed abl ganddo yn grwt), capel ar y Sul, cyn hwylio ar doriad gwawr y bore Llun bythgofiadwy hwnnw i ddechrau ar ei yrfa danddaear fel y gwnaeth cannoedd o fechgyn y cymoedd oddi ar i'r pwll glo cyntaf gael ei suddo. 'Roedd hyn dros chwarter canrif yn ôl bellach. Aeth ei dad i lawr y pwll cyn ei fod yn ddeg oed, llai falle — draw yn y cwm arall oedd hynny! "Pitsia miwn, Jim bach, cael yr hen ysgol 'na drosodd, i ti ddod i witho 'da fi!" — sawl tro y clywsai'r anogaeth honno yn ei glustiau nes i'r freuddwyd roi'r bendro iddo? *Gwitho 'da fi!* — dyna'r brig i fachgen ysgol y pryd hwnnw, ochr yn ochr â'i dad yn y ffas! Jim oedd yr hynaf, teulu o dri ar ddeg, naw o fechgyn a phedair o grotesi. Daeth yn ymwybodol yn gynnar nad oedd fawr o obaith iddo wrth ysgolia, hyd yn oed pe digwyddai fod ganddo ddawn, gan fod disgwyl iddo ennill cyflog cyn ei fod yn barod i wisgo trowser hir na magu pâr o freichiau. Cofiai fel y ceisiai ei dad ei galonogi — "Ti fydd y coliar gore yn y cwm!" Y coliar gore yn y cwm! Yr unig uchelgais a eiriasodd ei galon erioed.

Beth bynnag ei fai — ac yr oedd gan Jim Hirael Price restr hir, ym meddwl ei wraig Bertha; *Byth yn mynd â fi mas nawr! Gormod o gwrw yn dy fola nithwr 'to! Byth yn catw dy ddillad yn deidi!* – yr oedd bwriad a breuddwyd syml ei dad wedi eu sylweddoli erbyn hyn. Yr oedd yn goliar da, os nad y gorau yn y cwm. 'Roedd digon yn y Lancaster a'r Mafeking, heblaw'r Botanic a'r West York yn Senghennydd, a dystiai i hynny. Byth yn colli sifft. Neb o'r Kimberley i'r East York chwaith a fedrai achwyn amdano. Bwrw iddi bob twrn, dygn a chyson, gofalu am yr *output,* mor gryf â phoni pwll. Medru trin dynion hefyd. Darllen wyneb coliar fel darllen wyneb y glo. Adwaenai arwyddion y twllwch. Trwyn i *arogli* peryglon gystal â chŵn hela Plas Watford. Deuai geiriau ei dad yn ôl yn aml — "Paid byth â chymryd pwll Senghennydd yn ganiataol!" 'Roedd coliar da yn datblygu ei synhwyrau yn ogystal â'i gyhyrau, yn ôl ei dad. Clustiau, llygaid a thrwyn mwy effro na rhai llygoden fawr. Gofalodd yntau rybuddio pob crwt a ddaeth i weithio gydag ef — "Cofia hynny bob amser!" Hen ddoethineb y pwll glo a oedd yn werth ei chadw hyd byth. Hyd byth.

"Dishglad o de, Jim!" Estynnodd Bertha ei gwpan mwstas mawr iddo cyn taflu'r tywel draw i Iestyn, y lojar. "Wnest ti olchi dy gefen nawr?" Crwydrodd ei llygaid yn chwim dros gorff y llanc. Sylwodd mor ifanc a chnotiog ydoedd, ei gnawd yn brydferth, nid fel Jim druan yn greithiau i gyd.

"Ma golchi'r cefen yn ddrwg i goliar!" Rhwbiodd Iestyn ei goesau a'i freichiau â'r tywel.

Fflachiodd llygaid direidus Bertha arno eto. "Wi'n gwbod yr unig beth sy'n dy wanhau di."

"Clywch nawr, misus!" meddai Iestyn, yn dod dros ei swildod ac yn dechrau mwynhau'r direidi, "Rhag ych cywilydd yn dweud shwd beth wrth fachan diniwed fel fi!"

"Beth welais i o grots y wlad," taerodd Bertha, "pan own i'n mynd i weld modryb yn Shir Benfro, 'roedden nhw gystal staliwns ag odd yn aredig y caeau!"

" 'Dyw hitha ddim yn ddiniwed chwaith, cofia!" chwarddodd Jim, nerth ei geg, "Bydd di'n ofalus, ma hi'n medru brathu fel nidir!"

'Roedd y syniad bod golchi'r cefn, yn enwedig i goliar, yn gwanychu dyn yn sownd fel hoelen ym mhen llawer o'r glowyr, yn enwedig y rhai hŷn. Nid oedd coliar yn ofergoelus fel arfer, yn enwedig os oedd yn gapelwr, fel yr oedd y rhan fwyaf ohonyn nhw, ond yr oedd ambell hen ofergoel yn ddigon i wneud i'r cryfaf ddistewi a bod ar ei wyliadwriaeth. Ni fynnai yr un ohonyn nhw i fenyw fynd yn agos at y glo. "Greddf, wel'di!" dywedai Jim wrth Iestyn, pan ddigwyddai'r ddau sôn am ofnau ac amheuon y dyfnder.

"Pan fo dyn wedi'i fagu danddaear fel 'dw i," ychwanegai, "ma twllwch y pwll yn mynd yn gynefin iddo fa. Ma'r twrw a'r treialon a'r rhegfeydd yn mynd yn ail natur iddo, pa mor dduwiol bynnag y bo. Dyma'r unig fywyd ma fa'n gwybod amdano." Ma'n bosibl, pe bai wedi cael cyfle, meddyliodd yn aml, flynyddoedd yn ôl, y byddai wedi llwyddo i wneud rhywbeth gwahanol o'i fywyd. Gwahanol, os nad gwell. Hoffai feddwl hynny, o leiaf. Go brin y medrai ymhonni'n ddarllenwr na dysgedig o fath yn y byd, ond yr oedd llyfr da bob amser yn rhoi boddhad iddo, er na feddai unrhyw dalent arbennig ar gyfer dim, ac yr oedd yn syndod iddo y syniadau a wibiai heibio i'w ben ar dro. Ar brydiau felly, teimlai y carai rannu'r meddyliau hyn â rhywun, eistedd i lawr i gael sgwrs, hyd yn oed â Bertha drafferthus a direidus, er mai Duw yn unig a wyddai pa ffraethineb a ddeuai allan o'i genau. O, fe ddeuai syniadau heibio iddo, yn bendifaddau! Doniol ddigon a di-fudd, mae'n siŵr, ond — myn diain i, rhyfedd y pethau sy'n mynd trwy feddwl dyn ar dro. Hyd yn oed meddwl coliar. Coliar syml fel fe.

Erbyn meddwl, bu tuedd felly ynddo er yn grwt bach, gwneud syms yn drychineb, daearyddiaeth yn hen boen, cerddoriaeth yn ofid, ond — darllen! Wrth ei fodd. Brawddegau barddonol yn neidio o gwmpas yn ei feddwl fel pysgod aur mewn powlen. Methu sgrifennu gair na llinell, ond rhyw hen ddiléit i gofio darn o farddoniaeth. Rhywbeth disglair yn y meddwl fel gwydr gloyw. Pan gofiai rai o'r pethau 'ma, byddai'n eu sialcio ar ochr y ddram, hen rythmau a synau yn ei ben, beth bynnag oedd eu hystyr ac o ble bynnag y deuent, ond — 'roedden nhw mor olau â'i lamp yn nhwllwch y ffas. Ie, pe digwyddasai iddo fod wedi cael cyfle . . . ond gair mawr ydyw 'pe', wrth gwrs.

Cymerodd Jim ddracht o'i de. Cododd y papur newydd a chlymodd gortyn ei sbectol wrth ei glust.

"O, dyma ddiawl o ddyn!" Bertha unwaith eto, breichiau mawr wedi plygu, yn sefyll o'i flaen fel un o ddelwau marmor y fynwent, a'i holl egni benywaidd yn ffrwydro uwch ei ben. "Ble ma dy feddwl di, ddyn?" Teimlai asgwrn ei gorun yn gwynegu. "Dyma fi ar fin cwmpo!" Cododd Bertha un handlen o'r twba, Iestyn yr ochr arall, ac allan â hi i'r cefn yn gwisgo gwg. Clywai Jim ei thafod yn dal i frathu geiriau — "Stryglan fel hyn, llond 'y nwylo, tendo ar bawb, a hwn'cw'n cwnnu'r papur — 'na ddiogyn yw ambell ddyn!" Tasgai'r dŵr molchi tu allan wrth i Bertha ei arllwys.

"Ishta ar 'i din, trwyn yn y papur, fel lord yn byw ar 'i arian!" Neidiodd gŵr y tŷ i'w draed, ymsythodd gan euogrwydd. Dychwelodd Bertha. "Rhy hwyr, y pwdryn!" meddai, wrth ei weld yn esgus rhoi help llaw.

"Rhywbeth arall, misus?" Dychwelodd y lojar ar ei hôl i'r gegin.

"Ishta lawr, grwt!" atebodd Bertha, "Mei-lord fan hyn wi moyn iddo fwstro!"

Neidiodd y gath fawr ddu i ddwfn y soffa.

Safodd Jim Price yn ei unfan fel un wedi'i barlysu.

"Pam wyt ti'n dishgwl arna' i fel pe bawn i'n ornament mewn siop tseina?" Aeth penelin Bertha unwaith eto i feingefn ei gŵr. Chwarddodd fel cwthwm mawr o wynt drwy'r tŷ. Eisteddodd Jim yn ei gadair eilwaith i drwyno'i bapur newydd.

Buasai Bertha Price a'i gŵr yn briod dros bymtheng mlynedd bellach. 'Roedd llun y briodas ar silff ben tân y parlwr, Jim yn ei siwt Sabothol, tei arian, a chlamp o flodyn mawr yn llabed ei gôt, Bertha, yn eistedd o'i flaen, ffrog sidan arian amdani, a het fel gardd o flodau. Bu'r ddau heb blant am rai blynyddoedd — "Mi gym'rodd hi braidd yn hir i starto'r injian!" — cyn i'w byd newid yn llwyr a sydyn. "Fe wnest ti lan am hynny wedyn!" 'Roedd y ddau yn rhieni bellach ar dair merch a bachgen. Megan, Geinor, ac Esther Ann yr un sbit â'u mam, ac Eben John yr un bictiwr â'i dad. 'Roedd gan Bertha ddigon i'w wneud yn edrych ar ôl ei theulu o hyd, yr hen blant wedi tyfu, y crotesi wedi cael cyfle i weithio yng ngwahanol siopau'r pentre, a'r unig fab yn dangos addewid anarferol ddigon yn yr ysgol uwchradd. "Ma fa bownd o fod yn dilyn 'y nheulu i!" dywedai Jim yn aml i blagio'i wraig. Gan mai cyflog ei gŵr yn unig oedd ganddi i gadw'r teulu, bu'n falch iawn o gymryd Iestyn fel lojar. 'Roedd yr ystafell wely fawr yn y cefn yn wag, a'r funud y gwelodd ei wyneb gwledig, bochgoch, nid oedd ganddi unrhyw amheuaeth ynghylch estyn croeso iddo i'r aelwyd. "Druan bach, fydd yr hen bwll 'ma ddim yn hir cyn rhoi'i farc arno!"

" 'Rown i'n gwbod y câi lety y funud y gwelet ef," meddai Jim, yn canmol ei wraig am ei haelioni.

"Hen grwt pert fel hyn!" atebodd Bertha, "Fe gâi gwtsio yn 'y nghesel i cyn bod heb le."

"Ble caet ti fwy o groeso na hynny, Iestyn?" meddai Jim.

Aeth lliain gwyn dros y bwrdd a gosododd Bertha y tecell yn solet ar y tân. "Dishgled o de amdani!"

Deuai Bertha Price o hen gyff a fu yn y cwm ers cenedlaethau, hen fugeiliaid y mynyddoedd cyfagos, a'u gwaed wedi llifo i wythiennau newydd, gwŷr Cernyw, gwŷr o'r Iseldiroedd, Gwyddelod, Sbaenwyr, sipsiwn, oddi ar i'r diwydiant glo greithio wynebau a thiroedd yr ardal o Ferthyr Tudful i Abergorci, o'r Rhigos i Lyncorrwg draw. 'Roedd hi bellach yn wraig ffraeth frongron, sylweddol ei chorff a'i chymeriad, ond yr oedd olion yr hen brydferthwch gosgeiddig a nodweddai ei hieuenctid yn llesg weladwy o hyd dan haenau cynnes a thrwch mamol ei chnawd.

'Roedd tynged yn hofran o gwmpas gwraig a theulu ac aelwyd pob glöwr fel aderyn drycin tywyll, meddyliai Jim Price. 'Roedd Bertha, ei wraig, wedi derbyn y dynged honno fel pob gwraig arall yn Senghennydd. Derbynnid y cyfan fel galwedigaeth, a'i wisgo bron fel *halo*. Math o dynged a naddodd ieuenctid ymaith a cherfio yn ei le gnawd ac esgyrn a'u gadael â rhyw brydferthwch dieithr newydd. Deniadol, ond trist. Delwedd o'r tristwch nad oedd modd ei osgoi yn yr amgylchedd na'r un wyneb a berthynai i'r fro.

Troesai gwallt sipsi Bertha yn frith yn awr. Cylchid ei llygaid tanbaid â thywyllwch rhywiol a lynodd wrthi ar ôl i'w llunieidd-dra ffoi. Codai gyda'r wawr bob dydd — ni fynnai dros ei chrogi anfon ei gŵr i'r gwaith heb roi sylw personol i'w reidiau, brecwast hael, tebotiad llawn o de, ac anwes gynnes yn y drws, hyd yn oed ar ôl i'r gwely fod ar dân am awr. 'Roedd pob coliar fel Jim yn haeddu digon o fwyd a digon o gariad. Ar ddiwedd dydd, hi a ddringai'r grisiau gyntaf pan alwai nwyd tyner yn fwy na chwsg. Ac fe wyddai erbyn hyn, er mawr lawenydd iddi, os oedd hi a'i gŵr dipyn yn araf ar y cychwyn, eu bod wedi gwneud defnydd teilwng o'u cariad a chanddynt dyaid o blant hawddgar i brofi hynny.

"Dere, Jim bach!" meddai, y noson honno, "Ma 'da fi rywbeth i'w ddweud yn dy glust!"

Cerddodd gŵr y tŷ yn ddistaw ar ei hôl, mor frwd ag a wnaeth y noson gyntaf honno.

TOM ROBERTS

"Beth am dipyn o help i roi'r golar 'ma i fyny?" erfyniodd Tom Roberts ar yr ofarman, gan daflu llygad pryderus ar y bachgen eiddil wrth ei ochr, a'i law fawr ddu yn sychu'r chwys oddi ar ei wyneb, "Gormod disgwyl i'r hogyn 'ma neud, ddyn!"

Safai'r swyddog fel tarw stwbwrn o'i flaen. Edrychodd yntau ar y bachgen. Poerodd. Sychodd ei weflau. Be ddiawl, dim amser nawr i foddran â phethau fel hyn, gormod i'w neud, a chrots bach fel hyn y lleiaf o'i ofid! Aeth ar ei ffordd heb air arall allan o'i ben, dim ond sŵn ei sgidiau mawr yn canu bob cam i'r twllwch.

Tasg anodd oedd gosod y golar dan ddaear; hawliai amynedd ddigonedd a mwy fyth o fedr. Dibynnai bywydau dynion arni — *dyna* gonsarn Tom Roberts! Mynnai wneud y dasg yn berffaith bob amser, ond — wel, ni fedrai gyflawni'r amhosibl! Creadur tal, cyhyrog ei freichiau a'i goesau, lluniaidd, nerthol, gystal ag unrhyw greadur yn Senghennydd ydoedd; pwyllog ddigon hefyd, synhwyro perygl, heb wybod beth oedd ofn, ond — rhaid oedd iddo wrth gymorth mwy sylweddol ar gyfer tasg o'r fath na'r sgerbwd hwn o grwt! Ac yr oedd y teyrn boliog 'ma wedi'i wrthod.

Gwnaeth Tom Roberts benderfyniad yn y fan a'r lle wedi i'r ofarman droi ei gefn. Un fel'na ydoedd. Gwrandawodd y bachgen am ei fywyd, ei lygaid yn olau gan bryder. "Be sy'n digwdd, Twm?"

Wel, ysgol galed oedd y pwll glo, gystal i'r crwt bach sylweddoli hynny nawr, fel y bu'n rhaid iddo yntau sylweddoli. Cawsai ddigon o wersi erbyn hyn ar gyfer deng einioes. 'Roedd y bachgen yn newydd a diniwed, heb wybod awdurdod na gorchymyn uwch erioed na'i rieni a'i athro, ac yr oedd gwg a rhegfeydd lolyn o swyddog fel hyn yn ei siglo i'w sodlau. Gwibiai ei lygaid gan ofn. 'Roedd ceg y truan yn agored a sych. Eto i gyd, dywedai ei edrychiad ei fod yn llwyr ymddiried yn ei bartnar, Tom Roberts, cadernid y dyn yn gaer iddo, a phob gair a ddeuai allan o'i enau fel y dengair deddf i'r bychan.

"Adra amdani, Idris bach!"

"Ond 'dyw'r sifft ddim ar ben, Twm!"

"Ma'r sifft ar ben i ti a minna, 'ngwas i."

"Shwd hynny?"

" 'Dw i wedi penderfynu rhoi'r offer ar y bar!"

Penderfyniad anodd oedd gorffen fel coliar ym mhwll yr Universal, y rhan fwyaf o'i gyfeillion a'i gymdogion yn gweithio yno, y pwll o fewn ergyd carreg i'w gartref. Ar ben hyn, yr oedd yn un o ddynion achub, *first-aiders*, mwyaf blaenllaw Senghennydd.

"Fe awn draw i'r Oakdale i weithio!" meddai Tom Roberts wrth y bachgen. Peth rhesymol, wrth gwrs. Nid oedd Oakdale mor gyfleus, mae'n wir, ond beth oedd milltir neu ddwy pan oedd hi'n fater o fara beunyddiol? "Wyt ti am ddod hefo mi, hogyn?"

"Well — well i mi gael gair 'da 'Nhad a Mam."

"Paid â deud dy fod am aros 'ma i'r mochyn ofarman 'na dy gam-drin!"

"Na, na, well gen i ddod 'da chi, ond . . ."

"Ond . . .?"

"Ma 'Nhad yn dweud chawn ni ddim arian gystal yn unman ag yn Senghennydd."

"Digon gwir! Dyna pam y des i o Nant-y-moel, ond — wyt ti'n gwbod — ydi dy dad yn gwbod — pam ma'n nhw'n talu'n well i goliar a'i grwt yn Senghennydd?"

"Na . . . pam, Twm?"

"Am ma dyma'r pwll mwya danjerus yn y wlad!"

Gadawsai Thomas Charles Roberts ei fro enedigol — "Gwlad Owain Tudur!" — fel y daethai'r ganrif ddiwethaf i'w therfyn. Dychwelodd i Fôn unwaith neu ddwy ar ôl dod i'r Sowth, y tro diwethaf i gladdu'r hen ŵr ei dad, ond y Sowth oedd ei gynefin a Senghennydd ei gartref mwyach. 'Roedd acenion Môn yn dew ar ei dafod o hyd. Monwysyn a fyddai hyd ei fedd. Nid aeth diwrnod heibio na chofiai am yr hen wynebau a'r hen ddyddiau o gwmpas y Gaerwen. 'Roedd wrth ei fodd yn adrodd hen chwedlau, hen faledi, a hen hiwmor yr ynys, y cwbl ar ei gof o hyd, rhan hanfodol o'i bersonoliaeth, ond . . . wel, go brin y dychwelai i Fôn mwyach gan eu bod nhw i gyd, rhieni, dau frawd, a thair chwaer, wedi eu claddu erbyn hyn!

Peth rhyfedd oedd acen dyn. 'Roedd pobl yn sibrwd, rhantio, rhegi yn ei glustiau bob dydd byw, acenion main Dyfed, hen nodau'r Wenhwyseg, seiniau Gwlad yr Haf, ac acenion difyr y Gwyddel, ond nid oedd yr un ohonynt yn ei gyfareddu fel llond ceg o Gymraeg Sir Fôn. Cyn gynted ag yr agorai ei enau, er iddo dreulio blynyddoedd bellach yn y Sowth, y peth rhwyddaf dan heulwen Duw oedd dweud o ba le yr hanai, ac i unrhyw un o synwyrusrwydd cyffredin gellid ei leoli o fewn ergyd carreg i Bont Telford, Biwmares a Llanfairpwllgwyngyllgogerychwyrndrobwll-llandysiliogogogoch. O, yr hwyl a gawsai yn rholio'r enw bendigedig hwn ar flaen ei dafod o flaen Saeson, Gwyddelod, a phroselytiaid o bob math! Yr iaith orau yn y byd. A'r hynaf, anwylaf hefyd.

Daethai Tom Roberts â chyfoeth o chwedloniaeth a hen farddas Môn gydag ef i'r Sowth ar wahân i'w acen. "Glywsoch chi erioed am hen wrach Talwrn?" gofynnai ar dro i hwn a'r llall, boed gyfaill neu estron, ac yr oedd wrth ei fodd yn adrodd yr hanes amdani. Dyfynnai bryd arall —

Dwy flynedd cyn yr aflwydd
Tair pont ar y Fenai fydd.

Ar ôl gweithio o gwmpas y ffermydd, casglasai bob math o hen drysorau, gemau nad oedd byth yn debyg o'u hanghofio, ac yn ystod y saib danddaear byddai'n hoelio sylw hen ac ieuanc ar ambell gywydd neu emyn neu bennill digri. Taranai bryd arall un o gampweithiau Goronwy Owen — bardd mwya'r byd! — fel 'Cywydd y Farn Fawr':

Syrth nifer y sêr, arw sôn!
Drwy'r wagwybr draw i'r eigion . . .

Cydfydd y fall â'i gallawr,
Câr lechu'n y fagddu fawr . . .

"Translation, Tomos!" apeliai rhai o'r Gwyddelod.

"Translession! What you duffers think I am?" atebai yn ei Saesneg bratiog, "Gweilch, how can I translate wonderful poetry like that into your old Saesneg, mongrel, lobscows!"

Na, nid gwaith hawdd o bell ffordd oedd penderfynu ystalwm ffarwelio â'r hen fro, clydwch yr hen gartref ac anwyldeb yr hen bobl a'r hen gyfeillion, ond — ac nid oedd yn debyg o anghofio hyn! — yr oedd ffarmwrs Môn yn rhoi bywyd go galed i'w gweision, cyflogau gwael, gwely mewn llofft stabal, a chynnwys hen grochan ffiaidd yr unig ymborth bob dydd gwyn. Eto i gyd, yr oedd cymaint â hyn i ddweud amdano falle; yr oedd yn fywyd iawn i roi tipyn o ruddin yng nghyfansoddiad gŵr ifanc, maeth i'r dyn oddi mewn i'w wneud mor gadarn â'r dyn oddi allan. A phan ddaeth yr awr i Tom Roberts fentro allan i'r byd mawr am ei gynhaliaeth, yr oedd ganddo ddigon o adnoddau i'w gorff a'i feddwl a'i gymeriad wynebu'r hen fyd hwnnw.

Digwyddodd un o'i ffrindiau pennaf, Now Pant-glas,

wrth weithio yn y caeau gydag ef, sôn fod ganddo ewythr yn rhywle yn y Sowth oedd yn brif oruchwyliwr pwll glo, ac nad ffôl o beth fyddai i'r ddau ohonyn nhw ei siawnsio tua'r Sowth i geisio gwaith. " 'Does aflwydd o ddim yn ein haros yn Sir Fôn 'ma Tom!" Gwir bob gair, ac nid oedd angen cysidro eiliad yn hwy.

"Pa bwll 'di hwnna, Now?"

"Nant-y-moel."

"Ble gebyst ma hwnna?"

"Dim syniad, ond — ddim ymhell o Gaerdydd."

"Ble'n union ma Caerdydd?"

"Ddim ymhell o Lanelli."

"Waeth i ni heb, Now," meddai Tom Roberts, yn pwyso ennyd ar ei hof ac yn llygadu'r gorwel.

"Mi ddof i hefo chdi!" meddai Now, yn llygadu i'r un cyfeiriad.

"Bywyd go galad danddaear, cofia!"

"Caletach nag ar y ffarm hefo'r hen Jos?"

"Choelia' i fawr."

Estynnodd Now Pant-glas ei law. "Mi wna' i dy gwarfod ar doriad gwawr ar y groesffordd, Tom."

"Ar doriad gwawr, Now!"

Pan dorrodd y wawr honno, cerddodd Tom Roberts drwy'r Gaerwen at y groesffordd apwyntiedig. Ffarweliodd â'r teulu — hen brofiad annifyr! Syllodd ar amlinell y tai bychain gwyn a'r caeau. Go brin iddo weld yr hen le yn y golau hwn erioed o'r blaen. Bron fel breuddwyd! Gwrandawodd ar yr adar cynnar wrthi'n trydar. Gellid tyngu fod hanes ei ymadawiad yn cael ei ledaenu o nyth i nyth. Gwelai'r capel lle y treuliasai Sabothau ei fywyd ifanc. Medrai glywed y funud honno lais yr hen Rhisiart Hughes, pen blaenor, mor glir â'r gloch yn gwneud ei gyhoeddiadau yn y sedd fawr — "Ma'n sobor o flin gen i glywed am ddau o blant yr eglwys wedi penderfynu 'madal am y Sowth!" 'Roedd holl olygfa ei lencyndod yn gryndod o flaen ei lygaid yng ngolau gwan y wawr. Ei fyd cyfan yn hongian mor fregus â gwlithyn ar ddeilen.

Cyrhaeddodd y groesffordd.

Ble oedd Now Pant-glas? 'Doedd bosib, ar ôl awgrymu'r fenter a'r holl obeithion am ei ewythr a'r sôn am Nant-y-moel a bywyd braf y Sowth, ei fod wedi mynd yn ôl ar ei air a'i siomi. 'Roedd y fath bosibilrwydd wedi croesi'i feddwl, wrth gwrs. Siaradwr penigamp oedd yr hen Now, llawn syniadau a bwriadau da, nes i'r awr dyngedfennol gyrraedd — bai heb fod yn arbennig i Now o gwmpas y Gaerwen, chwarae teg! Onid oedd gormes y blynyddoedd, byddigions yn hawlio llafur a rhent ac ufudd-dod tu hwnt i reswm, hen achau diog yn mynnu rhannu lle â'r Anfeidrol ei hun mewn eglwys a llan, nes bod y bobl gyffredin yn rhy ofnus i agor eu genau? Gwelsai Tom Roberts rai o wŷr y fro yn cowtowio'n wasaidd nes bod eu trwynau yn cusanu'r ddaear. Sgrifennwyd y gwaseidd-dra hwn ar wynebau'r fro mor greulon ag olion oged ddrain, sarhad y werin, haenen isaf cymdeithas, y gymdeithas yr oedd ef, Tom Roberts, yn aelod ohoni o'r crud.

Serch hynny, teimlasai oddi ar y diwrnod cyntaf y plygodd i godi'r chwyn dros ei feistr fod rhywbeth gwell gan fywyd ar ei gyfer. Fe all nad oedd bywyd glöwr yn y Sowth ond ffurf arall o'r un gormes,a'r fath gaethiwed yn beryclach na'r bywyd o gwmpas ffermydd Môn, ond yr oedd ganddo yr ymdeimlad fod y gŵr a fentrai i lawr y siafft yn perthyn i rywogaeth ddewrach o gryn dipyn, ac yn berchen ar ryw fath o annibyniaeth; natur ei orchwyl yn rhoi iddo urddas, heb ofn dyn na diafol, ac yr oedd anrhydedd yn perthyn i'r coliar yn ei gwman yn y talcen glo na lwyddai holl foesau a rhwysg parlyrau a neuaddau'r goludog i'w rhoi i'r uchel ach.

Torrodd y wawr honno dros erwau gwylaidd Môn a gwelodd y cysgodion yn troi'n lliwiau a wahanai'r ffurfafen a phridd y ddaear. Aeth aderyn unig o'r golwg dros y gorwel — delwedd o'i helynt ei hun!

Ble ar y ddaear oedd Now Pant-glas?

Ble?

* * *

Nid oedd Tom Roberts i weld na gwybod dim mwyach am ei gyfaill Now ar ôl y bore hwnnw. A godai'i sodlau ac anghofio amdano? Yng ngoleuni hardd y wawr fythgofiadwy hon, nid oedd modd yn y byd y medrai droi'n ôl mwyach. Ni fedrai dros ei grogi gerdded i mewn i fwthyn ei dad a'i fam, addef iddyn nhw i'w gyfaill gorau ei siomi — "Ddeudais i o'r cychwyn ma un fel'na odd Now!" — a'i fod yntau o ganlyniad wedi newid ei feddwl. Byth! Y peth nesaf a wyddai, yr oedd yn brasgamu'n benderfynol ar ei ffordd, ei sgidiau hoelion yn atsain ei benderfyniad ar y ffordd wledig, buchod Dafydd Huws yn estyn eu gyddfau dros y gwrych wrth aros i gael eu godro, Lisa Owen a'r hen Ffanni Elis yn brysio at y trothwy, a hen gi Fron-goch yn ei lygadu'n amheus rhwng ei bawennau.

Pum niwrnod yn ddiweddarach, syllai Thomas Roberts o'r Gaerwen, Ynys Môn ar amlinell ffyrnig, heintus, ac ymerodrol Pwll Nant-y-moel, De Cymru am y tro cyntaf. Cofiodd y diwrnod pan welodd am y tro cyntaf longau mawr dociau Lerpwl. Am eiliad, aeth ei feddwl yn ôl i Fôn, y ffyrdd gwledig, pentrefi tawel, y capelau bychain cilwgus fel pe'n disgwyl dydd Duw mewn parchedig ofn. Yr oedd yr oll mor bell, mor ddi-nod, mor afreal yn awr. Cyraeddasai'r Sowth o'r diwedd! Y ddaear ddu dan ei draed! Aeth yn syth i weld y goruchwyliwr.

"Oes 'na siawns am waith 'ma, 'sgwelwch yn dda?" Dyna'r unig eiriau y medrai Tom Roberts feddwl i'w gyflwyno'i hun i'r gŵr bonheddig. Ymddangosai'n ŵr cadarn — pen mawr o wallt coch, dwylo mawr yn gweithio fel melin Llangefni, a'i acen yn un hynod o gyfarwydd fel pe na gadawsai'r dyn ei bentref genedigol, Bodedern, erioed.

"O ble wyt ti'n dod, 'ngwas i?"

"Sir Fôn, syr!"

Ymatebodd y goruchwyliwr mewn eiliad. Daeth gwên fawr dros ei wyneb coch. Sir Fôn! Gellid gweld y llawenydd yn ei lygaid. Gadawsai'r ynys yn llanc anturus, gweithiodd yn galed a diarbed, ac yr oedd ganddo un o'r swyddi pwysicaf ym maes glo Deheudir Cymru bellach. 'Roedd yn ŵr o ddylanwad yn y pentre hefyd ac nid oedd hyd yn oed y gweinidog yn berchen mwy o awdurdod nag ef yn y capel. "Sir Fôn!" meddai unwaith eto yn llawn hiraeth, y ffordd y bydd rhai dynion busnes caled yn medru meddalu weithiau. A dyma hogyn o'r hen ynys, meddyliodd, wedi mentro fel y gwnes i i'r Sowth . . . wel, y peth lleiaf a fedrai ei wneud oedd ei helpu!

"Mi ofynnes i Now Pant-glas ddod hefo mi; fo ddaru ddeud amdanoch chi . . ." dechreuodd Tom Roberts, yn synhwyro ei fod eisoes wedi ennill ffafr y dyn mawr.

"Now . . .?" Edrychodd y manajar yn syn. "Fy nai!"

"Fy mhartnar!" meddai Tom Roberts, yn obeithiol.

Y bore wedyn, dechreuodd y llanc o'r Gaerwen ar ei sifft gyntaf fel un o goliars De Cymru. Cyn bo hir, nid oedd yr hen fywyd ond yn atgof. Llwyddodd i gael lojin ar aelwyd gwraig weddw — 'roedd pump o lojars eraill ganddi er mai tŷ bychan ydoedd; gweithiai'r coliars sifftiau gwahanol, felly pan oedd un yn neidio allan o'r gwely, yr oedd un arall yn neidio i mewn iddo. Nid oedd Tom Roberts yn rhy hoff o'r drefn ar y cyntaf, ond ar ôl gweithio danddaear am rai dyddiau yr oedd yn falch rhoi'i gorff lluddedig i lawr yn rhywle.

Sgrifennai adref at ei rieni yn gyson. Anfonai dipyn o bres i'w fam hefyd. Anfonai ei rieni'n gyson ato yntau, pob math o newyddion am y Gaerwen, ac ambell barsel o fenyn a chig moch iddo "feddwl am gartra". Ar ôl cynilo, llwyddodd i dalu ymweliad, nid ar droed y tro hwn, ond fel gŵr bonheddig ar y trên. Newid yn Amwythig, newid yng Nghaer, a'i feddwl ym mynd yn ôl bob hyn a hyn at y bore hwnnw pan fethodd Now Pant-glas gadw'i air i gwrdd ag ef ar y groesffordd a mentro ohono i'r Sowth ar ei ben ei hun. Beth oedd hanes Now druan bellach? O gwmpas y Gaerwen, gweithio i'r hen Jones, dal i gega am ei ewythr yn Nant-y-moel ac addo iddo'i hun ei mentro i'r Sowth ryw ddiwrnod!

O, yr oedd yn dda cael bod yn ôl yn yr hen fro! 'Roedd yr aer fel gwin dros y Fenai. Rhyw wyrddni i'r meysydd a glesni bendigedig i'r ffurfafen! Dyfalodd am eiliadau, er yr holl brydferthwch iach, tybed a lwyddai i ymgartrefu eto yn ei hen gynefin? Go brin, go brin! 'Roedd yr arian yn well, gwaith yn gyson, bid siŵr, ond — cwmni'r coliars! Ni fedrai droi'i gefn ar hynny byth mwy. Dynion yn anadlu'r un awyr, rhannu'r un peryglon, mwynhau'r un hwyl, a chario'r un beichiau danddaear. Hen gwmni da. Braint oedd perthyn.

A byddai Tom Roberts wedi treulio gweddill ei ddyddiau yn Nant-y-moel, oni bai i un o'i gydweithwyr awgrymu, ar ôl ei ddychweliad o'r Gogledd, "Wyt ti wedi meddwl erioed am roi'r offer ar y bar fan hyn?"

Gadael Nant-y-moel! Ynfyd! Onid oedd wrth ei fodd, hyd yn oed ar ei lojin, lle 'roedd y gwely'n gynnes ar ôl rhywun arall, o leia?

"I be 'dw i am symud o fan hyn, newydd ddechra cael blas?"

"Ma 'na bylle gwell, bachan!"

"Gwell na Nant-y-moel?" Chwarddodd. "Ble, dŵad!"

"Senghennydd!" meddai'i bartnar.

"Senghennydd!" Y tro cyntaf i Tom Roberts glywed sôn am y lle. "Be sy mor sbesial am Senghennydd?"

"Y peth wyt ti a minne yn wsu'n bots amdano! Arian, wrth gwrs!"

"Ma'r arian yn Nant-y-moel dipyn gwell na'r arian yn Sir Fôn."

"Be ti'n wilia, bachan! Ma'r arian yn Senghennydd yn well o beth gythrel nag yn Nant-y-moel!"

Crafodd Tom Roberts ei ên. Wel, daethai i'r Sowth i wella'i fyd, ac nid oedd fawr o siawns gwneud hynny heb bres! "Dŵad ragor wrtha i!"

Agorodd llygaid y partnar. "Chwe sifft am bump, bachan!"

'Roedd Tom Roberts yn crafu'i ên yn galetach fyth. "Well i ni holi am hyn."

"Wel, wi am fynd 'na . . . "

Ac meddai'r llanc o Fôn, "Os yw'r hyn wyt ti'n deud yn wir, mi ddo' i hefo chdi."

Ysgwyd llaw ac ymlaen â'r gwaith. Cofiodd Tom Roberts am y tro y gwnaeth yn union yr un peth ar y groesffordd gyda Now — "Now wedi symud i weini ffarmwrs yn Niwbwrch!" meddai'i fam yn y llythyr diwethaf — a chael ei siomi. Os oedd y stori hon am Senghennydd yn wir, nid oedd siawns yn y byd iddo ef fynd yn ôl ar ei air. Sut bynnag, bu ganddo ei feddwl ei hun erioed, ac unwaith y gwnâi benderfyniad, yr oedd yn haws cael perswâd ar asyn.

Ac yr oedd pethau'n union fel y disgrifiodd ei bartner.

Aeth Tom Roberts ati'n ddiymdroi i gasglu ei bethau — hynny o bethau oedd ganddo ar ei enw! Nid oedd y llanciau a dyrrai i'r pyllau o wahanol gyfeiriadau — Cymru, Lloegr, Iwerddon a'r Alban — yn cludo fawr ddim mwy na'r dillad y safent ynddyn nhw. Cawsai Tom Roberts Feibil gan yr Ysgol Sul a llyfr hymnau gan y capel, rhoddodd ei fam sofren felen iddo — "Cadw hon! Mi fydd hi gen ti rhyngot a'r gwaetha wedyn!" — a rhoddodd ei dad glamp o wats iddo mewn casin — "Hen wats dy daid!"

Arhosodd ar y sgwâr am ei bartnar — yn brydlon fel y disgwyliasai am Now gynt! Y tro hwn, cadwodd y partnar ei air, a gwnaeth y ddau eu ffordd yn frwdfrydig i gyfeiriad Senghennydd. Cronnai'r niwloedd fel hen ysbrydion bygythiol ar ben Bwlch-y-clawdd, ac yr oedd digon o fwg a thwrw diwydiant yn dod o gyfeiriad Cwm-parc a Threorci i ddychryn y cawr cryfaf. Mor syfrdanol oedd yr awyrgylch yn y pocedau diwydiannol myglyd i'r hyn yr arferasai ag ef ym Môn, dim ond sŵn olwynion trol a throt caseg, lleisiau hamddenol y brodorion, a'r gwynt o'r Fenai bob hyn a hyn yn brathu i'r byw a rhoi halen yn y clwy.

Cawsai lety yn Nant-y-moel gan yr hen Mrs Ifans, gwraig weddw a gymerodd ato fel mam, er nad oedd y tŷ a gedwid ganddi yn cymharu'n rhy ffafriol â'r aelwyd y magwyd ef arni; 'roedd digon o ddiddosrwydd, tân mawr, bwyd da, ond heb y graen y medrai'i fam roi ar ddodrefnyn ac ystafell, ac 'iaith' y lojars a'r hen wraig weddw dipyn yn fras ar adegau. "O, 'machan mawr i, nag wyt ti'n mynd i 'ngatel i?" 'Roedd dagrau yn ei llygaid wrth iddo ffarwelio, ond — mynd oedd raid, oherwydd nid oedd modd yn y byd y medrai fforddio esgeuluso'r cyfle i'w wella ei hun! Ceisiasai ewythr Now, goruchwyliwr awdurdodol pwll Nant-y-moel ei berswadio i aros, hyd yn oed yn addo codi'i arian, gan ychwanegu, "Cofia un peth rŵan! Senghennydd ydi'r pwll perycla yn y De 'ma, un danchwa yno'n barod, mil naw dim un, arogli o nwy!" Bu bron i Tom Roberts awgrymu iddo anfon am Now ei nai, ond — penderfynodd mai gwell tewi! Ac fel yr oedd y dynion yn hwylio i weithio sifft arall, hwyliodd gyda'i gyfaill am y "man gwyn man draw".

Ysgrifennodd lythyr at ei rieni y diwrnod wedyn. Darllenai: "Yr wyf wedi symud i Senghennydd. Cefais waith yn ddidrafferth ym mhwll yr Universal. Mae'n bwll mawr a'r arian yn dda. Bydd coliars De Cymru i gyd yn cynnig am waith yn Senghennydd, ac y mae digon o hogiau'r North yma'n barod, yn ôl a glywaf. Os caf gyfle i ennill dipyn mwy o bres, byddaf yn medru eich helpu dipyn yn fwy a dod acw i'ch gweld yn amlach."

Darllenodd ei rieni y llythyr hwn yng ngolau'r lamp baraffîn yn y bwthyn ar Ffordd Telford, ei ddarllen drosodd a throsodd, a hynny'n ofalus bob gair, gan ymfalchïo yn llwyddiant eu mab. "Yr hen Dwm druan!"

meddai'r tad, "I feddwl 'i fod o wedi dod 'mlaen mor dda yn yr hen fyd 'ma! Pwll mawr! Arian mawr!" Aeth ei fam ymhellach na hynny wrth dynnu dŵr o'r ffynnon y diwrnod wedyn. "Siawns y bydd o'n fanajar toc, ylwch!"

Ar ôl cyrraedd Senghennydd, bwrw golwg ar derasau a stryd fawr y lle, rhoi trem ar y mynydd a'r cwm a llygadu'r pwll yn ofalus. Yr oedd un peth yn gwneud argraff sobreiddiol arno. Y newid a ddigwyddasai i bentre fel Senghennydd! Pan gyrhaeddodd o'r Gogledd, yr oedd sŵn ac olion y pwll glo yn Nant-y-moel, ond llwyddodd yr hen le i gadw awyrgylch pentre bach gwledig. I raddau, o leiaf. Am Senghennydd, cawsai'r ymdeimlad o'r eiliad gyntaf ei fod wedi landio mewn cilfach lle yr oedd diwydiant a'i holl beryglon a'i hawliau yn bennaf ar feddwl y boblogaeth. Cyflog ac oriau oedd pynciau mawr hen ac ifanc. 'Roedd coliars Senghennydd ymhell o fod, fel aml un yn Nant-y-moel, yn dangos rhyw gymaint o ofn o'r manajar ac yn cael eu hudo gan areithiau hwyliog gwŷr fel Mabon. Na, yr oedd dynion yr Universal yn dangos rhuddin nas amlygwyd yn yr un pwll arall, perswâd y meistri ymhell o wneud argraff, ac yn mynnu fwyfwy i lais y glöwr gael ei wrando. Un o'r pethau cyntaf a glywodd Tom Roberts oedd am y bygythion i streicio a fu yma. Gall fod Senghennydd yn bwll peryglus ac nad oedd modd osgoi perygl wrth weithio danddaear, ond yr oedd modd osgoi anghyfiawnder ac yr oedd holl lowyr yr Universal allan am hynny. Yn wir, teimlid rhywbeth anwar o'r bron yn y gwynt — mor wahanol i fwyneidd-dra Nant-y-moel!

Ar ben hynny, dysgodd Tom Roberts nad oedd yr ysbryd milwriaethus hwn bellach yn gyfyngedig i Senghennydd na rhannau o Dde Cymru, ond yr oedd yn ymledu'n gyflym i Loegr a'r Alban. Nid oedd y coliars i ildio modfedd mwy i'r perchenogion! "Ma'n rhaid cadw at Reol 20!" Ni wyddai beth ar y ddaear oedd "Rheol 20" ar y cyntaf, ond fe ddysgodd yn fuan — fel y gwnaeth pob glöwr yn yr ardal. Lleiafswm cyflog yn yr Alban! Chwe swllt y dydd! Pasiwyd hyn yn unfrydol. Cyn ei fod wedi'i drwytho'i hun yng ngwleidyddiaeth y pwll glo yn iawn, yr oedd Tom Roberts wedi pleidleisio dros gael streic, a hynny pan oedd Winston Churchill, Llywydd y Bwrdd Masnach, ar ei eithaf yn ceisio rhwystro'r gweithwyr rhag atal gweithio. Aethai gyda choliars Senghennydd i Neuadd Goffa Cory yng Nghaerdydd pan wnaed drafft o gynigion y glowyr a'i basio. Do, dangosodd o'r diwrnod cyntaf ei fod yn gefnogol i safiad ei gydweithwyr tu hwnt i bob amheuaeth. "Boed hyn yn gyfarwyddyd y Pwyllgor Gwaith: y dylid hysbysu'r Gynhadledd Gyffredinol cyn i unrhyw gytundeb newydd gael ei arwyddo, ac ar ôl hynny ei drosglwyddo i'r gweithwyr bleidleisio arno i'w dderbyn neu'i wrthod." Gwyddai'r geiriau fel y gwyddai hen benillion telyn ei fro enedigol!

Ydw, meddyliodd Tom Roberts, mi 'rydw i'n goliar go iawn rŵan, a choliar fydda' i hyd fy medd! Ni chymerodd yn hir iawn, yn enwedig yn Senghennydd, i'w wyneb a'i ddwylo ddangos eu briwiau a'u creithiau glas. Daethai'r gymdeithas lofaol yn wir gynefin iddo bellach. Nid oedd neb tanbeitiach yn yr ardal yn amddiffyn hawliau'r glöwr. Ac fe all mai'r tro cyntaf iddo ddangos ei bendantrwydd oedd pan dalodd ymweliad â'r siop grosar fechan ar gornel Commercial Street.

"Ie, 'sgwelwch yn dda?"

Merch ifanc fochgoch oedd hon tu ôl i'r cowntar. Un y byddai'i fam yn ei galw'n 'hogan bropor'. Sylwodd mor chwimwth oedd hi ar ei thraed, yn dawnsio o'r bron o silff i silff, llygaid disglair fel botymau glas, a rhyw ysgafnder soniarus yn ei llais — rhywbeth yn debyg i Lisa'r Borthwen! Dyma beth del, meddyliodd.

"Mi garwn i brynu yn y siop 'ma, 'sgwelwch yn dda," meddai'r Gogleddwr ifanc yn gwrtais.

"Oes llyfr siop 'da chi?" gofynnodd y ferch, a hynny'n ddigon ffrwt.

"Llyfr siop?" atebodd Tom Roberts, "Sut affeth ar y

ddaear ma llyfr siop gen i, a minna'n newyddian yn y lle 'ma?"

"Wel, fedrwch chi ddim . . ." dechreuodd y ferch ateb, ei llygaid yn ei archwilio," . . . fedrwch chi ddim cael pethe yn y siop . . ." oedodd eto, yn ansicr, " . . . os nad oes llyfr siop 'da chi!"

"Ylwch, 'merch i, 'dw i newydd gyrradd 'ma," dechreuodd y glöwr ifanc egluro, "newydd gael lojin ar ben y stryd 'ma, wedi dod i weithio yn y pwll, ond — rhaid i mi ga'l bwyd yn rhwla."

"Debyg iawn, ond . . ." Yr oedd yn amlwg iddo fod yr eneth yn teimlo'n chwith, fel pe bai am ei foddhau, ond yn methu.

"Brensiach annwl, ches i ddim trafferth fel hyn yn Nant-y-moel!"

"Nant-y-moel?"

"Ia, siŵr ddyn, newydd ddod 'ma i weithio o Nant-y-moel, wedi cael lojin ar ben y stryd 'ma, fel y deudais i, ond — 'dw i ddim wedi dod 'ma i lwgu, ferch!" Daeth yn ymwybodol o lygaid arno ym mhen draw'r siop. Sylweddolodd mai'r gŵr yn y ffedog wen oedd y perchennog. Edrychai'n ŵr clên.

"Thomas Roberts ydi f'enw i, yn enedigol o'r Gaerwen, Sir Fôn, ac wedi fy magu cyn onested ag unrhyw enaid byw yn y gymdogaeth 'ma — o hynny 'rydw i'n berffaith siŵr!"

Gwenodd y perchennog a daeth draw i gael gair. Sylweddololodd y coliar ifanc bod llond siop o bobl yn ei lygadu yn awr. "Croeso i Senghennydd!" Estynnodd y gŵr ei law. "Ma digon o fois y North 'ma, a'r rhan fwya ohonyn nhw yn Fethodistiaid . . . be 'dach chi?"

"Methodus!" atebodd Tom yn gadarn, a'i lygad yn wincio'n awgrymog.

"Mi gei di ddau lyfr siop, 'machan i!" atebodd y siopwr, yn wincio'n ôl, "dim ond i ti addo dod i'r capel!" Gwnaeth arwydd ar y ferch lygatlas tu ôl i'r cowntar. "Rhowch lyfr i'r gŵr ifanc 'ma, a gofalwch ei fod yn cael popeth ma fa'n dymuno!" Gwenodd ar ei gwsmer newydd eto, "A byddwch yn garedig wrtho, Alis!"

Meddalodd y ferch ac ymunodd yn y chwerthin. Ac meddai'r llanc o Fôn, "Roeddwn i'n dechra gofidio be gebyst odd yn bod ar ferched y Sowth — gweld mei-ladi mor oer tuag ata' i!"

Brysiodd y grosar i'w sicrhau mai un ddigon hynaws oedd ei gynorthwyydd ifanc. "Ma hi'n reit garedig yn y bôn, ond — dipyn yn garcus gyda phobol ddierth! Gorfod bod mewn siop fel hyn, wrth gwrs."

"Mi gymra' i'ch gair, syr!" atebodd Tom Roberts, yn gwenu ac yn falch i'r ferch tu ôl i'r cownter gymodi ag ef o'r diwedd, "neu 'roeddwn i ar fin 'i heglu'n ôl i Nant-y-moel."

Aeth y grosar ymaith i orffen ei waith yng nghornel bella'r siop. Edrychodd Tom Roberts o'i gwmpas. 'Roedd y silffoedd yn orlawn o nwyddau, cosyn mawr, braf ar y cowntar bron dan ei drwyn, darnau mawr o gig moch yn hongian wrth fachyn o'r seilin, ac arogleuon yn dod o bob cyfeiriad yn ddigon i godi archwaeth "ar fwnci pres", ys dywedai ei dad.

"O'r gore!" meddai'r ferch, ei llygaid dipyn yn hapusach yn awr wrth syllu arno, "Odich chi wedi penderfynu beth ŷch chi'n mofyn?"

"Ydw, ydw, ydw!" atebodd, ei lygaid yntau'n danbaid arni hi erbyn hyn, "Mi benderfynes hynny y foment weles i chi!"

Goleuodd y llygaid gan chwilfrydedd, "Dim ond i chi ddweud, mi wnaf 'y ngore i'ch plesio."

"Wnewch chi, wir?"

"Debyg iawn."

Safodd y coliar ifanc yn edrych ar y ferch wrth y cowntar. "Dowch 'mlân, beth ŷch chi'n mofyn?" holodd y ferch eto.

Plygodd Tom Roberts ei gorff ystwyth dros y cownter

gan edrych ym myw llygaid y ferch. "Ti, yr hen bits fach!" cyhoeddodd nes i bawb yn y siop estyn eu gyddfau i edrych ar y Northyn beiddgar. Gwelwyd rhai gwefusau yn cau fel pyrsau a'r llygaid yn melltennu syndod, er bod y grosar yn chwerthin a bron yn siglo gan edmygedd a llawenydd. "Chei di ddim gwraig well na honna 'sat ti'n whilio'r cwm 'ma â chrib mân!"

"Own i'n meddwl ych bod chi'n — *forward* . . ." dechreuodd y ferch, ond cyn iddi gael cyfle i ateb yr oedd y llanc wedi'i chlymu yn ei freichiau a'i thynnu ato i'w chusanu.

"Ow, 'shgwlwch arno fe!" brathodd un hen wraig wrth gwsmer arall, "Northman, iefe? Mi fidde'n well 'da fi weld 'y merch yn prioti Gwyddel, myn yffarn i!"

"Sht, sht!" meddai'r grosar a'i lygaid yn tywyllu i geryddu'r hen chwaer, " 'Does dim iaith fel'na i fod yn y siop hon — yn enwedig yng ngŵydd pobol ddierth! Be sy'n bod arnoch chi, fenyw?"

Ac ar hyd yr amser yr oedd Tom Roberts yn cydio'n dynn yn y ferch tu ôl i'r cownter, ac er bod rhai o'r cwsmeriaid yn dal i ryfeddu, yr oedd y Northyn yn graddol ennill y frwydr a'r eneth yn ildio'n dawel, gwên ar ei hwyneb a lwmp o gaws yn ei llaw.

"Dyna'r eiliad ryfedda a ddath dros 'y mhen i ariôd!" tystiai Tom Roberts ar hyd y blynyddoedd wedyn. "Ar ôl i mi gydio ynddi fel'na, mi wyddwn y cawn i lyfr a'r siop ganddi, oherwydd — mi wyddwn 'mod i'n cydio ym mhartneres 'y mywyd!"

Ac fel'na yn union y bu . . .

Priodwyd Thomas Roberts o'r Gaerwen ag Alis Lewis o Senghennydd. Gwnaethant eu cartref yn un o'r tai canol yn Heol Caerffili. Codasant deulu o bum mab a thair merch. Âi'r gŵr ifanc o Fôn i'r gwaith yn brydlon bob bore a chlywid ei esgidiau hoelion yn taro'r palmant yr un amser ar hyd y blynyddoedd. Codai Alis hyd at ei ysgwyddau fel y gwnaethai'r tro cyntaf yn y siop grosar a'i chusanu. "Wyt ti'n cofio, y gnawas fach?" gofynnai. Fe chwarddai'i llygaid mawr glas arno. "Dere'n ôl yn saff ata i!"

O'r diwrnod cyntaf ym mhwll yr Universal, er iddo ddod i Senghennydd heb fymryn o ofn ac amheuaeth, roedd rhyw hen deimlad annifyr yn ei gnoi bob tro y disgynnai i weithio yn Rhandir Mafeking. Rhywbeth ynghylch yr aer a'r stondinau a'i gwnâi'n amheus. Gwiriai y clywai leisiau ar dro ac aflwydd o neb yn y golwg. Deuai ceffyl allan o'r tywyllwch ar dro yn union fel drychiolaeth yn ymosod ar ddyn. Diferai'r dŵr — drip drip drip! Rhythai'r ochrau du a chrechwenu'n fygythiol. Y coed yn gwichian wedyn. Ond gwaeth filwaith na'r cwbl, arogl — digon i dagu dyn ac anifail. Dyna pam yr ymunodd â'r tîm achub o'r cychwyn. "Ŷch chi byth yn gwpod mewn lle fel Senghennydd," meddai'r gŵr a gymerodd ei enw, "Ma angen dinon ifanc fel chi."

"Mi wnes i ychydig bach o *first-aid*," eglurodd Tom Roberts wrth Mr Shaw, goruchwyliwr yr Universal, fel rhyw fath o gymeradwyaeth.

'Roedd y manajar wrth ei fodd. "Yr union fath o ddyn ŷn ni'i mofyn."

Ac meddai capten y tîm achub, " 'Does dim digon o ddinon stedi i ga'l, w! Croeso!"

Wel, yr oedd hyn yn benderfyniad nad oedd Tom Roberts wedi edifarhau amdano, nid yn unig am yr ofn a'i terfysgai'n gyson, ond fel rhyw arwydd o ddiolchgarwch am y modd yr achubwyd ef fwy nag unwaith pan fedrai oediad o eiliadau fod wedi rhoi terfyn ar ei einioes. Cymorth hawdd ei gael mewn cyfyngder, yn wir! Mae gan y glöwr ffordd o roi'i argyfyngau tu ôl iddo, dim sôn amdanyn nhw mwy, ond bob hyn a hyn dychwelant fel adar drycin. Bydd hen glwyfau yn llosgi a hen ofnau yn dychryn drachefn. Er enghraifft, cofiai Tom Roberts yn dda iawn am y tro dyrys hwnnw, y coliars o'i gwmpas i gyd yn ddiwyd wrth eu tasgau, dim math o rybudd, dim math o arwydd, dim math o drafferth, ac yntau'n mynd tu ôl i'r pyst Norwy i roi ergyd iddyn nhw, ergyd ar slent fel arfer, a'r peth nesaf a wyddai yr oedd y postyn melltigedig hwnnw ar lawr. Medrai glywed o hyd y coed yn gwichian fel cathod yn boddi. Dyna lle yr ydoedd, yn ei gwman, fodfeddi o'r to, postyn mawr ar ei arffed a'r pyst eraill yn ei hoelio i'r fan a'r lle mor sownd â sgiweri mewn darn o gig. Medrai deimlo o hyd yr hen gryd oer a gerddodd drosto, ei gefn yn dynn yn erbyn y glo, yr aer fel anadl dreigiau ar ei groen, chwys du yn pistyllo i lawr ei wyneb, a rhyw barlys yn meddiannu'i gorff fel nythaid o nadredd. Y fath deimlad! Pan yw coliar wedi'i gornelu fel hyn, perygl ac angau yn llygadrythu arno fel efeilliaid mud, gwallgo, a'r mynydd yn dechrau'i wasgu i lawr — O, nid oedd profiad o ddiymadferthedd tebyg i hwnnw i'w gael! Coridorau diddiwedd y ffas yn sgrechain a'r distawrwydd a'r gwacter yn cyhoeddi'i fychander yn uwch na'r cwbl — y pryd hwnnw y bydd asgwrn yr ymennydd ar fin hollti gan erchylltra.

Byddai'n meddwl yn aml sut ar y ddaear y daeth allan yn fyw y tro hwnnw. Ni wyddai, ni wyddai, yn wir! Anhygoel oedd yr hyn y gallai criw o lowyr godi â'u breichiau wyneb yn wyneb ag argyfwng. Y cwbl a wyddai oedd iddyn nhw ei dynnu allan o ganol y coed a'r cerrig a'r llwch. Oedd, yr oedd yn gwaedu, wedi'i glwyfo, wedi'i ddychryn, ond — yr oedd yn fyw! A dim ond y gŵyr a ŵyr beryglon bywyd danddaear a ŵyr beth a olyga i greadur meidrol ddod allan yn fyw fel'na.

Un tro arall, newydd siarad ag Elwyn Jenkins, taniwr — rhywbeth am y côr, pa fath o siâp oedd arno, beth oedd y darn prawf ar gyfer yr Eisteddfod Genedlaethol (Elwyn wedi ymgolli ar ganu, tenor hyfryd) — pan aeth ar ei ffordd, Elwyn yn mynd y ffordd arall, ac yna'r glec fwyaf a glywodd erioed â'i glustiau! Fel'na! Na, myn diain i, nid adawodd y pwll yn ddianaf y diwrnod hwnnw, creithiau glas ar ei dalcen a'i fochau a'i freichiau i'w atgoffa, ond pan welodd Elwyn y taniwr . . . Brenin Mawr, nid anghofiai'r wyneb hwnnw byth! Tyllu, gwthio'r saeth i'r twll, y lle'n barod, pan dynnodd Elwyn y weiren yn ofalus, dest digon i gysylltu â'r cebl. A dyma nhw'n cwrdd yn noeth, ffrwydro, a hyrddio'r graig yn gyfan i wyneb y creadur. Daliodd Tom Roberts beth o'r chwa, teimlodd ei glwyfau'n wlyb, ond nid oedd amser ganddo i feddwl am hynny, gymaint ag a fedrai wneud oedd meddiannu'i synhwyrau cyn mentro i gyfeiriad Elwyn. Arhosodd i'r llwch glirio. Tynnodd y truan yn rhydd. Yna, cydiodd a daliodd yr wyneb hagr, clwyfedig, gwaedlyd yn ei ddwylo. "Fedra' i ddim gweld, fedra' i ddim gweld, myn yffarn i!" oedd y cwbl y medrai Elwyn ei ddweud. Gweld, yn wir! Yr oedd mor ddall â phostyn. Gwyddai Tom Roberts na welai'r taniwr trist na'i wraig na'i blant na neb na dim byth mwy. Gadawodd y profiad hwnnw argraff arhosol ar y gŵr o Fôn.

"Pwy yw'r pregethwr heddi?" Pa mor galed bynnag y gweithiai a pha mor ysgytwol oedd rhai o'i brofiadau ar dro, dysgodd Alis yn gynnar yn ei phriodas nad oedd dim na neb yn medru rhwystro'i gŵr rhag mynd i'w gapel na diffodd ei ddiddordeb a'i sêl ym mhethau'r cysegr. "Os oes gronyn o synnwyr yn eu penne, mi wnân nhw di'n ddecon yn fuan, Tom Roberts!"

Chwarddodd nerth ei geg. " 'Dyw'r Sowth ddim yn rhy hoff o weld Northmyn yn y sedd fawr, cofia!"

"Pam hynny?"

"Eiddigedd, 'merch i."

"Pam ddylen nhw fod yn eiddigeddus, neno'r dyn?"

"Am fod y diaconiaid i gyd yn dod o'r Sowth, ond ma'r pregethwyr mawr i gyd yn dod o'r Gogladd."

Chwarddodd Alis. " 'Does dim dwyweth na fyddet ti, Tom Roberts, wedi gneud pregethwr mowr mowr!"

Er mai tynnu coes oedd hyn, dyma'r peth caredicaf y medrai'i wraig ddweud wrtho. 'Roedd Tom Roberts yn gapelwr selog. 'Doedd dim byd gwell ganddo na gwrando ar bregeth dda. Onid oedd pregethwyr mawr Môn wedi'i gyfareddu bron o'r crud? Thomas Charles Williams a John Williams oedd cewri'r dyfodol. Fe'u clywodd ond bythefnos yn ôl yng Nghapel y Twyn, Caerffili, y lle'n orlawn, ac iaith Ynys Môn yn dew ar eu tafodau — bendigedig! Y ddau hyn oedd ei ffefrynnau. Pan gyhoeddid eu henwau o fewn milltiroedd i Senghennydd, fe wnâi Tom Roberts yn siŵr ei fod yno, costied a gostio. Deuai sŵn hyd yn oed eu lleisiau â hiraeth mawr am Fôn yn ôl iddo. Buasai John Williams yn Abertridwr deirnos cynt. 'Roedd Tom Roberts yno. 'Roedd ei berorasiwn yn beth a arhosai'n hir yn y cof. "Yr hen Domos Owen Bodffordd," dywedasai, ei lais mor swynol â dŵr y nant ar ei daith, "wrth iddo weithio ar y ffordd yn meddwl fod y diafol yn 'i ddilyn! 'Pam wyt ti'n 'y nilyn i, Satan?' gofynnodd. Daeth yr ateb yn glir ac uchel, 'I d'atgoffa o bwy ddaru ddwyn y gwair ar gyfer ei boni!' Gwingodd yr hen Domos. Oedd, yr oedd y creadur wedi dwgyd ychydig o wair, 'roedd yr amseroedd yn enbyd, ac ni fedrai oddef gweld creadur yn dioddef! 'Pam nad ei di i ffwrdd, Satan?' gofynnodd. Daeth yr ateb yn syth, 'I d'atgoffa o bwy ddaru ddwyn y gwair ar gyfer ei boni!' A dyma'r hen Tomos Owen Bodffordd yn stretsho'i ysgwyddau cyn wynebu Satan, 'Yli'r, gwalch drwg, gad i mi d'atgoffa dithau o Galfaria!' Ac mor fuan ag y soniodd am Galfaria, diflannodd y Diafol am ei fywyd, ac ni fu golwg ohono yn unman wedyn!" Y fath bregeth!

Ar wahân i'w gapel a phethau'r cysegr, diddordeb mawr Tom Roberts oedd y tîm achub. Âi'n gyson bob blwyddyn bellach gyda'r dynion i gystadlu yng ngornestau'r timau ambiwlans. 'Roedd ei dîm ef wedi ennill nifer o gwpanau ar wahân i fod o wasanaeth mawr ar adegau. Gwyddai Tom Roberts y profion fel *Rhodd Mam*. Gwnâi'n siŵr i ymarfer ei dîm yn drylwyr cyn y gystadleuaeth. Arferai drefnu rhyw bôs iddyn nhw er mwyn hogi eu meddyliau. "Dowch, dowch, hogia!" Amlinellai'r sefyllfa yn fanwl o'u blaenau. "Gadwch i mi weld pa mor siarp 'dach chi heno!" Gwrandawai'r dynion arno am eu bywyd. "Rŵan, dest ar amser cau, dyma dân yn torri allan ym mar Tafarn y Bryn — imi gael ych gosod mewn awyrgylch ffafriol a chynefin i ddechre!" Chwarddai'r dynion, wrth eu bodd. "Dyma un o'r hogia yn derbyn ergyd ar 'i ên. 'Dw i ddim yn deud pwy wnath hynny na pham." Chwarddiad arall. "Ma'r creadur wedi ca'l noc-owt, wrth gwrs. Mae'r ail gwsmer yn dringo ar gadair i gael golwg well ar be odd yn digwdd ac yn cael y gadair wedi'i chnocio i ffwrdd oddi tano. Ma hwnna'n syrthio i'r llawr."

"Diawl o le felly, Twm!" meddai un o'r dynion.

Mwy o chwerthin.

Aeth Tom Roberts ymlaen: "Ma'r niweidia fel a ganlyn! Y cynta, torri asgwrn ei goes dde, andros o glwyf ar ei law dde, colli gwaed, a sioc ar y naw. Yr ail, torri asgwrn ei ên a chryn ysgytwad. Rŵan, ma'r pedwar ohonoch newydd orffen ych ymarferiad pan ddaw galwad i frysio i Dafarn y Bryn. Gwnewch rŵan yn union fel y gwelwch orau."

Llais direidus o ganol y dynion, "Wel, mi gym'ra i beint i gychwyn!"

'Roedd digon o chwerthin bob amser yn y sesiynau hyn. Âi Tom Roberts ymlaen i hyfforddi fel pe nas clywsai ddim. "Be 'di'r wybodaeth sy gynnoch chi 'mlaen llaw?"

Tawelai'r dynion unwaith eto a gwrando'n astud.

"Rŵan, 'rydach chi ar bwys y Neuadd. Fe wyddoch bod y dre a'r ysbyty agosaf filltiroedd i ffwrdd. Ma'r tywydd yn braf. Mae wedi troi deg o'r gloch y nos."

"Amser stop tap felly!" meddai'r llais direidus eto.

Cwthwm arall o chwerthin.

Beth oedd yn yr ymarferiadau hyn i beri i Tom Roberts ymddiddori ynddynt o'r cychwyn? Ar wahân i'w amynedd a rhyw gynneddf naturiol, 'roedd yr hen focs *first-aid*, eli, iodin, moddion, bandais, a hyd yn oed y sisyrnau a'r cyllyll siarp, yn meddu rhyw atyniad rhyfeddol iddo. "Fe ddylset ti fod yn hen gwac fel fi, bachan!" dywedai Dr James yn aml wrtho, fe wedi dod i archwilio'r anafus yr oedd Tom Roberts wedi'i achub a'i dendio ar ôl cwymp. Wel, falle bod ganddo ryw fath o glem na feddai'r lleill, mor drylwyr bob amser ym mha beth bynnag yr ymaflai'i law ynddo, ac fe gofiai'n fynych fel yr ymffrostiai'i fam eu bod nhw'n perthyn i hen feddygon Môn, meddygon esgyrn, yr oedd eu bri mor uchel o gwmpas Llannerch-y-medd a milltiroedd tu hwnt. Ar ben hynny, yr oedd mentro i'r Sowth, yn enwedig landio mewn lle fel Senghennydd a dod yn un o lowyr maes glo De Cymru, wedi ei newid, yn sicr. 'Roedd ei agwedd fel bod dynol wedi newid, ei berthynas â'i gydweithwyr wedi newid, ac yntau, bob nerth a chynneddf ynddo, fel pe bai chwistrelliad o ddur yn ei wythiennau nad oedd yno o'r blaen.

Gwnâi'r sylweddoliad hwn argraff fawr arno bob amser.

Yn y cymoedd, trigai pobl ond hyd anadl a braich oddi wrth ei gilydd, digon agos i weld tyllau chwys ei gilydd, a'r unig fath o orchudd oedd dipyn o ddillad parch ar y Sul. A phan ddeuai'r glawogydd, fel y deuent yn gyson ar fryniau noeth a briw Morgannwg, cawodydd gwyllt a diddiwedd yn curo'r tipiau a'r llethrau i wneud tirlun gwgus, yna cyfogai'r strydoedd digalon ym mhob gratin a thaflu'r golchion, ffieidd-dra crawnllyd, dros y gymdogaeth. Yna, fel y darganfu'r bobl ar hyd y blynyddoedd, nid yw clefyd na marwolaeth yn parchu personau waeth pwy ydyn nhw. Wel, yr oedd yn union felly dan ddaear! Stripid y dynion a chwysai yn y ffas i rwygo'r glo o lwynau'r mynydd i'w bogeiliau, pob wyneb yr un fath yn y twllwch, pob llaw yr un fath yng ngolau'r lamp, a phob coliar ond yn rhy ymwybodol fod y chwys a bistyllai allan o'i gnawd yn union yr un fath â'r sudd a ddiferai o gnawd y ceffylau druain a dynnai'r dramiau llwythog.

Ym mhen pella'r siafft, ymhell i mewn i'r ffas, stondin ar ôl stondin, yr oedd man lle y medrai'r coliar ei uniaethu'i hun â'r llygod mawr a'r cathod yn eu tyllau, gan rannu'r un crystyn a dioddef yr un boen. Darganfu Thomas Roberts yr hyn oedd yn gyffredin i ddyn ac anifail, clybu bwn gwaed ei boni fel ei bwn gwaed ei hun, a gwelodd Angau yn llygadrythu arno yn llygaid crwt bach marw dan gwymp. Ni fedrai ond rhoi o'i orau mewn cymdeithas o'r fath; rhoi, rhoi, rhoi yn ddiarbed! Osgo oedd yn rheidrwydd er mwyn iddo'i gyflawni'i hun. A *dyna* pam yr oedd mor selog fel *first-aider.*

A grwydrai'i feddwl yn ôl i Fôn weithiau? A grefai'i galon am lonyddwch yr hen ddyddiau ac yntau bellach yng nghanol y fath ddwndwr a pherygl? Pan fyddai'r hen bwll yn taflu'i gysgod haearnaidd dros ei lwybr a'i feddwl, a hiraethai am weld clwstwr o wylanod ar y gorwel yn ei sir enedigol, gwylanod ar goll yn chwilio am Rosneigr neu greigiau'r South Stack? Oni theimlai ryw emosiwn am fref dafad adeg cneifio tua Thalwrn ac yntau yn sŵn yr olwynion a'r stêm byth a hefyd? Wel, falle'n wir ond llwyddai bob cynnig i'w ddal ei hun yn ôl! Adar oedd adar, defaid oedd defaid, dim gronyn mwy reial iddo erbyn hyn na'r lluniau o adar a defaid ar wal y gegin gartref. Bellach, ei gorff yn cael ei yrru i'w eithaf bob dydd ym mherfeddion y ddaear, yr ymdeimlad o freuder dynol bob amser yn hofran o gwmpas ei ymennydd, ni fedrai yn ei fyw feddwl am ddigwyddiad mor ddibwys â chodi carreg yn yr ardd a gweld y morgrug mân yn sgythru i bob cyfeiriad mewn panig, heb feddwl yr un pryd am y twnelau danddaear ym mhwll yr Universal. Yno, mor helbulus a dibwys â'r morgrug, ymdrechai'r glowyr i ymgodymu â beichiau bywyd: gwŷr clwyfedig, gorthrymedig, rhyw frawdoliaeth amyneddgar yn ymosod ar yr haenau distaw, slei, danjerus, eu henwau ar restr gyflog mor ddi-gownt â'r rhestr angeuau, a'u bywydau mor anhysbys â'r trychfilod a dwnelai'r ddaear a'u hunig ffurfafen y garreg oer, ddifalio. Deuai'r meddyliau brathog hyn heibio iddo'n aml, aml.

"Fan hyn 'dw i'n perthyn rŵan, 'ngenath i!" dywedai

wrth ei wraig pan ofynnai hi iddo ar dro a garai ddychwelyd i'r Gogledd i fyw, "Cnawd eu cnawd nhw, asgwrn eu hasgwrn, a 'does dim mwy i'w ddeud ar y mater." Ie, dyna pam yr oedd yn *first-aider* mor ymroddedig!

Felly, ac yntau'n dychwelyd un noson o'r cwrdd gweddi fel arfer, daeth ar draws criw o ddynion, coliars a deimlai mor danbaid ag ef dros y frawdoliaeth lofaol, ac yn mynnu holi'n fanwl am atebion i'r sefyllfa ddynol a'r sefyllfa ddiwydiannol yn eu plith.

"Shwd ma pethe lawr sha Oakdale 'na, Twm?" gofynnodd un mor fuan ag y disgynnodd ei lygaid arno.

"Digon o waith, ond — 'does 'na'r un pwll sy'n baradwys!" atebodd yn ofalus.

"Digon o waith, iefe?"

"Digon, bachan! Mi fedri di gychwyn fory nesa!"

Edrychodd y dynion ar ei gilydd. "Chaiff glöwr fyth whare teg ble bynnag ma fe'n gwitho," sylwodd un gŵr stwbwrn yr olwg, "Ma'r ffordd ma'n nhw wedi'n trin ni bytu'r lleoedd abnormal a'r glo mân yn profi hynny, myn yffarn i."

Cydsyniodd y dynion â hyn. Gosodiad na fedrai neb ei wadu. Gosodiad nad oedd neb yn y cwmni presennol yn debyg o'i wadu byth. Cofient ond yn rhy dda y drafferth a gawsant ym 1910 gyda'r perchenogion — y minimwm a'r pris gwerthu cytbwys! Y tâl am weithio mewn lle abnormal ac am y glo mân. Penderfynwyd mai 11/10c oedd yn gyfartal â 30 y cant, ond bu'r perchenogion yn ddigon digywilydd i awgrymu y dylai'r isafswm — yr isafswm, sylwer — gael ei ostwng ugain y cant a phris gwerthu cytbwys i 12/4c y dunnell; a bod y minimwm yn parhau yn 60 y cant, ond yr oedd yn rhaid codi'r pris gwerthu cytbwys i 30 y cant o 11/10c i 13/6c y dunnell. Trwy gynnig o'r fath, safai'r glowyr i golli swm sylweddol o'u cyflogau.

Dywedodd un o'r dynion, "Senghennydd neu Oakdale, ni chaiff yr un coliar degwch heddiw."

Credai Tom Roberts hynny hefyd.

Y gŵr cyntaf i siarad oedd Richard Williams, neu Good Boy Dick, fel y'i gelwid. Dyn caled oedd Good Boy Dick, ei wyneb wedi'i ysgythru fel hen graig; gweithiasai o dan Lewis Merthyr am flynyddoedd bellach, gwyddai am bob rhandir fel ei ardd gefn ei hun, a'i wybodaeth a'i brofiad wedi dod y ffordd galetaf. "Nid y telerau diawl yw'r gwaetha bytu Senghennydd, ond cyflwr y lle."

Gwenodd William Thornton, gŵr bychan, sionc, dandi, i gytuno ag ef. "Itha reit, Dic! Mae'n warthus!" Goleuodd ei lygaid fwyfwy. "Wi'n gweud bob sifft wrth y ffeierman 'cw, bydd y blydi nwy yn nido lan a dy frathu un o'r diddie 'ma, y diawl! Wyddoch chi be mae e'n weud? Mae'n gweud, 'Nonsens, nonsens, cymer dy got a wtha'r peth diawl bant!' "

Dywedodd Good Boy Dick, "Mae'n siŵr o wthu'r lot, un o'r dyddia 'ma!"

Cnodd Thornton ei faco main yn ddiwyd, "Fedri di ddim anadlu yn fy lle i ambell i fore. Wi'n catw'r lamp ddwy droedfedd i ffwrdd. Rhag ofan i'r nwy neidio arna' i pan wi wedi troi 'nghefen."

Poerodd Good Boy Dick, "Shwd yffarn ma dyn yn gwitho a'i lamp ddwy drodfedd i ffwrdd?"

Dywedodd rhywun, "Pam na wnei di achwyn wrth Ffred y taniwr?"

"Ffred Williams?" Cododd Thornton ei aeliau. "Wi wedi achwyn ers misoedd."

Dywedodd Tom Roberts, "Wel, ma'n well i ti ddeud wrth Mr Shaw y manajar." Ni ddywedodd neb air. Ychwanegodd Tom Roberts, "Os yw'r nwy mor ddrwg â hynny, fe ddylid deud wrth y manajar yn syth, cofia!"

Daeth William Thornton i fyny ato i edrych ym myw ei lygaid. "Mi es i'r lamprwm y dydd o'r blaen, syth ar ôl cwymp, i weld a oedd rhai lleoedd wedi eu croesi i ffwrdd. Dim golwg o riport yn y byd! Mi es i weld Mr Shaw, itha bonheddig. 'Mr Shaw,' wetes i. Licwn i chi gliwed y twrw ges i 'dag a. Clywch nawr, beth bynnag ma'r ffeiarmon yn gweud, dyw a ddim busnes i'r coliar. Lawr y siafft yr awn bob bore, a does dim hawl 'da ni i ofyn a yw'r blydi peth yn saff. Treiwch, os nad ŷch chi'n 'y nghredu. Mi ddwedan nhw wrthych yn ddigon clou i fynd am ych offer."

'Roedd pob un o'r dynion yn cyd-weld. Ystyriodd pob un yr hyn a drafodwyd yn ddwys.

Gwir oedd y gair.

TOM PETERS

"Pam wyt ti'n byw yng Nghaerffili, Twm?"

"Ma'r aer yn well, w."

"Yr aer, myn diân i!"

"Lico byw mewn castell!"

"Meddwl dy fod yn un o'r byddigions!"

"Teulu ni gwnnws y castell, bachan!"

"A lando yn Senghennydd yn iwsio pig a rhaw!"

Dyma'r ffraethineb a wreichionai bob sifft danddaear i ddenu Tom Peters oddi wrth ei hoff bwnc, *Ffederasiwn*! Dyn Ffederasiwn bob modfedd ohono ydoedd, arweinydd brwd, dadleuwr tanbaid, gwybod hanes y "Ffed" fel yr oedd eraill yn gwybod eu Beibl, a'i sêl dros hawliau'r glowyr yn cael cefnogaeth meddwl chwim a dawn siarad heb eu hail.

"Glo," dywedai'n afieithus, "sydd tu ôl i bopeth. Ble fydde'r byd heddi heb gnepyn o lo?" Gŵr cawraidd oedd Peters, ei ffrâm yn pwysleisio'i gadernid yr un modd â'i wyneb, cerfiad o gryfder gwrywaidd, llygaid mawr glas, trwyn siapus, bochau iach a'i ên yn cwpanu gwefusau prysur. "Shwd fyd fydde ar ddinon pe na fydde coliar ar gael i dorri glo? Fedrwch chi eu gweld nhw'n ceisio cael rhai o'r llonge mawr 'na i'r docie yng Nghaerdydd a milltiroedd o galico yr hwylie yn llusgo ar draws y lli? Fedrwch chi weld yr Arglwydd Merthyr yn gorfod hela mei-ladi i Lunden miwn *coach-and-pair*? Na, ma hwylie

Nelson yn perthyn i'r gorffennol a gwragedd y byddigions yn mynd i siopa yn Llunden nawr ar y trên! Ma'r byd i gyd ar olwynion nawr, w! Ma dyn wedi adfansio. Ma'r llynges yn medru croesi'r môr nawr yn gyflymach na cholomennod Dai Samuel. Ac i bwy ma'n rhaid diolch? I'r coliar, wrth gwrs! Ffederasiwn Glowyr De Cymru yw'r cryfa dan haul."

Trigai Peters yn Broomfield Street, Caerffili, rhes o dai ar ogwydd tua'r castell ac nid nepell o'r orsaf. Hanai'r teulu o gyfeiriad Abertawe, rhai o'i hynafiaid yn enwog am eu nwyddau ym Marchnad Abertawe, cocos a bara lawr yn enwedig. Cofiai Tom ymweld â hen fodryb pan oedd yn grwt; trigai mewn tŷ mawr heb fod ymhell o'r carchar, ond yr oedd ganddo syniad nad oedd ei rieni yn arbennig o hoff o'r tylwyth yno, a'u bod yn talu ymweliad bob hyn a hyn am yr unig reswm fod gwaed yn dewach na dŵr. Ble bynnag oedd y gwreiddiau, Caerffili oedd eu cynefin mwyach, a'i fam-gu — nid oedd yn cofio yr un o'i deidiau — ar ochr ei dad yn hen wreigan dduwiol yn gwisgo siôl a boned bob amser, yn eistedd tu allan i'w thŷ yn yr haul â chlamp o lyfr mawr ar ei phen-glin — y Beibl, siŵr o fod! — ac yn siarad Cymraeg, yr unig iaith ar ei thafod. Bu Tom Peters yn meddwl yn galed yn grwt pam na fu iddo weld cip ar un o'i deidiau erioed. Pan holodd ei rieni, rhoddodd ei fam fys wrth ei gwefusau gan edrych yn dywyll arno. Darganfu ymhen amser i dad ei fam a thad ei dad gael eu lladd yn y pwll glo . . .

Pan suddwyd pwll Senghennydd yn niwedd y bedwaredd ganrif ar bymtheg, datguddiwyd pum haen. 'Roedd dwy siafft i'r pwll hanner canllath oddi wrth ei gilydd, un i'r gogledd a'r llall i'r de. Adwaenid yr ochr ogleddol fel pwll Lancaster a'r ochr ddeheuol fel pwll York. Pwll Lancaster oedd y siafft ar i lawr yn cario aer i bob rhan o'r gweithfeydd. Gyrrid yr aer ar ôl ei ddefnyddio allan drwy'r ffordd ddychwel i'r siafft ar i fyny ym mhwll York. Rhywle ar ben y pwll yr oedd gwyntyll anferth i'r pwrpas. Corddai yn agos i hanner cant o weithiau bob munud gan yrru 120,000 o droedfeddi ciwbig o aer drwy'r holl le.

Ar yr ochr orllewinol yr oedd lefel Lancaster a'r aer yn mynd i bump o adrannau — Rhif 2 Sowth, Pretoria, Mafeking, Kimberley a Ladysmith, enwau o wlad y Boer. Ar ôl i'r aer fynd trwy'r adrannau hyn, fe'i cyfeirid tua siafft York drwy'r brif ddychweliad a redai'n wastad â lefel Lancaster.

Un yr oedd Tom Peters bob amser yn falch o gael sgwrs ag ef am yr Universal a'r peryglon oedd Wil Harris, un a ddaeth allan yn fyw ar ôl tanchwa 1901. Gŵr cymedrol o daldra, wyneb tyner a phâr o lygaid gwylaidd, hanner gwên ar ei wyneb yn wastadol, a llais dof i barablu ei Gymraeg syml! "Hen fachan glew!" oedd syniad pawb amdano.

"Bachan, bachan, anghofia' i byth y bore hwnnw!" dywedai, ei lygaid yn difrifoli, "Bore Gwener, y wawr yn torri, dau ffrwydrad, un ar ôl y llall, a sŵn yr harn a'r coed yn hollti, fel oedd y dinon yn mynd sha thre ar ôl sifft nos." Arhosai am eiliad, ei lygaid yn dweud yr hyn na fedrai ei dafod, cyn mynd ymlaen â'i stori, "Coliars yn drychyd yn ôl a gweld colofn o fwg a dwst yn codi uwch siafft yr York a'r Lancaster, a ffrwydrad arall wedyn, y trydydd, nes bod y ddaear yn crynu dan draed."

Oedd, yr oedd y bore hwnnw'n fyw o hyd yng nghof Wil Harris, yr ofn a'r mudandod yn ei feddiannu o hyd wrth feddwl am y fath drychineb, a'i ddisgrifiad syml yn dal i gyfleu'r arswyd i bwy bynnag a wrandawai arno — "Fu dim shwd ffwdan yn y lle 'ma ariôd. Dinon yn rhedeg 'nôl a 'mlaen, rhai sha thre ac eraill i gyfeiriad y pwll, becso am y teulu, becso am y coliars . . ." Yna, ymatal am eiliadau, ei lais prin yn glywadwy, wrth iddo ddweud, "Dim ond fi a dau geffyl ddaeth mas y bore hwnnw!"

Dim ond fi a dau geffyl! — y gwir sobreiddiol, wrth gwrs. Collwyd yn agos i gant o ddynion a thros hanner cant o geffylau yn y tân, mwg yn eu tagu a'r nwy yn eu hyrddio i dragwyddoldeb, i'w diwedd, i'w tynged hunllefus. Ac fel yr oedd y ffrwydradau yn atseinio dros y cwm, anadl ddrwg y corwynt yn siglo'r ffenestri a'r drysau yn yr un modd ag y siglai'r coed a'r cangau a'r gwreiddiau. Gwelid ffenestri'r ardaloedd yn goleuo, lampau a chanhwyllau egwan yn ymlid ymaith ddüwch anobeithiol y drasiedi oedd yn goddiweddyd y cwm fel môr mawr angenfilaidd yn neidio allan o'i wely. Aeth y strydoedd yn fedlam o goesau a sgidiau hoelion ar garlam tua'r pwll.

'Roedd yr ymwybyddiaeth o drasiedi, yn ôl fel y gwelid pethau gan Tom Peters, rhyw synnwyr a dealltwriaeth o'r profiad, y farwolaeth fach gyffredin, colli wyneb, colli cwmnïaeth, colli sgwrs, wedi magu bellach yn llawer o wŷr a gwragedd Senghennydd angerdd a thân gwrthryfel cymdeithasol. Yn union fel yr oedd diwygiad crefyddol wedi meddiannu dynion yn nechrau'r ganrif, bron yn cydddigwydd â thanchwa gynta'r pentre, yr oedd y ffrwydrad hwnnw yn dal i fudlosgi lle yr oedd y berw crefyddol wedi dofi erbyn hyn. Y drasiedi hon oedd un o ddigwyddiadau pwysicaf hanes yr hen gwm, ond yn gymaint â'i fod yn hanes pobl real, gwŷr a gwragedd o gig a gwaed yn wylo dagrau ac yn teimlo eu briwiau a'u colledion i'r byw, yr oedd yn brofiad na ddaethai i ben yr awr arbennig honno, ond oedd yn parhau ac yn magu arwyddocâd. 'Roedd y golled wedi esgor ar syniadau; syniadau yn galw am weithredoedd, oherwydd yr oedd y golled a deimlid ar aelwydydd yn arwyddo bod yr arwr a'r anwylyn wedi'i ddistrywio am byth, ac yr oedd gorfodi mam a gwraig a phlentyn i wynebu'r dyfodol heb y person arbennig hwnnw yn ddim arall ond amddifadu'r diniwed o rywun yr oedd yn gwbl amhosibl rhoi neb arall yn ei le; amhosibl i unigolyn neu gymdeithas ddioddef colledion o'r fath heb ganlyniadau, boed gorfforol neu ysbrydol.

Felly, ymresymai Tom Peters, nid yr hyn a ddigwyddasai i'r gŵr neu'r anwylyn, ond yr hyn a ddigwyddai wedyn trwy'r gwrthrych, oherwydd yn gymaint ag na ddisgyn aderyn y to yn farw i'r ddaear heb i'w dranc rejistro, ni fedrai Senghennydd weld bron i gant o ddynion yn cael eu chwythu i dragwyddoldeb heb i'r drasiedi gael effaith, a honno'n un barhaol ar fywyd y lle. Er i un bywyd gael ei golli, y mae Bywyd ei hun yn parhau ac yn creu bywyd newydd; mewn gair, wedi'r farwolaeth, mae'r byw yn dychwelyd mewn ffordd arall, mae'r atgofion yn cadarnhau hynny a'r gwerthoedd yn cael eu hadfer. Y mae un farwolaeth gyffredin, dim ond edrych arni trwy ddagrau'r golled ac yng ngoleuni'r atgofion, yn ildio sylweddoliad newydd o werthoedd ar gyfer goroesi unigolyn a chymdeithas. Pan leddir dyn yn y pwll glo, nid yw'r cyhoeddiad syml yn y papur newydd fod gŵr wedi marw yn arwyddo'r hyn oll sydd i'w ddweud ar y mater a bod dynion eraill yn debyg o ddod i'w diwedd yn yr un modd. Na, y mae'r farwolaeth leiaf a mwyaf distadl, colli'r creadur bach dinotaf o'r gymdeithas, yn gadael ei hôl. Dyna'r prawf nad yw Marwolaeth ei hun yn absoliwt.

Gofynnai Tom Peters yn aml beth oedd ystyr y cyfan. A *oedd* ystyr i holl ymdrechion a brwydrau dyn i gynnal ei einioes dan y sêr? Weithiau, teimlai'n union fel pe bai daeargryn yn digwydd oddi mewn iddo, ei holl syniadau yn cael eu dymchwel, ei ffydd yn chwilfriw, a dim pelydryn o obaith o flaen yr hil ddynol yn un man. Yr oedd ei amheuon fel adar mawr du yn hofran o gwmpas ei ymennydd; ac eto, ac eto, mae'n siŵr bod yr ysbryd dynol yn anadlu drwy'r cyfan pan oedd yr einioes a'i hystyr yn ei derfysgu fel hyn. Pan na fo anhunedd oddi mewn am y pethau hyn, dyna pryd y mae'r ysbryd wedi'i orchfygu. A'r brwdfrydedd dros y "Ffed" oedd y prawf pennaf fod yr ysbryd dynol yn drech nag amgylchiadau yn Senghennydd heddiw. Siŵr o fod, siŵr o fod!

"Be ddiawl ma hwnna yn meddylyd nawr?" holai ambell goliar wrth syllu ar Tom Peters, wrthi'n cnoi afal neu ddarn o gaws adeg hoe, a'i lygaid mawr ymhell.

"Ma bod lawr danddaear yn y pwll drewllyd hwn yn ddicon i neud i'r lligod mowr feddylyd, boi bach!" oedd yr ateb.

JACK MOGGRIDGE

"Mi af lan yr ardd, Mari," meddai Jack Moggridge, ei lygaid glas yn craffu'n fanwl ar olion hydref yn y ffurfafen a'r tir o'i gwmpas, ei lais yn llusgo'r geiriau allan i'r unrhyw dempo â'i draed wrth fynd o gwmpas, "Cwpwl o bethe i'w gneud."

"Oes rhwbeth ar ôl yn y tŷ gwydr?" holodd y wraig ddarbodus, ei dwylo diwyd fel pâr o adar ar ôl cawod yn cael eu sychu yn ei ffedog fras. Dynes fawr, ei chnawd yn drwch ar hyd ei breichiau a than ei cheseiliau, mapiau o chwys ar ei blows, a'i hwyneb wedi hen golli'i degwch, dim ond bod gwên ddiddannedd wedi diogelu'i haddfwynder.

"Siŵr o fod, siŵr o fod!" Gofalai dyfu digon, mwy na digon, bob tymor.

"Der â rhwbeth lawr, mi wnaf i dipyn o *chutney* wedyn."

"Dest y peth ar sleisen o ham!"

"Ma pob jar wnes i tro dwetha wedi mynd."

"Dim rhyfedd, w! Rhoi a rhoi i bawb."

"Faint bynnag wi'n rhoi, wi'n cadw digon ar dy gyfer di!"

"Wyt, 'merch i, whara teg!"

Dyna'r gwir. Gloywodd llygaid Jack Moggridge wrth feddwl am haelioni'i wraig. Bu'r ddau yn briod dros ugain mlynedd bellach, byth air croes, a'r tri phlentyn a fagwyd ar eu haelwyd wedi tyfu erbyn hyn yn hen blant ffeind ac yn achos llawenydd a balchder. Bachgen mwyn oedd Twm, gweithio'n gyson yn y Botanic, yr un ddelw â'i dad, fel y mynnai'r fam bob amser. 'Roedd Hywel yn ieuengach o ddwy flynedd, dipyn o dderyn, tafod ffraeth, a llais fel yr eos ganddo — dilyn ei fam, mynnai'r tad! 'Roedd Dilys, y ferch, y cyw melyn olaf, heb fod yn rhy gryf, fel ag i'w rhieni fynnu ei bod yn aros gartref i helpu ei mam ar ôl gadael yr ysgol.

Jack Moggridge oedd bancsmon yr Universal, Senghennydd. Ei waith ef oedd rhoi'r arwydd i'r hitsiwr a'r weindar. 'Roedd 'na declyn ganddo i roi'r arwydd, rhaff wedi'i chlymu wrth forthwyl iddo'i thynnu. 'Roedd yr hitsiwr yn gweithio danddaear a'r weindar yn gweithio ar ben pwll. O'r tu allan, 'roedd y tŷ weindio yn edrych yn debyg iawn i gapel Noddfa, ond oddi mewn ni chlywid fawr ddim ond hymian yr olwynion mawr a'r ceblau tyn. 'Roedd dau lawr i'r caets — caets y siafft, un ddram ar ben y llall. Tandem oedd yr enw ar gewyll ambell bwll, dwy ddram ynghyd ar yr un lefel. Peth arall a nodweddai gaets Senghennydd oedd y codai ddynion a glo. Golygai hynny fod y bancsmon wrthi'n chwyslyd trwy gydol y sifft. 'Roedd un pwll yn Aberdâr yn meddu tandem ddwbwl, pedair dram ar y tro. Go brin fod Jack Moggridge yn chwennych gweithio anghenfil o beth fel tandem ddwbwl. 'Roedd mwy na digon ar ei blât i ofalu am gawell deulawr. 'Roedd pob dram i fyny'r siafft yn cludo 30 canllwyth o lo.

Gelwid ar Jack Moggridge i weithio dros y Sul yn fynych, yn enwedig os oedd llawer o ripario i'w wneud, cwymp wedi digwydd, rhywbeth yn bod ar y pympiau. 'Roedd hi'n ofynnol i'r bancsmon fod wrth law nes gorffen yr holl dasgau hyn. Gallai'r Saboth o gwmpas y pwll glo fod yn hen ddiwrnod annifyr ar y naw. Nid oedd yn hoff o'r profiad o gwbl. Wrth gwrs, unwaith yr oedd y riparwyr wedi disgyn, fawr o draffig yn dilyn, yr oedd siawns i'r bancsmon roi ei draed i fyny am awr yn ei ystafell. 'Roedd 'na dân braf yn ystafell y bancsmon bob amser. Ar ddiwrnod oer, medrai'r bancsmon fforddio napyn bach braf. Pan oedd yr hen Harry Price yn fancsmon, hynny cyn i Jack Moggridge gael y swydd, cerddai'n syth at yr ystafell cyn gynted ag yr oedd y dynion wedi disgyn i'r pwll. 'Roedd 'na hen gymeriad o'r enw James Michael, *Jim Flat Cap*, ac iddo ef yr ymddiriedwyd y gwaith o ofalu am y pympiau. Aeth Harry i lawr y siafft — rhywbeth wedi mynd o chwith — a gwnaeth yr hyn oedd yn ofynnol cyn rhoi'r arwydd i ddychwelyd i fyny'r siafft. 'Roedd y bancsmon newydd ei wneud ei hun yn gysurus, ar fin arllwys te, ond atebodd yr arwydd yn ddi-oed i ddod â Jim i'r lan. Wedi casglu ychydig o offer, dymunai'r truan fynd i lawr y pwll yr eildro, ac fe wnaeth y bancsmon ei ddyletswydd tuag ato. Digwyddodd hyn rhyw dair neu bedair gwaith, cyn dod distawrwydd hir, a chyfle o'r diwedd i Harry lyncu'i de a stretsho'i goesau am gyntyn. Gosododd big ei gap dros ei lygaid, estyn ei goesau, cegrythu, a chyn bo hir yr oedd cwsg fel llanw mwyn yn cerdded drosto. Ni freuddwydiodd. Ni symudodd. Dim ond chwyrnu a chwyrnu a chwyrnu. Ond y tro hwn, yntau ymhell bell yn ei gwsg Sabothol, aeth yr arwydd yn daer, dro ar ôl tro, rhywun yn erfyn dychwelyd o'r dyfnder ar frys. Ceisiodd Harry Price ymysgwyd, heb fod yn siŵr iawn ble ar y ddaear yr ydoedd, muriau'r ystafell braidd yn debyg i ystafell ei wely gartref, ac fe rwbiodd ei lygaid am ei fywyd i geisio adfer ei synhwyrau. Y peth nesaf a welodd oedd y caets yn ymddangos yn araf, araf i fyny'r siafft. "Hylô, Harry!" — llais Jim Flat Cap unwaith eto. Sylweddolodd y bancsmon mai'r cwbl a fynnai'r hen gono oedd tanio'i getyn am fygyn. "Ti sy 'na, yr hen ddiawl!" 'Roedd y bancsmon yn ynfyd a'i wyneb yn goch gan dymer. "Mi gei di fynd lawr yn d'ôl, yr hen gnaf!" *Ping, ping,* meddai'r arwydd i'r weindar, ac yr oedd adyn cellweirus y pympiau ar ei ffordd i'r gwaelod unwaith eto.

Ni ddigwyddasai dim fel'na i Jack Moggridge. Y rheswm syml am hynny oedd, pan weithiai ef ar y Sul, faint bynnag ei atgasedd o hynny, ni fynnai ef ar unrhyw gyfrif gymryd napyn. Dim, diolch! Cymerai ei swydd o ddifrif. Gormod falle, os oedd y fath beth yn bosibl. Cadwasai ef a'i annwyl gariad oriau rheolaidd erioed, mynnu digon o gwsg, byth yn crwydro un cam ymhellach na'i ardd mwy nag y crwydrai Mari o ffiniau ei chegin a'i chynefin; felly, wrth ei waith, yr oedd bob amser yn effro.

Ei ardd ar ochr y mynydd oedd hoffter mawr ei fywyd. 'Roedd ganddo bwt o ardd tu cefn i'r tŷ, dipyn o anialwch pan y'i gwelodd gyntaf, ond erbyn hyn yn un o'r gerddi blodau prydferthaf yn yr ardal. Ffolai ef a'i briod ar flodau, yn enwedig rhosynnau, a daethai'n bencampwr ar eu tyfu. Bu wrthi'n ddiweddar yn cael gwared ar olion yr haf diwethaf gan baratoi'r pridd ar gyfer y gwanwyn, twtio a chymoni hwnt ac yma. Bwriadai blannu blodau mam-gu ymhen diwrnod neu ddau. Arferai wneud hyn bob amser tra oedd y pridd yn gynnes a chyn i fysedd rhewllyd y gaeaf grafangu'r ddaear. 'Roedd Senghennydd yn medru bod yn oerach na Phegwn y Gogledd erbyn canol gaeaf, yn enwedig pan dwmlai hen wynt y dwyrain dros y tipiau. Hoffai roi digon o amser i'w blanhigion wreiddio'n iawn. Ni chrinai'r dail wedyn.

"Oes gen ti focs neu ddau i sbario?" gofynnodd Wil Morgan, yr ardd nesaf at Jack Moggridge, pan y'i gwelodd.

Treuliai'r ddau oriau gyda'i gilydd ar ochr y mynydd, yn twtio a thendio a sgwrsio, gan bwyso ar raw neu hof, un yn canmol y llall yn ei dro, ond elfen o gystadleuaeth i'w chlywed yn bywiogi'r trafod yn fynych.

" 'Dw i wedi rhoi'r delias yn barod — be amdanat ti, Wil?"

"Ma'r coese yn edrych yn iawn i mi nawr, wedi sychu'n braf, gwell eu rhoi miwn bocsys yn fuan. Own i'n meddwl bod digon o focsys gen i — rhwbeth bownd o fod wedi digwdd iddyn nhw. Lladron! Dwcyd ffowls dyn a dwcyd 'i focsys!"

"Paid â becso! Ma digon o focsys gen i."

Trodd Jack yr allwedd yn y clo, gwthio â'i fraich a'i ben ôl, cyn agor drws y sied. 'Roedd ei sied o'r tu allan, fel y mwyafrif yn y gerddi, yn ddu gan dar. Purion ar gyfer y tywydd, ond diflas i edrych arnynt. 'Roedd gormod o ddüwch o gwmpas Senghennydd, meddyliai Jack yn fynych; felly, nid am ei fod yn wahanol, ond am y rheswm syml ei fod yn dotio ar liwiau, lliwiau blodau o bob math, y mynnai eu tyfu yn glystyrau hwnt ac yma. Gosodasai sedd i ddau neu dri eistedd. Yn ystod yr haf, pan fyddai heulwen braf dros y cwm, deuai Mari i'r ardd ato gan eistedd am oriau tra oedd ef wrthi'n garddio. 'Roedd ganddo ddigonedd o'r gwsberis hyfrytaf, grawn gwyrdd, cwrans duon a mefus yr un modd, llwythi. O ganlyniad, yr oedd Mari mor brysur ag yntau ar adegau, basneidiau o ffrwyth i wneud tarten ar ôl tarten, i'w foddhau.

Estynnodd Jack Moggridge y bocsys i'w gyfaill.

"Wyt ti'n medru 'u sbario, Jack?"

"Wrth gwrs, bachan, ma fy rhai i miwn bocsys yn barod."

"Myn diân i, ma dy bwmpenni'n hongan yn barod!"

"Dotes nhw yn y rhwydi y dydd o'r blân."

"Rhai iach iawn."

"Bydd tast go dda arnyn nhw erbyn Dolig!"

Y peth pwysig ynglŷn â gardd o gwmpas Senghennydd oedd cadw'r pridd yn ffrwythlon. Dyna gyngor Jack Moggridge i bawb. "Ma'r hen botash a chalch yn dda!" meddai, ac yr oedd yn gofalu bod ganddo lwyth o dail wrth law a chompost. Ni freuddwydiai neb, meddyliai'n aml, beth oedd tu ôl i'r ffensin 'na! Gwnaeth rimyn o flodau o gwmpas y ffensin hefyd. Rhes o letys gerllaw rhag gwastraffu modfedd o ddaear. 'Roedd creadur yn byw ychydig ddrysau i ffwrdd yn cadw colomennod, dim ganddo i'w ddweud wrth yr ardd. Meddai Jack wrth Wil

Morgan, "Wela fe ddim rhosyn coch dan 'i drwyn, dim ond ishta ar 'i din yn shiglo tun o *indian corn* a disgwyl y pijins sha thre!" Wel, nid colomennod oedd diléit Jack Moggridge, er ei fod yn ddigon balch o'u baw nhw weithiau — rhoddai gabatsen neu fwcedaid o datws i'r cyfaill am ei gymwynas!

Llwyth o'r stablau oedd orau gan Jack Moggridge yn wrtaith, wrth gwrs. 'Roedd yr hyn a ddeuai o'r pwll dipyn gwell na dim arall. Cadwai faw y colomennod o'r neilltu am sbel, ei storio â haenen o bridd drosto. Gofalai ei droi drosodd bob hyn a hyn. Stwff da wedyn! Dyna pam y tyfai popeth mor llewyrchus yn ei ardd ef. Dim ond cael y gwrtaith iawn, mynnai bob amser, 'roedd y pridd yn cael ei faethu yn ogystal â'r planhigion. 'Roedd Jack yn fwy na hael wrth wasgaru huddygl, oherwydd diben yr huddygl oedd, nid bwydo'r planhigion, fel y credai llawer, ond diogelu rhag pob pryfyn mewn bod. Defnyddiai galch hefyd, nid gormod, ond taenelliad bob hyn a hyn, ac fe wnâi ryfeddodau.

Ar ochr heulog yr ardd, darn ar slent bron fel soser i dderbyn yr haul, y cododd Moggridge ei dŷ gwydr. Gan fod digon o dir ganddo ar gyfer hynny, 'roedd y tŷ gwydr yn un sylweddol. To eang, digon o aer yn dod i mewn, a llwybr i lawr y canol. Bu'n ddigon call i roi drws ar yr ochr dde, felly nid oedd y gwyntoedd o gyfeiriadau eraill yn ymyrryd pan agorid y drws, ac yr oedd ganddo hen lamp — rhodd gan hen nafi a weithiai ar y ffordd — yn hylaw i gynhesu'r lle. Rhoddodd haenen o gerrig mân i'r stejin hefyd, a'r llawr oddi tano wedi'i orchuddio â chols i gadw'r gwres i mewn. Nid oedd angen felly i ddyfrhau rhyw lawer, trwy drugaredd. Gwnaeth nifer o silffoedd, gan ddefnyddio dellten ar ôl dellten i wneud tramwyfa i'r aer. Tap dŵr wedyn i gwrdd â phob gofyn, ond yr oedd wedi codi tanc dŵr hefyd tu mewn i'r tŷ gwydr, a golygai hyn fod ganddo gyflenwad o ddŵr yn wastadol o'r un tymheredd yn union â'i dŷ gwydr. 'Roedd y dŵr gloyw o'r to yn cadw'r tanc i fynd. Nid oedd dŵr tap yn gwneud fawr o les i'r planhigion. Gwell o lawer y dŵr naturiol heb galch ynddo. Cedwid y gwres rhyw 25 gradd canradd yn gyson.

Yn yr un modd, yr oedd Jack Moggridge wedi rhoi sylw manwl i bopeth a dyfai, plannu'r ardd lysiau fel ei bod yn dwyn ffrwyth mewn iawn bryd. Nid oedd wedi methu erioed cipio gwobrau sioe flodau flynyddol Aber a'r cylch. Cipiodd brif wobrau Caerffili, Bargoed, Rhymni, Pontypridd a'r sioe fawreddog yng Nghaerdydd. "Yr un blydi winwns bob tro!" meddai un o'i wrthwynebwyr pennaf. O fresych plaen i rosynnau lliwgar, meddai'r peth tebycaf i athrylith fel garddwr, ac yr oedd gofyn neb llai na dewin i'w guro. 'Roedd yr ardd lysiau tu ôl i'r tŷ a'r ardd flodau — tyfai flodau wrth y cannoedd, pob lliw a phob math, tu mewn a thu allan — yn ddigon o ryfeddod: y rhesi bob amser yn gymesur a chymen, y gwahanol adrannau yn hawdd mynd iddyn nhw, ac yntau'n gofalu peidio â thyfu yr un crop ddwywaith ar ôl ei gilydd ar yr un darn o dir. Rhannai ei ardd yn bedair rhan; yn gyntaf, patshin ar gyfer y winwns a'r pannas; yna, clwt o dir ar gyfer ei fresych a'r llysiau eraill; yna, ei datws, rhesi braf bob blwyddyn, dim yn well ganddo na thaten flasus; ac yn olaf, lle ar gyfer ei bys a'i ffa. Y flwyddyn ddilynol, newidiai'r drefn, dodi'r tatws lle y bu'r winwns a'r pannas, llysiau lle y plannodd ei bys a'i ffa; yn ôl ac ymlaen fel'na, fel bod un yn cymryd lle'r llall yn eu tro. Gosodai gnwd cyflym hefyd rhwng y rhesi, cnwd i'w gasglu cyn bod y lleill yn barod, pryd i aros pryd. 'Roedd ganddo siart ar wal y sied yn dweud beth i'w blannu a phryd i blannu; ffa, mis Tachwedd; mis Chwefror ac Ebrill, ffa ffrengig; Mai a Mehefin, ffa coch, Gorffennaf hefyd. Yr amser gorau ar gyfer betys oedd Ebrill neu Fai, brocoli a bresych brwsel yr un amser, ac os oedd ei gabaits a'i fresych gwyn wedi eu plannu yn gynnar o Chwefror i Ebrill, gallai fod yn siŵr o lwyddiant. Sut bynnag, nid edrychai Moggridge ar y siart, gwyddai'r cwbl fel pader, ac yr oedd ei law wrth drin ei ardd mor ddeheuig ag wrth lywio'r caets i lawr y siafft. Ac 'roedd hynny'n rhywbeth!

"Gobitho y cawn lonydd 'da'r brain yffarn 'ma y tro nesa!" meddai Bilo Morgan wrth wasgu'r baco i'w bib a thanio am y ganfed waith.

"Pa frain wyt ti'n becso amdanyn nhw, Bilo?"

"Y brain yffarn 'na fytodd 'y nghabaits i, bachan."

Druan o Bilo, meddyliodd Jack Moggridge; tipyn yn siomedig oedd ei ardd unwaith eto, cystal rhoi'r bai ar y brain!

"Ma gen ti fwgan brain da dros ben draw fanna hed!" meddai Moggridge, gan roi winc ac ychwanegu, "Ar wahân i'r hen Fartha Cawl Dŵr sy'n dod hibo i ti'n aml!" Gŵr gweddw oedd Bilo.

"Fe licwn dasa hi'n hela'r brain bant, ta p'un!"

Poerodd Moggridge saeth o faco main a sychu'i weflau. "Wel, y brain yw'r unig adar weli di o gwmpas Senghennydd, Bilo. Unweth ma'n nhw'n sinco pwll fel yr Universal mewn pentre, fydd yr adar ddim yn hir cyn whilo am le saffach. Dyna pam na weli di frithyll yn yr afon mwy."

" 'Shgwla, Jack! Dwedodd brawd y wraig iddo weld petrisen ar ben to capel Baptus nhw sbel yn ôl!"

"Petrisen ar ben to capel Baptus?"

"Dasa dryll ganddo, fe fydde wedi'i saethu'n whap."

"Gystal na wnath a ddim."

"Pam hynny?"

"Ma 'da fi syniad ma'r betrisen a welodd y bachan odd y gwnitog pŵr dab yn reteg a chilo am 'i fywyd oddi wrth y diaconiaid."

"Whare teg, Jack, dwli yw hynny."

"Ddim hanner gymaint o ddwli â phwy bynnag wedws iddo weld petrisen ar do'r capel Baptus."

Fel mater o ffaith, nid oedd y sefyllfa cynddrwg ag y mynnai Jack Moggridge; mentrai nifer o adar prydferth i'r cwm o hyd, er gwaetha'r ffaith bod yr afon yn ddu a'r coed yn drwch o lwch y lofa. Gwyddai am sawl nyth fach o gwmpas y gerddi, deuai ambell gân sionc o'r coed pan ddeuai'r gwanwyn heibio, ac 'roedd wedi gosod hen dun bisgedi yn llawn o ddeiliach a gwellt sych ym mhen yr ardd lle y gwnaethai'r robin ei gartref. Rhyfeddai fel yr oedd yr aderyn diwyd hwn wedi gwneud ei nyth, ei threfnu a'i thwtio â gofal mawr a chrefft. Canfu wy am y tro cyntaf tua mis Ebrill, un arall y diwrnod wedyn, un arall y diwrnod wedyn, ac un arall y diwrnod wedyn; ac ymhen pythefnos, yr oedden nhw wedi gori. Erbyn dechrau Mai, gwelsai'r cywion yn gadael y nyth, a'r peth nesaf a wyddai yr oedden nhw wedi ymuno â'r fam yn y goeden afalau.

Oedd, yr oedd gan Jack Moggridge lygad i weld aderyn. Dywedodd wrth Bilo, "Ffoli ar adar, wrth 'y modd yn chwilio am nythod pan oeddwn yn grwt, ac yn 'nabod y tacle bach wrth eu siâp yn y nen neu eu sŵn ar golfen."

"Ma brawd y wraig yn un da fel'na hed."

"Gall hynny fod, Bilo, ond — welodd y diawl ddim petrisen ar do capel Baptus!"

Chwarddodd y ddau yn galonnog cyn cydio yn eu rhofiau a bwrw i'w gwaith eto. Cyn hir, meddyliodd Jack, byddai wedi tywyllu, a byddai yntau ar ei ffordd adref — dipyn o swper gyda'r wejan, cip ar y papur, sgwrs o gwmpas y tân, cyn ei gwadnu i fyny'r steiriau. Mi fyddai'n amser codi i fynd i'r gwaith cyn rhoi ei ben ar obennydd yn iawn.

"Ond wi ddim yn achwyn!" meddyliodd yn ei gwman. 'Roedd byd da arno rhwng yr aelwyd, ei waith, a'r ardd.

WILLIAM GREGORY

I ble bynnag yr aech a phwy bynnag fyddai'n bresennol, 'roedd William Gregory y math o bersonoliaeth na fedrai fod yn guddiedig. Safai o'i ysgwyddau i fyny yn uwch nag unrhyw un arall yn y dyrfa, talcen nobl, pâr o lygaid eryr, trwyn cymesur, ac wyneb oedd yn gerfiad perffaith a dan raeadr o wallt du. Presenoldeb fel hen ganwriad Rhufeinig neu hen arweinydd côr mawr a chymanfa!

"Be yffarn wyt ti'n moyn danddaear, Wil Greg?" Dyna gwestiwn a ofynnid iddo gan lawer, ac un na ddaeth yn daerach o enau neb na Twm Cart-a-Cheffyl, gŵr bach coesau cam a ofalai am gludo llwythi o lo i gartrefi'r coliars.

"Mi feddylies am ymuno â'r soldiwrs, *cavalry* neu *yeomanry,* fwy nag unwaith!" Sgwariai Wil Greg ei ysgwyddau a gwthio'i frest allan. Yr oedd wrth ei fodd pan fyddai dynion fel Twm Cart-a-Cheffyl yn ei edmygu.

" 'Doeddwn i ddim yn meddwl am dy faintioli!" atebodd Twm y tro hwn, gan droi ei gefn yn syn, a'i fysedd tu ôl iddo fel nythaid o nadredd.

"Beth odd ar dy feddwl di, Twm?" Gwthiodd Wil Greg ddarn arian i gledr llaw yr hen ŵr, hyn o gildwrn er mwyn i Twm a'i geffyl a'i gert fynd â'r llwyth yn ddiymdroi at y tŷ.

"Thenciw, Wil, thenciw." Poerodd Twm ar yr arian. "Bydd y llwyth tu fas i'r tŷ miwn cachad!" Dododd yr arian yn ddiogel yn ei boced. "Ond meddwl am be wnest ti ar y ddram 'na mewn sialc ddoe oeddwn i."

Dangosai llygaid y coliar tal syndod am eiliad. "Be wnes i ar y ddram 'na ddoe?"

"Llun y wraig 'na — gwraig Dai Lamprwm yn rhoi pocer yn y tân — a dim ond ei thin yn y golwg!"

"Fi! Be ti'n wilia, Twm? Nid fi wnath shwd beth!"

"Nawr, nawr, Wil, paid â gweud dy gelwydd! Pwy arall lawr y pwll 'na sy'n medru gneud gwep a phen ôl fel'na?"

"Dishgwl 'ma, canon! Weles i ariôd wraig Dai Lamprwm yn borcen!"

"Wedes i mo hynny."

"Be wedest ti felly?"

"Does neb arall yn y pwll yn medru gneud llun *fel'na.*"

"Shwd allwn i neud *fel'na* heb 'i gweld hi fel'na?"

"Dere, dere, Wil! Ned Saith Crwt a Bilo Mam yn mynd sha thre â Dai pan nafws 'i droed yn y lamprwm ar y steire — cofio? A phan gnociwyd y drws, tri o'r gloch yn y bore, wejen Dai yn dod lawr yn 'i gŵn nos — cofio? Dechre procio'r tân, dodi tecell i ferwi, cwpane a bara menyn ar y bwrdd ar ôl doti Dai yn y gwely — cofio?"

"Be ddiawl sy 'da hynny i neud â fi, Twm?"

"Be sy gan hynny i neud â thi, myn yffarn i! Os gwedws y bycars 'na hynny wrthyt *ti*, chym'rodd e ddim eiliad i *ti* dynnu'i gŵn nos oddi amdani."

"Wn i ddim am be yffarn wyt ti'n sôn."

"Pan weles i'r wyneb ar y ddram, bachan, own i'n 'nabod y fenyw fel'na!"

"Wrth ei thin, mae'n siŵr!"

"Nage, nage, Wil! Ti yw'r bachan sy'n gyfarwydd â'r ardal 'na."

'Roedd digon o hwyl a miri o gwmpas bob amser lle bynnag yr oedd Wil Greg, yn enwedig pe digwyddai e fod wrthi neu fod wedi bod wrthi'n sialcio'i gampweithiau ar ochr y ddram. 'Roedd rhai o'i sgetsys o Mr Shaw y goruchwyliwr wedi rhoi difyrrwch mawr a dwyn Wil i helynt ar dro. Tynnai wyneb o ddryswch a phwysigrwydd ffwdanus, ac er mai creadur digon bonheddig oedd Shaw, pan welai'r argraff a gâi ar Wil Greg, yn enwedig pan nad oedd pethau'n rhedeg yn rhy esmwyth yn y pwll neu'r Arglwydd Merthyr wedi bod yn ei blu, collai'i limpyn yn llwyr. Wrth gwrs, nid ef oedd unig wrthrych dawn a direidi'r artist hwn; nid oedd brin glerc na swyddog yn yr Universal nad oedd Wil Greg wedi llwyddo i sbloetio'i hynodrwydd a'i wendidau.

Chwerthin, a hwnnw'n chwerthin mawr, oedd yr unig adwaith i artistri Wil Greg, mae'n wir. Eto i gyd, nid oedd un enaid byw o gwmpas y pwll, o Mr Shaw i'r crwt lleiaf yn y ffas, na chredai y cymerai William Gregory olwg rhy ysgafn ac esgeulus arno'i hunan; iddo gael ei eni â dawn fawr a phrin a enillai ffortiwn iddo oni bai ei fod mor ddihidans, ac mai cywilydd oedd iddo afradu'r ddawn honno mewn sialc ar ochr y dramiau.

"Wi ddim yn cyd-fynd â rhai o'r artistiaid 'ma!" dywedai weithiau pan fynnai sôn am sgetsio ac arlunio, ac yr oedd yn syndod mor eang oedd ei wybodaeth.

Trafodai gelfyddyd, a hynny'n gwbl ddifrifol, â rhai o'r cymeriadau mwyaf annhebyg. Un a lwyddai i dynnu sgwrs o'r fath ag ef oedd Jac Ifans, gŵr yn byw drws nesaf ond un iddo, cerddor da, ac arweinydd y gân yng nghapel Wil Greg. Dangosai barch arbennig tuag at Jac Ifans, gŵr na ddylsid erioed fod wedi'i orfodi i fynd danddaear, neu fel y dywedai yn ei funudau ysgafnaf, "Fellow-artist!"

"Beth yw dy farn am y lluniau llonydd 'ma, Wil?"

"*Still life*, myn yffarn i!"

"Be ma'n nhw'n meddwl wrth *still life*?"

"Cwpwl o afale, dau fanana, a bwns o rawnwin miwn powlan!"

" 'Dwyt ti ddim yn 'u hoffi nhw?"

"Ddim yn apelio — rho fe fel'na!"

"Be sy'n apelio?"

"Be weli di ar y walydd yn ein tŷ ni?"

Digon gwir, yn y cartref yn Station Terrace gwelid dau neu dri o beintiadau olew arbennig, ond darluniau o egni a bywyd, portreadau o fywyd fel ag y mae, yn llawn symud a chyffro. Ceid dau neu dri phentwr tebyg wedi eu stacio yn y twll dan stâr a chonglau'r parlwr a'r rŵm ganol.

"Mae bywyd yn beth real a noethlymun," dywedai, ei fysedd yn cribo'i wallt trwchus, a'i getyn yn llosgi'n braf yn ei geg, " 'Does dim prydferthwch tebyg i brydferthwch bywyd real."

Hawdd fyddai i ambell un dybied ei fod yn swnio'n chwyddedig pan siaradai'n weddol awdurdodol, ond gŵr o wyleidd-dra mawr ydoedd a fedrai ymgolli'n llwyr yn y peth oedd agosaf at ei galon.

"Nawr wi'n hoffi peintio darn bach o'r ffurfafen, darn helaeth o'r ffurfafen, digon o las heb dorad, a stretsh arall o gwmwl gwyn gwyn," ymresymai, ei wyneb yn dangos boddhad mawr, dyn wrth ei fodd, "ond nid y ffurfafen ddyle'r darlun i gyd fod, ond cefndir i beth bynnag sy'n digwdd."

"Mae 'na brydferthwch yn y ffurfafen, cofia," atebai Jac Ifans, ei lais soniarus yn pwysleisio'n gynnil yr hyn a welai ei lygaid mawr, " 'Pan edrychwyf ar y nefoedd, gwaith dy fysedd, y lloer a'r sêr, y rhai a ordeiniaist, pa beth yw dyn . . .'?"

"Pa beth yw dyn, wir!" atebai Wil Greg, ei lygaid mawr ef fel rhai gŵr ar fynd i frwydr, "Beth ma'n nhw'n siarad? Dyn yw delw Duw, w! Odi'r lloer yn ddelw Duw? Odi'r haul, er mor ddisglair, yn ddelw ei Grëwr? Odi'r seren fore yn adlewyrchu'r Anfeidrol? Byth, Jac Ifans! Yr unig le y gweli di ddelw'r Anfeidrol yw yn wyneb dyn, boed hen dramp ar yr hewl neu faban mewn crud!"

" 'Does neb yn mynd i anghytuno â hynny, Wil! Ond, dere di nawr, oes gofyn i ni anwybyddu gogoniant y ffurfafen a holl odidowgrwydd y nefoedd?"

"Bachan, 'da ni ddim i anwybyddu dim y ma'r Brenin Mawr wedi'i neud, ond — a dywedaf eto, *ond*! — yr ydym i ddodi pethach yn eu lle priodol. Er ei holl ogoniant, mi fyddai'r ffurfafen harddaf yn brin uffernol heb ddinon o gwmpas. Fe ddylid peintio a darlunio coed, afonydd, bryniau, a blodau â'r holl fedr a feddwn, ond 'does yr un artist call yn mynd i roi'r flaenoriaeth iddyn nhw ar ddinon."

"Dal dy wynt! Onid yw gwyrth y coed yn ddigon ar ei phen ei hun?"

"Na, wedwn i."

"Ysral fawr! Be wyt ti'n weud?"

"Fel gwedes i, ma 'na rwbeth ar goll. Meddwl am storom fawr ar y môr! Beth wyt ti am neud? Peintio'r tonnau? Dim ond dangos enbydrwydd y dyfnder? Wel, gelli neud hynny, a bydd yn effeithiol iawn, dim dwyweth. Ond doda long ar y dyfroedd hynny — doda gwch bach yn herio'r tonne mawr — a doda gwpwl o wynebe mewn cyfyngder ac ar drugaredd y môr! *Dyna* ddarlun sy gen ti wedyn!"

"Shwd wyt ti'n gweud, *dyna* ddarlun?"

Gosododd Wil Greg ei bib i lawr ac edrych yn gadarn ar ei gymydog, cyn dweud, "Gallaf weud mai *dyna* ddarlun, gyfaill, am mai *dyna* fywyd!"

Dywedai unrhyw un a welsai arluniaeth William Gregory, Senghennydd, mai'r wyneb dynol oedd yr atyniad iddo. Dyma lle yr oedd prydferthwch! Dyma lle yr oedd rhyfeddod! Dyma lle yr oedd cyfrinach celfyddyd! "Glywest ti'r stori," meddai wrth ei gyfaill, hwnnw wedi'i hoelio wrth ei leferydd bellach, "am ferch yr hen grochenydd hwnnw? Cwrddodd â chrwt ifanc, syrthiodd miwn cariad, ac ni fedrai gysgu'r nos wrth feddwl amdano. Ond bu'n rhaid i'r crwt adael ei wlad, ymuno â'r fyddin, a dweud ffarwel wrth ei gariad. Hiraethodd ar ei ôl ddydd a nos. Ond lle y bu cysgod ei wyneb ar fur ei hystafell yng ngolau'r gannwyll, tynnodd ddarlun ohono i fod gyda hi bob amser."

"Stori fach dda!"

"Dyna shwd ddechreuodd yr holl beth."

"Be wyt ti'n feddwl?"

"Wyneb dyn yw cychwyn pob celfyddyd, Jac."

Celfyddyd! Y gair mwyaf yng ngeirfa William Gregory. A pha un bynnag a ddefnyddiai — olew neu sialc — a hynny mewn ffrâm neu ar ochr y ddram, nid oedd yn anodd darganfod y dalent fawr tu ôl i'w waith.

DAVID CAEO DAVIES

Dai Rhymni, fel y'i gelwid. Daethai'r teulu o'r wlad, Caeo, yn nghanol Sir Gaerfyrddin. Symudasant i Gwm Rhymni, naw o feibion a'r tad, gwŷr y wlad wedi eu troi'n goliars. Wil Caeo oedd y tad, gŵr cnotiog, mwstas anferth yn cuddio hanner ei wyneb, a'i leferydd yn arddel ei fro enedigol mor ffyddlon â'r diwrnod cyntaf y glaniodd yng ngwlad y pyllau. 'Roedd Hannah Jane Caeo yn dipyn o gymeriad, ffraethineb ei hach yn arllwys perlau mewn unrhyw gwmnïaeth. Etifeddodd ei phlant lawer o'i gwreiddioldeb, yn enwedig ei mab, Dai, er iddo ef am ryw reswm gael ei adnabod yng nghymdogaeth Senghennydd fel Dai Rhymni. Wel, nid oedd ef yn becso am hynny! 'Roedd ffugenwau yn bethau a gymerid yn ganiataol fel briwiau yn ardal y glo. Pob un mor naturiol ag enw bedydd.

Ac yr oedd rhai enwau arbennig wedi eu bathu o gwmpas Senghennydd!

Gŵr o'r enw Richard Harris wedi dod i weithio i'r Universal, neb yn rhy siŵr o ble, neb wedi trafferthu gofyn, gan nad oedd neb yn y ffas yn trafferthu gwybod o ba le yr hanai unrhyw greadur. Gellid dweud yn aml ble'r oedd y gwreiddiau yn ôl y ffugenw neu'r llysenw. Sylwasai'r Richard Harris hwn fel y tueddid i roi llysenw i bawb. 'Roedd wedi'i gyfareddu gan yr amrywiaeth, a digwyddodd ddweud yn ddifeddwl ddigon, "Wi'n poeni dim beth yffarn wnân nhw fy ngalw. Pam ddylwn i? Dim ond i'r enw fod yn *substantial*!" A Dic Substantial fu'r creadur o'r eiliad honno ymlaen. Ac roedd nifer o enwau difyr fel 'na ar dafod leferydd yn y fro . . .

Haliwr oedd Dai Rhymni, un o'r hoffusaf a arddelai lysenw. Trigai yn y clwstwr o anheddau a adwaenid fel Cabanau, *Huts*, rhif 17, nid yr ardderchocaf o dai annedd yn y gymdogaeth, ond nid oedd aelwyd wresocach a mwy clyd yn y fro. Enw ei wraig oedd Cassie. Gwraig fach gron, wyneb llawn, bochau coch, a dau lygad glas yn pefrio o gwrteisi ac ewyllys da. Pan siaradai, 'roedd ei lleferydd yn taro'r glust fel cerddoriaeth. Cyfarfu Dai Rhymni â'i wraig ar y traeth yn y Barri, yr un o'r ddau yn cofio erbyn hyn sut y bu iddynt fod yn y fan a'r lle y dwthwn arbennig hwnnw, dim ond iddyn nhw syrthio mewn cariad dros eu pennau a'u clustiau ar yr amrantiad cyntaf. Cerddasant ymaith, law yn llaw, ymhell o olwg pawb arall, i gyfeiriad rhyw fryncyn glas, dim ond glaswellt a thywod dan draed, heb sŵn yn y byd i amharu arnynt ond awel dyner y dydd.

"Unweth weles i'r groten, we'n i ddim am atel hi mas o 'ngolwg."

"Moyn mynd â fi sha thre y noson honno!"

"Gwed y gwir nawr, Cassie! Ti odd yn began ise dod sha thre 'da fi!"

"Ow, dyna ddyn ofnadw!"

Pa gyfnewidiadau bynnag yr oedd bywyd wedi esgor arnyn nhw, ni bu unrhyw gyfnewidiad yng nghalon Dai tuag at "yr hen groten" nac yng nghalon Cassie tuag at "Dai ni". Nid oedd golygfa harddach yn bosibl iddi hi na gweld ei gŵr yn dod trwy'r drws ar ddiwedd sifft, ac yn bendifaddau nid oedd dim hyfrytach yn bosibl i'r coliar mwyn na dychwelyd at gofleidio Cassie a theimlo'i hanadl gynnes ar ei foch. Diamau yr oedd rhai pethau na soniai'r naill na'r llall amdanyn nhw mwyach, ond medrai Dai roi ei law yn hyderus ar y Beibl a thyngu ei fod wedi mopio'i ben heddiw yn yr union fodd ag y ffolodd arni y tro cyntaf hwnnw yn y glaswellt hir ar Ynys y Barri.

Beth oedd yn rhyfedd yn hyn? A oedd rhywbeth anarferol mewn carwriaeth o'r fath? Mewn faint o gartrefi yr oedd y fflam a daniwyd yn yr oed cyntaf yn dal i losgi? Na, ni fedrai Dai Rhymni ateb y cwestiynau hyn a phethau cudd o'r fath, a ph'run bynnag, pwy oedd ef i fynd i ddyfalu sut yr oedd pobl eraill yn byw? Ond nid oedd yn anodd iddo ef, fwy na'r rhelyw o ddynion, synhwyro ddarfod i briodas fynd yn ddigon undonog, yn fwrn hyd yn oed, yn hanes nifer, a gwely'r cyfamod yn ddim ond cilfach mewn bywyd i greadur ddadluddedu a chwyrnu ynddi. Gwelid mewn sawl cartref yn yr ardal ambell ornament ar y silff uwch y tân yno yn dwyn y geiriau melys, BETH YW AELWYD HEB FAM? ac yr oedd dweud "Ein Mam" neu "Mam Ni" mor bwysig â dweud "Ein Tad", ond yr oedd yr un mor wir nad oedd y fam honno'n fynych yn ddim mwy na morwyn ar yr aelwyd, a hynny heb gael ei thalu na'i chydnabod yn iawn.

Onid y wraig oedd yn sgrwbio a choginio a glanhau mewn cartref ar ôl cartref drwy'r cwm, a ffedog fras am ei chanol beichiog? Cyn gynted ag yr oedd wedi gorffen ar ei gliniau gyda'i phwcedaid o ddŵr yr oedd galw amdani ymysg ei phlant, trwsio dillad, a pharatoi pryd erbyn y deuai'r tad o'r gwaith, picio allan i'r siop, talu'r rhent, a sychu'r dillad gwaith cyn rhoi clwt ar unrhyw rwyg. Ac wedi cwblhau cant a mil o ofynion o'r fath, disgwylid yn aml iddi weddnewid o fod yn gaethferch i fod yn hudoles mewn gwely. Rhoddai'r plant yn y dŵr i'w golchi, swper i bob un yn ôl ei awydd, cyn eu lapio rhwng y carthenni ar ôl gwrando'n amyneddgar fel Duw ar eu paderau; yna heb, yn fynych, dynnu anadl rhwng ei thasgau, clirio'r bwrdd, paratoi platiaid i'w gŵr erbyn iddo ddychwelyd o'r dafarn, tendio, golchi'r llestri, dim ond i weld y cawr yn datod ei wregys a nodio arni i ddringo'r grisiau . . .

Boed hynny fel y bo, nid oedd dim o'r fath yn digwydd tu ôl i gyrtenni Rhif 17 Y Cabanau. Gwnâi Dai a Cassie orchwylion o'r fath ar y cyd, y gŵr yn medru tendio'r plant gystal â'r fam ac yn barod i wneud bob amser. A beth bynnag a ddigwyddai ar wely'r cyfamod, digwyddai o lwyrfryd calon.

"Wrthodes i ariôd yn 'y mywyd, naddo, Dai?"

"Naddo, groten! Gelli ddweud yr un peth amdanaf fi, cofia!"

"Be wyt ti'n feddwl, Dai Rhymni?"

"Ti sydd ar f'ôl i wastad, dyna be wi'n feddwl."

"Ow, paid â gatel i neb dy gliwed yn gweud hynny, Dai bach! Ond — mmmm — wi bownd o weud, wi yn dy lico di, gwd boi!"

"Damo, wi'n dy lico dithe, groten!"

Ac fel hyn y digwyddai, nos ar ôl nos weithiau, sŵn y plant yn cysgu yn eu clustiau gystal â sŵn y tonnau ar Ynys y Barri y tro cyntaf hwnnw; a thynnai Cassie ei gŵn nos dros ei phen a'i bronnau hardd, cyn estyn ei breichiau i dynnu ei gŵr ati. Griddfanai, nid gan ludded, ond gan yr angerdd a'r dyhead a deimlai ym mreichiau ei chariad.

"Dere'n nes, groten!"

"Dal fi, Dai!"

"Agor, flodyn!"

Oedd, yr oedd bywyd yn baradwys dan do'r Cabanau, ta waeth beth oedd y sefyllfa dan ddaear, hyd yn oed ar ôl sifft anodd, hyd yn oed pan oedd amgylchiadau'n dynn, hyd yn oed pan oedd anap neu friw neu argyfwng, yr oedd gan Dai Rhymni ei annwyl, annwyl Cassie yn disgwyl amdano beunydd. Na, feddyliodd ef erioed amdano'i hunan fel rhyw garwr mawr, Don Juan o ddyn — pwy bynnag oedd y creadur hwnnw — ac ni thybiai ei fod yn berchen ar unrhyw rinweddau arbennig yn wahanol i ddyn cyffredin, ond cawsai yn Cassie drysor na fedrai arian fyth ei brynu, ac yr oedd yn ei olwg ef — fel y tro cyntaf hwnnw — ymysg creadigaethau rhyfeddaf y Bod Mawr. Ni fedrai neb bwyntio bys ati fel merch fasweddus, ac nid oedd yn ei sgwrs na'i chwmni yr awgrym lleiaf o faswedd, ei hymddygiad bob amser yn batrwm o weddustra a'i geiriau'n ddethol, ond — dim ond ef a wyddai hyn! — unwaith yr oedd y ddau gyda'i gilydd . . .

Newidiai'r golau yn ei llygaid. Newidiai sŵn ei llais. Newidiai ei thlysineb tawel yn hudoliaeth. Dangosai ryw ddoethineb llachar yn lle'r diniweidrwydd arferol. Gweddnewidiai o fod yn wraig tŷ ddiymhongar i fod yn ddewines a themtasiwn dan bob ewin. Mwynheai hurtio dyn. Ni ellid galw'r peth yn ddifyrrwch cnawdol tsiêp, er y cynhwysid hynny yn y profiad falle, ond yr oedd yn benderfynol o roi mynegiant trwy bob nerf yn ei chorff i'w llawenydd mawr yn y berthynas rhyngddi hi a'i gŵr. Ar dro, nid oedd hi amgen na geneth ifanc yn ei ddwylo yn aros i gael ei darganfod ganddo. Dyna pam mai ei hoff enw arni, pwy bynnag oedd yn bresennol, oedd "Groten fach"! Bryd arall, fel y gwyddai Dai ond yn rhy dda, nid croten mohoni o gwbl, ond yr aeddfetaf o ferched y ddaear. O, diwrnod bendigedig oedd hwnnw pan ddaeth ar draws Cassie ar draeth Ynys y Barri. Bu'n fwy na diolchgar iddo, y tro bythgofiadwy hwnnw, lwyddo i'w denu a'i meddiannu.

'Roedd Annwen erbyn hyn yn ddeuddeg oed. Dwy flynedd felly rhyngddi hi a Gwenno, a thair rhwng Gwenno a Siân. Cassie a wnâi'r dillad i gyd ar eu cyfer, ffrogiau hardd, cotiau hardd, ac yr oedd yn olygfa i'w gweld yn cerdded allan unrhyw ddiwrnod o'r wythnos, ond yn enwedig ar y Saboth i fynd i'r capel, bore, nawn, a nos, fel tywysogesau yn cerdded y stryd. Dangosai Annwen duedd i fwynhau bod yn y gegin yn coginio gyda'i mam, ac yr oedd erbyn hyn wedi dysgu gwneud tarten fale gyda'r gorau, ac nid oedd dim yn ei phlesio fel cais gan ei mam i wneud teisen ar gyfer te dydd Sul. Cerddoriaeth oedd diddordeb Gwenno, yn y parlwr bob cyfle yn ymarfer ar yr organ, gwybod y llyfr emynau o glawr i glawr, a llais cyn felysed â llais ei mam. 'Roedd Siân fach mewn cariad â'i doliau o hyd, yn eu bwydo nhw, eu golchi nhw, a'u rhoi nhw i gysgu, a rhyfedd fel yr oedd gwnïo dilledyn yn dangos deheurwydd ar ei rhan.

Ffolai Dai Rhymni ar ei deulu.

Ond fel haliwr da, yr oedd gan Dai le mawr yn ei galon i anifail, yn enwedig ei geffyl. Jiwel! Fel arfer, yr oedd pob haliwr ar delerau da â'i geffyl. Deallai Jiwel bob gair a ddywedai Dai. Deallai bob ystum ac arwydd o ran hynny. Medrai Jiwel ddeall gorchymyn o bell. Byddai'n ufuddhau mewn eiliad. 'Roedd iaith arbennig rhwng haliwr da a'i geffyl — ffaith oedd yn sicr yn wir am Dai Rhymni. Carai ef ei geffyl. Carai'r ceffyl yntau.

"Whoa! Dere'n ôl!"

Rhywogaeth arbennig oedd ceffylau danddaear. Ni fedrai neb drin poni pwll ar wahân i haliwr da. Ni fedrai pob haliwr drin rhai ohonyn nhw. Ceid ambell hen fwystfil o geffyl a geisiai trwy bob dull a modd frathu neu gicio. Gan amlaf, yr oedd un haliwr danddaear a adwaenid am ei amynedd a'i glyfrwch, ac ar ôl i bawb arall fethu dofi anifail, anfonid amdano ef. Nid oedd gan geffyl yn y ffas na chyfrwy na genfa, dim ond rhaff, ac yr oedd yn wybyddus, pan na ellid gwneud dim arall, nid oedd dim amdani ond gadael i'r sglyfath fynd a chymryd y sbrag gydag ef, gwaetha'r modd. Marwolaeth greulon, wrth gwrs. Rhwygai'r ddram a'r llwyth yr anifail yn gareiau, ond danddaear yr oedd terfyn i amynedd dyn meidrol wrth ddelio â cheffyl anystywallt a wrthodai gael ei ddofi, ac yr oedd y pwll, yn enwedig pwll yr Universal yn Senghennydd yn ddigon o brofedigaeth heb orfod dygymod â gwylltineb anifail anhywaith. Wedi'r cwbl, ni roddai'r perchenogion geffyl arall i haliwr fyth, ac fe ddeuai pwynt mewn bywyd lle nad oedd modd gwneud einioes dyn yn oddefol unrhyw ffordd arall.

Adwaenid Dai Rhymni fel haliwr amyneddgar iawn yn Senghennydd.

Y ceffyl yn ei ofal cyn Jiwel oedd staliwn o'r enw Cymro. Deuai Dai â chrwyn tatws a danteithion eraill ar ei gyfer bob sifft, darn o afal, oren, cnau, ac ni fethai Cymro ag arogli'r pethau da hyn ym mhoced ei bartnar. Trwynai ddillad Dai o'r top i'r gwaelod, gwthio yn erbyn ei ysgwydd, sniffian eto o gwmpas ei boced, yn ddiddiwedd nes derbyn yr hyn oedd ar ei gyfer. Gwyddai Cymro ei ffordd o gwmpas yn y tywyllwch gystal ag yng ngolau dydd. 'Roedd Jiwel yr un mor fedrus. Lladdwyd Cymro wrth iddo ddilyn rhai o'r coliars ar hyd y rheiliau oedd ar ganol eu ripario. Digwyddai fod twll mawr yn y ffordd. Cyn y medrai neb wneud dim, syrthiodd yr anifail i'r twll, ac aeth yn gacwn wyllt mewn eiliad. Dechreuodd gicio â'i holl nerth er mwyn dod yn rhydd, ond yr oedd trawstiau haearn mawr yn y twll, ac ni wnaeth y creadur ond briwio'i goesau yn eu herbyn nes gwaedu i farwolaeth. Loes i Dai oedd eu gweld yn gorfod torri ei goesau â'r morthwyl mawr er mwyn rhoi ei gorff yn y ddram. Hen geffyl mawr bonheddig oedd Cymro. Nid oedd ar Dai Rhymni gywilydd addef iddo golli dagrau ar ei ôl. 'Roedd colli Cymro'n gyfystyr â cholli hen ffrind da.

Ystyriai Dai eu bod yn geffylau nobl i gyd o gwmpas y Lancaster. Sankey! Sbaen! Joe! Moddrwg! Ffarmwr! Lwcus! Gwyddai pob un ohonyn nhw pan oedd Dai ar ei rownd ac 'roedd gan bob un ei ffordd o sgwrsio ag ef. Cadwai rywbeth da ar eu cyfer i gyd. Crafai'r anifail y llawr â'i droed am ragor. Rhannai ddiferyn o ddŵr allan o'i jac ag ambell geffyl. 'Roedd ei geffyl wedi arbed bywyd Dai Rhymni fwy nag unwaith gan fod synnwyr arbennig gan greadur i wybod pryd yr oedd perygl yn bygwth. Cerddai ar hyd y ffordd danddaear un diwrnod pan safodd Jiwel yn stond yn ei unfan. Rhagluniaeth, os y bu rhagluniaeth erioed! Yr eiliad nesaf, syrthiodd y to ond dwylath oddi wrthyn nhw. Gwisgai'r rhan fwyaf o geffylau ffrwyn ddall, *blinkers.* Pe digwyddai i geffyl ystrancio, dodai'r haliwr yr enfa yn ei geg mewn munudyn. Nid oedd amheuaeth nad Jiwel oedd yr anifail hoffusaf yn y pwll, oherwydd nid oedd neb hafal i'w bartnar am ddofi ceffyl, tasg a enillai iddo bris hanner sifft. Dau beth oedd yn sownd fel hoelion ym mhen anifail pwll: ni weithiai i neb heb gael ei wisgo'n iawn, ond unwaith yr oedd yr haliwr wedi'i dacio'n briodol, yr oedd yn siŵr o ufuddhau fel babi; ac yn ail, gwyddai'n well nag unrhyw goliar pan oedd yn ddiwedd sifft. Ni lwyddai neb i gael yr un defnyn o chwys allan o'i gorff wedyn, ond carlamai fel mellten am y stablau.

"Dere 'ma!" taranai un, y gorchymyn i'r chwith.

"Dere'n ôl!" taranai un arall, y gorchymyn i'r dde.

Dim iws! Y cwbl a welid oedd ei bedolau ôl a'i gynffon yn swisio sha thre.

Llaciai Dai Rhymni y pishin tin amdano. Siaradai falle ag un o'r coliars am y crwt a ddechreuasai weithio gydag ef. "Shwd ma hwn yn shapo?"

Dywedai'r dyn falle, "Wi wedi'i ddysgu i lenwi'r bocs cwrlo a'i lusgo i'r ffas. Wi wedi'i ddysgu i godi'r pyst â'i fwyell a shwd i drin mandrel. Wi wedi'i ddysgu shwd i gnoi baco hed! Ond wnaiff y diawl bach ddim cered ar y blaen i ddangos gole wrth inni hwpo'r ddram."

A byddai chwerthin yr holl ffordd i'r gaets.

TALIESIN ROBERTS

Crwt yn cynorthwyo coliar oedd Tal. Twm Meredith oedd y coliar ac yn byw yn Nheras y Llwyn. Trigai rhieni Taliesin yn nheras Alecsandria, y trydydd tŷ o'r chwith, ac ef oedd y cyw melyn olaf.

Nid oedd Tal wedi mwynhau gweithio danddaear o'r diwrnod cyntaf. Pe câi unrhyw fath o waith mewn unrhyw dref neu bentref arall, nid oedd un amheuaeth na fyddai wedi neidio am y swydd. Nid oedd siawns o'r fath yn debyg o ymgynnig o gwmpas Senghennydd, gwyddai hynny ond yn rhy dda, oni bai ei fod yn perthyn i deulu dylanwadol neu yn digwydd bod yn arbennig o ddisglair. Nid oedd y naill beth na'r llall yn wir amdano ef.

'Roedd Twm Meredith yn ŵr ardderchog i grwt weithio gydag ef. Ni ddisgwyliai ormod gan fachgen fel y gwnâi ambell goliar. Ceid saith stâl yn yr hedin lle yr oedd Tal a Twm Meredith yn gweithio, a phan eisteddent i fwyta yn yr egwyl, eisteddai'r dynion gyda'i gilydd a'r bechgyn gyda'i gilydd.

Braidd yn anniddorol ar y cyfan oedd sgwrs y dynion, tybiai Tal, yn sisial a mwmian bob amser.

'Roedd sgwrs y bechgyn yn fwy beiddgar a direidus, yn enwedig rhai o'r crots uchel eu cloch.

"Glywsoch chi am y boi 'na . . ."

Deallodd Twm Meredith nad oedd Tal yn hoff o ryw firi fel hyn.

"Dere i gael sgwrs 'da fi, Tal!" meddai wrtho un diwrnod.

Ac ymaith â'r ddau tua'r stablau. Agorodd Twm Meredith ei falog a phiso yn y lle y bu'r ceffylau wrthi. Gwnaeth Tal yr un modd. Llanwyd ffroenau'r ddau ag arogl y ceffylau a'r biswail.

Cerddasant yn ôl gyda'i gilydd a bwrw eilwaith i'w gwaith.

"Paid â lladd dy hunan, grwt!" meddai'r hen Dwm, "Dyfal donc a dyrr y garreg."

Gwyddai Twm Meredith trwy hir brofiad yr hyn a ddywedai. Yr oedd y bachgen a'i cynorthwyai yn llefnyn onest, cydwybodol, ac ofn yn ei galon i'r goruchwyliwr neu unrhyw swyddog arall ddod o gwmpas a'i gyhuddo o segura.

"Wyddwn i ddim eu bod nhw'n medru mynd â chi i'r cwrt am slaco, Twm!"

"Pwy ddwedodd hynny?" heriodd yr hen goliar.

"Fe'i darllenes yn y papur."

"Wel, 'does dim siawns 'da'r un o'r diawlied i fynd â thi gerbron dy well!"

Ymfalchïodd Taliesin Roberts o glywed hynny.

Trannoeth daeth i'r gwaith â darn o bapur i'w ddangos. " 'Shgwlwch ar hwn, Twm!"

"Darllen a mas i fi!"

Dysgwr araf fu Twm Meredith erioed, ac araf iawn ydoedd o hyd yn mynd dros y geiriau wrth geisio darllen, bron fel plentyn bychan yn dysgu'r llythrenne, ond gwnâi ei orau bob cynnig. "Darllen di a mas i fi!" meddai eilwaith wrth y bachgen.

Dechreuodd Tal adrodd yr hanes fel yr ymddangosodd yn y papur. "Bu nifer o achosion o flaen y llys yn Abercarn dydd Mawrth diwethaf o dan Ddeddf y Pyllau Glo. Cyhuddwyd Robert Telling (24), Coliar, Cross Keys, o gysgu wrth ei waith ym mhwll Celynen a rhoi ei geffyl yn agored i niwed a pherygl. Erlynwyd gan Mr E. J. Everest,

Pontypwl a Mr T. S. Edwards yn amddiffyn. Dywedodd Edgar Morgan, oferman, y cawsai Telling yn cysgu a'i geffyl yn sefyll yn y stâl ar ganol y ffordd rhyw chwe throedfedd oddi wrtho. Pe digwyddasai i'r ceffyl symud, nid oedd dim sicrach nag y'i lleddid ef. Dywedodd y cyhuddiedig ei fod yn euog a chosbwyd ef £1 ar bob achos. Cyhuddwyd Edward Jenkins (21), coliar, o fod â sigarét wedi'i thanio yn ei feddiant a bod yn feddw danddaear ym mhwll Navigation, Crumlin. Dirwywyd John Lewis ac Evan Davies 20s. a chostau yr un a John Evans ac Evan Davies 10s. a chostau yr un am reidio ar gwt y rhaff yn Abercynon. Dirwywyd William Chappell 5s. a chostau am adael ei lamp yn y pwll. Ymddangosodd Mr F. P. Charles dros yr erlyniaeth."

"Dyna fe, grwt!" meddai'r hen goliar, yn syllu ar y difrifwch yn llygaid y bachgen, "Beth amdani, Tal?"

"Beth amdani, Twm?"

"Wyt ti'n ysmygu, Tal?"

"Nagw, Twm!"

"Wyt ti'n yfed, Tal?"

"Nagw, Twm."

"Wyt ti wedi neidio a reidio ar y rhaff erioed?"

"Nagw, Twm!"

"Wyt ti wedi gadel dy lamp ar ôl yn y pwll erioed?"

"Nagw, Twm."

"Ac wyt ti'n mynd i'r gwâl yn gynnar bob nos i gael digon o gwsg rhag cwmpo i gysgu wrth dy waith?"

"Odw wir, Twm!"

"Wel, dyna fe, 'machan i, dyna ni!" meddai'r hen löwr, yn wên i gyd, cyn cydio yn y papur a'i rwygo'n ddarnau, "Gallwn anghofio am hynny felly. Edryched pob dyn ar ei ôl ei hun! Fe wnawn ein gwaith yn onest ac i ddiawl â'r cwrt a'r ynadon!"

Er ei holl wyleidd-dra a symlrwydd, meddai Taliesin ar un dalent a wnaeth argraff fawr ar ei gydweithiwr; Twm Meredith a'r dynion eraill yr un modd. Perthynai i deulu

Cymraeg, teulu wedi mudo i Senghennydd o ardal Maenclochog, ac yr oedd ei famiaith yn dew ar ei dafod, acenion diamheuol Dyfed. O ganlyniad, braidd yn drwsgl oedd ei Saesneg; bron na thybiai dieithryn bod nam ar ei leferydd. Sut bynnag, er mai digon cyffredin a fu hynny o addysg a gawsai, heb i'r ysgol na'i sgwlyn feddu ar unrhyw uchelgais yn ei gylch, dangosodd y bachgen yn gynnar fod ganddo ryw ddawn ryfedd, os nad i farddoni, i rigymu'n rhwydd.

"Pwy sy wedi dy ddysgu i wneud pethe fel hyn?" gofynnodd Twm Meredith iddo, wedi dod ar draws cyfansoddiad newydd o eiddo Tal.

"Neb, w." Dywedai llygaid y bachgen na thybiai am ennyd bod dim arbennig yn yr hyn a wnâi, mwy nag ymateb i ryw bwl o ddireidi neu ysgafnder.

"Be yffarn wyt ti'n feddwl? Neb, wir. Ma bownd o fod rhywun wedi dy roi ar ben dy ffordd."

"Neb wedi dysgu dim i fi, Twm."

"Shwd ar y ddaear wyt ti'n medru barddoni fel hyn?"

"Dim ond yn meddwl, gwrando ar y sŵn yn 'y mhen, a doti fa lawr."

"'Does byth sŵn *fel'na* yn 'y mhen i, bachan."

"Ma fa'n digwdd, cwbl wi'n gwbod."

"Mi licwn 'tae peth fel'na yn digwdd i mi!"

'Roedd gan ddynion fel Twm Meredith o gwmpas Senghennydd barch mawr i unrhyw un a fedrai lunio pennill. Er nad oedd yn eu gallu i gyfansoddi na deall yr hyn a sgrifennwyd ar dro, nid oedd hynny'n tarfu dim ar eu gwerthfawrogiad. Perchid bardd gymaint â neb yn y gymdeithas. Edrychid arno fel dewin. Nid oedd dim yn yr ardaloedd cyfagos yn meddu mwy o apêl i'r gymdeithas nag eisteddfodau. Blodeuai bywyd diwylliannol yn y capelau, ac yr oedd nifer o ddynion a weithiai yn yr Universal wedi ennill enwogrwydd lleol am eu campau fel beirdd. Eto i gyd, gwyddai pawb nad oedd creadur o fardd, pa mor dalentog bynnag, yn cerdded o gwmpas yn odli a mydryddu trwy'r dydd, nid oedd sgwrs naturiol dyn ar gân, ac yr oedd oriau'r awen ond yn ysbeidiol iawn gyda'r gorau. Ond yn rhyfedd iawn, o leiaf yng ngolwg Twm Meredith, er nad ystyriai'r crwt Taliesin ei hun yn hafal i'r lleiaf o feirdd y fro, yr oedd yn ymddangos y meddai ryw ddawn i weithio pennill unrhyw adeg o'r dydd a hynny ar unrhyw bwnc dan haul. Gall nad oedd hynny o ddawn yn haeddu ei hystyried gyfuwch â gallu'r sawl a wnâi gywydd ac englyn ar ôl i ryw gymeriad adnabyddus farw, ond yr oedd yr hyn a gyfansoddid bron sifft ar ôl sifft gan y crwt yn taro Twm Meredith yn ddim llai na gwyrth. O dipyn i beth, cafodd ar ddeall ddarfod i dad y bachgen yn gynnar iawn ddysgu hen dribannau Morgannwg iddo, rhyw bedair llinell ac odl, a'r peth rhwyddaf wedyn i'r bachgen oedd dynwared y mesur. Gwnâi hynny'n gyson â'r deheurwydd rhyfeddaf, ar wahân i adrodd rhigymau wrth y fil.

Tri pheth wy'n mwynhau!
Fel Siaci'r Go, hen getyn glân,
Cyfaill ffyddlon, stori dda,
A diferyn ger y tân.

Soniai llawer o'r hen ddynion o gwmpas y pentre a'r pwll am yr hen rigymau hyn, dynion fel Llew Bili Siôn o Ystradyfodwg, Siencyn Gelliwrgan, Thomas Jones Ffynnon-dwym, Evan Cule o Bontypridd, Gwilym Morgannwg, Siams Cefntylcha, ac yr oedd eu penillion ar dafod y werin i gyd. 'Roedd rhai o'r penillion hyn yn ddoniol dros ben, rhai yn drist iawn.

Brwydr waedlyd, brwydr hyll,
Brwydr greulon gynt a fu;
Un yn bwrw a'r llall yn bwrw
A mado â llygaid du!

O Gaerffili daeth dau seguryn
A'r naill a'r llall yn dwp fel lolyn;
Mae'n anodd gweud o ble wy'n sefyll
P'un o'r ddau yw tad y mwlsyn.

Morgan Williams, yr hen oslar,
Gwrddodd wejan o Gefnpennar;
Prynodd fodrwy a rhubane,
Ond pwy ddath wedyn ond ei sbonar!

Ym meddwl Twm Meredith, yr oedd Taliesin yn rhwym o fod yn hanu yn rhywle o'r un rhywogaeth â'r hen dribanwyr hyn, oherwydd nid oedd modd yn y byd y medrai ddysgu'r gamp mor rhwydd ar wahân i hynny.

"Tal bach, dere 'ma!"

"Be sy'n bod, Twm?"

"Own i'n gweud wrth Dic Tudor a Siorsyn fel wyt ti'n gneud y penillion 'ma."

"O, ie . . ."

"Gwna un lan i ni nawr y funud 'ma!"

"Am beth?"

"Am beth? Rhywbeth, bachan!"

Gosododd Tal ei raw heibio, pwyso ar yr handlen, cyn i'w lygaid droi tua'r pellter a gloywi fel pe bai'n gweld gweledigaethau ym mhen pella'r hedin — dipyn o ddireidi ar ei ran i wneud argraff ar Twm! Gwthiodd ei dafod rhyw fodfedd allan o'i geg, ei symud o un ochr i'r llall, a tharo ei fys yn dawel yn ei boced am bensel neu ddarn o sialc.

"Beth yffarn sy wedi digwdd i'r crwt?" holodd Dic Tudor, heb fod yn rhy siŵr pa fath o gynhyrfiad oedd wedi goddiweddyd y bachgen.

"Sht! Shtttt!" rhybuddiodd Twm Meredith, gan wneud arwydd â'i fys wrth ei wefusau, "Ma fa'n meddwl nawr!"

"Yffarn dân, own i'n dechre becso fod y diawl bach yn llewygu!" meddai Siorsyn, y sibrydiad lleiaf, a phrin yn agor ei geg.

Dilynwyd hyn gan ddistawrwydd hir a'r tri gŵr yn llygaid i gyd wrth ddisgwyl canlyniadau'r awen oddi wrth y bachgen.

"Ma hi wedi dod, bois!" Gwenodd Taliesin fel un yn cyrraedd yn ôl o wlad bell ar ôl siwrne hir. "Dyma ni!" Sychodd ei wefusau yn barod am yr orchest.

Siorsyn Dafis a Dic Tudor
Wrthi'n slafo yn Lancaster:
Hyf dros hawlie, dewr dros reidie,
Nhw yw'r bois i gwffio â'r gaffer!

"Bachan, bachan!" meddai Siorsyn, yn edrych yn syn ar y lleill, "Ma'n gwiddyl bod crwt fel hyn yn torri glo!" Clywyd eu chwerthin cyn belled â'r Kimberley a'r Ladysmith.

Cyn bo hir, yr oedd degau o benillion bardd bach Twm Meredith o gwmpas, ac ambell un yn peri dipyn o ofid ar dro, yn enwedig un a wnaed i ddifrïo neb llai na'r Arglwydd Merthyr, perchennog goludog y pwll. Pan holwyd pwy oedd yn gyfrifol, ni wyddai neb, er bod llawer yn amau mai Taliesin oedd yr awenydd direidus, er ei holl ddiniweidrwydd.

Duw a wnaeth y byd i gyd,
Llewod, pysgod, adar;
Yna dwedodd, Ma pishin sbâr,
Mi greaf Arglwydd Merthyr!

Llygid eryr yn ei ben,
'Run faint â'r morfil ei fola;
Sach y wrach a fydd ei groen,
Gobitho ma fe fydd 'r ola!

BEN DAVIES

"Faint o docins sy gen ti, Esther?"

"Tocins?"

"Oes gen ti gwpwl o syllte wrth law?"

"Beth ar y ddaear wyt ti'n mofyn cwpwl o syllte? Ble ar y ddaear wyt ti'n mynd mor sydyn? Ishta ar dy din, trwyn yn y papur, ble wyt ti'n mynd, gwed?"

"Mynd i unman, w! Eisie gwbod os oes gen ti gwpwl o syllte, dyna'r cwbl."

"I beth, Ben?"

"I helpu'r wlad!"

"Helpu'r wlad? Wyt ti ddim yn meddwl bod gen i ddigon o waith ar 'y nwylo yn helpu'r teulu heb sôn am helpu'r wlad?"

"Moyn help i brynu rhwbeth."

"Prynu beth?"

"Crystal Palace!"

"Gad dy ddwli, Ben! Own i'n meddwl am funud dy fod o ddifri!"

"Wy o ddifri, Esther."

"Bownd o fod! Prynu Crystal Palace, wir!"

"Dim ond cyfraniad, w."

"Dyna ddigon o dynnu coes!"

Cydiodd Ben yn ei bapur, gosod ei sbectol ar ei drwyn, cyn darllen, "Gwranda nawr! *South Wales Echo!*"

"Ma fa bownd o fod yn wir yn d'olwg di os yw a yn y

South Wales Echo! Fe gredet ti'r *South Wales Echo* o flaen Mathew, Marc, Luc a Ioan!" mynnodd Esther, yn ymollwng i'r hwyl.

Daliai Ben i edrych fel barnwr. Darllenodd yn bwyllog, ei Saesneg yn drwsgl, "Save Crystal Palace! 10s. for every £1 subscribed offer! Letter to the Lord Mayor!

> *My Dear Lord Mayor,*
>
> The Times *has opened a Crystal Palace Fund and is making a strong appeal for the generosity of its readers for contributions toward the sum of £90,000 which is still required for your Mansion House Fund for the purchase of the Crystal Palace and its lovely grounds for the nation. As a private citizen I am willing to contribute half a sovereign for every sovereign subscribed from today by my fellow citizens or by public bodies, and I am prepared to contribute altogether the sum of £30,000 if double that amount shall have been subscribed on or before July 31st next. I do not wish my name to be published in connection with this offer."*

Edrychodd Ben yn ddifrifol ar ei wraig. "Nawr te, be wyt ti'n feddwl o hynny? Mae'n gweud fan hyn fod y brenin wedi rhoi dau gan punt, y frenhines gant, a'r Frenhines Alecsandria gant! Wel, biti i ti a finne fod ar ôl, Esther."

"Ben Davies, 'rwyt ti'n mynd yn ddwlach o hyd, wir ddyn!" meddai'r wraig ddiwyd wrth brysuro allan o'r gegin i gael gair â'i chymdoges drws nesaf.

Chwarddodd Ben, sychodd ei sbectol, a chymerodd gip arall ar ei bapur. Anaml iawn y cerddai allan i unman ar ôl ei sifft. Unwaith yr oedd wedi ymolchi, eistedd wrth y bwrdd i fwyta cinio mawr Esther wrth ei hamdden, ni fedrai merlod gwyllt y mynydd na bwganod y Fall ei gael allan o'i gadair. Cerddai yn nhraed ei sanau o gwmpas y gegin, a phe digwyddai iddo wisgo rhywbeth am ei draed, hen bâr o esgidiau fyddent, tafod allan, dim careiau. Anaml y gwisgai Ben goler a thei. Anaml, yn wir, fin hwyr, y trafferthai i wisgo crys, dim ond ei grys isaf, a'i folasis o amgylch ei ganol. Eilliai rhyw ddwywaith yr wythnos. Na, unwaith yr oedd ei dwrn ar ben, dyna ddigon o'r byd mawr tu allan, ac ni fynnai ddim arall ond ei fyd bach ei hun tu mewn. Tân braf, mwgyn, a'r *South Wales Echo!* Yr oedd ar ben ei ddigon.

Fel y digwyddai, un peth arall a ddaliodd ei sylw yn y papur y tro hwn oedd y nodyn hwn:

> "*Mr S. T. John, M.P., whose labours on behalf of Welsh agriculture gave him a high place in the regard of the people of the Principality, spoke at Carmarthen yesterday on the subject of Welsh Home Rule. Mr John is one of the few people who have given close attention to the subject: those Welshmen who profess the doctrine of Home Rule are for the most part moved by sentiment rather than by a clear idea of what in particular Wales is likely to gain by the change. The chief reasons urged in favour of Home Rule are the need for fostering national sentiment and the congested state of business in the Imperial Parliament. The former is a matter which had better be kept as far as possible out of the range of political action. Wales will never become politically independent of the other parts of the United Kingdom, and will always have a mixed population. Its nationalism must, therefore, continue to be dependent in the main – as it has been for several centuries – upon voluntary effort. Voluntary effort has succeeded very well, and if the power of the state is to be invoked in its aid, Wales is more likely to lose than gain. Irish nationalism – using the term as it is generally used in Wales, as indicating the affairs of national culture – owes little to the*

politicians and much to non-political efforts like the Gaelic League. It is inconceivable that lovers of Wales should desire to see its nationalism bolstered and enforced by the State, even in default of adequate voluntary effort."

Ni fedrai Ben wneud na phen na chynffon o'r llith, dim ond ei fod yn synhwyro ei fod yn rhywbeth pwysig, ac yr oedd awydd ynddo i ddeall. Beth yn y byd mawr fedrai e wneud? Dim iws gofyn i Esther, byddai hi'n siŵr o ystyried y darn yn ffolach na'r llith am Crystal Palace. Daeth syniad iddo. Torri'r darn allan o'r papur a gofyn i un o'r dynion ei esbonio. Pwy oedd y mwyaf hirben ymysg ei gydweithwyr? Pwy ohonyn nhw y medrai ymddiried ynddo i drin y peth yn sobr ac nid manteisio ar ei anwybodaeth?

Ar ben y pwll, cafodd afael ar Hugh Thomas, llanc yn byw yn Stanley Street, tipyn o bregethwr cynorthwyol, ac un a gymerai bopeth o ddifrif. "Beth ma hwn yn gweud, Hugh?" Cydiodd y gŵr ifanc yn y papur ac edrych arno'n ddyfal, yn gywir fel pe bai ar gyhoeddi'r emyn yn y capel. Ar ôl syllu a myfyrio, dechreuodd ar y dasg a osodwyd iddo — "Dim amser i drafod dim yn Llundain ynghylch Cymru — ithe reit hed! 'Dyw Cymru ddim yn ddigon pwysig. Mae'r arglwyddi a'r *colonies* mor bwysig, ma'n nhw'n cymryd yr amser i gyd, a 'does dim lle ar yr *agenda* i Gymru. Mae eisie *notice of motion* nad yw hyn yn gyfiawn."

Gwnâi Hugh, y pregethwr, argraff fawr ar Ben wrth ddefnyddio termau fel *colonies* ac *agenda* a *notice of motion.* Beth bynnag oedd yn gam yn y Saeson, yr oedd eu hiaith yn swnio'n dyngedfennol o bwysig.

Aeth Huw yn ei flaen — "Beth bynnag, medd hwn, yw diffygion y Parliament, dwli yw neidio i'r casgliad nad oes dim arall i Gymru ond *Home Rule.* Gwell i'r Imperial Parliament wella tipyn ar y drefen, medd hwn, a bydd yn ddigon cynnar i ni feddwl am altro pethe. Does dim byd perthynol i Gymru na ellir ei setlo yn Llundain. Mae gyda ni dri deg saith o gynrychiolwyr yn San Steffan, ac ma hynny ddwywaith cymaint ag sydd eisie i drafod busnes gwlad fach fel Cymru. Odi pobl Cymru yn ddigon dwl i dalu teirgwaith a phedair mwy o arian am redeg y sioe eu hunain? Mae Cymru mor agos at Loegr, mae bodoli ar wahân yn wrthun. Trasiedi fyddai mabwysiadu polisi Redmond, y Gwyddel, yng Nghymru." Oedodd y gŵr ifanc uwch y geiriau hyn, edrychodd yn galed ar Ben, cyn gofyn, "Beth ŷch chi'n feddwl?"

Daeth golau fel mellten i lygaid y coliar, "Meddwl dim o'r diawl celwyddog!"

ISAAC EVANS

Isaac Jabes, yn ôl tystysgrif ei enedigaeth, ac wedi mynd erioed ar yr aelwyd ac yn y pentre fel Eic, ac yn ddiweddarach Eic Dwrn Haearn. Y rheswm am yr enw oedd iddo fod yn amlwg ar un adeg fel paffiwr addawol; nerth rhyfeddol yn ei ddyrnau, ond gormod o blwm yn ei draed a rhy ychydig o synnwyr yn ei ben. Erbyn hyn, a'i yrfa fel ymladdwr wedi hen ddod i ben, yr oedd ei drwyn mor fflat â chaws llyffant wedi bod dan draed tarw, canol ei wyneb yn friwiau, a'i glustiau'n lympiau o gnawd caled ar ochr ei ben. Cafodd rai degau o ornestau, ymladd dynion cryf o Gaergybi i Gaerdydd, a chyn belled â Llundain, yn ôl yr hyn a ddywedai, ond nid oedd fawr o hanes ar gael iddo ennill. Methodd yn lân â datblygu unrhyw fath o grefft a slicrwydd fel y paffwyr proffesiynol gorau, a bu'n rhaid iddo fabwysiadu rhai o'r triciau mwyaf ysgeler fel gwthio'i fawd i lygad ei wrthwynebydd — neu wthio'i benelin yn ddwfn i'w fol wedi cael cefn y reffarî, a chafodd ei ddal fwy nag unwaith yn gwneud niwed yn is na hynny. Sut bynnag, er mai colli fyddai'r hanes gan amlaf, ni ddeuai'r un o'i elynion allan o'r cylch heb ddangos anafiadau anhygoel.

Un o baffwyr gorau'r gymdogaeth yr adeg hon oedd bachgen o'r enw Bili Charles. 'Roedd Eic Dwrn Haearn yn llawiau mawr gyda Bili. Byddai'r ddau yn cwrdd yn gyson, yn enwedig cyn yr ornest, ac fe wyddai Bili ond yn rhy dda, ar ôl bod yn y cylch am glatsiad gydag Eic, y byddai'n baffiwr doethach o lawer. Gwyddai'n iawn sut i bwnio'r sach, cwffio â'i gysgod ei hun, sgipio, a rhedeg milltiroedd ar hyd y ffordd fawr, ond busnes wahanol oedd hi tu mewn i'r cylch — a dyna athrylith Eic Dwrn Haearn!

Am hynny o reswm digon cnawdol, yr oedd parch mawr iddo o gwmpas pwll Senghennydd a thrwy'r cymoedd lle yr oedd y gelfyddyd o gwffio mewn bri. A mwy na pharch; arswyd ei bresenoldeb yn ymron bob cylch o gwmpas Senghennydd lle bynnag yr oedd yn debyg o ymddangos, oherwydd yr oedd ganddo bâr o lygaid sarrug, ei lais yn gras, ac nid oedd angen llawer i danio ei holl wylltineb.

"'Roedd 'Nhad yn wmladd ar ben y mynydd," ymffrostiai, ei lygaid yn pefrio, a'i ysgwydd yn symud gyda phob gair fel pe bai'n osgoi ergyd, "a 'dodd dim un dyn o Abertridwr i'r Blaene yn abal i'w wado. Cofio cerad sha thre un noson o Fargoed i Rhymni, yr hen batshin agored 'na, dath bachan lan ato fa yn gofyn am arian. 'Moyn f'arian, wyt ti?' medde 'Nhad, yn mesur nawr yn y twllwch gore fedre fa ble'r odd gên y bachan, ac medda fa, 'Wel, shwd beth yw sofran fach fel hyn i ddechra?' Ar 'i gefen miwn wincad, ergyd bert ar y naw, ddim yn trafeili mhell, dim ond o'r dwrn i'r benelin, a lawr â'r boi ishta colfen yn cwmpo miwn storom. 'Nhad wet'ny yn rhwto'i ddwylo, dishgwl ar y boi bach ar 'i gefen, ac yn gweud, 'Licet ti gwpwl o docins rhacor? Gwed nawr tra wy 'ma!' Dim gair o'i ben. Rhwtodd 'Nhad 'i ddwylo wet'ny, poeri, a bant ag ef, dim ond gweud, 'Da bo, Dai bach! Neis i gwrdd â thi ar ben mynydd fel hyn!' Yffarn o ddyn odd 'Nhad!"

'Doedd dim amheuaeth nad mab ei dad oedd yntau, Eic Dwrn Haearn. Mynnai'r tad stripio'i feibion i'w canol, bump ohonyn nhw, yn yr iard gefn, gan bwnio un ar y tro, dangos sut oedd taro, cledro â'r cymalau, a sut i sefyll fel ag i osgoi clatsiad, ffugio, amseru a bwrw iddi fel y bo'r ymladd drosodd erbyn i'r dyrnu ddod i ben. Daeth ymladd mor hawdd ag anadlu i'r pump. Llwyddodd ambell un o'r brodyr i feistroli techneg ymladd, traed ysgafn, llygaid chwim, ond Eic oedd yr unig un a ddysgodd i gledro fel ei dad, er iddo fethu'n druenus yn egwyddorion eraill y gelfyddyd. Torrodd ei drwyn yn wyth oed. Doedd wiw iddo redeg i'r tŷ i gwyno, er mai ei frawd ei hun oedd wedi gwneud y niwed. "Dota ddiferyn o ddŵr oer arno fa!" meddai'r tad, heb sylwi eiliad yn fwy. "Cadw'n fishi yw'r peth mawr, pwno a dal i bwno, ac os nad wyt ti werth taten, mi fyddi'n *dishgwl* yn dda!" Hyn o gyngor gan ei dad a fu ei unig batrwm. Edrychai'n bencampwr bob amser.

Ar hyn o bryd, yr oedd yr hen warior yn nyrsio dau neu dri o glwyfau llachar, un prydferth iawn uwchben ei lygad chwith, ac yr oedd un o'i glustiau wedi ffrwydro ar agor eto fel eirinen or-aeddfed.

Bu nifer o ornestau paffio yn y Pafiliwn, Bargoed, a phan aeth Eic yno gyda Bili Charles yr oedd un o'r paffwyr heb ymddangos. Ni fedrai Bili ymgymryd â'r dasg, yr oedd o bwysau gwahanol, ac yr oedd gwrthwynebydd yn disgwyl mynd i'r afael ag ef cyn diwedd y noson. Gofynnwyd i Eic ddod i'r adwy. Ni wyddai ar y ddaear pwy oedd i fod yn ei erbyn, ond nid mab ei dad fyddai pe gwrthodai her o'r fath. Ar ben hynny, nid oedd yn gwbl amharod, oherwydd bu wrthi am rai wythnosau yn yr ystafell hir uwchben yr Hanbury Arms yn helpu Bili Charles i baratoi. Enw gwrthwynebydd Bili oedd llanc addawol o'r gogledd — Newcastle — Peter Robson, un y proffwydid dyfodol disglair iddo. Taerai llawer y byddai'n bencampwr cyn pen fawr o dro. Byddai'n rhaid i Bili fod ar flaenau'i draed, ei synhwyrau i gyd yn effro, a gofyn iddo bwnio a phwnio'n ddidrugaredd i gael y trechaf. Trwy drugaredd, cawsai ei hyfforddi'n drylwyr gan Eic, ac er na fedrai'r hen baffiwr roi ei bregeth ei hun mewn gweithrediad, nid oedd amheuaeth na welid Bili yn elwach o fanteisio ar ei gyfrinachau.

Ysywaeth, fel y digwyddodd, collodd Bili trwy gael ei

gyhuddo o gledro mewn mannau anghyfreithlon a gadael Peter Robson yn gadach ar y llawr, ond yn fuddugol. Canlyniad, yn ôl y farn gyffredin, dilyn cyfarwyddiadau'r Dwrn Haearn yn rhy fanwl.

"Cwffio nid tolcio, taro â dwrn nid taro â'r pen yw gwaith paffiwr!" meddai'r reffarî wrth yrru Bili i'w gornel.

"Celwydd!" taranodd Eic, yn dangos ei ddwrn, "Wmladd, nid whara a dawnsio!"

Edrychodd y reff arno'n ddig.

"Aros i ti ddod fan hyn, y mochyn!" Rhybudd a barai ofid gan fod Eic i ymddangos yn yr ornest nesaf ond un.

'Roedd twrw'r neuadd yn annaearol erbyn i'r waldiwr o Senghennydd ddringo dan y rhaffau.

"Clatsia fa, Eic!"

"Lladd y reff ginta, neu fe fyddi di ar dy din, Isaac!"

"Dere mlân, ddwrn arn, iwsa dy drâd os bydd raid!"

Cant a mil o rybuddion a chynghorion, ond yr un yn gwneud argraff ar feddwl Eic, nes iddo sefyll yn y cylch a chael llais yn cyhoeddi'i wrthwynebydd, Seaman Russ, cawr, hen forwr, a'i drwyn a'i glustiau a'i gernau yn dangos mwy o nodau armagedon nag arwr Senghennydd.

Edrychodd y ddau ar ei gilydd — llygaid y goedwig, gwyllt, gwallgo, yn rhythu'n gynddeiriog cyn i'r un ergyd lanio.

"Cofiwch y rheolau . . ." aeth y canolwr ymlaen gan anadlu yn eu clustiau, heb i'r un gair wneud synnwyr i'r naill na'r llall, a'r dyrnau'n dynn yn barod i daro.

"Watsia fa, Eic, ma'r diawl wedi dodi angor y llong yn 'i faneg."

"Well i ti reteg, Eic, 'does 'da ti ddim gobeth yn wmladd!"

Gwelwyd gornest na fu ei thebyg ar lawr y Pafiliwn, Bargoed, na chynt na chwedyn.

Collodd Eic Dwrn Harn, ond — y morwr o Portsmouth, Seaman Russ, a'r Royal Navy a'i anrhydedd tu ôl iddo, a gludwyd allan ar stretshar y noson honno.

LLEWELYN DAVIES

Un o'r dynion prin hynny yn holl faes glo Deheudir Cymru na feiddiodd neu na fentrodd neb roi llysenw arno. Ar sawl cyfrif, yr oedd yn agored iawn i'r fath dynged, gan fod ei ddiddordebau'n eang a'i nodweddion yn amlwg. Ef oedd arloeswr y mudiad drama yn y pentref. Pan ysgubwyd pob enaid byw arall yn y lle gan gorwynt crefyddol, ysbrydol y Diwygiad ym 1904, cyfarfodydd nos ar ôl nos ym mhob capel, a hynny tan oriau mân y bore, cadwodd Llew ei ben yn gytbwys a'i ynni a'i nwyd ar allor y ddrama yn unig.

Digon hawdd oedd deall ei frwdfrydedd dros lwyfan a chynulleidfa. Onid oedd un olwg ar y gŵr, ei safiad a'i osgo, ei wyneb nobl a'i bresenoldeb urddasol, yn ddigon i hoelio sylw? Onid oedd yn berchen ar lais o felodedd arbennig, pob gair a ddeuai allan o'i enau mor gyfareddol â nodyn cerdd, ei bwyslais yn gywir bob cynnig, a rhyw angerdd yn dod i'r amlwg yn ddi-feth yn ôl y galw? Ar ben hyn oll, yr oedd ei saib a'i ddistawrwydd yn orchestol. Dim ond iddo ddweud wrth ambell un, "Mae'n fore braf!" yr oedd yn union fel darllen salm yn ei glustiau, a chyfaddefai unrhyw un o drigolion Senghennydd fod sgwrs gyffredin gyda'r Llew yn medru gwneud i'r ystrydebau mwyaf swnio'n gywir fel diarhebion o dragwyddol bwys. Ni fedrai danio'i bib heb i'r weithred fynd yn berfformans. Er y gelwid ef yn Llewelyn Davies neu Llew gan lawer tu ôl i'w gefn, ni feiddiai neb ei gyfarch yn ei ŵydd ond fel Mr Davies, mor ddwys â phe bai'n arglwydd neu'n syr.

"Cofio bod yn bresennol yn yr Eisteddfod Genedlaethol ym Mangor rai blynyddoedd yn ôl," dywedai, ei lygaid mawr yn goleuo, "pan oedd Mr Lloyd George yno'n llywyddu ar ddydd y cadeirio, ac fe gafwyd anerchiad bythgofiadwy ganddo." Oedai, gwnâi ystum, ac oedai wedyn. "Apêl dros y Ddrama Gymraeg — dyna oedd ei bwnc! 'Mae'r Eisteddfod fel coeden fawr,' meddai, 'a'i gwreiddiau mewn hen ganrifoedd, ac eto'n ymestyn drwy'i changhennau gwyrddlas i fywyd presennol y genedl. Dylem oll ymfalchïo yn ein sefydliad cenedlaethol, a'r ffordd orau i wella bywyd y genedl yw cadw ei phriodoleddau pwysicaf. Fe all y caniatewch i mi nodi dau neu dri o bethau. Dichon yr af i drwbwl hefo rhai pobl am hynny, ond yr wyf wedi hen arfer â thrafferthion o'r fath bellach.' "

Byddai Llewelyn wrth ei fodd yn dyfynnu darnau gloyw fel hyn; 'roedd ganddo'r ddawn i'w dysgu ar ei gof, a'r llais i'w hebrwng i glustiau'r gwrandawr mwyaf di-feind.

"Na foed inni feddwl mai cerddoriaeth yw'n hunig athrylith, chi gerddorion! Pa le y mae drama Cymru? Na foed i ni feddwl mai barddoniaeth yw'n hunig draddodiad yng Nghymru, chi feirdd! Cenedl ddramatig iawn ydym, ac y mae'r ffaith ddarfod i genhedloedd eraill gam-drin y ddrama ymhell o fod yn esgus i ni wneud yr un peth. Dylem ddangos i'r byd yn hytrach y gall y ddrama Gymraeg fod yn boblogaidd ac yn fuddiol. Mawr hyderaf y bydd i'r Eisteddfod Genedlaethol neilltuo un noson o hyn ymlaen i'r ddrama!"

Dychwelodd Llewelyn Davies o'r Eisteddfod Genedlaethol honno, a'r peth cyntaf a wnaeth yn Senghennydd oedd ffurfio cwmni drama. Galwodd ar actorion ifanc o bedwar ban i ymarfer gydag ef a pherfformio dramâu Cymraeg. Cynhyrchwyd drama gofiadwy yn dwyn y teitl *Hanes y Streic Fawr*, gwaith gwreiddiol a gafodd ddylanwad mawr ar y pentrefwyr. Yn ddigon naturiol, gan mai ef oedd y cynhyrchydd, gofalodd y Llew ei gastio'i hun yn y brif ran, ac yr oedd yr actorion eraill yn ddigon bodlon i fod megis pegiau yn cynnal presenoldeb ymerodrol ei fawrhydi.

"Odi'r neuadd yn llawn?" O, fel yr oedd y Llew wrth ei fodd yn disgwyl i'r goleuadau ddiffodd!

"Pob sedd yn llawn! Sefyll yn yr alïe ac ar y sil ffenestri!" Teimlai'r wefr yn cerdded drosto.

"Gwedwch wrth Joni Bara Lawr am gwnnu'r cyrten!"

Ac fel yr oedd y goleuadau'n difa, cyfrif deg i gael distawrwydd, disgwyliad fel trydan drwy'r tŷ, cerddodd yr actor mawr i ganol y llwyfan.

"Heno, yn y tŷ hwn, teimlaf yr ysbrydion yn gwahodd . . ." — hen frawddeg o eiriau dethol i sefydlu'r olygfa a gosod y gynulleidfa mewn hwyl iawn i dderbyn rhyfeddodau'r perfformiad. Ni waeth beth oedd y ddrama a berfformid, mynnai'r cynhyrchydd ailwampio'r plot a saernïo'r ddialog, fel y gallai ef feddiannu'r llwyfan bron ar hyd yr amser, gan neilltuo'r areithiau mawr i gyd ar ei gyfer ef ei hun. Nid oedd Llewelyn Davies am fod ar ôl mewn coluro ychwaith, gan ofalu bod gan bob actor farf, a'r wraig a ofalai am y dillad wedi sicrhau hetiau a chotiau priodol; yn yr un modd, mynnodd dalu'r sylw manylaf i ymddangosiad yr actoresau, ac yr oedd y wisg briodol wedi'i sicrhau i'r manylyn lleiaf. Pwysleisiai i bob actor fod yn barod i lefaru yn ei dro, dim gormod o lais byth, fel bod ei areithyddiaeth ef yn llenwi'r neuadd.

"Beth yw'r ddrama nesa i fod, Mr Davies?" Yr un cwestiwn bob tro mor fuan ag yr oedd un perfformiad drosodd.

"Wi'n meddwl am y peth."

"Oes 'na ran i fi?"

"Gawn ni weld, gawn ni weld!"

"Oes modd i mi gael rhan fwy tro nesa, Mr Davies?"

"Gawn ni weld, gawn ni weld!"

"Dwedodd modryb iddi ga'l hen bwl o beswch, gorffod plycu ac erbyn iddi gwnnu lan own i wedi bod a wedi mynd — a hithe wedi dod draw yn sbesial o Dreorci!"

"Bydd yn rhaid iddi ddod i'r ddrama nesa."

Digwyddodd y ddrama nesaf fod yn un a dynasai sylw mawr trwy Gymru benbaladr. Fe'i sgrifennwyd gan ŵr o'r enw Beriah Gwynfe Evans, drama hanesyddol yn llawn o bosibiliadau, areithiau ysgubol, a rhannau dramatig dros ben. Fel y digwyddai, gosododd Mr Llewelyn Davies y brif ran ar gyfer ei enw ei hun, yn briodol iawn, *Llewelyn ein Llyw Olaf*!

Dewisodd Miss Harriet Jones, yr athrawes, i chwarae rhan y Dywysoges Elen. 'Roedd Mr Llewelyn Davies yn hoffi Miss Harriet Jones yn fawr iawn, wedi meddwi ar ei phrydferthwch ac yn rhyfeddu at ei llefaru. Daethai i Senghennydd o ardal Tregaron, ei Chymraeg yn berffaith, a'i bri wedi cyrraedd o'i blaen gan iddi ennill yn y Genedlaethol dair gwaith yn olynol am adrodd. "Fe ddylai hi fod yn Llundain!" mynnai'r cynhyrchydd, ei fraich yn dyner am ei chanol, "ond wy ddim am 'i cholli o Senghennydd!"

Dewisodd y cynhyrchydd ŵr ifanc o'r enw Jaci Jones y Moch fel Meredydd Delynog. "Ond fedra i ddim whare'r delyn, w!" protestiodd. Fe'i gwthiwyd o'r neilltu a rhoi bord sgrwbio yn ei law. "Iwsia hwn! Paid â becso, bydd Maggie May yn yr ochr yn whare, dim ond y mosiwns wy'n moyn 'da ti!"

"O, pam ŷch chi'n dewis fi, Mr Davies?"

"Am dy fod yn *edrych* y rhan!"

"Shwd wy'n edrych?"

"Fel bwgan brain."

Un swrth, diseremoni oedd y Llew mewn prysurdeb.

Dyfarnodd y cynhyrchydd rannau fel y Tywysog Dafydd, brenin a brenhines Lloegr, a Gwen, morwyn y frenhines i actorion ac actoresau profiadol ei gwmni. Unwaith eto, yr oedd yr ymarferiadau mor brysur a ffyrnig â Phwll Senghennydd.

"O, ble wyt ti'n mynd heno eto, Llew?" holodd y wraig tŷ flinderog, yn estyn crys glân unwaith eto i'w gŵr.

"Ble? Ble ar y ddaear wyt ti'n feddwl, fenyw? 'Dwyt ti ddim yn deall be sy'n digwydd o gwmpas 'ma y dyddie hyn? 'Dwyt ti ddim yn sylweddoli 'mod i'n whare Llewelyn ein Llyw Olaf, rhan fwya 'mywyd?"

"Be wedest ti, Llew?" 'Roedd y wraig fach yn drwm iawn ei chlyw.

"Acto Llewelyn ein Llyw Olaf!"

Edrychodd y wraig ar ei gŵr wrth iddo wthio'i grys i'w drowser. "Dyna'r cifan wyt ti wedi gneud ariôd, Llew bach!"

LEWIS MORGAN

Pregethwr cynorthwyol. Yn wahanol i Llewelyn Davies, nid oedd ganddo ddim i'w ddweud wrth y ddrama, dim ond ei fod yn ei herbyn, ond hoffai areithyddiaeth yn fawr, ac er na fedrai ymffrostio yn yr un ansawdd o lais na phresenoldeb â Llewelyn ein Llyw Olaf, meddai ar ddawn felys ar gyfer y pulpud. Y cwbl a ddymunai.

"Fe licwn i fod yn bregethwr, 'sgwelwch yn dda!" dywedodd yn ddigon diniwed wrth y gweinidog gartref yng Nghwm-nedd unwaith, gan dybied y byddai'r gŵr parchedig yn llamu o orfoledd bod proffwyd newydd yn codi yn y gymdogaeth i harddu'r olyniaeth.

"Dowch lan i'r tŷ nos yfory, 'machan i," meddai'r Parchedig Davies, gŵr nerthol yn y pulpud, "bydd gen i ychydig o wersi yn barod ar eich cyfer."

"Diolch yn fawr, syr!" atebodd, wrth ei fodd.

Oedodd. Wiw iddo ymddangos yn rhy hyderus.

"Pryd gaf i alw? Pa amser?"

"Wyth o'r gloch."

Safodd Lewis Morgan ar garreg y drws i'r eiliad. Ymsythodd, anadlodd yn ddwfn, tynnodd ei gap — ni cherddodd neb erioed i bresenoldeb brenin Lloegr yn fwy dan gyfaredd ei fraint nag ef yn awr wrth gadw oed â gŵr Duw.

"Dowch i mewn, Lewis!" Gwenodd gwraig y gweinidog arno a'i dywys i'r stydi.

Y fath olygfa! Ni welsai'r fath ystafell erioed o'r blaen. Llyfrau, llyfrau, llyfrau! O'r sgyrtin i'r seilin, pob wal, dim ond llyfrau, llyfrau, llyfrau! Nefoedd o le! Teimlai'n fwy penderfynol nag erioed yn awr i fod yn bregethwr.

"Steddwch, steddwch, Lewis bach!"

Bron na theimlai fel mynd ar ei liniau yn y fan a'r lle a deisyf ar yr Hollalluog, "Arglwydd da, gwna fi'n bregethwr a rho gapel i mi yn ddi-oed, ddim ots ble, dim ond i mi ddod mas o'r pwll glo; dim mwy o dorri glo, dim mwy o ddrewdodau'r ffas, dim ond Beibil a llyfr emynau, ac mi bregetha' i nerth fy nheg nes y bydd yr holl bechaduriaid o Gwm Tridwr i ben draw Uffern yn ddiogel yn y gorlan!"

Ar draws y gorfoledd efengylaidd a orlenwai'i enaid, torrodd llais y gweinidog fel taran ar ei glustiau, yn ei sobri i'w sodlau. "Nawrte, 'machan i, wi am i ti neud y syms 'ma!"

Syms! SYMS! Oedd y dyn wedi ymadael â'i synnwyr? Ai ceisio'n fwriadol ei wawdio yr oedd? A dybiai nad oedd lle i neb arall ond *ef* ym mhulpudau Cymru?

"Ia, ia, paid â dychryn, wi am i ti neud syms — *dyna* ddwedes i!"

"Wel . . . w-wel . . ." ceisiodd Lewis egluro, ". . . ond . . . ond . . . nid dyna oeddwn i wedi m-meddwl!"

"Na, mae'n siŵr, mae'n siŵr." 'Roedd gŵr Duw yn siarad mor hamddenol a phendant nes gwneud i Lewis deimlo mai diffyg ynddo *ef* oedd breuddwydio am fynd i'r pulpud heb ddysgu sut i wneud syms.

"Ond . . . ond *nid* pregethu syms fydda' i'n gneud!"

"Na, gobeithio."

"Pregethu — pregethu fel chi, *dyna* 'dw i am neud!" Tybed a fyddai rhyw ganmoliaeth gynnil fel hyn yn gwneud y gŵr da yn fwy rhesymol?

"Gwell na fi, gobeithio, 'machan i." Gwenodd y pregethwr yn ffug swil arno.

"Dysgu *geiriau* — geiriau, geiriau — o bob math, dyna be 'dw i am ddysgu!"

"Mae syms gystal disgyblaeth â geiriau, cofia di!"

Edrychodd Lewis Morgan yn hurt ar y gweinidog yn awr. "B-be ydach chi'n feddwl, syr?"

"Os wyt ti am fynd i'r pulpud, ma'n rhaid i ti fod yn sgolor gynta, ac yn bregethwr *wedyn!*"

Safodd y coliar ifanc gan ddal i edrych yn syn, yn union fel pe cawsai ergyd farwol nes bwrw'r anadl allan ohono. Synhwyrai tu mewn i'r cwmwl o anobaith a'i llyncodd mai hwn oedd diwedd ei uchelgais i fod yn un o gewri'r pulpud Cymraeg. Gwaeth fyth, gwawriodd arno i'r gweinidog a'i ddiaconiaid, yn ddiarwybod iddo, drafod ei benderfyniad, a sylweddolodd mai esgus oedd y syms i'w ddarbwyllo, a thestun sbort y sedd fawr, mae'n siŵr. Daeth yn amlwg iddo yng nghwrs y misoedd dilynol fel yr oedd y gŵr parchedig yn osgoi galw arno i gymryd rhan yn y cwrdd gweddi neu'r gyfeillach. Ni ofynnid iddo gymryd rhan mewn gweddi bellach. Ni ofynnid iddo ddweud gair ar bwnc neu destun. Ac nid oedd dim sicrach na châi wahoddiad byth mwyach i ymarfer ei ddawn yn y pulpud. Pregethodd y gweinidog un Sul ar y testun o'r Hebreaid, — "Pwy a dosturia wrth yr anwybodus?" Dyma un o'r oriau mwyaf annifyr a dreuliasai erioed yn Nhŷ Dduw. Tyngai fod y pregethwr yn edrych ym myw ei lygaid trwy gydol y bregeth.

Beth ar y ddaear a allai'i wneud?

Ble ar y ddaear y medrai ffoi iddo?

Fe'i ganed yng Nghwm-nedd, collasai'i deulu cyn ei fod yn chwech oed, cafodd ei daflu o le i le, o law i law, a'i fagu gan fodrybedd ac ewythredd, a neb yn y bôn yn gwneud y gymwynas o'i wirfodd. Bu'n faich i eraill o'r crud. Bellach, câi'r ymdeimlad mai ei dynged oedd bod yn faich iddo ef ei hun weddill ei ddyddiau.

"Pam na wnei di fentro i Senghennydd?" meddai un o'i gyfeillion wrtho, newydd ddychwelyd i ymweld â'r teulu ar ôl gweithio mis yno.

Cyrhaeddodd Lewis Morgan Senghennydd yn gynnar

un bore, wedi cerdded yr holl ffordd. Bron na theimlai'r tai a'r mynyddoedd yn estyn croeso iddo. Nid oedd un amheuaeth ganddo nad dyma'i gartref mwyach. "Y peth gore a wnes i erioed."

Ac fe gafodd groeso brwd gan bawb o gwmpas pwll Senghennydd. "Mae'n hen bwll uffernol, cofia, llawn nwy a gwenwyn, cathod a llicod mawr, ond — ma'r cwmni'n dda," meddai un hen goliar wrtho.

Yr un hen stori gan bawb — "Ma gofyn nisied ar dy drwyn bob munud danddaear, yr aer yn ddicon i dy dacu, ond dinon ffein yw coliars Senghennydd!"

Cerddodd ar ei union i Gapel Salem y Sul cyntaf yn y lle. "Neis i weld gŵr ifanc newydd ar y galeri heno!" meddai un o'r diaconiaid yn yr ail gwrdd, hen ŵr barfog a gwên wastadol ar ei wyneb, "O ble ŷch chi'n dod, ddyn ifanc?"

"Castell-nedd." Teimlodd bob llygad yn yr adeilad yn ei archwilio.

"Yr un Duw sy'n gofalu am Gastell-nedd a Senghennydd, felly — cofiwch fod yn ffyddlon, 'machgen i!"

"Amen, amen!" 'Roedd y diaconiaid i gyd yn gwenu'n farfog wrth gyd-weld.

"Bydd cwrdd gweddi nos yfory yn y festri. Edrych ymlaen at eich gweld, frawd! Saith o'r gloch!"

"Amen, amen!" Y diaconiaid yn unfryd eto.

Teimlai Lewis Morgan, heb os nac oni bai, ei fod wedi darganfod ei briod le yn y bydysawd.

Bob hyn a hyn, clywai lais yr hen seraff gartref yn edliw ei anwybodaeth iddo — "Pan ddaw'r gwenith i'r dywysen hyd yn oed, mae'n bosibl i ni golli'r cynhaeaf, yn yr un modd ag y gall yr amaethwr, trwy lwytni anwybodaeth, weld y caeau yn cael eu difetha dan ei lygaid. Daw anwybodaeth â drain i'n hystlys a chleddyfau i'n hesgyrn, gan achosi tristwch mawr a dolur arteithiol. Gwyliwch rhag anwybodaeth, gyfeillion!"

Trwy drugaredd, yr oedd yn byw mewn cymdeithas fwy cefnogol erbyn hyn! Aethai i'r cyfarfod y nos Lun ddilynol, yn unol â gwahoddiad yr hen ddiacon, ac wrth iddo fynd trwy'r drws, cawsai groeso brwd unwaith eto. "Mor dda gweld dinon ifanc fel hyn yn dod i lan llyn y moddion!" Torrodd y gynulleidfa allan i ganu, 'Diolch i Ti yr Hollalluog Dduw', ac yr oedd amenau'r henuriaid yn gwreichioni drwy'r ystafell, llawenydd ei bresenoldeb yn gorlifo, emyn yn dilyn emyn, 'Braint, braint yw cael cymdeithas gyda'r saint'. Ni theimlasai erioed o'r blaen ei godi'n ysbrydol fel hyn.

"Tybed a gawn ni air o weddi neu brofiad gan y brawd ifanc?" Gwenai'r gŵr barfog yn siriolach fyth. Nid oedd un amheuaeth nad oedd wedi ymserchu'n fawr yn y newydd-ddyfodiad o Gwm-nedd. Gweld mwy ynddo na saint ei gynefin. Onid oedd y Beibl yn llygad ei le wrth fynnu nad oedd 'anrhydedd i broffwyd yn ei wlad ei hun'?

Dyma gyfle yr oedd wedi disgwyl yn hir iawn amdano.

Cododd Lewis Morgan yn hyderus a cherdded tua'r pulpud bychan. Gofalodd beidio â brysio. Rhyw gerdded-iad araf, urddasol. Dangosai ei wyneb ddwyster mawr. Aeth ar ei liniau o flaen y fainc. "Deuwn atat, O Dduw, i geisio gwedd dy wyneb fel tywyniad yr haul mawr ar ein hoedfa!" — hen frawddeg a gofiai o enau'r gweinidog gartref gynt, fe'i llefarodd yn gadarn a phwyllog a phregethwrol, a gwyddai mewn eiliad i hyn wneud argraff ar y saint.

Fe all i'r Parchedig Davies a'i ddiaconiaid amau'n fawr ei alluoedd meddyliol os nad ei ddeallusrwydd ysbrydol, ac nid oedd dim sicrach nad amheuai yntau'n fwy na neb ei allu i feistroli dirgelion mathemateg, ond yr oedd ganddo un ddawn nad oedd neb hyd yn hyn, ar wahân iddo ef ei hun, wedi rhoi credyd iddo amdani. Ei gof! Meddai gof oedd yn gywir fel camera tu mewn i'w benglog. Medrai dynnu llun o unrhyw emyn neu gerdd neu baragraffau a'u cofio heb wall. "Gwyn fyd y rhai perffaith eu ffordd, y rhai a rodiant yng nghyfraith yr Arglwydd. Gwyn fyd y rhai a gadwant ei dystiolaethau ef; ac a'u ceisiant ef â'u holl galon. Y rhai hefyd ni wnânt anwiredd, hwy a rodiant yn ei ffyrdd ef. Ti a orchmynaist gadw dy orchmynion yn ddyfal. O am gyfeirio fy ffyrdd i gadw dy ddeddfau! Yna ni'm gwaradwyddi, pan ddysgwyf farnedigaethau dy gyfiawnder. Cadwaf dy ddeddfau; O na ad fi yn hollol." — y Salm Fawr! Fe'i dysgodd yn rhwydd o'r dechrau i'r diwedd, ac yr oedd ganddo faint a fynner o adnodau at ei alwad unrhyw eiliad.

Ac nid salmau ac adnodau oedd yr unig gyfoeth tu cefn iddo.

Pregethau! Nid oedd yn drafferth iddo gofio pregethau cyfan. Cofiai ddwsinau erbyn hyn. Yr unig aflwydd oedd na chawsai gyfle erioed gan y Parchedig Davies na chefnogaeth gan ei ddiaconiaid i'w *dweud* nhw.

Diolch i'r Drefn, yr oedd pethau'n argoeli gwella'n fawr yn Senghennydd!

"Ardderchog!" Sychai'r hen ddiacon penwyn ei lygaid ar ddiwedd y weddi. "Dina feddylia! Crwt mor ifanc yn rhoi shwd berle o flaen yr Orsedd! Diar diar diar! A shwd iaith bert, w!"

Na, nid ef oedd awdur y weddi; fe'i dysgodd ar ei gof ers tro byd, ond pan glywai ganmoliaeth hael fel hyn, ni fedrai ond teimlo mai ef oedd perchen y meddyliau a'r geiriau, ac yr oedd hynny'n rhoi rhyw fath o wefr ysbrydol iddo. Ni fu'n ddedwyddach ei fyd erioed.

"Ma'n rhaid i'r crwt 'ma bregethu yn Salem un Sul," meddai'r pen blaenor, yn dal i sychu'i lygaid, "Wi'n siŵr y daw'r bachgen hwn yn bregethwr mawr!"

Ni fedrai Lewis Morgan goelio'i glustiau. Pregethu! Gofyn iddo *ef* bregethu! A oedd y gŵr bach hwn mewn difrif yn ei wahodd *ef* i sefyll ym mhulpud Salem a *phregethu*? A oedd hyn yn wahoddiad iddo *ef* draethu o flaen y fath gynulleidfa hardd?

"Bydd yr ysgrifennydd yn rhoi Sul i chi ar ddiwedd y cwrdd!"

Golygai hyn felly, wrth gwrs, fod gofyn iddo gael dwy bregeth yn barod cyn pen fawr o dro a dwy weddi i gydfynd â nhw, dimand a fyddai'n ddigon i ofidio aml i efengylydd profiadol, yn ddiamau. Nid Lewis Morgan! 'Roedd Lewis Morgan yn barod. Bu'n barod i gwrdd â'r gofyn er pan oedd yn bymtheg oed.

"Beth am bythefnos i'r Sul nesa?" gofynnodd yr ysgrifennydd twymgalon, gŵr bychan llygatgraff yn byseddu ei lyfr bach am ei fywyd, a phensel las yn barod i roi enw Lewis Morgan i lawr am ei gyhoeddiad cyntaf. "Neu falle yr hoffech gael dipyn mwy o amser i baratoi."

"Na . . . na!" Nid oedd y coliar ifanc am golli'r cyfle am ddim yn y byd. "Bydd popeth yn iawn."

Mewn gwirionedd, yr hyn a olygai oedd, *Bydd popeth yn iawn tra bod Charles Haddon Spurgeon ar fy nghof!*

Spurgeon oedd arwr mawr Lloegr, Iwerddon, yr Alban, Cymru; y byd i gyd, a'i bregethau yn gyfrolau hardd, rhwymedig, a Lewis Morris ers hydoedd wedi eu hailwampio a'u trosi i'r Gymraeg.

"Gadewch bopeth i mi!" dywedodd eilwaith wrth yr ysgrifennydd bach diwyd, a boerodd ar y bensel las cyn sgrifennu'r enw yn araf ac annileadwy. Brysiodd Lewis Morgan yn ôl i'w lety iddo gael mynd trwy'r pregethau a dewis yn ofalus ar gyfer ei gyhoeddiad pwysig. Pa rai a ddewisai? Pa rai fyddai'n taro orau?

"Ardderchog! Ardderchog!" gallai glywed y diaconiaid brwdfrydig yn canmol.

Nid oedd un enaid byw wedi edrych ymlaen yn fwy at Ddydd yr Arglwydd oddi ar y creu na Lewis Morgan am y Saboth arbennig hwn yn Senghennydd. Y Sul cyntaf ym mis Hydref ydoedd, olion hydrefu yn lliwio'r gelltydd musgrell, olwynion mawr y pwll yn ddistaw, sancteiddrwydd y Saboth yn gymysg ag arogl cig rhost yn yr awyr, a drysau mawr Salem fel pyrth Paradwys ar agor led y pen yn estyn croeso ac ewyllys da. Clywid y troedio tawel ar y pelmynt tua'r capelau. Clywid lleisiau henuriaid y pentref ar eu ffordd i addoli, rhyw isleisiau defosiynol yn dwyn naws y deml i'r tai a'r strydoedd. Gwelid clystyrau o wragedd hwnt ac yma, cotiau a hetiau du bron fel angladd drwy'r gymdogaeth; sibrwd, ochneidio, pipian, a gwenu fel blodau wrth weld y gŵr ifanc o Gwm-nedd yn cerdded fel milwr i'w gyhoeddiad ym mhulpud Salem.

"Bore da, Mr Morgan! Edrych ymlaen i'ch clywed chi!"

"Os byddwch chi hanner gistal ar ych traed ag yr oeddech ar ych glinie, bydd hi'n ddiwygiad acw!"

"Ma gwell llais 'da chi na Lloyd George!"

"Nid danddaear ddylech chi fod, ma'r marwor yn ar ych tafod, yn y pulpud ma'ch lle!"

Dyma ganmoliaeth yn wir, a hynny cyn i'w ddwy droed ddringo i'r pulpud; serch hynny, teimlai'n gwbl hunan-feddiannol, digon o hyder i wenu'n ôl ar ei edmygwyr heb unrhyw bryder, oherwydd gwyddai'n iawn fod ganddo yn ei boced (ar wahân i'r hyn oedd yn ei galon) bregethau mawr yr anfarwol Spurgeon, a'r ddwy ar ei gof mewn Cymraeg ysblennydd i'w harllwys ar ei wrandawyr eiddgar.

'Roedd Lewis Morgan yn barod ar gyfer ei dasg . . .

"Gadewch inni ganu'r emyn . . ." — un frawddeg agoriadol a honno'n atseinio drwy'r adeilad fel ton brydferth yn taro'r graig!

Mor hyfryd oedd sefyll yn y pulpud hwn, wynebau'r gynulleidfa fel cwmwl tystion yn ei amgylchynu, lleisiau persain yn uno mewn moliant, a'r sylweddoliad eu bod i gyd yn disgwyl am y neges o'i enau *ef* fel am wledd o'r manna nefol i ddisgyn ar eu pennau! Lewis Morgan, meddai dan ei anadl, bydd ddewr a chadarn! Dyma'r awr fawr wedi dod! Saf yn ddiysgog fel Moses ar Fynydd Pisgah!

Ac yr oedd fel un tu allan iddo ef ei hun yn gwrando ar ei hunan yn pregethu:

"Ni fyddwn farw, ond byw fyddwn. Mor wahanol yr edrychwn ar bethau ar wahanol adegau mewn bywyd ac mewn gwahanol gyflyrau! Ond y mae Ffydd yn medru edrych yn galonnog beth bynnag yw'r sefyllfa. Ni fyddwn farw, ond byw fyddwn! Pan yw'n hymddiriedaeth yn Nuw yn llac, ildiwn i amheuon ac ofnau, a chanwn yn y lleddf gan ddywedyd, Byddaf farw. Ni fyddaf fyw drwy'r brofedigaeth hon! Byddaf yn siŵr o gwympo rhyw ddiwrnod dan law y gelyn! Mae gobaith yn ymadael â mi. Mae amseroedd enbyd o'm blaen. Ni fedraf oroesi'r drychineb hon. Felly y dengys ein tafodau gyflwr y dyn oddi mewn. Llefarwn yn ôl ein hofnau a'n teimladau, a gwnawn i eraill gredu fod pethau'n union fel y mae ein llygaid yn eu gweld nhw. Onid yw'n drist fel y rhown leferydd i'n anghrediniaeth? Oni fyddai'n well bod yn fud yn lle bod yn anghrediniol? Rhowch ffrwyn ar helgi anghrediniaeth! Helgi, ddwedais i? Blaidd ydyw! Un o fleiddiaid Uffern! Llais Apolion yw ei lais ef, llawn cabledd yn erbyn Duw. Ni wna lleferydd anghrediniol les i neb, ac ni wna ond niweidio ei wrandawyr."

Cymerodd saib i bwyntio hwnt ac yma . . .

"Cofiwch, mae'n werth ystyried y gall trallod ddod oddi wrth Dduw ar dro. Mae Duw yn llenwi'r cwpan chwerw yn ogystal â ffiol llawenydd. Ni ddaw gofidiau allan o'r llwch na chystudd o'r ddaear fel y ceid o gwysi'r maes, ond gall yr Anfeidrol ei hun roi fflam yn y ffwrnais danllyd. 'Yr Arglwydd a'm ceryddod yn chwerw-dost, ond ni roddir fi i farwolaeth.' Ni ddaeth i ran neb erioed ofid na allasai fod yn waeth. Lleiddiad un brofedigaeth yw un arall; ni chwyth y gwynt o'r gorllewin a'r dwyrain yr un pryd. Pan dery Duw â'i law chwith, fe'ch cynnal â'i law ddehau. Y sawl na wybu brofedigaeth, am ba ymwared y gall ef sôn amdano? Beth a ŵyr y gŵr hwnnw am y môr mawr na cherddodd erioed ond ar y traeth? Mynnwch air â'r hen forwr hwnnw a fordeithiodd ddeg o weithiau rownd y byd, ei long-ddryllio fwy nag unwaith, ac fe gewch eich cyfareddu gan ei stori. Yn yr un modd, y mae'r sant a fu dan y tonnau yn medru sôn yn llawen am waredigaethau'r Anfeidrol. Gweithredoedd yr Arglwydd! 'Y sawl a ânt mewn llongau gan wneud eu trafnidiaeth mewn dyfroedd dyfnion, y rhai hyn a welant weithredoedd yr Arglwydd a'i ryfeddodau yn y dyfnder.'

"Mor llawen ydyn nhw am yr hyn a wnaeth yr Arglwydd drostyn nhw, ni pheidiant â'i ganmol ddydd a nos — 'Clodforaf yr Arglwydd; Ti a'm gwrandewaist, Ti yw fy iachawdwriaeth.' Mae saint Duw, pan ddaw ymwared yn eu profedigaethau, yn canu mawl . . . 'Fy enaid a lawenycha yn yr Arglwydd, a'm hysbryd a orfoledda yn Nuw fy iachawdwriaeth.' Yr Arglwydd ein Duw a ddangosodd i ni oleuni mawr!

"Tywyll fel y fagddu ydoedd. Tywyllwch mawr, mawr. Ni fedrem weld ein llaw, ac ni fedrem weld llaw Duw ychwaith. Parlyswyd ni gan ofn. Tybiasom ein hunain fel dynion marw, cyrff yn barod i'r bedd; yna, llewyrchodd yr Arglwydd ei wyneb arnom, a'r tywyllwch a giliodd, a gorfoleddodd ein henaid ynom. Clymwch yr aberth â rheffynnau wrth gyrn yr allor! Duw a ddangosodd i'w bobl oleuni! Byw fyddwn yn oes oesoedd! Cyflwynwn ein hunain i'r Arglwydd! 'Ni fyddwn farw, ond byw fyddwn!' "

Pan eisteddodd Lewis Morgan ar ddiwedd ei bregeth, cerddodd y wefr ryfeddaf dros y gynulleidfa. Ni bu distawrwydd fel'na rhwng muriau Salem oddi ar ymweliad Evan Roberts ar ganol Diwygiad '04.

WILLIAM JONES PITMON

"Fe wnei di hyn unweth yn rhy aml!"
"Wnaf i byth mo hyn eto!"
"Rhy hwyr, 'merch i, rhy hwyr!"
"Be wnân nhw i fi, Wil?"
"Duw a ŵyr! Ond beth bynnag wnân nhw, mi fyddi'n haeddu'r cwbl!"
"O diar, Wil bach, helpa fi, helpa fi!"
"Helpu, wir! Dyna'r cwbl wi wedi gneud byth oddi ar dy briodi, ddynes! 'Rwy wedi dy helpu fwy o weithie nag 'dw i wedi cysgu gyda ti!"
"Gofyn i rywun!"
"Be yffarn wna i ofyn, dwed?"
"Gofyn i'r offeiriad!"
"Gofyn *beth,* ddynes?"
"Gofyn iddo ddweud gair da drosof fi!"
" 'Does yr un diawl yn y lle yn medru dweud gair da drosot ti. Dasa'r Archangel Gabriel yn dweud gair da drosot ti, fyddai neb yn ei gredu wedyn!"
"O, 'rwy'n ddynes ofnadwy!"
" 'Rwyt ti'n waeth na hynny."
"O, 'rwy'n bechadures fawr!"
" 'Rwyt ti'n hen gnawes dwp."
" 'Rwy'n wan, dyna 'nhrwbwl i, 'rwy'n wan!"
"Gwan, myn yffarn i! 'Rwyt ti'n bwdwr! 'Rwyt ti'n gelwyddog! 'Rwyt ti'n . . ."

Wynebai William Jones Pitmon ei wraig ar ôl i blismon fod wrth y drws i roi symans yn ei llaw. Darllenodd y wŷs:

> *"Morgan Evans Drapers v. Jane Matilda Jones . . . accused of stealing 1 reel of silk cotton, 1 card of buttons, 1 length of elastic, and 1 pair of knickers."*

"Diawl, fenyw!" meddai'r gŵr sarrug, ei ddwrn yn wyneb ei wraig, "Ddwedwn i ddim am rîl o gotwm a chwpwl o fotymau, ond be ddaeth dros dy ben i ddwyn pâr o flwmersi? Meddwl fel ma hynny'n mynd i ddarllen yn y blydi papur! Mrs Jane Jones, gwraig Wil Jones Pitmon, yn euog o ddwyn pâr of flwmersi! Aros nes bydd y cymdogion yn gweld hynny! Aros i'r dynion danddaear ddarllen hyn — Wil Jones Pitmon, ddim yn rhoi digon o arian i'w wraig brynu pâr o flwmersi! Oes gan dy wraig bâr o ddrafers heddi, Wil? Pwy ar wyneb daear lawr all ddweud gair da dros fenyw sy'n ddigon dwl i ddwyn pâr o flwmersi?"

"Mae'n rhaid i ti fy helpu, Wil!"

"Shwd fedra i dy helpu, fenyw?"

"Cyfreithiwr!"

"Cyfreithiwr?"

" 'Does 'na'r un cyfreithiwr o Gaerffili i Gaergybi sy'n mynd i amddiffyn menyw sy'n ddigon ffôl i ddwyn pâr o flwmersi!"

"Gwna dy ore!"

"Be wyt ti'n feddwl?"

"Cyfreithiwr tu allan i Gaerffili!"

"Os cawn ni gyfreithiwr o'r tu allan, bydd hanes dy blydi blwmersi tu allan wedyn! Trwy Gymru i gyd!"

"Mae 'na gyfreithiwr da tua Phontypridd — hwnnw wnaeth ewyllys Anti Blod!"

"Hwnnw! Myn yffarn i, 'roedd y diawl mor dda, mi anghofiodd rannu'r arian yn y teulu, ac fe gym'rodd y cwbl 'i hunan am dreuliau!"

"Mi gadd Dilys yr harmoniwm! Fyddwn i ddim eisie hen arian brwnt Anti Blod, beth bynnag."

"Mi fydde ceiniog fach wedi dy arbed rhag dwyn pâr o flwmersi!"

Dechreuodd y wraig ofidus wylo. Cododd ei ffedog, plygodd ei phen, a dechreuodd ubain a phesychu yn ddiddiwedd. "O, beth wnaf i, beth wnaf i?"

Bu William Jones Pitmon drwy hyn o berfformans nifer o weithiau o'r blaen. "Dyna fe! Mi wyddwn i taw fel hyn y bydde hi. Mewn bwced y dylet ti roi dy ben, nid yn dy ffedog."

Cododd y wraig yn araf. " 'Rwyt ti'n greulon, Wil Jones Pitmon!"

Ni thrafferthodd y gŵr ateb.

"Mor galed â'r graig!"

Taniodd y gŵr ei getyn.

" 'Rwyt ti'n hen greadur creulon, Wil Jones Pitmon!"

Poerodd y gŵr i'r tân.

" 'Dwyt ti ddim yn fy ngharu mwyach!"

Dododd William ei getyn heibio, poeroedd unwaith eto i'r tân, a dechreuodd gerdded yn hamddenol tua'r gwely.

" 'Dwyt ti ddim yn fy ngharu mwyach!"

Tynnodd y gŵr ei ddillad, neidiodd i'r gwely, a gwthio'i ben dan y gobennydd.

"Mi wna i 'nghrogi fy hunan nawr, Wil Jones Pitmon!"

"Gyda'r blydi blwmersi 'na wnest ti ddwyn, gobeithio!" atebodd William yn ddiamynedd, cyn ymlacio i gael tipyn o gwsg i wynebu twrn arall ar doriad gwawr.

NED TOM

Y gath.

Ble bynnag y cerddai, hyd yn oed at ddrws y caets a'i cymerai danddaear bob dydd o'i fywyd (ac ni cherddai fyth ymhellach na hynny), 'roedd y gath yn siŵr o'i ddilyn. Gwyllt, tawel, llygaid ar dân, pawennau siarp, ewinedd fel dannedd llif. Gartref, unwaith yr oedd ei dwrn drosodd, rhannai'i ginio â'r gath, rhannai'r soffa a rhannai'r tân mawr. Ni wnâi Ned na'r gath fawr o sŵn wrth gerdded o gwmpas bywyd, ond deallai'r naill a'r llall dymer a gofynion ei gilydd.

Gwryw oedd y gath. Wedi cael bwyd da o'r dechreuad, 'roedd côt yr hen Dwm yn esmwyth fel melfed, treuliai'r oriau i gyd tra oedd Ned wrth ei waith yn prowlan yn ôl ac ymlaen o'r drws ffrynt i'r drws cefn. Ni chloai Ned ei ddrws ffrynt byth. Nid oedd angen hynny. Ni feiddiai yr un enaid byw groesi'r trothwy heb ganiatâd y gath. Ni warchodasai llewpart yr ystad yn fwy ffyrnig. Thomas oedd cyfenw Ned, dyna pam y cafodd yr enw Ned Tom, ond Twm oedd enw'r gath a chyfeirid ati fel Twm Ned Tom. Priodol, er mai damweiniol ydoedd. Sefydlwyd partneriaeth ryfedd rhwng y ddau, rhyw gyfeillgarwch cyntefig, digyfaddawd, a'r ddau mor berffaith fodlon ar gwmni'i gilydd fel y gallai'r byd tu allan fynd i'w grogi.

'Roedd rhai blynyddoedd bellach wedi dyfnhau'r berthynas . . .

Priodasai Ned Tom ferch o Ferthyr Tudful. Croten bert. Un fechan, fain, gwallt hir melynaur, llygaid yn llawn chwerthin, ac wyneb tsieni, nid cnawd ac asgwrn. 'Roedd y cartref priodasol yn Cennyn Terrace. "Fawr o le," meddai wrthi pan ddangosodd y tŷ iddi am y tro cyntaf, "ond gystal â dim ag sydd ar gael o gwmpas Senghennydd."

Ei henw oedd Ada. "Nid yw'r tŷ na'r lle yn bwysig, cyhyd ag y'n bod ni gyda'n gilydd." Syllodd ar y drysau a'r ffenestri. Dywedai ei llygaid ei bod yn gweld yr annedd, nid fel yr oedd, ond fel y byddai maes o law.

Wel, bu Ned Tom ac Ada gyda'i gilydd, ond nid am hir, fel yr oedd y ddau i sylweddoli'n fuan iawn. Nid oedd y fechan wedi gorffen gosod y tŷ mewn trefn a threfnu'r dodrefn a'r ystafelloedd nes bod y lle fel pin mewn papur cyn iddi ddechrau clafychu. 'Roedd ei pheswch fel bwyell yn torri pren ifanc i'r llawr. Torrodd ei gwaed. Aeth ei chnawd mor fregus â chroen y lili. Bu farw chwe mis i'r diwrnod y priodwyd y ddau. Cymerodd Ned Tom ei chorff yn ôl i'w chynefin ym Merthyr Tudful. Dychwelodd yntau i Senghennydd. Aeth i'w waith ym mhwll yr Universal bob bore'n brydlon fel o'r blaen. Ni alwodd neb. Aeth i deimlo fod pawb wedi ei anghofio. Gŵr tawel ydoedd, prin ei sgwrs, dim ffws am na neb na dim, ac er bod digon o gydymdeimlad ag ef yn ei unigrwydd, anodd oedd i neb roi mynegiant i hynny.

Yr unig greadur byw a ddaeth yn ffyddlon ato i lyfu'r dagrau ar ei ruddiau oedd y gath.

Daeth Ned Tom a Twm Ned Tom yn ffrindiau o'r diwrnod cyntaf.

'Roedd y bartneriaeth yn parhau mor gadarn a diffuant ag erioed.

JOE EDWARDS

"Peint, 'sgwelwch yn dda."

Nid oedd angen iddo ofyn. Adwaenai'r ferch tu ôl i'r bar sŵn ei draed wrth iddo agosáu at dafarn Gwernymilwr. "Pe bawn i ddim yn 'nabod sŵn ei droed, mi fyddwn i'n 'nabod sŵn ei beswch." Gosodid ei dancard o gwrw ar y cownter wrth iddo gerdded trwy'r drws.

"Diolch, Meri."

"Mae'n hen bryd i chi gymryd rhwbeth at yr hen beswch 'na."

"Be wyt ti'n awgrymu?"

Estynnodd y ferch ei newid iddo. "Paid ag edrych arna i fel'na, Joe Edwards! Hen feddwl drwg."

Aeth i'w gornel yn wên i gyd.

Eisteddai tri gŵr arall yn y gornel honno — Dai Dan, Wilff Aberdâr a Matt Morris. Ni chymerai'r un ohonyn nhw fawr o sylw o'i gilydd. O leiaf, ni chymerai yr un ohonyn nhw arno sylwi ar ei gilydd. Hen gydnabod annatod oedden nhw, cwrdd bob nos yn yr un fan, sipian yr un cwrw, a mwynhau'r un chwarae. Dominos!

Cyn gynted ag yr eisteddent, blasu'r cwrw, tanio cetyn ac edrych o gwmpas y bar, plygai un ohonyn nhw dan y bwrdd am yr hen dun tybaco a gwasgaru'r dominos ar y bwrdd cyn eu rhannu am sesiwn arall.

'Roedd gan bob un ei ffordd ei hun o godi'r dominos i'w law, rhyw fath o ddeheurwydd a ddaethai trwy brofiad hir. Edrychai pob chwaraewr ar ba ffawd bynnag oedd rhwng ei fysedd. Llygaid yn croesi llygaid, neb yn dweud gair, ambell un yn chwislo rhwng ei ddannedd, pss pss pss, cyn i un o'r cwmni roi domino i lawr a chychwyn y chwarae. Deuai rhyw ddistawrwydd o gwmpas y bwrdd fel pe bai pedwar o lawfeddygon wrthi'n achub bywyd o ddibyn yr Angau. Ymhen amser, dirwynai'r gêm i ben. Codai un o'r cwmni i godi rhagor o gwrw wrth y bar. Cymysgai un arall y dominos cyn eu rhannu unwaith eto. Treiglai cwmwl neu ddau o fwg tybaco uwch ben y bwrdd, cymerai un neu ddau ohonyn nhw ddracht hir o gwrw, codi llond dwrn newydd, astudio'r posibiliadau, a gêm arall ar y ffordd.

Nos ar ôl nos ar ôl nos . . .

"Be sy'n mynd trwy eu meddylie, tybed?" Siaradai'r ferch tu ôl i'r bar â llanc ifanc, Dilwyn Maddocks, crwt golygus a weithiai'n galed i wneud argraff arni. "Eistedd fel delffod drwy'r nos! Be sy'n mynd trwy eu meddylie, tybed?"

"Dim byd ond dominos! Pedwar dot a blanc! Chwe dot a blanc!" atebodd y llanc yn ddiamynedd, yn awyddus troi'r sgwrs at rywbeth mwy sylweddol. "Be am i ni'n dau fynd am dro ar ôl i ti gwpla heno?"

Chwarddodd y ferch, sychu gwydr ar ôl gwydr, a thaflu edrychiad braidd yn ddirmygus ar y bachgen. "Os ma dyna'n unig sy gen *ti* ar dy feddwl, cystal i tithe ddechre chwara dominos nawr!"

"Pam? Be sy'n bod?"

" 'Dwyt ti ddim yn mynd i ddechre chwara gyda fi, mêt!"

Edrychodd y dynion wrth y bwrdd tua'r cowntar, gwenu, a mynd ymlaen â'r chwarae.

Cododd Dilwyn Maddocks ar ei draed ac allan ag ef.

"Ta ta, cariad!" Gwenodd y ferch yn bryfoclyd arno.

Deuai nifer o gwsmeriaid yn ôl ac ymlaen at y bar, cymryd eu cwrw, talu, sipian, cyn mynd at y fainc hir neu gymryd un o'r cadeiriau. 'Roedd yr ystafell yn dywyll fel ogof, cymylau o fwg tybaco yn drwch i'r seilin fel ffurfafen yn bygwth storm. Deuai ambell ddieithryn heibio, trafaeliwr, wedi dod i derfyn ei waith o gwmpas y siopau, yn falch cael eistedd ennyd a disychedu, cyn holi am lety neu fynd am y trên nesaf i Gaerffili neu Bontypridd. Coliars oedd mwyafrif y cwmni yn y bar, serch hynny. Ar ôl llygadu dyn dieithr, ni fyddai'r glöwr yn hir cyn torri gair a chwmnïa. Nid dominos oedd diddordeb pawb, ac yr oedd digon o gwmpas wedi galw heibio am lasiad ac yn falch o dynnu sgwrs ag unrhyw un. Nid rhyw drafodaeth fanwl a dwfn; rhyw grafu brawddeg ar y dechrau, sôn am y tywydd, am yr ardd, am dîm dinas Caerdydd, ac ambell stori a ddigwyddai fod ar dafod leferydd yr ardal. Yna, pe digwyddai i'r siarad gynhesu ac estyn dros beintan a mwy, yn hwyr neu'n hwyrach codai'r ymgom i sôn am grefydd, gwleidyddiaeth, Ffederasiwn, ysbrydegaeth, hyd yn oed rhyw (dan anadl falle), neu'n sicrach na dim, pa geffyl oedd yn debyg o ennill y ras dri o'r gloch yfory, cyn cau'r mwdwl yn afieithus mi-glywes-un-dda-heddi-myn-diain-i.

"Yfwch lan, foneddigion!"

Codai'r gwmnïaeth eu gwydrau ac yfed i'r gwaelod cyn bwrw am adref — ar wahân i ambell un a gâi arwydd i fynd i'r ystafell gefn.

Nid oedd Joe Edwards yn un o'r etholedigion i loetran ar ôl am beintan ar ôl tynnu'r cyrtenni. Nid oedd yr un o'i bartneriaid dominos ychwaith. Mwynheai pob un ei gwrw ac, er yr holl fudandod, yr oedd y chwarae yn wir fwynhad ar derfyn dydd, ond yr oedd terfyn i bob pleser, a chan fod sifft arall yn yr Universal yn eu hwynebu, priodol oedd i bob dyn call wybod pryd oedd y terfyn hwnnw.

"Nos da, Meri!" dywedai, gan daflu llygad direidus ar y ferch tu ôl i'r bar, "beth am rwbeth i'r peswch 'ma?"

"Cer sha thre, y burgyn!" fflachiai hithau'n ôl, ei dannedd gwyn yn melltennu temtasiwn, "Oferddyn, shwd ag wyt ti!"

Cerddai'r gwŷr dominos yn un rhes trwy'r drws.

Byw gyda'i fam yr oedd Joe Edwards. 'Roedd y dynion eraill yn briod gyda dau neu dri o blant, ond ni phriodasai Joe. Bu menyw ganddo unwaith. Merch o Abertridwr. Hen groten eitha siriol, Beti, dipyn yn dafotrydd, yn dechrau sôn am briodi cyn iddo gerdded allan gyda hi bron, ond er iddo ddychryn o achos y fath awgrymiadau, nid oedd yn hoffi ffarwelio â hi mor sydyn â hynny; a dweud y gwir, nid oedd yn awyddus i'w bwrw ymaith. Ni chawsai fenyw yn ei fywyd o'r blaen, a dim ond iddo roi bys yn ei glustiau i gau allan ei chlochdar, dechreuai deimlo'n gartrefol iawn yn ei chesail. Am gyfnod bu'n wirion bost yn ei chylch.

Diamau y deuai heibio i bob dyn gyfnod o'r fath, dyfalu am fenyw, beth oedd ei dirgelwch, pa fath ddyn oedd ef mewn gwirionedd, ond buan y gwelodd nad oedd gofyn iddo ymwroli i ddangos ei fetel gyda Beti. Nid oedd gofyn iddo ond i fod ei hunan llonydd, gwnâi Beti bob gofyn a disgwyliad. Cyn iddi hanner gorffen ei pherfformans garwriaethol, teimlai Joe ei holl gymalau yn erfyn yn ei gorff am gael brysio adref.

"Daliwch fi, Joe!" 'Roedd ymddatod o'i chlymau tu ôl i ddrws cefn y Bacws yn fwy o gamp na dianc o garchar. Byddai'i bengliniau'n simsanu a'i dafod yn sych fel malwoden lipa yn ei geg.

Penderfynodd wedyn dreulio gweddill ei fywyd yn gofalu am ei fam . . .

Nos ar ôl nos, cyrhaeddai'r tŷ o'r dafarn i gael ei fam yn ei chwrcwd yn cymryd napyn o flaen y tân yn y gadair fawr. Byddai wedi gosod swper ar y bwrdd ar gyfer ei mab a lliain gwyn drosto. Cwpan a soser, platiaid o fara menyn, cyllell a fforc, a rhywbeth blasus ar ei gyfer yn poethi yn y ffwrn.

"Wn i ddim be wnawn i heb Joe," dywedai wrth ei chymdogion, wedi galw yn y siop grosar am rywbeth bach at ddant ei mab, "ma fa shwd fachgen da i'w fam."

Cymerai'r arian allan o'i phwrs yn araf i dalu, cyn ychwanegu, " 'Does fawr allan o le ar unrhyw grwt sy'n dda i'w fam."

"Pam na fyddech chi'n mynd i'r gwely, Mam?" Gofynnai Joe yr un cwestiwn bob nos, ton fach o euogrwydd yn cerdded drosto, er y gwyddai'n dda nad âi'r hen fenyw byth i'r gwely heb ei weld yn dod trwy'r drws.

"Beth neno'r dyn wy am fynd i'r gwely, grwt?" Gosodai'r swper a stemiai wrth ddod allan o'r ffwrn o'i flaen. "Ma dinon yn marw yn y gwely."

"Ma gwynt da gan hwn! Beth yw hyn, yr hen fenyw?"

"Rho dy ddannedd ynddo, grwt! Cymer dy amser, cofia!"

Dechreuai Joe wledda, ei gyllell a'i fforc yn brysur, chwythu ar bob cegaid, a'i fam yn gwylio'i wefusau.

"Wrth dy dast, Joe?"

"Bendigedig!"

Ni thynnai'r hen wreigan ei llygaid oddi wrth ei mab. Edrychai arno y noson hon â mwy o ddiddordeb a phleser nag erioed. "Wi'n falch dy fod yn . . . cael blas."

Ie, meddyliai'r fam yn dawel, dim ond sŵn y cloc yn tician. Wn i ddim be wnawn i yn y byd 'ma heb 'y machgen!

CHARLES THOMAS

Trigai Charlie gyda'i wraig a phump o feibion yn Heol Cennydd. 'Roedd newydd gael ei ben-blwydd yn 53 oed. Y pwll glo fu ei fywyd, cyn belled ag yr oedd bywoliaeth yn y cwestiwn, yr un fath â phob un o'i deulu, ond edrychid ar Charlie o gwmpas Senghennydd, yn y pentref ac ymysg coliars yr Universal, fel tipyn o feddyliwr. Meddai dalent ddiamheuol. Llewyrchai rhyw fath o ddisgleirdeb ymenyddol o'i gwmpas. Nid ei fod yn dueddol i arddangos hynny mewn geiriau. 'Roedd ei hynodrwydd yn amlycach yn ei ddistawrwydd, distawrwydd fel ag a deimlir ger afon nerthol neu gilfach, ond synhwyrai pawb y perthynai i'r gŵr hwn ddyfnderau allan o'r cyffredin.

Beth oedd hyn? Beth oedd yr hynodrwydd a barai i goliar cyffredin fel ef sefyll allan mewn unrhyw gwmni? Beth oedd y goleuni mewnol hwn yr oedd pawb yn ymwybodol ohono fel pe bai *halo* uwch ei ben?

Tybiai llawer mai rhyw ddeallusrwydd anarferol ydoedd, tra ystyriai eraill mai rhyw rin ysbrydol ydoedd, ac eraill yn barnu mai rhyw fawrfrydigrwydd ydoedd, fel cymysgedd o burdeb a chonsêt. Consêt? Wel, nid oedd gwadu'r ffaith nad amgylchynid y dyn bob amser gan ryw fath o falchder; bron nad oedd yn fath o sancteiddrwydd tawel a roddai iddo arwahanrwydd faint bynnag y closiai at bobl eraill. Mewn gwirionedd, er iddo bob amser ymddwyn yn dwymgalon ddigon tuag at bawb, ni ellid osgoi'r argraff ei fod hefyd yn greadur anodd iawn nesu ato a chwmnïa'n rhydd ag ef.

Mynnai rhai mai Charlie Thomas oedd y dyn mwyaf sanctaidd ym mhwll Senghennydd, beth bynnag a gyfrifai am hynny.

Bu'n aelod ffyddlon am flynyddoedd gyda'r Methodisiaid Calfinaidd. Magwyd ef ar aelwyd grefyddol, mewn awyrgylch o ddwyster a defosiwn, a chawsai ei drwytho'n gynnar yn yr Ysgrythurau. Ond nid oedd cronfa o wybodaeth Feiblaidd, mynychu'r moddion yn gyson, a chyfrannu'n hael yn ddigon; yr oedd cwestiynau i'w gofyn, diffiniadau i'w gwneud, egwyddorion i'w penderfynu, a rheolau i'w cadw. Nid mater o frwdfrydedd crefyddol oedd y bywyd Cristnogol, rhyw brofiadau emosiynol a chanu gorfoleddus, ond rhyw dangnefedd a ddeuai i ddyn trwy ddisgyblaeth; disgyblaeth yr ysbryd, diwylliant yr enaid.

Yr enaid! Dyma lle yr oedd cyfrinach Charles Thomas yn gorwedd fel gem ddrudfawr yn ei setin. Y corff dynol oedd tabernacl yr ysbryd, trigfan y meddwl, a byddai ef yn barod i fynd ymhellach trwy ei ddisgrifio fel llety neu garchar yr enaid dros dro. Yr enaid oedd y dyn, nid y corff, a thra oedd gwreiddiau'r bersonoliaeth allanol yn y byd hwn o amser a mater, yr oedd lle i gredu'n gadarn y byddai'r enaid o gwmpas am sawl milflwydd i ddod.

"Fedra' i ddim gweld hynny," dadleuai rhai yn ffyrnig ag ef yn y ffas, gan geisio'n galed ei dynnu i ddadl.

"'Dwy ddim yn synnu!" atebai, yn llawn hyder a hunanfoddhad er y dôn wylaidd i'w lais, "Mae gofyn crebwyll mawr ysbrydol."

"Eglurwch, felly!"

"'Does dim modd *egluro'r* pethau hyn. 'Does ond modd eu dirnad. Nid ffeithiau deallusol mohonyn nhw, ond darganfyddiadau'r ysbryd. Mae'r corff o'r ddaear yn ddaearol, ond y mae gan yr enaid resymau na fedr yr ymennydd mwyaf eu datrys, gyfaill!"

"Profwch hynny!"

"Oes angen profi y cymer y meddwl ofal o'r corff a'r enaid ofal o'r meddwl?"

Cyn y medrai neb gynnig ateb, ymestynnai Charles ei fraich, gwelid ei law yn hedfan fel colomen fry, ei lygaid yn goleuo gan sicrwydd fel hollalluogrwydd . . . ac yr oedd y drafodaeth ar ben.

Bu astudio'r 'enaid' yn ddiddordeb ers blynyddoedd i Charles Thomas. Ffurfiodd hyn ei holl agwedd at fywyd, ei gyfathrach â'i gyd-ddynion, ei berthynas â dyn ac anifail. Erbyn hyn, yr oedd wedi rhoi'r gorau i grefydda gyda'r Methodistiaid, a hynny am y rheswm na chlywsai air o'r pulpud, Sul ar ôl Sul, oedfa ar ôl oedfa, am yr 'enaid' a bywyd yr 'enaid'. Digon gwir, yr oedd sôn aml am *achub* enaid, ond yn ôl ei brofiad ef ychydig iawn o ddirnadaeth a feddai'r bobl hyn am yr 'enaid' a'i achubiaeth. Rhywbeth enigmataidd, haniaethol, dirgel, heb lun na ffurf, heb ddisgrifiad na hunaniaeth oedd yr 'enaid' iddyn nhw, a'r broses o'i achub fawr gwahanol i lyncu dracht helaeth o ddiod gadarn a theimlo'n grefyddol feddw. Dyma lle yr oedd ef, Charles Thomas, yn wahanol. Gwahaniaethai am ei fod wedi meddwl dros y pethau hyn yn drylwyr. Ni fynnai honni ei fod yn berchen ar y gwirionedd terfynol, ni feddai neb byw y fath fonopoli â hynny, ond fe gredai'n siŵr ei fod ar ganol priffordd cyflawniad ysbrydol, ar drywydd y gwirionedd absoliwt, a dedwyddwch mawr deallusrwydd a darganfyddiad ysbrydol.

Credai Charles Thomas fod yr 'enaid' ym mhob man. "A ydych yn tybied am eiliad," eglurai yn aml, "nad oes 'enaid' i'r rhosyn a'r llygad y dydd?"

"Damo, bachan, mi fyddwch yn taeru nesa," dadleuai rhai ag ef, "bod 'enaid' gan y gabatsen 'na yn yr ardd!"

Gwnâi ymyriad o'r fath i'w frwdfrydedd gynyddu fwyfwy. "Pam lai?" ymatebai, "Os oes bywyd mewn cabatsen, mae 'enaid' yno hefyd. Nid yr un fath o 'enaid' ag sydd mewn dyn falle. Yr 'enaid' sy'n addas i gabatsen a phob peth creëdig o'r fath. Mi daeraf ag unrhyw un fod gan y rhosyn 'enaid' hardd iawn."

Mae'n wir fod anawsterau mawr iawn na lwyddai byth i'w goresgyn. Ni fedrai ymresymu'n foddhaol. Beth oedd y berthynas rhwng yr 'enaid' a'r tŷ lle y trigai? I ba raddau yr oedd yr 'enaid' yn ddibynnol ar y corfforol, os oedd yn ddibynnol o gwbl? Ai swyddogaeth fel y weindar oedd i'r 'enaid', llywio symudiad y caets i fyny ac i lawr? Ai dilledyn oedd y corff a deilwriwyd gan dynged i wisgo'r 'enaid'? A berthynai asgwrn a gewyn, cyhyr a nerf, a'r dafod yng ngheg dyn a'r llygad yn ei ben i'r person hanfodol? A oedd hi'n bosibl i'r 'enaid' fodoli ar wahân i'r corff?

Dyma'r cwestiynau y bu Charles yn poeni yn eu cylch, dyfalu a dyfalu, heb ollwng gafael pan oedd pethau'n dorcalonnus o ddyrys iddo, ac yn ffyddiog y deuai ar draws yr atebion cywir ryw ddydd. Yr unig beth yr oedd yn gwbl sicr ohono oedd mai'r 'enaid' oedd â'r gofal am dynged pob dyn. Gwell o lawer treulio'r einioes yn diwyllio'r enaid mor ddiwyd ag y triniai ef a llawer eraill yn y gymdogaeth eu gerddi, na byw i gasglu cyfoeth a thyfu'n falch a dylanwadol fel yr Arglwydd Merthyr, Lloyd George, y brenin a'r frenhines, a'r ffyliaid eraill oedd yn brygawthan am Sosialaeth a Ffederasiwn.

"Beth yw'r gyfrinach, Charlie?" gofynnai ambell un ar dro, weithiau'n ddiffuant ddigon, bryd arall yn unig er mwyn ei bryfocio.

Atebai bob amser o ddifrif, "Gweddi!"

Ie, mynnai, dyna'r unig ffordd y medrai'r corff fod yn un â'r 'enaid', yr unig ffordd i sicrhau cynghanedd oddi mewn i ddyn! Gweddi! Gweddi yn unig a fedrai hyfforddi'r meddwl mewn ysbrydolrwydd, dysgu'r ysbryd dynol i fod yn feistr ar gyfyngiadau'r corff, a dangos y ffordd i'r ysbryd oresgyn mater a chaethiwed y materol.

Gweddïai Charles Thomas yn daer bob dydd.

Gweddïai sawl gwaith bob dydd. Dyma'r peth cyntaf a wnâi bob bore. Rhaid oedd codi'n gynnar i fod yn barod ar gyfer ei waith yn y Lancaster, ei dwrn beunyddiol yn un digon caled, ond ni feiddiai fynd allan o'r drws, brecwast neu beidio, heb dreulio awr ar ei liniau. Gofalai godi o leiaf awr a hanner cyn disgyn i'r dyfnder er mwyn gweddïo. Sgrifennai restr o'r enwau a'r pethau y teimlai angen gweddïo yn eu cylch. Gosodai gadair o flaen y tân a phenliniai yno, fel offeiriad wrth yr allor bob bore o'r newydd.

"Gair bach y bore 'ma, O Arglwydd, dros Gomer Ifans, pŵr dab, mae'i frest mor ofnadw, moddion Dr Donaldson fawr o help. Edrych arno a thrugarhâ wrtho!"

Distawrwydd.

Ei fys ar y tudalen yn dangos yr enw nesaf ar y rhestr.

"Carwn i gyflwyno bore 'ma i'th ofal tadol, O Dduw, yr hen Fari Jâms yr Oel! Pen tost ofnadw ers wythnose, llond tŷ, a'r gŵr yn y dicáe! All y doctor druan wneud fawr ddim, O Dduw. Galw heibio, os gweli di'n dda, a gofala amdani! Thenciw fawr, Arglwydd!"

Distawrwydd.

Ei fys ar y tudalen eto yn dangos yr enw nesaf ar y rhestr.

"Gair bach nawr, O Dduw, dros Wili Jones. Hen grwt da, wedi'i fagu yn y capel, cartre da, ond ma cnawd a byd a diafol wedi cael gafael arno. Myn air ag ef, Arglwydd! Thenciw eto, Arglwydd, thenciw fawr! Mi gawn air gyda'n gilydd eto maes o law. Bendigedig fyddo d'enw! Amen."

Dyna fel yr aeth Charles Thomas i'w waith ar doriad gwawr, 14 Hydref 1913.

TOM HOWLETT

Ganwyd yn Aberdâr. Gwraig a phum plentyn.

Tystiai pawb amdano ei fod yn un o goliars mwyaf diwyd pwll Senghennydd. Pan apwyntiwyd Mr Shaw, goruchwyliwr Gadlys, i Senghennydd, un o'r pethau cyntaf a wnaeth oedd cael gair â Tom Howlett.

"Debyg dy fod wedi clywed fy mod yn mynd i Senghennydd."

"Do, Mr Shaw, mi glywais sibrwd."

"Meddwl tybed licet ti ddod gyda fi."

"Fi?"

"Mae'n gas gen i golli gweithiwr da."

"Mae digon o goliars da o gwmpas y Gadlys 'ma."

"Mae hynny'n wir. 'Does ond un Tom Howlett, serch hynny."

"Mae'n lletwith braidd . . ."

"Lletwith?"

"Mae teulu'r wraig i gyd o gwmpas y Gadlys . . . a'r plant yn tyfu . . ."

"Os meddwl am y wraig a'r plant yr wyt ti, y peth gore i ti yw symud i Senghennydd."

"Mae'r arian yn dda?"

"Gwell arian yn Senghennydd nag yn unman arall."

"Mi allwn i wneud â chwpwl o docins dros ben."

"Gwrando, Tom! Fe gei chwe sifft am bump, ac mi ofala' i y cei di dŷ da. Dechre ar dy union! Beth amdani?"

"Mi gaf air â'r wraig."

"Paid â bod yn hir! Mae 'na ddigon hoffai'r cyfle!"

"Mae'n siŵr y bydd hi'n cyd-weld."

"Meddwl?"

"Siŵr o fod."

'Roedd y penderfyniad wedi'i wneud eisoes. Unwaith yr oedd Tom Howlett yn y tŷ, ei wraig yn glustiau i gyd wrth glywed ei stori, gwahoddiad mor daer gan neb llai na Mr Shaw, nid oedd yn anodd o gwbl i'r ddau benderfynu symud i Senghennydd. "Dwed wrtho," meddai Bronwen Howlett, wrthi'n paratoi'r plant i fynd i'r *Band of Hope*, "fe awn i Senghennydd, wn i ddim beth ddwed y teulu, ond mae'n rhaid i bawb geisio gwella'i fyd, yn enwedig pan fo plant bach i feddwl amdanyn nhw."

"A thŷ yn y fargen, cofia!"

Bendigedig! Diolch i Mr Shaw, ni chymerai'n hir i Bronwen ac yntau fod ar eu traed.

"Peth arall, Bron," ychwanegodd y gŵr, "mae Mr Shaw wedi addo lle i Defi ni y funud y bydd yn cwpla yn yr ysgol."

Oedd, yr oedd y rhagolygon yn wych . . .

Pan ddaeth y dydd i symud o Aberdâr, y wraig a'r plant ac yntau'n sefyll ar y platfform am y trên, synnodd weld teulu arall wrth eu hymyl. Wil Rees Hirwaun a'i deulu! Cerddodd yn syth atynt. "Ble ŷch chi i gyd yn mynd?"

Gwenodd y gŵr o Hirwaun. " 'Run man â chi i gyd, yn ôl golwg pethe."

"Senghennydd?"

"Senghennydd!"

A chyn iddyn nhw fedru dechrau ymgom, dechreuodd y platfform lenwi ag eraill o wŷr y Gadlys yn gwneud yr un siwrne. Albert Whitcombe, Dumfries Street; George Davies, Cwmdâr; Will Thomas Overman, Pen-y-bryn Street; Dafydd Evans, Traffig; Evan Jones, Ann Street, y brodyr Vranch; Harry Davies Drwmwr; Johnnie Thomas Barbwr; Tom Deere, Wind Street; y brodyr Kestrell;

William Phillips, Lewis Street; Idris Jones; Jack Jenkins, Heol Caerdydd; Gwilym Williams, Llanthewy Street; William John Evans, Gladstone Street; Dai Davies, Heol Caerdydd; George Smale, Lewis Street; Bili Tudor; Elis Davies; William Benjamin!

Sylweddolodd Tom Howlett nad ef oedd yr unig un i dderbyn canmoliaeth gan Mr Shaw . . .

"Mae fel trip i'r Barri!" meddai Bronwen wrth ei gŵr, "Fydd dim hiraeth am Aberdâr, a phawb yn Senghennydd!"

"Trip i'r Barri, wir! Debycach i *invasion*!" meddai Tom Howlett, a rhyw amheuaeth yn dechrau ei gorddi wrth weld y fath fyddin o weithwyr yn ymadael am Senghennydd.

Anfonodd Bronwen air at y teulu y diwrnod wedyn. "Wedi cyrraedd yn ddiogel, tŷ hyfryd, cymdogion caredig." Darllenodd y llythyr yn ofalus. "Peth gore yr ydym wedi 'i wneud erioed," ychwanegodd.

DAVID ABEL THOMAS

Brodor o Gwmdâr. Mab John a Rachel Thomas, 90 Bwllfa Road, aelod o Gapel Elim, Annibynwyr.

Cyrhaeddod Dai Thomas Senghennydd tua diwedd 1895. Bu yn y danchwa gyntaf ym Mai, 1901. Collwyd 81 o ddynion y pryd hwnnw. "Diwrnod melltigedig!" Goleuai'r creithiau ar ei wyneb wrth gofio'r drychineb. " 'Roeddwn i'n un o'r rhai lwcus."

Cawsai ddegau o ddamweiniau mân danddaear.

"Wn i ddim pam, postyn yn rhydd, carreg ar gwympo, hen ddram yn rhedeg yn wyllt neu geffyl yn dangos 'i ddannedd; mi fyddwn i'n siŵr o ddal yr ergyd. Ac eto, y peth od yw hyn, er fy nolurio a'm briwio, mi lwyddwn i arbed y gwaetha bob tro."

Nid oedd mor gryf ac abl bellach ag yn y dyddiau gynt. Un diwrnod, daeth Mr Shaw, y goruchwyliwr ato, wedi sylwi arno'n anadlu dipyn yn galed, ac meddai, "Mae'n bryd i ti gael gwaith ysgafn, Dai."

"Dim ond iddo beidio ag ymyrryd â 'mhoced i!"

"Der i 'ngweld ar ddiwedd y sifft."

Bu Dai Thomas ar waith ysgafn byth oddi ar hynny. "Ond unweth ma dyn danddaear, mae'n *gorfod* bwrw iddi. Os fel'na ma dyn wedi arfar, fedr a wneud dim yn wahanol."

Ni fedrai Dai Thomas, o leiaf.

REES JONES EVANS

Un arall o Gwmdâr. 68 Bwllfa Road. Aelod yn Elim hefyd. Annibynnwr cadarn. Gwnaed ef yn ddiacon yn Senghennydd yn union ar ôl cyrraedd.

Gŵr priod. Dim plant.

Aeth i Senghennydd gyntaf gyda Dai Thomas. "Lle da, gwell na'r Nant Melyn, arian da!"

Ar ôl tanchwa 1901, symudodd draw i Ferndale. "Gormod o nwy o gwmpas yn Senghennydd."

Methodd ymgartrefu yno, serch hynny. "Unrhyw siawns i ddod yn ôl, Mr Shaw?"

"Ma siawns bob amser i ddyn fel chi, Rees."

Cafodd Rees Jones Evans ei le yn ôl yn y sedd fawr hefyd.

Rhoddodd hynny fwy o foddhad iddo na dim.

WILLIAM JONES TRAWS

Un o'r dynion mwyaf poblogaidd o gwmpas pwll Senghennydd. "Yr unig Northyn werth 'i halen weles i erioed!" dadleuai Harry Lewis, bob amser yn barod i ddannod rhagoriaethau a rhinweddau'r De yn erbyn rhai'r Gogledd, dadl a ffrwydrai byth a hefyd ymhlith y coliars, o ran direidi yn fwy na digofaint.

Daethai Wil Traws i'r ardal o bentre bychan Trawsfynydd yn y Gogledd. Nid oedd modd iddo wadu'r acenion pe ceisiai. 'Roédd ei fochau'n wridog iach fel rhai holl fugeiliaid y mynyddoedd ysgythrog yno. "Oni bai fod y teulu mor dlawd, ni fyddai Senghennydd na'r Universal wedi gweld fy nghysgod byth."

Wel, nid oedd modd gwadu hynny ychwaith, gan mai'r Traws Traws Traws tragwyddol oedd ei sgwrs. Daethai â llawer o afiaith ac awen ei fro enedigol gydag ef. "Nid wrth y garreg filltir y bydd dyn yn gadael ei gartref," dywedai.

Cymro i'r carn ydoedd; mor Gymreig â bryniau ei fro enedigol. Perthynai i'w bobl mor ffyddlon ag unrhyw hen gi defaid sy'n dilyn sodlau ei feistr ac yn ufuddhau i bob archiad o'i eiddo. Ei air mawr oedd *y werin. Un o'r werin* oedd Wil Traws; ni fynnai unrhyw adnabyddiaeth arall. Disgrifiai'r gair hwn, yn ôl William Jones, nid yn unig ei bobl, ond ei ddosbarth a'i safle gymdeithasol; *yr isel radd.* Nid oedd hynny'n ddim i gywilyddio o'i blegid. Golygai bobl onest, gweithwyr caled, amyneddgar ac arwrol. Golygai etifeddion doniau a rhinweddau na wyddai'r byddigions ddim amdanynt er eu holl olud.

"Dynion fel Owen Edwards, Tom Ellis, Lloyd George — dyna'r *werin*!"

"Tlodion?"

"Ia, falle . . ." Nid oedd Wil Traws yn gwbl siŵr o hynny.

" 'Dwyt ti ddim yn siŵr?"

"Wel, wn i ddim . . ."

"Go brin y gellir dweud fod Owen Edwards, Tom Elis, na Lloyd George yn ddynion tlawd."

"Mae'r gair yn wahanol yn Gymraeg."

"Ffordd hynny?"

"Wel, *peasant* yw'r gair Saesneg, creadur bach tlawd ar ei gythlwng, ond mae *gwerinwr* yn Gymraeg yn golygu un o'r bobl gyffredin . . ."

"Ond gall fod yn rhywun allan o'r cyffredin yr un pryd?"

"Mae *gwerin* yn cynnwys dynion sy'n medru gweld gweledigaethau, waeth pa mor dlawd ydyn nhw, ac os nad ydyn nhw'n meddu tiroedd a da y byd hwn fel y byddigions, maen nhw'n — maen nhw'n foneddigion gystal â neb a rodiodd ddaear lawr!"

Fel mater o ffaith, arweiniai'r fath ymresymu at bryder i Wil Traws ar brydiau. "Nid y bobl, y dynion, y *werin,* sy'n cega o gwmpas y pwll, ond rhyw dacla difanars, cnafon sydd am gael eu ffordd eu hunain. Maen nhw'n cega yr un peth yn unfryd unfarn fel y dyrfa a waeddodd 'Hosanna' un diwrnod a 'Croeshoelier Ef' y diwrnod wedyn. Mae'n gythgam o beryglus pan yw dynion yn troi'n haid. Gwyliwch am ych bywyd y pryd hwnnw! Ond yn rhengoedd y *werin,* mae pob un yn cadw'i hunaniaeth, pob un â hawl i siarad, a phob un â chyfle i fod yr hyn y mae'n chwenychu bod. Mae ganddo lais pan yw'n fater ysgolion ac ysbytai a henoed, nid amgylchiadau o gwmpas y pwll glo fel oriau a chyflog yn unig. Gellwch ymddiried yn llais y bobl pan fo'r *werin* yn siarad, ond nid pan fo dynion wedi troi'n ddosbarth ar wahân."

"Dynion yw dynion, Wil Traws! 'Does dim gwahaniaeth rhyngddyn nhw dan haul y nen!"

'Roedd dadl fel hon yn sicr o'i danio bob cynnig.

"Mi glywes bregethwr yn dweud unwaith mai ystyr y gair *gwerin* yw criw ar fwrdd llong. Mae'n rhaid i mi ddweud 'mod i'n hoffi'r syniad. Mae gan bob dyn ei le a chan bob dyn ei dasg. Nid oes unrhyw dda yn bosibl onid yw'n fynegiant o ddyhead y bobl gyfan. Dyna pam yr ydym ni Gymry yn fwy ffodus na llawer. 'Does dim gwahaniaeth dosbarth i'r iaith Gymraeg. Mae'r labrwr bach a'r pregethwr mawr yn siarad yr un iaith. Nid yw'r acenion gwahanol yn gwneud dim ond dynodi'r ardal o ba le y tarddwn. Rhannwn ein sefydliadau hefyd. 'Does dim affeth o ddim ar ein helw sydd ar gyfer yr uchel ael. Os oes rhithyn o wahaniaeth dosbarth ymysg y Cymry, peth sydd wedi digwydd treiglo'i ffordd yn llechwraidd ydyw, fel rhai o'r *germs* 'na sy'n achosi epidemig ar dro."

"Wil Traws, mi fedri di gega am oes ar y pen hwn!"

A chyn belled ag yr oedd Wil Traws yn bod, yr oedd hynny'n taro'r hoelen ar ei phen. "Yr un diwn gaiff pawb glywed gen i hyd 'y medd!"

SAND-Y-MÔR

Mae'n weddol sicr mai ychydig iawn o bobl Senghennydd a fedrai ddweud enw priod y gŵr bychan arabus hwn. Ni feddyliodd neb amdano fel Dai, Jim, Moc, Ianto, llawer llai fel Thomas, Jones, Williams, Jenkins, Price, neu un o'r cyfenwau eraill oedd yn frith drwy'r lle. Na, Sand-y-môr oedd ef, Sul, gŵyl a gwaith, ac fe ddaeth hyn i fod am i'w dad gychwyn busnes o gwmpas yr ardal yn gwerthu llond tun o dywod y môr i wragedd y lle ar gyfer eu lloriau. Crwydrai'r ardal â llond ei gert o dywod a'i geffyl â'i ben i lawr gan ddiflastod ei lwyth a'i ddyletswydd. Ymddengys i fywoliaeth y tad olygu gwerthu tywod, ond yr oedd ganddo lwyth o datws, moron, pys, ffa, bresych, ac ati hefyd, a'r cyfan o'i ardd gan amlaf. Gwaetha'r modd, dirywiodd pethau'n enbyd oddi ar ddyddiau'r tad, ac nid oedd galw bellach ar i'r ceffyl a'r gert gludo dim at ddrws neb ond tywod y môr; felly, ar ôl ei sifft danddaear, ymolchi, a thipyn o fwyd, byddai Sand-y-môr yn mynd i'r stabl i gyfrwyo'r hen geffyl a'i ddodi yn y siafft i fynd o gwmpas y tai a chadw hen fusnes y teulu i fynd.

"Sand-y-môr! Sand-y-môr!" Fe'i clywid yn galw o stryd i stryd, a'r merched yn dod allan a'u tuniau dan eu ffedogau.

Nid oedd Sand-y-môr yn briod. Tra oedd yr hen bobl yn fyw, arhosodd gartref i ofalu amdanyn nhw, a chadwodd y tŷ i fynd ymhell ar ôl eu marwolaeth. Go brin y gellid honni ei fod yn rhy ofalus am ddim o gwmpas yr annedd na'i hunan, dim balchder yn y byd, felly, tra oedd yn byw ar ei ben ei hun nid oedd neb o gwmpas i derfysgu ei blu. Wylai'r ffenestri am lanhad. 'Roedd cyrtenni'r ffenestri yn rhacs. 'Roedd y dodrefn yn union fel yr oeddynt o'r dechreuad. Ni symudwyd yr un celficyn ers amser. Doedd fawr o ddiben symud y llwch oddi ar y ddresel na'r gadair gan fod y cyfan, fel y soffa, yn llawn ysterniach a hen ddillad.

"Pam nad edrychi di am wraig, ddyn?" plagiai aml i gymdoges ef, "mae bownd fod gen ti hosan go dda nawr!"

"Beth bynnag sydd gen i, 'does yr un fenyw yn mynd i gael ei dwylo arno, cred ti fi!"

Na, nid oedd menyw yn debyg o achosi dymchweliad Sand-y-môr byth, er y gwyddai pawb yn weddol ddiogel nad oedd menyw yn y cwm a feiddiai ymgymryd â'r dasg o ofalu amdano ef na'i dŷ, heb sôn am ei geffyl a'i gert. Ei unig foddhad mewn bywyd, y pleser a wnâi i fyny am yr holl bleserau eraill, oedd llond ei groen o gwrw ar derfyn dydd.

"Pam lai?" ymresymai dros ei dancard, ei lygaid yn edrych i bellter myglyd yr ystafell wrth i'r ddiod ddechrau canu yn ei ben, "Bydd pob dyn yn farw yn ddigon hir!"

Gallai unrhyw greadur meidrol gyfiawnhau pob dim, ond iddo fod yn weddol onest a pharchus o'i gyd-ddyn a'r cathod a'r cŵn, dyna'i athroniaeth sylfaenol. Byddai pob dyn a anwyd o wraig yn gelain farw am hydoedd tragwyddoldeb, felly — pam lai?

"Sut bynnag, beth ma dyn yn wneud unweth mae'n disgyn i'r dyfnder? Marw! Marw i bawb a phopeth ond y llygod a'r twllwch. Troi cefn ar y byd a'r bywyd sydd ynddo, disgyn i'r bedd, claddu'i hunan! Dyna beth yw bod yn goliar."

Yfai beintan arall, ac un arall wedyn, cyn sadio tipyn.

"Beth yw'r ots?"

Nid oedd y ffordd adref yn hir, dim ond heibio i ddwy neu dair stryd, i lawr yr hen ffordd fawr, ond yr oedd hynny o daith yn ddigon blinderus erbyn hynny i Sand-y-môr. "Nid yw'r llygaid gystal erbyn hyn!" 'Roedd ambell gornel a throad lle yr oedd gofyn iddo fod yn garcus iawn. Daethai i drafferth fwy nag unwaith. Pan gyrhaeddai'r hen ffordd fawr, y cerrig yn dramgwydd i'w esgidiau hoelion trwm a'i draed yn ansicr, 'roedd gofyn iddo deimlo'i ffordd ar hyd y ffensin. "Myn diân i, maen nhw'n dweud i Dduw gymryd chwe diwrnod i wneud y byd! Biti na fydde Fe wedi cymryd chwech arall i'w wneud yn wastad."

'Roedd rhai yn y gymdogaeth heb fod yn hapus iawn pan ymddangosai Sand-y-môr. Siopwyr, gan amlaf. Arferai un grosar redeg allan o'i siop yr eiliad y clywai ei sŵn yn y gymdogaeth. "Bant â thi! Bant â thi!" Weithiau, taflai hen afal drwg ato. "Ti a'r hen geffyl sglyfath 'na, y ddau ohonoch mor frwnt â'ch gilydd!"

"Dwedwch be ddiawl licwch chi amdanaf fi, ond peidwch â gwawdio fy ngheffyl, y cybydd!"

"Pryna ddonci! Bydd gen ti bartnar iawn wedyn!"

"Wedi meddwl yn siŵr i wneud," atebai Sand-y-môr, yn effro fel arfer, "ond nid oedd un ar gael — 'roedd y doncis i gyd wedi mynd i gadw siop grosar!"

Beth bynnag oedd hanes ei fusnes a hwyl ei geffyl, 'roedd Sand-y-môr bob amser yn barod ar gyfer ei sifft y bore wedyn.

"Lawr â ni, fechgyn!" dywedai wrth y dynion yn y caets, "Gobeithio y bydd yr hitsiar wedi rhoi'r tecell ar y tân i ni gael dropyn o de cyn cychwyn!"

"Os byddwn ni'n lwcus," ychwanegai rhywun arall, "falle bydd diferyn o rwbeth gwell ar ein cyfer."

RHAN 2

Yn y dyfnder duaf
lle y mae'r nos yn pydru'n y bedd,
nid oes ramant,
ogof yw pob hedin a stâl,
drewdod aer, drifftiau, muriau mawr,
wrn i dderbyn llwch y llawr.

O fel y teflir einioes dyn i ffwrdd!
Un dydd yn ddynwarediad o'r llall,
un wythnos yn ddynwarediad o'r llall,
un flwyddyn yn ddynwarediad o'r llall . . .

Deigryn!
Deigryn arall!
Nes sychu'r dagrau i gyd . . .

Ni bydd dim ar ôl i ni wedyn ond
marw.

Huw Menai

Y BORE HWNNW

Ar balmantau Senghennydd y bore hwnnw 'roedd sŵn a derfysgodd y wawr yn y cymoedd ers cenedlaethau bellach. Dyma'r sŵn a gymerasai le'r adar a chwerthin y dyfroedd a mwstwr y brithyll chwim yn y nentydd. Sŵn aflafar, ond odid, ac eto nid oedd heb ei fiwsig hynod ei hun. Sŵn tebyg i leferydd yn ceisio ymyrryd â bywyd beunyddiol i gyhoeddi neges dân ydoedd. Atsain hen daranau pell o gilfachau'r gorffennol. Ni therfysgai'r hen yn eu gwlâu na'r baban yn y crud, oherwydd yr oedd y bryniau'n hen gyfarwydd ag ef a nerfau a synhwyrau pawb yn fodlon arno.

Traed! Traed! Traed!

Bron fel defaid yn llusgo i'r lladdfa, ar eu ffordd tua'r pwll, yr ysgerbwd haearn ar oledd, mor fygythiol â chrocbren yn aros i berfformio ei unswydd undonog, sinistr. Nid oedd tebygolrwydd byth i un pâr o sodlau golli'r rhythm, troi'n ôl, oedi, dianc; yr oedd mor ddi-droi'n-ôl â llanw coch Awst, tymestl o esgidiau hoelion yn taflu'r nawfed ton dros y cwm, ac ni fedrai'r un pibydd hudo plant fel y llwyddai ceg fawr y pwll i lyncu dynion a bechgyn bob bore o'r newydd.

Bu adeg pan oedd y twll yn fas. Mentrai gŵr i'r twllwch, yn barod i gyflawni twrn, ond gwyddai nad oedd goleuni'r dydd gwyn ond lled braich oddi wrtho. Ond pan aeth y twll yn ddyfnach, ymhell bell o olwg y sêr, gan dreiddio i forddwyd hyll y mynydd, yna y dechreuodd y dyfroedd ansiartedig o dan y bryniau a'r tanau morwynol yn y tywyllwch chwyddo a llosgi'n ulw.

Gwybu brodorion y bryniau frwydr a chaledi erioed wrth geisio ennill bywoliaeth a magu teulu. Bugeilio defaid neu arddu'r ddaear, hen dasg gyntefig, a thymor siomedig ydoedd yn weddol ddieithriad. Bu'r gwynt a'r glaw yn gymdogion go anniddig. Dangosai ebol asyn fwy o deyrngarwch na chyd-ddyn yn fynych. Ond ni bu erioed yn holl hanes y Cymry, boed ar fôr neu dir, ffenomenon rhyfeddach a mwy sarrug ar y gorwel na phwll glo. Brathodd, sathrodd, treisiodd, dinistriodd, ac nid oedd y fywoliaeth a roddodd ond megis cardod. Difrïodd yr hen. Cablodd yr ifanc. Hwn oedd y patrwm o'r dechreuad. Hyn oedd y patrwm o hyd.

Mae'r pwll, fel pob rhyw hwcstres, yn hawlio ufudd-dod dall. Unwaith y canai'r hwteri, byddai'r olwynion yn troi, y rhaffau'n tynhau, a llyncai'r tywyllwch greadur o ddyn yn gyfan gwbl. Nid oedd un rhan ohono a fedrai nacáu ildio i lwynau du'r lofa, ac ni fedrai'r un enaid byw fforddio cymryd siawns unwaith yr oedd ei einioes yng nghrafangau'r pwll. Mae'r llwch a'r tywyllwch yn dwyn pob dyn byw i'r un lefel. Bydd gan lygaid ryw ofn newydd pan chwiliant orielau'r düwch am lygaid eraill. Gall un fflach foddi'r siafft ac un ochenaid o'r ffas olygu diwedd y byd.

Er hynny i gyd, dysg y pwll i ddynion gymaint amdanynt eu hunain ag am ei gilydd. Nid lliw diraddiad yw lliw y glo. Nid bathodyn yr isel radd ychwaith yw baw a llwch. Prynodd y swllt a roddodd i goliar, olud i berchennog nad oedd ganddo'r gras i'w werthfawrogi na'r ymennydd i'w ddeall yn fynych. Llwyddodd 'arian cytundeb', er nad oedd ond sylltau, i hurio gŵr na fyddai cadwyni aur yn deilwng ohono. Gwelwyd dwylo a allai beintio campwaith a cherfio eglwys gadeiriol yn torri haenen o lo. Gwelwyd dynion a haeddai sefyll ar bedestal mewn cymdeithas yn treulio oes ar eu gliniau yn llenwi dram ar ôl dram. P'run ai disgyn wrth raff neu ysgol yn y dyddiau cyntefig, neu mewn caets yn ddiweddarach, 'roedd yn dipyn o fenter bob tro. Gwisg trychineb fwgwd o dan y sêr a golau gwyn y dydd, ond crechwena'n noeth yn y talcen glo. Yr wyneb o ba un y cerfir pob penglog.

Bu amser pan oedd y mynyddoedd yn wyrdd, rhaeadrau hwnt ac yma a'r defaid araf a'r adenydd sydyn yn unig yn terfysgu'r tawelwch gwyrdd. Ni bu bonedd yn trigo yn y tir, perchenogwyd y ffermydd gan feistri pell, hen deuluoedd goludog Morgannwg a etifeddasai'r fforestydd a'u rhentu bellach i ffermwyr tlawd a ddaethai'n barchus wedyn gyda'r crefftwyr eraill yn y cwm, y gof a'r saer maen a'r saer troliau a'r llifiwr, er nad oeddynt ronyn gwell na gweision cyn belled ag yr oedd eu cyfoeth yn bod. Daeth llawer teithiwr heibio i ganmol y golygfeydd gwyllt, gystal â dim o ogoniannau alpaidd y Gogledd, y caeau a'r cilfachau yn rhyfeddach o lawer na dim a ddychmygwyd am yr ardaloedd hyn; eto i gyd, nid oedd gymaint ag un erw yn eiddo i'r bobl wylaidd a amaethai'r tir a gwarchod y corlannau a'r llethrau, defaid a da, conglfaen eu bywoliaeth, na chymaint ag un blewyn o'r to cawn na charreg llawr y gegin ar eu henw.

Pobl swil oedd amaethwyr y bryniau. Anaml y crwydrent tu allan i'r cwm, y mwyafrif wedi treulio oes ar gaeau eu cynefin, a'r lleill wedi mentro dros y gorwel i hebrwng ambell anifail i'r farchnad agosaf. Pan oedd gofyn anfon creadur i farchnad oedd yn fwy na thaith diwrnod i ffwrdd, gwnaent gytundeb â'r porthmon, yr unig fod dynol a alwai heibio. Nid oedd ond dwy ffordd allan o'r cwm, y ddwy wedi eu torri gan droed dyn a'i anifail, ac un yn dipyn o dreth i'r ddau. Siaradai'r porthmon am "Ffordd y Cymro" a lleoedd fel Henffordd a Northampton, ond yr oedd sôn hyd yn oed am Lantrisant fel crybwyll gwlad estron. Golygai'r fath bellenigrwydd bod gofyn i bob dyn weithio hyd yr asgwrn i'w gynnal ei hun, oherwydd er yr holl brydferthwch anhygoel a berthynai i'r mynyddoedd, gwrthglawdd gwyrdd ydoedd, yn gwahanu'r bobl oddi wrth weddill y byd. Fel y cymoedd eraill o gwmpas, ildiai'r tir ŷd a cheirch a barlys, er nad oedd y ddaear ar y llethrau creigiog y mwyaf ffrwythlon, a'r offer a ddefnyddid mor gyntefig â dim erioed. Bywyd caled oedd yma, yn wir.

Anodd sylweddoli y boreddydd hwnnw ddarfod i draed eraill fynd y ffordd hon tua'r felin ddŵr, a thraed eraill yr union ffordd hon ar ddydd cneifio gan gasglu'r gwlân a'i bannu er mwyn ei baratoi ar gyfer y teiliwr teithiol a alwai heibio maes o law. Lle yr oedd yn awr ond sŵn olwynion yn troi a pheiriannau'n corddi, nid oedd unwaith ond siffrwd yr harnais wrth i'r ceffylau agor cwys â llafn yr aradr, hymian y bladur drwy'r ŷd, ac ambell saeth yn yr awyr pan ddechreuai'r colomennod gwyllt reiot yn y nen. Y nentydd hynny a olchai'r llethrau fel pe bai'r mynydd yn gwaedu a wybu orfoledd pysgod byw gynt, samwn a brithyll yn neidio a dawnsio dan y rhaeadrau. Llwyddodd rhai o'r ffermwyr i fyw yn gyfforddus, ond nid oedd yr un ohonyn nhw heb ddigon o gydwybod i weld bod y gwas a dderbyniai ond deunaw ceiniog y dydd (a swm cyffelyb ar gyfer ei geffyl) yn cael bonws o wyau a menyn a chaws. Y ffair gyflogi oedd y lle i gael gafael ar was a morwyn. Deg punt oedd yr uchafswm am hurio. Nid oedd diwedd i'r llafur a ddisgwylid na'r oriau, dim ond i bâr o goesau a phâr o ddwylo fod yn ddigonol ac ufudd. Caled fel y graig oedd eu bara, caletach fyth eu caws, ac ni wnâi jwgiaid o gwrw ond cablu eu syched.

Hyd yn oed yn yr encil wledig hon, rhaid oedd i rywun fod yn gyfrifol, a'r drefn oedd i'r brenin benodi ustus heddwch. Pe digwyddai bod gofyn arno i alw am gymorth i gyflawni ei gyfrifoldeb, trefnai'r gyfraith gwnstabl lleol. Deuai pob math o fân droseddau ger bron — lladrata, trais, anffyddlondeb priodasol, potsio, niweidio eiddo, ac yn olaf oll, meddwdod. A phe digwyddai i'r cwnstabl deimlo fod pethau'n dechrau mynd yn flêr, yr oedd hawl ganddo i alw ar y milisia a darllen y reiot act. Trwy drugaredd, ni bu fawr o helyntion o'r fath o gwmpas Senghennydd; yn wir, ni ddigwyddasai dim i gyffroi'r enaid diniweitiaf na therfysgu'r aderyn dinotaf mewn nyth.

Nes dyfod gŵr heibio un diwrnod i archwilio. 'Roedd nifer o hen lefelau glo yn y gymdogaeth.

A oedd yn bosibl treiddio ymhellach ac yn ddyfnach?

Lle y crwydrasai'r bugail a'i gi ac y triniasai'r amaethwr ei dir, darganfu dynion fod y ddaear yn meddu ar olud llawer mwy prydferth a phroffidiol i'w gynaeafu. Glo! Buasai'r cymoedd yn brysur ers tro byd, yn enwedig pyllau bychain Rhondda Isaf, ond amrwd oedd y dulliau — tynnu'r glo allan trwy system stâl a philer lle y gweithid y brif hedin o'r lefel neu lawr y siafft yn syth i haen y glo; unwaith y gwnaed hyn, y cynllun oedd agor sawl hedin llai bob ochr i'r brif hedin a throi ymaith. Yna, torri stâl ar ôl stâl, cuddyglau lle y gallai'r dynion weithio, codi pileri o lo fel bod gan y to gynhaliaeth sicr. Fel arfer, yr oedd stâl tua 12 llath ar led a'r pileri yn 10 llath sgwâr.

Ymhen amser, ceisiwyd gwella ar hyn o system; nid oedd yn arferiad i weithio'r pileri nes bod yr holl bwll wedi'i weithio, ond yn awr gwelwyd y gallai hyn fod yn arferiad gwael oherwydd pwysau, a dechreuwyd cyflawni'r ddwy dasg ynghyd, sef gweithio'r pileri a'r haen bron yr un pryd.

Dechreuwyd stâl ddwbl, dau le cul mewn un hedin, bwrw ymlaen rai llathenni, gan adael swmp o lo yn agor i'r heol i gysylltu a chario glo ymlaen yn un ffas.

Dyma oedd y dull yn gyffredinol drwy holl faes glo Deheudir Cymru, ac yr oedd gofyn i bwy bynnag a gâi'r hawl i fwyngloddio sicrhau bod y dull hwn yn cael ei weithredu'n iawn; waliau a phileri hanfodol, a phob seilin mor ddiogel â phosibl rhag unrhyw gwymp. Mewn traethawd ar y dull hwn, awgrymodd un gŵr na ddylid gweithio ond 40 y cant o wely'r glo. Dechreuodd y system weithio'n llwyddiannus iawn yn y cymoedd i gyd. Unwaith y gorffennid y staliau, cymerid y pileri ymaith a selio'r lle wedyn; yr oedd hyn o ragofal yn hanfodol rhag i'r aer gael ei beryglu. 'Roedd glo mân yn ddi-werth cyn hyn, ond cyn gynted ag y dechreuwyd cynhyrchu golosg, cedwid digon i ddiogelu ffyrdd i'r aer gerllaw pob stâl.

Dechreuwyd arbrofi yn Ne Cymru gyda dull a fu'n llwyddiant ym mhyllau glo Lloegr. Dadleuwyd y medrai system y wal hir helpu i godi mwy o lo gan y gellid sicrhau'r cynnyrch i gyd ar un cynnig. Gwthio'r ffas ymlaen, un llinell hir, llenwi wedyn â cherrig a gwast lle y torasid y glo a gadael i'r to ddod i lawr arno. Ond ni fynnai glowyr Deheudir Cymru mo'r syniad hwn o gwbl; yr oedd yn rhy beryglus ac ni wnâi ond arwain at ofid.

Ond y peth pennaf a ddaeth yn sgîl hyn oedd ymgyfreithiad. Ar ôl dod i ddealltwriaeth yn y llysoedd, derbyniwyd y system wedyn, ac erbyn suddo pwll Senghennydd, roedd gwelliant yn holl dechneg cloddio, fel bod modd i'r siafftau fynd yn ddyfnach gyda'r canlyniad fod mwy o gynnyrch o lawer yn bosibl.

Sut bynnag, gydag amser daeth yn amlwg y golygai mwy o gynnyrch fwy o berygl hefyd; eto i gyd, poenai'r weinyddiaeth a'r werin fwy am gynnyrch nag am unrhyw berygl.

Pan agorwyd y pyllau glo, un nodwedd amlwg oedd mai Cymry oedd y meistri. Pan daniwyd y ffwrneisi cyntaf o gwmpas Merthyr Tudful a Gwent, Saeson oedd y meistri, dynion fel Crawshay, Homfray, Anthony Bacon a Guest, ac yr oedd yr ychydig Gymry a roes gynnig arni — Tregelles Price o Gastell-nedd yn feistr arbennig a wnaeth amgylchiadau ei weithwyr yn fwy derbyniol nag mewn unrhyw ran arall o'r diwydiant — y lleiaf llwyddiannus o'r hierarchiaeth. Ceisiodd ychydig o Gymry eraill, ond 'roeddynt yn ofni mentro gormod, ac yn ildio maes o law cyn gwneud unrhyw fath o argraff ar y farchnad. Daliai llawer o'r meistri llwyddiannus mai creadur difenter oedd y Cymro ym myd arian ac uchelgais ddiwydiannol, yn rhy ofnus i fasnachu, ac yn barotach o lawer i fod yn was bach i'r aristocratiaid newydd.

Ond pan ddechreuodd y pyllau glo eu hamlygu eu hunain ar y tirwedd diwydiannol, newidiodd y sefyllfa dros nos. Naill ai i'r Cymry ddysgu gwers erbyn hyn i beidio â gadael i bopeth fynd i ddwylo'r Saeson neu i'r meistri Seisnig ddechrau ymlacio, ond nid oedd fawr o gyfrif amdanynt ar y maes glo. Roedd yr awdurdod a'r hawl i gyd yn eiddo i Gymry fel Davies Llandinam, Davies Blaengwawr, Ebenezer Lewis, Thomas Joseph, Mordecai Jones, Aberhonddu, Samuel Thomas Ysgubor-wen, Thomas Bedwellte ac eraill. Ar ben hynny, nid yn unig yr oedd yr awdurdod a'r cyfalaf ganddynt, ond yr oeddynt yn meddu'r athrylith i wneud y diwydiant glo mor arbennig â'r diwydiant haearn, ac er i'r cychwyn fod braidd yn araf, ni bu'n hir cyn gwneud camau breision. Digon gwir, yr oedd cloddio dyfnach am lo yn fwy peryglus nag unrhyw fenter arall a wybu dynion cyn hyn, ond cyn bo hir iawn yr oedd marchnadoedd y byd yn gweiddi am lo, yr elw yn cynyddu'n anhygoel a'r cynhyrchu'n gyfartal â'r gofyn.

Nid oedd trafferthion cloddio am lo yn gyfyngedig i'r peryglon o'i rwygo o'r ddaear; yr oedd cymylau ansicrwydd ariannol yn drwch dros rannau o'r maes. Caed haenau cyfoethog tua Bute Merthyr a Thyle-coch yn y Rhondda a brofasai'n fentrau peryglus ond proffidiol, ond yr oedd pwerau mawr fel y Morlys a'r Llongau Masnachol, er eu bod yn cydnabod gymaint gwell oedd cynnyrch pyllau Aberdâr na glo Gogledd Lloegr, yn anfodlon cefnogi pyllau tu allan i'r cylch hwn. Daeth gŵr o'r enw Riches heibio, awdurdod ar fwynfeydd, a thaeru bod mewn rhannau eraill o Forgannwg, haenau cystal bob mymryn â dim a gaed yn Aberdâr, ac aeth yn unswydd i weld Samuel Thomas, Ysgubor-wen gan erfyn arno i fentro. Gwaetha'r modd, bu llawer o anghydfod a streicio, gwaith yn llac, prisiau'n isel, ac nid oedd menter o'r fath yn rhy atyniadol ar y pryd.

Ond pyllau bach a pherchenogion bach oedd nodwedd y cymoedd o hyd, gyda dynion fel Phillip Taylor, Hirwaun, yn cychwyn lefelau a siafftiau hwnt ac yma — Ynysfeio, Cwmsaerbren, Tynewydd — hyd nes i Thomas Joseph yn Hydref 1858 roi cynnig arni ('roedd ei dad yn brif oruchwyliwr pyllau'r Plymouth ym Merthyr) ac fe'i dilynwyd yn ddi-oed gan William Thomas Lewis, asiant, a ddarganfu ddwy haen arbennig ym mhlwyf Ystradyfodwg yn y Rhondda. Dyma ddechrau'r cyfnod newydd.

Maes o law, daeth y peiriannydd uchelgeisiol hwn yn un o berchenogion a meistri glo pwysicaf y diwydiant. 'Roedd ei lwyddiant ysgubol, er ei holl dalentau a'i benderfyniad, yn ddyledus yn bennaf i'w ffawd yn dewis y wraig iawn. Nid oedd ei dad heb ddylanwad, mae'n wir; fe'i perchid ef yn fawr o gwmpas gweithiau'r Plymouth ym Merthyr, ond go brin yr oedd yn bosibl i beiriannydd feddu ar ddylanwad mawr lle yr oedd meistri fel Homfray a Crawshay yn teyrnasu.

Cafodd William Thomas Lewis addysg dda i gychwyn, crwt i genfigennu ato ym Merthyr y pryd hwnnw, wedi'i addysgu yn ysgol enwog Taliesin Williams, Undodwr cydwybodol a mab Iolo Morganwg, tad Gorsedd y Beirdd. Pan oedd yn 13 oed, fe'i prentisiwyd ef gan ei dad, a pha mor ddisglair bynnag y bu fel disgybl yn ysgol Taliesin, meddai ar gynneddf arbennig ym myd peirianneg, ac erbyn 1855 yr oedd yn aeddfed i'w apwyntio'n ddirprwy beiriannydd ystad Bute, ac mewn llai na deng mlynedd ef oedd prif weinyddwr y mwynfeydd. Do, cyraeddasai'r brig, a hyn oedd pinacl ei gyraeddiadau ar ei liwt ei hun.

Yn ffodus iawn iddo ef, llwyddodd i ennill llaw a chalon merch ifanc arbennig iawn, Ann wrth ei henw, geneth hudol a thalentog a chyfoethog; ac yn fwy ffodus byth, llwyddodd i gael caniatâd gan ei thad, William Rees, i'w phriodi. 'Roedd caniatâd y tad cyn bwysiced â chariad y ferch. 'Roedd W.T., fel y'i hadweinid gan ei gydnabod agos, ar ben ei geffyl. Y fath wraig! Y fath dad-yng-nghyfraith! I ŵr ifanc a feddai ar uchelgais i berchenogi pwll glo, i feddu ar awdurdod, ac i fod yn un o arglwyddi diwydiant, beth a allasai fod yn fwy calonogol ar gychwyn ei yrfa na landio'n fab-yng-nghyfraith i ŵr a oedd eisoes yn berchen pwll glo? Ar ben hynny, digwyddai ei annwyl Ann fod yn ŵyres i Robert Thomas o Orllewin Cymru, un o arloeswyr cyntaf y diwydiant glo. Ef oedd y gŵr a agorodd Waun Wyllt, Abercanaid, y lefel gyntaf i farchnata glo ar gyfer yr aelwyd yn hytrach na'r stwff a ddefnyddid ar gyfer smeltio. Pan fu farw, cymerwyd gofal y pwll gan ei weddw, gwraig a ystyrid wedyn yn 'fam' maes glo Cymru. Hi a'i mab a sicrhaodd fod glo Cymreig yn cael ei werthu yn holl wledydd y Deyrnas Unedig. 'Roedd Llety Siencyn hefyd yn eiddo i'r teulu, a phan ildiodd Wncwl Wiliam ei ofal, cymerodd William Rees, tad Ann, at y dasg o oruchwylio.

"Croeso mawr!" meddai wrth groesawu ei fab-yng-nghyfraith i'w stydi, "Mae'n siŵr y down i gyd-dynnu'n ardderchog!"

"Mae'n siŵr!" atebodd William Thomas Lewis yn dawel, ei lygaid yn taflu golwg ar y tipiau du a amgylchynai'r tŷ, "mi fyddaf wrth fy modd yn helpu, syr!"

Mewn llai na deng mlynedd wedyn, erbyn Hydref 1870, yr oedd asiant ystad Bute yn brif oruchwyliwr holl byllau'r Bute yn Nghwm Rhondda, ac wedi perchenogi nifer ar ei enw ei hun a'u galw, *Lewis Merthyr Consolidated.* Ei air ef oedd y ddeddf. Fe'i cafodd ei hun wedyn yn ymddiriedolwr holl ystad Bute a dociau mawr llwyddiannus Caerdydd yn gyfrifoldeb a diddordeb ychwanegol. Bu farw ei dad-yng-nghyfraith a'r holl ewythredd, a 'doedd ei annwyl Ann ond yn rhy falch i weld yr holl deyrnas ddiwydiannol yn llwyddo ac ymestyn yn wyrthiol yn nwylo medrus ei gŵr. " 'Nghariad i!"

sibrydai'n dyner yn ei glust, " 'rwyt ti'n ddyn mor glyfar!" Derbyniai yntau ei chusan a'i maldod yn llawen cyn prysuro nerth ei draed i'r stydi lle y cawsai ei dderbyn gan ei dad-yng-nghyfraith gyntaf erioed, i'w gladdu ei hun yn ei fwriadau a'i bapurau. Nid oedd digon o oriau mewn diwrnod ar gyfer ei brysurdeb a'i freuddwydion. Go brin fod unrhyw fenter neu fudiad yn Ne Cymru a allai gychwyn, heb sôn am gerdded ymlaen, hebddo ef; a *feiddiai* symud cam hebddo ef! Ef oedd arglwydd answyddogol Undeb Glo a Masnach De Cymru, amalgam o berchenogion glo, ei greadigaeth ei hun yn chwedegau'r ganrif a ddatblygwyd erbyn y saithdegau yn Gymdeithas Perchenogion Glo De Cymru a Mynwy.

"Beth yw'r pwrpas?" ymholodd un, "Dim ffydd yn eich gallu eich hunan?"

"Mae gen i ddigon o ffydd yn fy ngallu fy hun," atebodd yn dymherus. "Ar ben hynny, mi ofalaf am hynny hefyd. Y coliars yw'r rhai nad oes gen i ffydd ynddyn nhw. Peidwch â chymryd eich twyllo! Byth oddi ar iddyn nhw ddechrau sôn am undebau, cym'rwch fy ngair i, golyga hyn beryglon a gofid i'r perchenogion. Gallwn golli parch, ond gwaeth fyth, gallwn golli pŵer. Ein cymdeithas unol ni yw'r unig ateb i'r streiciau. Ni ddylid goddef sarhad ein gweithwyr ar unrhyw gyfrif."

Sibrydodd un gŵr wrth y person nesaf ato, "Mae'n casáu'i weithwyr yn fwy na'r meistri haearn gynt!" Yr oedd yn llygad ei le.

Yn goron ar y cwbl, dyma diriogaeth Ifor Bach, arglwydd enwog Senghennydd, a ymosododd gynt ar Gastell Caerdydd a chymryd yr iarll, ei wraig, a'i fab, Robert, yn garcharorion, gan eu gorfodi i ddychwelyd eu hawliau i'r bobl.

Canmolodd Dewi Sant a Gerallt Gymro bum cantref Llandaf ac er nad oedd ond darn bychan ohono, yr oedd tir gwyrdd Senghennydd yn dir sanctaidd a sôn amdano yn Llyfr y Seintiau.

Diwrnod i'w gofio, yn wir, oedd hwnnw pan fentrodd un o'r meistri glo, William Thomas Lewis — gan ddiystyru pob hanes ac yn gwbl anymwybodol o'r holl saint a thywysogion a gysylltwyd â'r lle — blygu o flaen ei frenin i gael cyffyrddiad ei gleddyf imperialaidd ac wynebu pobl Cymru o'r eiliad honno ymlaen i'w adnabod fel Barwn Senghennydd.

Digon gwir, bu dirprwy beiriannydd ystad Bute gynt yn rhywfaint o gymorth i'w dad-yng-nghyfraith a ddechreuodd ei yrfa yn feistr Llety Siencyn. Ond rhwng ei deyrnas, *Lewis Merthyr Consolidated,* a'i deitl newydd mewn bywyd, yn sicr bu o gryn gymorth iddo ef ei hun!

"Dyn caled," meddai un o'i weithwyr unwaith.

"Dwedwch ei fod yn galed, dyna'r cwbl!" atebodd ei gydweithiwr.

Mewn cyfrol a gyhoeddwyd unwaith ar Gymry enwog, gwaith a gipiodd y brif wobr yn Eisteddfod Genedlaethol Caernarfon yn y ganrif ddiwethaf, cafwyd *enw* William Thomas Lewis ond *llun* actor Cymraeg, gŵr a anwyd yn Ormskirk ac a ddaethai'n dipyn o eilun ar lwyfan Covent Garden lle y bu ei berfformiadau yn tynnu'r tyrfaoedd. Cafodd yr un poblogrwydd wedyn yn yr Haymarket gyda'i bortread o Roger mewn drama enwog y pryd hwnnw, *The Ghost,* ac y mae llun ohono ar gael o hyd yn y Garrick.

Erbyn diwedd y bedwaredd ganrif ar bymtheg, nid oedd modd yn y byd i unrhyw un wneud y fath gymysgedd o gamgymeriad; *un* William Thomas Lewis oedd i'w gael, a hwnnw'n meddu ar awdurdod ym maes diwydiant a llywodraeth leol yng nghylchoedd Merthyr ac Aberdâr. Cydnabuwyd ei bwysigrwydd trwy ei wneud yn arglwydd. A chan iddo suddo ei bwll ei hun, yr olaf o'i anturiaethau, yn Senghennydd, penderfynodd gael ei adnabod fel yr Arglwydd Merthyr o Senghennydd, teitl digon priodol, er i nifer ei ystyried — yn enwedig o wybod tipyn o hanes y tir hwn dros y canrifoedd — yn un o'r actau bach mwyaf digrif mewn cof.

Onid y Senghennydd hwn a wrthsafodd gynt ffyrnigrwydd y goncwest Normanaidd? Onid oedd Gruffudd ap Rhys wedi glynu fel gelen wrth ei ddau gwmwd yn "Seingeniht" er gwaethaf holl gynddaredd yr arglwyddi, a hynny mewn dydd pan *oedd* arglwyddi *yn* arglwyddi. Onid oedd y tir hwn yn rhan o arglwyddiaeth Meisgin, Glynrhondda, Castell-nedd, Afan, Tir-yr-iarll, Coety a Llanbleiddian? Onid hwn oedd y tir a welodd ysgarmesoedd yr arglwyddi hynny a gafodd freintiau arbennig am ymladd yn erbyn y Cymry yn nyddiau cynnar y Goncwest? Ac onid hwn oedd y tir a barhaodd yn eiddo i'r Cymry gan rwystro mewnlifiad y Saeson? Onid hwn oedd y tir a fu mor gefnogol i Owain Glyndŵr?

Dyn caled oedd William Thomas Lewis, dim ond ei falchder yn gyfartal â'i galedwch, ond nid oedd yn anenwog am ambell fynegiant o haelioni. Eto i gyd, dysgodd glowyr De Cymru erbyn hyn nid yn unig i oddef eu hamgylchiadau ond i sefyll ar eu sodlau yn erbyn eu meistri. 'Roedd ysbryd gwrthryfelgar rhai o arweinwyr ifanc y glowyr yn ofid mawr i ambell un fel Mabon. "Bois bach, gwrandewch!" apeliai, yn defnyddio holl driciau ei areithyddiaeth a digonedd o emosiwn, "mi hoffais i'r hen *sliding scale* a ddyfeisiwyd mor hael gan Mr W. T. Lewis, ond fe gewch ddynion o gwmpas bob amser sy'n barod i lesteirio popeth, gwaetha'r modd. Na phoenwch, ddynion, fe gawn ein hawliau, dim ond i ni fod yn rhesymol ac amyneddgar." Wedyn arweiniai'r dorf mewn emyn.

Rhesymol ac amyneddgar! "Nefoedd fawr, mae eisiau amynedd Job i oddef y caledi a'r gorthrwm sy'n dod i ran glöwr," — mor aml y clywid hyn o gŵyn yng nghyfarfodydd yr undeb! Digon gwir, daeth y *sliding scale* i ben. Mabwysiadwyd lleiafswm cyflog — *minimum wage* — gan y Bwrdd Cymrodeddu — *Conciliation Board* — ac erbyn 1901 enillodd y glowyr eu buddugoliaeth fwyaf sef Deddf yr Wyth Awr! Diwrnod wyth awr oedd breuddwyd fawr

Mabon, yr asiant a'r aelod dros Gwm Rhondda, ac er y'i hystyrid ef gan lawer yn greadur go wamal, ef a bwysodd yn fwy na neb am hyn a mynd â'r maen i'r wal. Yn ddiweddarach, derbyniodd hambwrdd arian a siec am yn agos i £2,000 fel cydnabyddiaeth a gwerthfawrogiad o'i ymdrechion dros y glowyr.

Eto i gyd, dwylo digon crynedig a dderbyniodd y rhoddion hyn — nid bod un gair anghynnes wedi cael ei lefaru, ond yr oedd gwaed ifanc newydd yn dechrau berwi ac yr oedd dyddiau'r ddiplomyddiaeth siwgraidd ar ben.

Un o'r arweinwyr ifanc tanbaid hyn oedd Noah Ablett, coliar craff a huawdl o Gwm Rhondda, a'i syniad ef oedd y dylid ail-lunio a diwygio'r Ffederasiwn a gynrychiolai'r glowyr. "Pa ddaioni a ddaw o fudiad a glymwyd gan gyfaddawd ac ofn?" holai. 'Roedd Ffederasiwn Glowyr De Cymru i fod yn fataliwn o filwyr dewr, gyda neb ond y glowyr eu hunain yn rhoi'r gorchmynion; dim ond mudiad o'r fath a fedrai obeithio delio â thwyll ac anghyfiawnder y meistri.

Peth arall a fynnai oedd system addysg i ddiwyllio a goleuo'r glöwr. "Fedrwch chi byth ddadlau â'r dyn drws nesaf, heb sôn am gapitalwyr cyfrwys ein cymdeithas, onid oes gennych well syniadau yn eich pen na nhw!" Trefnwyd dosbarthiadau tiwtoraidd yn dysgu pob math o bynciau perthnasol i'r frwydr dosbarth a hyfforddwyd y disgyblion yn drwyadl yn athroniaeth Marcs.

I Goleg Ruskin, Rhydychen yr aeth Ablett ac yr oedd yn un o'r rebeliaid a sefydlodd y Colegau Llafur. Bu'n llywyddu dadleuon yn Rhydychen. Yn ddiweddarach ffurfiodd Gymdeithas Rhydychen yn Nhonypandy a gwasgaru'r efengyl drwy Dde Cymru nes i'r holl dir glofaol fynd yn bair o ddadleuon a phrotestiadau dosbarth.

Casglodd D. A. Thomas, arweinydd ymysg y perchenogion, ei gymrodyr at ei gilydd a ffurfiwyd undeb y meistri, *Cambrian Combine.* 'Roedd holl gyfoeth ac ynni un o'r arglwyddi glo mwyaf dylanwadol at wasanaeth yr ymdrech i rwystro unrhyw weithredu diwydiannol ar ran y gweithwyr. "Gadewch iddyn nhw ddarganfod ateb i hynny!" ymffrostiai.

Ac fe wnaeth y coliars yn union hynny . . .

Cafodd fynegiant mewn nifer o streiciau a ddaeth â phlismyn o Loegr i'r cymoedd i ddarostwng gwerin a ymladdai'n ffyrnig am ei bod yn newynog a gorthrymedig.

Daeth y newydd am garcharu dau o'r glowyr. Un oedd William John, cadeirydd Pwyllgor Streic y Cambrian, Bedyddiwr selog, gweithgar yng nghapel Moriah, Tonypandy, a chyfaill mynwesol i ŵr o'r enw Jim Young a oedd i gael ei adnabod maes o law drwy Gymru benbaladr fel Jubilee Young. Cafodd William John ei drin yn galed gan ei gyhuddwyr.

Yr ail oedd llanc o'r enw William Mainwaring, brodor o'r Gendros. Bedyddiwr oedd yntau hefyd, aelod yn Noddfa, Blaenclydach, ond collodd ffafr y saint yno am ei weithgarwch fel cynhyrfwr, a'i syniadau am fedydd a chymundeb caeth yn anuniongred iawn. Gofynnwyd iddo gadw draw.

"Maen nhw'n dod â sgabs o bant i weithio'r pympiau a'r awyriant!" rhybuddiodd Mainwaring ei gyfaill Will John; y ddau wrthi'n gwneud eu cynlluniau un bore Saboth du yn niwedd y flwyddyn.

"Os dyna sydd ar droed," atebodd yntau yn gadarn, "galwaf ar y dynion i amgylchynu'r pwll a bod yn barod i wrthsefyll."

Cyn pen yr awr yr oedd waliau mawr pwll Morgannwg wedi eu hamgylchynu gan y streicwyr.

Daeth y plismyn a oedd eisoes tu mewn i'r muriau allan i'w gyrru ymaith. "Gwell i chi wasgaru nawr!"

"Gwasgaru? Ar ein tir ein hunain?"

"Gofyn i'r Sais be yffarn ma *fe'n* gneud ar y tir hwn!" heriodd un o'r dynion.

"Der yn nes, y mochyn, ac mi wna' i fwrw dy hen ben drwy'r helmed 'na!"

Gwelwyd y cyrff yn eu taflu eu hunain fel sacheidiau blawd at ragfur cyhyrog y gyfraith, dyrnau'n ffrwydro yn erbyn penglogau a bochau, llygaid yn pistyllio'n goch a glas fel ffrwyth goraeddfed yn yr haf. Heriodd wynebau wynebau, a dychwelodd rhyw hen gasineb cyntefig i gynnal ysgarmes hyll dros ennyd nes llenwi'r aer â dychryn.

Diflannodd y dynion . . . nes dod yfory.

"Fe gawn y diawlied eto, Will."

"Dyna'r *bastard* fwrws 'y mrawd!"

"Tafla'r trwnshwn 'na bant a thyn dy got, y mochyn!"

"Ymladdwch fel dinon, y cachgwn!"

Nid oedd y plismyn sarrug, disgybledig yn fud ychwaith.

"Come 'ere, *swine!* You kicked me mate, *cur!*"

"Take this, *dirty* peasant!"

"I'll see you in clink, Taffy!"

Gwelwyd dynion a phlismyn yn gnotiau o ddialedd ar hyd Sgwâr y Pandy.

"Bai pwy yw shwd helynt â hyn, gwedwch?" gofynnodd un wraig helyntus ar ôl i ffenestri ei thŷ gael eu chwilfriwio.

"Churchill, y diawl!" atebodd un o'r coliars.

Er ystyried helyntion Tonypandy yn ddim ond cyffro lleol, a'r Ffederasiwn hyd yn oed yn penderfynu gwrthod derbyn unrhyw gyfrifoldeb am y digwyddiad, daliai gwŷr y Cambrian yr un mor gyndyn i barhau'r frwydr, a hynny drwy'r haf crasboeth. Cafodd eu safiad gydymdeimlad mawr drwy holl faes glo De Cymru.

'Roedd glowyr Senghennydd, heb un eithriad, yn gefnogol: pamffledi, datganiadau, taflenni yn cael eu gwasgaru'n gyson, yn ogystal â'r hyn a ddarllenid yn feunyddiol yn y papurau. Wrth i'r misoedd fynd heibio, gydag argyfwng teuluoedd yn gwaethygu — a mamau a phlant yn dioddef newyn enbyd — pwysai Will John, Will Mainwaring, a Noah Ablett ar holl lowyr maes glo De Cymru i streicio.

"Dim ond i ni barlysu holl byllau De Cymru," dadleuodd Ablett o flaen y coliars tu allan i bwll Senghennydd, "sefyll gyda'n gilydd, dangos i'r perchenogion ein bod yn gytûn a phenderfynol, bydd y tacla'n siŵr o ildio."

Dywedodd Will Mainwaring, siaradwr huawdl bob amser, "Nid rhyw helynt bach domestig yn Tonypandy mo hwn, ond ma urddas a hawliau pob coliar yn Ne Cymru yn cael eu bygwth."

"Safwn gyda'n gilydd!" galwodd Will John, ei gorff cadarn yn cynnal ei eiriau, " 'Does yr un goludog yn y tir a fedr ein trechu dim ond i ni sefyll gyda'n gilydd!"

Ymadroddion tanllyd, bid siŵr, heb fod un coliar yn y fro na chredai bob gair, ond pan oedd rhywun wyneb yn wyneb â phlentyn newynog nid oedd y geiriau mwyaf ysgubol yn cynhyrchu fawr ddim ond mudandod dig.

Achos yr holl anghydfod anffodus oedd torri'r pris o hanner coron y dunnell am lo haen arbennig ym mhwll Pen-y-graig, a chyn belled ag yr oedd prif fwriad y streic yn bod, fe drodd allan i fod yn anffawd o'r mwyaf; serch hynny, daeth â chanlyniadau a effeithiai ar y maes glo i gyd, gan ddwyn materion fel lleoedd abnormal i sylw cenedlaethol yn ogystal â'r ddadl am leiafswm tâl.

Ar ben hyn, newidiodd nid yn unig rai amgylchiadau a effeithiai ar statws y coliar, ond daeth â therfyn i deyrnasiad rhai o'r henuriaid a fu'n awdurdodi braidd yn rhy hir; a'r cyntaf i gael ei "ddiarddel" oedd Mabon, aelod seneddol parchus erbyn hyn ac aelod o'r Cyfrin Gyngor. Bu'n gawr yn y gymdeithas lofaol; 'roedd ganddo ddawn i gael ei ffordd ei hun a dylanwadu ar ddynion, dim ond trwy dorri allan i ganu emyn, gan berswadio'r glowyr i gyfaddawdu pan oedd eu calonnau'n ysu am wneud safiad; sut bynnag, llywyddodd ei gyfarfod olaf, ei dactegau'n gwbl annerbyniol, a dulliau ffyrnicaf yr arweinwyr ifanc newydd yn cael eu mabwysiadu.

'Roedd digwyddiadau Cwm Rhondda yn bwysig i'r maes glo i gyd, oherwydd perthynai'r drydedd ran o lowyr

De Cymru i byllau'r cwm, ac unwaith y penderfynid ar bolisi ganddyn nhw, nid oedd yn anodd cael y gweddill i'w dderbyn.

Daeth dau bamffledyn allan o Gwm Rhondda, *Datganiad* Noah Ablett a Ted Gill, ac un ar y cyd gan Noah Ablett, C. L. Gibbon, Will Mainwaring a Noah Rees, *Cam Nesaf y Glowyr.* Lleiafswm o wyth swllt a dydd gwaith saith awr oedd y bwriad, ond yr oedd un awgrym peryglus arall — y glowyr i lywodraethu'r pyllau a'u perchenogi maes o law! Ar ben hyn, yn lle streicio fel y gwnaethai gwŷr y Cambrian, a'u teuluoedd yn dioddef tlodi a newyn, dylai'r streicio yn y dyfodol fod yn gyfrwysach o lawer. Y ffordd i streicio oedd arafu'r cynhyrchu fel y bygythid y perchenogion, nid yn unig ag argyfwng, ond â chwymp eu hymerodraethau. Ni bu gwŷr y pyllau glo erioed mor unedig. Awel iachus dros ben a chwythai heibio i fryniau Senghennydd y dyddiau hyn.

Ymestynnai Senghennydd tua'r gorwel, pob ffenest ym mhob stryd yn olau, yn union fel pe disgynasai'r ffurfafen â'i holl sêr ynghynn. Crynai'r wawr dros y rhiwiau, yr awelon yn cludo lleisiau, a brawddegau o gân yn torri allan hwnt ac yma fel pe bai'r mynydd yn llawn o gorau cudd. Dangosai'r palmantau olion lle y bu adar y noson gynt yn stryffaglio eu ffordd adref. Y botel wag. Pecyn o esgyrn pysgodyn. Y faneg atal lipa. Aeth y crwydriaid hyd eu ffordd yn canu hefyd, emynau gan amlaf, priodol ar gyfer pob achlysur, angladdau, priodasau, chwaraeon, meddwdodau, ond yr oedd sŵn gwahanol yn perthyn iddyn nhw ar doriad gwawr, nid y gyddfu aflafar a chwrs a derfysgai hud y cyfnos, ond rhyw ust a melodi a fynnai loetran yn yr awyr a dilyn y traed i'r pen draw.

"Saith deg!"

"Pedwar chwech!"

"Pump saith wyth!"

"Saith naw naw!"

"Wyth un!"

Daeth y dynion a'r bechgyn, un ar ôl y llall, at y lamprwm, cyrcydu i edrych drwy'r ffenest fach cyn galw eu rhifau. Ystafell fechan oedd y lamprwm, adeilad cerrig, un drws ar y chwith, ffenest nad oedd ronyn mwy na thwll yn y wal, a rhesi ar resi o lampau yn hongian fel trincedi a thlysau mewn siop jiwlar.

"Mae 'na frath yn yr awyr y bore 'ma, ddyn!" meddai un hen goliar wrth ei bartnar wrth gymryd ei lamp, "Ddest ti â'r botel rwm 'na gen ti?"

" 'Rwyt ti'n dechre mynd yn dendar, frawd!" oedd yr ateb, mwffler yn cael ei dynnu'n dynn yr un pryd, "Be sy'n bod? Dim digon yn dy gylla?"

"Digon nes bydda i'n gant!"

Peth diddorol am y coliars; er eu bod wedi hen gynefino â synau diddiwedd byd yr hwteri a'r pistonau a'r olwynion, 'roedd yr hen arafwch a geid pan oedd defaid ar y goleddau a gŵr yn byw yn ôl y tymhorau yn amlwg yn eu cerddediad o hyd. Yr hamdden a'r ffraethineb a'r osgo ddifrysio a roes i ddyn gyfle i edrych ar y ffurfafen a llunio'i feddyliau heb eu haberthu hyd y dwthwn hwn. Cerddai'r swyddogion o gwmpas y pwll yn fusnes i gyd, mae'n wir; byth ennyd i'w gwastraffu, pob sgwrs yn argyfyngus, a rhyw nerfusrwydd o gwmpas y llygaid a'r gwefusau fel pe bai'r Arglwydd Merthyr ei hun yn edrych dros yr ysgwydd. Pechod anfaddeuol yng ngweinyddiaeth Lewis Merthyr oedd gwastraffu un eiliad. Disgwylid i'r clerc lleiaf fod ar flaenau'i draed. Ei brysurdeb oedd sêl goruchwyliwr da. A pha ryfedd hynny? Onid oedd y dyn mawr ei hun yn enwog drwy'r maes glo am ei ynni dihysbydd a'i benderfyniad mulaidd?

Fel mater o ffaith, mewn llyfr a gyhoeddwyd yn rhoi portread o nifer o wŷr pwysig De Cymru, disgrifiwyd Syr William Thomas Lewis, bellach yr Arglwydd Merthyr o Senghennydd, y cyntaf i gael sylw, fel hyn: "Nid oes neb a fedd y fath wybodaeth awdurdodol o'r maes glo ag ef; yn wir, ym meysydd glo yr holl fyd, nid oes enw a berchir yn fwy na'i enw ef. Daeth y fath safle aruchel i'w ran trwy rym ei bersonoliaeth a hwnnw fu'n gyfrifol am y fath lwyddiant ar hyd ei yrfa. Rhan o gyfrinach ei lwyddiant yw'r safle awdurdodol a enillodd ugain mlynedd yn ôl, awdurdod a aeth ar gynnydd yn gyson, fel prif beiriannydd Ystad Bute ac ystadau eraill. Gellid disgwyl i hanner can mlynedd o waith caled a phrysurdeb eithriadol adael eu hôl ar unrhyw ddyn, ac y mae ymddangosiad cadarn Syr William yn dangos olion y draul a'r stormydd a'r gofidiau, pethau anochel mewn gyrfa o'r fath. Ond y mae'n ddyn o gyfansoddiad haearn, dewrder diguro, ac ewyllys ddur, ac y mae'r gwaith a gyflawnodd mewn cysylltiad â llawer o'r mentrau mawr a gysylltir â'i enw, cynlluniau a oedd yn gynnyrch ei ymennydd ef yn bennaf, yn rhyfeddod o'r mwyaf i bawb. Y mae ei lwyddiant yn gweinyddu ystadau yng Nghymru, pyllau glo, dociau, a rheilffyrdd yn brawf o'i allu anhygoel, er na fu ei yrfa yn rhosynnau i gyd o bell ffordd. Bu cweryl ar ôl cweryl mewn cysylltiad â'r prif ddiwydiannau, ac y mae'r perchenogion wedi dibynnu ar Syr William, y pwysau mwyaf yn disgyn ar ei ysgwyddau ef, a'i ewyllys ddi-ildio yn allweddol ym mhob argyfwng. Ni fedr neb wadu nad yw ei ymwybyddiaeth o gyfiawnder wedi ei dywys yn y gwrthdaro chwerwaf; ei arwyddair yw, *Gwna dy ddyletswydd, doed a ddelo!* Oherwydd y mae'n ŵr o galon fawr hefyd fel y mae syniadau llywodraethol ei fywyd prysur yn dangos yn eglur. Ef oedd ar y blaen yn y gwaith o ymchwilio a threfnu cymorth yn wyneb trychinebau aml y maes glo yn Ne Cymru, lleoedd fel Ferndale, Risca, Abercarn, Tredegar Newydd, Maerdy, Dinas, Abernant, Tylorstown, ac ati, ac y mae llawer o ddigwyddiadau cyffelyb mewn cysylltiad â damweiniau danddaear yn dangos cymeriad y dyn. Mae'n gweithio ddydd a nos yn aml pan fo materion pwysig yn galw am hynny. Medd ar natur benderfynol sy'n gwrthod cydnabod methiant; natur a fedd ynni digonol i foldio popeth i'w ewyllys ei hun. Dyna pam y mae ei yrfa yn rhestr o lwyddiant ar ôl llwyddiant. Pan geisiodd fynd yn aelod seneddol dros Ferthyr, gwrthwynebwyd ef gan Henry Richard, gŵr cyfrwys, gyda llawer llai o nerth ac ynni cymeriad, ond un a oedd yn mwynhau ar y pryd boblogrwydd rhyfeddol. Gwnâi Syr William aelod seneddol penigamp. Dylid astudio ei fywyd gan bawb: gyrfa anrhydeddus a llwyddiannus gŵr wedi'i ymgysegru i wasanaethu ei wlad a'i gyd-ddyn."

Wel, yr oedd peth gwir tu ôl i nifer o'r honiadau hyn, yn ddiamau, ond yr oedd y portread olew o berchennog pwll Senghennydd yn sefyll yn ddi-ofn yn ei gôt-â-chwt yn ddigon o brawf yr hawliai'r gwladgarwr dyngarol yr ymdrech eithaf gan ei weithwyr, a gallai fod mor ffyrnig benderfynol yn ei sicrhau ag unrhyw fatador mewn cylch yn ceisio cael ei darw ar ei liniau.

Boed hynny fel y bo, nid oedd llach ei chwip na'i lais wedi terfysgu dim ar hiwmor naturiol y bobl gyffredin. Dynion caled oedd llawer ohonyn nhw, wedi dod i Senghennydd o gefn gwlad a ffoent am wythnosau yn yr haf i weithio ar y ffermydd adeg cneifio a chynhaeaf, a hynny er gwaethaf gorchmynion yr arglwydd a'i oruchwyliwr am fwy o gynnyrch.

* * *

Safai Iestyn Morgan yn sgwrsio â'i bartnar Jim Price tu allan i'r caets, newydd guddio eu pibau mewn cornel dywell erbyn yr amser y dychwelent ar ôl y sifft. "Ma digon o want arna' i fynd sha thre i'r wlad am wythnos y funud 'ma, Jim."

"Sha thre i'r wlad, myn yffarn i!" atebodd Price, yn tynhau'r strapen am ei fola, "pwy sy'n lladd gwair 'r adeg hon o'r flwyddyn?"

"Ma'r hen ddyn am dorri dau gobyn; ma'n well i mi gynnig tipyn o help iddo."

Ystyriodd Jim hyn am eiliadau. "Dwed y gwir, bachan, ma dowt 'da fi a wêl Senghennydd di eto, os ei di sha thre i'r wlad nawr."

Ystyriodd Iestyn hyn yr un mor ddwys.

"Ma dowt 'da finne hed." Gwên egwan a adawai'i bartnar i gesio beth yn union a olygai.

Ddaw e ddim yn ôl, meddyliodd Jim Price.

Ymgasglasai nifer o ddynion yn glystyrau ar ben y pwll. Siaradai'r bancsmon Moggridge â labrwr ifanc o'r enw Waldron. "Ddarllenest ti am y llong 'na ddoe?"

"Pa long oedd honno?" Nid oedd y llanc wedi talu gormod o sylw — 'roedd blaen ei esgid wedi dod yn rhydd. "Ychydig iawn, iawn fydda' i'n ddarllen ar y papure."

"Ffaelu darllen?"

"Nage, nage. Ma'n gas 'da fi ddarllen be sydd ddim yn wir."

"Mae popeth sydd yn y papure'n wir."

"Rwbis!"

"Ma'n *rhaid* darllen y papure, w!" meddai Moggridge wrtho, ei law fawr yn cribo'i fwstas. 'Roedd yn barod bob amser i roi cyngor i'r ifanc, yn enwedig os tybiai fod unrhyw lanc braidd yn ddifalio. "Os na ddarlleni di'r papure, fydd dim syniad gen ti am beth sy'n digwydd yn y byd."

"Be yffarn ma dyn moyn gwbod beth sy'n digwdd yn y byd?"

"Ma pob siort o bethe'n digwydd yn y byd."

"Shwd bethe, Moggridge?"

"Pethe bendigedig, pethe melltigedig, pethe drwg, pethe da! Pob siort o bethe!"

"Fel y llong 'ma, wrth gwrs!"

Tynnodd y bancsmon ei law fawr dros ei wefusau yn awr. "Ma'r *Carmenia* newydd lanio yn Abergwaun, wedi bod yn rhoi help ar y môr i'r *Volturno,* llosgi o flaen y llong i'r starn. Dau Gymro wedi gweld y peth, un o Ben-ybont, un o Ben-y-graig. Golygfa ofnadw, medden nhw, neges ar y weierles a chapten y *Carmenia* yn stemio bant i'w helpu. Peder awr cyn dod o fewn golwg i'r llong ar dân, ond sŵn y bwyleri'n ffrwydro yn eu clustie'n barod."

"Ydy hyn yn wir, Moggridge?" Y llanc yn gwrando'n astud erbyn hyn.

"Pob gair, 'machan i! Darllen di'r papure, gei di weld!"

Nid nepell i ffwrdd, trafodid y drychineb gan glwstwr arall o goliars — 'roedd yr hanes ar draws tudalen flaen y papurau i gyd. "Fflame uwch na'r tonne, môr garw, stryglan dro ar ôl tro i daflu llinyn achub, ond y môr yn rhy gas."

Dywedodd coliar arall, gan rwbio'i ên a phoeri baco siag i lyn o ferddwr, "Taflodd tri dyn eu hunain dros ymyl y llong, un Sais, un Almaenwr, un Ffrancwr, a dest fel yr oedd y Sais a'r Ffrancwr ar fin cael eu hachub, yn ôl y papure, daeth ton fel talcen tŷ i'w hyrddio nhw yn erbyn y llong."

"Be ddigwyddws i'r Almaenwr, druan?" gofynnodd rhywun.

"Ca'dd 'i godi o'r dŵr."

"Diolch i Dduw!"

Symudai'r dynion o gwmpas ar ben y pwll, rhai yn chwibanu, rhai yn sgwrsio, rhai yn chwerthin, fel pe bai rhyw fwynhad arbennig i'r eiliadau olaf hyn cyn disgyn i'r dyfnder; edrych o gwmpas, edrych i fyny, crafu'r gwddw, piso ("Myn diawl i, ma'r fenyw 'na wedi andwyo min honna!"), cyn cerdded tua'r caets, yn araf, hamddenol, ddihitio, ac un edrychiad eto ar y ffurfafen i weld a oedd arwydd ar gael pa fath ddiwrnod oedd ar wawrio. "Mi ddaw'r haul mas heddi eto, mi wranta."

"Debycach i haf na'r hydref — fel tasa'r tymhorau wedi newid i gyd!"

"Nid awelon yr haf oedd yn wthu heibio i 'nghlustie wrth ddod lan o Gaerffili."

Cerdded wedyn i mewn i'r caets.

"Llythyr oddi wrth 'y nghyfnither yn Llanelli ddoe."

"Honna sy'n canu?"

"Maggie Davies!"

"Honna ganws yn Noddfa Nadolig dwetha!"

"Llais pert! Newydd gael y wobr gynta yn Eisteddfod Sgeti unwaith eto, mynte hi. Dros dri chant o wobrwyon bellach."

Drws y caets yn ochain wrth gau. "Gwyliwch ych trwyne'r diawled!"

"Wela' i di yn Uffern, Moggridge!"

Canodd y bancsmon y gloch. "Dasat ti'n gwitho gystal ag wyt ti'n cega, fe wnelet goliar da!"

Aeth y caets allan o'r golwg i dywyllwch y siafft.

Mae tywyllwch y siafft yn beth nad yw pob llygad yn medru'i amgyffred — ar wahân i'r coliar — oherwydd nid tywyllwch y ffurfafen pan yw'n weddw o sêr mohono, na gwacter dwl y twnel nad oes ddiwedd iddo; rhyw fath o dywyllwch symudol, sgrechlyd, hunllefus, eclips llwyr llygaid a synhwyrau, nos ffoëdig ar ogwydd gyda'r lloer wallgof, gwreichion yn tasgu wrth i asennau'r caets grafu'r ochrau, rhyw ddisgyn dioleuni i isfyd y llygod mawr a'r ceffylau a'r oglau a'r cysgodion a'r pyst sy'n cynnal y fforestydd marw, haen ar ôl haen, düwch rhewedig llawn gwrachod.

"Caerdydd yn lwcus uffernol i wado Coventry."

"Mwy lwcus fyth i wado Bristol Rovers Satwrn dwetha."

"Ma Bristol Rovers ar y gwaelod."

"Caerdydd nesa lan!"

Hanner y ffordd i'r gwaelod cusanodd y caets ochrau'r siafft a bownsio fel pêl.

" 'Roedd y ffycin nwy fel siwer yn 'y nhrwyn i ddoe."

" 'Dyw'r Arglwydd Merthyr ddim yn credu miwn unrhyw ragofal."

"Be ti'n feddwl? Oes *unrhyw un* yn abl i ofalu 'mlaen llaw am bwll drewllyd fel Senghennydd?"

"Gallai ei fawrhydi wneud sopyn mwy nag y ma'r cythrel yn neud dros ei weithwyr."

"Ma Senghennydd yn bwll danjerus, ma pawb yn gwbod hynny, a 'does dim siawns disgwyl i Merthyr na Shaw na neb i neud dim bygar ôl i wella pethe."

"Gall mei-lord roi'r gore i werthu'r wast i ddocie Caerdydd."

"Be ti'n feddwl wrth hynny?"

"Fe sy berchen Senghennydd ac ma fa hanner perchen docie Caerdydd! Ac ma mei-lord yn ca'l 'i dalu am werthu glo mân Senghennydd yn lle defnyddio'r peth yn bacin ar ôl torri glo fan hyn!"

"Pwy sy'n dweud hynny?"

"Wi'n dweud hynny! Mwy na hynny, mi fedra' i *brofi* hynny!"

"Cer mlaen 'te!"

"Unweth ma lle yn cael 'i witho, fe wyddost yn ddicon da, ma gofyn paco a dodi hibo pob wast sy ar gael! Dyma'r unig ffordd i arbed y to rhag torri a gneud creithie sy'n gollwng yr holl blydi nwy 'ma yn rhydd. Dyna pam ma shwd gymint o ddrewdod lawr y pwll 'ma. Os nad yw'r rhwygiade 'ma yn cael eu tendo, 'does dim ond nwy wedyn i lenwi'r tylle lle y torrwyd y glo. Ma fa'n gwmws fel llond gwlad o dai cachu wedi hollti, w. Ma 'da *ti* hen drwyn iawn, ddylet ti fod yn gwbod."

"O, 'rwy'n medru gwynto'r peth yn iawn! Ond 'rwyt ti'n dweud mai ar yr Arglwydd Merthyr ma'r bai."

" 'Does dim bai ar y dynion! Dim ond fe sy'n rhoi ordors o gwmpas Senghennydd."

Cyrhaeddodd y caets y gwaelod.

Bu'r caets wrthi am ymhell dros awr yn teithio i fyny ac i lawr y siafft yn cario llwythi o ddynion i'r Kimberley, Lancaster, Mafeking, Botanic, Ladysmith, West York a rhannau eraill o'r pwll, nes o'r diwedd yr oedd dros 900 o goliars wrth eu gwaith. Cerddasant fel byddin yn y tywyllwch, lampau'n fflicran dan do anferth gwaelod y pwll, a'u sisial a'u chwerthin yn llenwi'r gwacterau fel dyfroedd lawer yn llifo allan o'r haenau. Ciciai'r esgidiau trymion yn erbyn y rheiliau a'r tramiau. Diflannodd holl wacter y ffas fel rhyw ddrychiolaeth wrth i'r dynion lenwi'r tywyllwch â'u prysurdeb a'u parablu.

"Mi af i 'nôl y ceffyl i ti, Dai!"

"Aros ble'r wyt ti, grwt! Aiff y ceffyl 'na 'da neb ond fi. Fe licwn fedru dweud yr un peth am y wraig 'cw."

Ac yr oedd sifft arall ym mhwll Senghennydd wedi dechrau . . .

Aeth Dai Rolant ar ei rownd. "Oes gofyn i mi ddod yn ôl i'r twll 'ma neu ydy e'n gyfleus i ti, Harris?"

"Mae'n gyfleus ddigon. 'Does gen i gynnig i oediad. Mae'n rhaid i mi lenwi mwy o ddramie nag a wnes i ddoe neu bydd y wraig yn blawdan a finne'n gorfod canu am grystyn."

"Be sy'n bod felly?"

"Be sy'n bod, myn diân i! Bu'n rhaid i mi glirio tunnell o blydi cerrig i gael un llond bocs cwrlo o lo ddoe."

"Dyna fel y collest di dy dwrn gyda'r ddram?"

"Fe golles y ddram y tro cynta am 'mod i'n piso yn y gob ac fe'i collais yr ail dro oherwydd y blydi cerrig. A 'does yr un dyn byw yn medru colli'r ddram ddwywaith fel'na ar yr arian ma fa'n gael yma."

Archwiliodd Dai Lewis y Taniwr y lamp. "Ma hynna'n iawn, Harris." Estynnodd focs bach pres iddo. "Myn jo o faco!"

"Diolch."

" 'Rwy wedi bwrw golwg dros dy le di. 'Mlaen â dy waith! Gobitho y cei di fwy o lwc heddi."

"Gobitho, wir."

Aeth Jac Harris a'i grwt ar eu ffordd, gan adael y taniwr yn y twll cloi lle yr oedd eraill yn disgwyl archwiliad eu lampau. 'Roedd yr offer i gyd yn barod ar y bar — mandrel, rhaw, bocs cwrlo, bwyell, a morthwyl mawr. "Wyt ti'n teimlo'n gryf bore 'ma, grwt?" Dechreuodd Jac

Harris dynnu ei got a'i grys a'i grys isa.

Pum wythnos yn unig y bu ei grwt, Wil Eldridge o Abertridwr, yn gweithio yn Senghennydd; crwt eiddgar. "Mi fedri di gwnnu'r morthwyl mawr 'na gystal â . . ."

Edrychodd y ddau ar y slej anferth.

"Dos yn dy flaen, Wil bach! Cod hi!"

Daeth y morthwyl mawr i lawr bron ar ei droed.

"Mi anghofies anadlu miwn gynta."

"Paid â becso! Mi ddysga i iti sut i daflu'r fwyell a'r mandrel a'r morthwyl mawr cyn cwpla 'da ti!"

"Wnewch chi, Jac?" Disgleiriai llygaid y crwt o falchder ac uchelgais.

"Wel, os *na* wnei di ar ôl i mi dy ddysgu, bydd yn well i ti edrych am bartnar newydd!" Cododd yr hen goliar y morthwyl mawr ag un llaw a'i ddodi'n ôl ar y bar.

"Wna' i byth weithio 'da neb arall ond chi, Jac Harris."

"Wnei di ddim chwaith," meddai Harris wrtho'n llawen, "nes y cei di dy le dy hun."

Trodd Jac Harris i edrych i gyfeiriad y gob, "O ble ddiawl ma'r drewdod 'na'n dod?"

"Siencyn Siencyn," meddai'r bachgen gyda chwerthin.

Gwelai Harris yr hen ŵr, Siencyn Siencyn, yn ei blyg ychydig lathenni i ffwrdd, ei drowser yn gylchoedd am ei benliniau, "Cwata, Siencyn!"

"Paid byth â chychwyn twrn o waith heb wacáu dy gylla!"

"Mochyn!"

"Decon pwysig a'i drowser lawr yn y gob!"

Ni chymerodd yr hen ŵr unrhyw sylw.

Dyna un peth a wnâi'r pwll glo cyn pen fawr o dro. Lefelu dynion! Eistedd yn y sedd fawr bob Sul, duwioldeb heb un amheuaeth, amenau'n atsain drwy'r deml, ond unwaith y disgynnai'r dyn hwnnw i waelodion y pwll, dinoethai'r dyfnder ef o bob osgo neu rodres. Nid ei fod ronyn yn llai duwiol, fe allasai fod yn fwy felly, ond nid oedd amddiffynfeydd yn y ffas, nid oedd gofyn i neb guddio dim, hyd yn oed ei ben ôl. Medrai'r hynafgwr parchusaf ymddihatru o flaen y llencyn diniweitiaf heb wrido na meddwl dim mwy amdano.

Cerddodd Siencyn Siencyn tuag atynt gan glymu'i fotymau.

"Ychafi!" meddai Jac Harris, yn tynnu coes.

"Fe wêl y crwt lawer mwy na phen ôl hen ŵr cyn i'r pwll 'ma gwpla ag ef."

"Weles i fwy na'ch pen ôl, Siencyn!"

Rhedodd y crwt nerth ei draed a'i chwerthin yn uwch na sŵn y mandreli.

"Hylô, Dan!"

"Hylô!"

"Pryd adewaist ti'r ysgol 'te?"

"Wthnos ddwetha."

"Pam oeddet ti'n 'madel â'r ysgol, bachan?"

" 'Nhad yn dweud 'mod i'n gorfod, dyna pam."

"Wyt ti'n lico danddaear?"

"Odw, siŵr o fod."

"Beth yw enw dy dad?"

"Wil Jenkins."

"Beth yw enw dy fam?"

"Mrs Jenkins."

"Oes gen ti chwiorydd?"

"Oes, tair."

"Mawr neu fach?"

"Mwy na fi."

"Alla' i gael un ohonyn nhw?"

"Na fedri."

"Pam hynny?"

"Ma sponars 'da nhw."

"Be sy gan hynny i wneud ag e?"

"Mi wna nhw bwdin-bara mas ohonot ti!"

Aeth pâr o sodlau fel ystlumod i ganol y llwch a'r twllwch am noddfa.

Ac fe ddigwyddodd, yn gyflymach nag y bydd y corwynt yn cordeddu ei saethau, yn esmwythach nag y bydd y neidr yn poeri ei cholyn, breichiau dynion a bechgyn ac aelodau'r ceffylau mud, un gronfa fawr o chwys a chaledwaith, yn rhwygo'r glo o wreiddiau'r mynydd, llwch a thân a drewdodau mynwes Abraham, llygaid yn toddi a chyllon yn cael eu chwythu'n gyrbibion.

Albie Dean, Jac Benjamin, Joe Williams, Alfie Hilton, Dai Will, Walter Edwards, Charlie Parry, Will Drew! Pwy a alwodd y gwŷr hyn ymaith? Pam y'u clowyd nhw mor dynn ym mreichiau'i gilydd? Pam y cysgant o dan y twyni lloerig mor dawel ag Arthur ac Owain?

Beth a ddaeth o Feréd, fab Rhys? Llanc nobl, cyfaill y cyfeillion, addurn ei fro, gobaith y Deheudir?

Beth a ddaeth o Wythur, cyn daled â thywysog, ei lygaid ar gau, rhaw yn ei law, a diniweidrwydd yn ei wedd?

Beth a ddaeth o Enfys, ceffyl y ceffylau, trwyno am afal, oer a dihidio ymhell cyn diwedd y dydd?

Beth a ddaeth o Jiwel, dim mwstwr mwy, ei bedolau'n dawel, a'i lygaid call wedi rhedeg fel dŵr o'u socedau?

Beth a ddaeth o'r Lancaster a'r Ladysmith a'r dynion? A'r llygaid mawr a fu'n nodded i ni?

RHAN 3

O'R WASG

O ddau o'r gloch y prynhawn, bu dynion wrthi'n ceisio gwneud eu ffordd heibio i'r cwymp mawr, y man lle yr oedd y tân ar ei waethaf, ymlaen at y brif ddychweliad, ond cadwodd y damp a'r nwyon eraill nhw i ffwrdd.

Y bwriad oedd agor llwybr i'r parti achub, ac erbyn 11.30 yr oedd adran y G.W.R. wedi torri trwodd dim ond i gael bod y dynion i gyd yn farw. Llwyddwyd i gymryd naw ymaith ond bu'n rhaid gadael un ar ddeg ar ôl.

Daethpwyd o hyd i'r un ar ddeg o fewn pymtheg llath i lif yr aer. Ceisio ffordd ymwared yr oedden nhw, ond methasant.

* * *

Gwneud gweithredoedd da heb chwennych clod na sôn gair amdanyn nhw!

Mae arwyr fel hyn yn niferus heddiw; dynion sy'n ddibris o'u heinioes os trwy hynny y medrant wneud rhywbeth – codi bwyell a thrin mandrel ar bentwr o'r chwalfa dan y ddaear er mwyn achub eu cyd-ddynion neu leddfu gofid a galar y byw! Ac fel hyn y mae bob amser pan yw un o'r trychinebau hyn yn goddiweddyd ardal lofaol yng Nghymru; saif y glöwr allan ymysg meibion dynion fel gŵr o ddewrder mawr a llafur diflino.

* * *

Anfonwyd parti ymchwil i lawr i gymryd lle y rhai a ddaeth i fyny o'r pwll, ac yr oedd y fintai a wirfoddolodd bron i gyd yn wŷr a achubwyd y bore cyntaf.

Cyn i'r dynion ddisgyn, aeth si ar led bod y tân wedi ailgydio ac ar gynnydd.

Gwyddai'r gwirfoddolwyr hynny, ond ni syflodd un; rhoesai eraill eu bywydau ddoe, heddiw ni chyfrifent eu bywyd yn ddim, os, wrth fentro, y gellid achub eu cymrodyr.

* * *

Bu sibrwd ymysg y gwylwyr ddarfod i un o'r achubwyr drengi a'i ddwyn i fyny'n gorff. Trwy drugaredd, ni wireddwyd y sibrwd, ond ymddangosodd Tom Miles ar ben y pwll yn dioddef yn enbyd o effeithiau'r nwy; wrth ei dywys ymaith daliodd i ddweud y byddai'n disgyn eto cyn pen fawr o dro.

Aeth nifer fawr o beirianwyr profiadol i lawr y pwll, a theimlai pawb, pe digwyddai i'w hymdrechion fod yn ofer, na ddigwyddai hynny o ddiffyg gwybodaeth, profiad, a dewrder.

'Roedd Tom Miles yn un o'u nifer.

* * *

Ymddengys nad oes obaith rhwystro'r drychineb yn Senghennydd rhag bod y danchwa fwyaf mewn unrhyw bwll glo yn Neheudir Cymru. Bu sibrydion lawer ddoe am 'leisiau' a 'sŵn cnocio' mewn un rhan o'r pwll, ond y gwir yw nad oedd unrhyw fath o gyfathrebu na dim o'r fath yn bosibl. Mae'r mwyaf optimistig wedi rhoi'r gorau i obeithio bellach.

* * *

Fel y daethpwyd â'r cyrff i fyny o'r pwll, aed â nhw yn syth i weithdai'r seiri.

Trefnwyd trenau arbennig i fynd â'r anafus i Gaerdydd.

Cyn gynted ag y clywodd Mr Rea, goruchwyliwr yr ysbyty, am y drychineb, trefnodd i Ward Bute, er yn nwylo'r peintwyr, gael ei pharatoi yn ddi-oed i dderbyn 24 o'r clwyfedigion.

* * *

Cyrhaeddodd Mr McKenna, yr Ysgrifennydd Cartref, Senghennydd nawn Mercher ac ymwelodd â chartrefi'r galarwyr. Soniwyd wrtho am yr awgrym y bu peth oedi yn yr ymdrech i gael ffordd i mewn i'r Botanic lle y llwyddwyd i gael 18 o ddynion allan yn fyw. Mr Tom Richards, yr aelod seneddol, a awgrymodd hyn. Atebodd yr Arglwydd Merthyr na fu oedi o gwbl ond yr hyn a ystyriwyd yn ofynnol ar ôl trafodaeth ofalus.

* * *

"O 'Nhad, 'Nhad!" wylai merch ifanc wrth iddi gael ei thywys gan ferched eraill tua'r mortiwari, "Ddaw e byth yn ôl!"

Arweinid merch arall gan ei ffrindiau i gyfeiriad y cartref o'r lle yr oedd ei thad a'i gŵr a'i brodyr wedi mynd, byth i ddychwelyd mwy, ac wylai hithau, "Be ddaw ohonom ni nawr?"

Y gwŷr hyn oedd y cyrff a ddygwyd i fyny y bore hwn. Bu iddyn nhw drengi ddeg llath ar hugain o ddiogelwch. Ar ôl ymdrechu'n daer drwy 900 o lathenni o fflamau a thamp, wedi cyrraedd y prif ddychweliad, cwympasant yn farw o fewn ergyd carreg i awyr iach.

* * *

Gŵr, pedwar mab, dau frawd, ac un brawd-yng-nghyfraith! Gwraig wedi'i hamddifadu o'i holl deulu ag un ergyd. Wyth o gyrff mewn un tŷ.

Clywais yr hanes hwn wrth deithio'n hamddenol i fyny cwm Aber, yr haul yn tywynnu'n braf, heulwen diwrnod o Hydref, a thrên araf Rhymni yn mynd trwy gaeau gwyrdd a heibio i glystyrau o goed deiliog, heb fawr o olion hydrefol, dim i awgrymu'r drasiedi fawr a orweddai ar y drofa.

Ac eto, dyna lle yr oedd, disglair yn nhes hafddydd San Martin diledryw, gan wasgaru mantell o dristwch dros yr holl wlad o gwmpas.

* * *

Lleisiau a sŵn cnocio wedi eu clywed gan yr achubwyr eto! Yn enwedig yn ardal y Mafeking! Ac yna, y mwyaf gobeithiol o'r cwbl, sŵn canu!

Lledaenodd y sibrwd a dechreuodd y dyrfa fud o gwmpas iard y pwll glo dynhau a disgwyl heb brin anadlu pan roddwyd arwydd i ddod â'r caets i fyny o'r gwaelod.

Stretshar a ffurf difywyd dan liain du oedd yr unig beth a ddaeth i fyny o'r dyfnder pan agorwyd drws y caets.

Daeth achubwyr i fyny gan ddweud iddyn nhw ddod trwy'r Botanic a'r Mafeking heb weld na chlywed dim . . . ond cyrff marw.

* * *

Mae nifer unedau'r Groes Goch, Cymdeithas Sant Ioan, ac eraill, yn rhyfeddol iawn.

Daeth gweithiwr a'i wraig a berthynai i un o'r unedau hyn draw o Gaerffili. Gadawsant eu gwaith a chyrraedd pen y pwll â phob math o ddarpariaeth, bandais ac offer, i drin y clwyfedigion.

* * *

Gadawodd yr Arglwydd Merthyr Gaerdydd am 2.30 y prynhawn.

Ei fwriad oedd teithio i'r Alban i gwrdd ag Ardalydd Bute, ond gohiriodd ei drefniadau.

* * *

Pam oedd cynifer o ddynion ar yr un sifft?

Bydd y coliars i gyd yn ceisio gweithio sifft y dydd. Gweithiant o chwech o'r gloch y bore tan ddau o'r gloch y prynhawn, a'r hwyrnos yn rhydd wedyn. Ni fyn neb weithio sifft nos os gall osgoi hynny. Ar wahân i hynny, mae'n well i wraig y tŷ gael y dynion yn dod o'r gwaith yr un pryd – nid rhai yn gweithio o chwech tan ddau, eraill o ddau tan ddeg, ac eraill wedyn o ddeg tan chwech.

Ac felly, er gwaethaf holl beryglon y pwll glo, bydd y glöwr yn mentro rhoi'r holl deulu i weithio yr un sifft. Ar dro, bydd y drychineb yn amddifadu teulu o'i wŷr i gyd.

* * *

Llythyr:

"Dyma fi'n fyw o hyd, gweithio yn Senghennydd, y pwll gorau yn y byd!" Coliar ifanc at ei gyfaill gan dorri distawrwydd o ddwy flynedd.

Derbyniodd ei gyfaill y llythyr fore Mawrth.

Digwyddodd y danchwa awr ar ôl hynny.

* * *

Aeth un coliar ifanc i fwrw'r Sul gyda'i ffrindiau yng Nghaerffili.

"Aros gyda ni dipyn yn hwy," medden nhw.

Gwrthododd. "Fedra' i ddim fforddio colli 'ngwaith."

Collodd ei fywyd.

* * *

Clywodd Ernest Jones, 141 Commercial Street, un o'r deunaw a achubwyd, dwrw mawr yn dod o gyfeiriad pwll Lancaster, a sylweddolodd bod rhywbeth ofnadwy wedi digwydd. 'Roedd atalfa i'r aer. Gweithiai yn y Botanic ac aeth ef a nifer o ddynion eraill ati i wella'r sefyllfa. Cerddasant ymlaen er gwaethaf pob rhwystr. Cafodd y cwmni ei wahanu o un i un, nes o'r diwedd nid oedd neb ar ôl ond ef a choliar arall. Ceisiodd ei gyfaill fentro ymlaen unwaith eto, ond bu'n rhaid iddo ildio ar ôl ychydig o lathenni. Erbyn hyn yr oedd yr aer yn drwm o fygdarth oddi wrth y coed llosg, ond yr oedd yn ymwybodol ddarfod i rywbeth difrifol ar wahân i'r danchwa ddigwydd.

Ar ganol dydd eisteddodd i lawr ar ochr y ffordd a rhoddodd i fyny bob gobaith, gan na fedrai gerdded cam arall ymlaen. Nid adferodd ei ymwybod nes i'r parti achub ei gyrraedd yn oriau mân y bore.

Ni welodd unrhyw dân yn ei ran ef o'r pwll. Gweithiai gyda Benjamin Davies yn y Botanic, y tu draw i'r Mafeking.

'Roedd Benjamin Davies mewn cyflwr go ddrwg ac yn syfrdan. Syniai fod y llosgiadau ar ei law dde ar ei law chwith, ac ni fedrai neb ei argyhoeddi'n wahanol.

Cafwyd sgwrs â Mr Tom Richards, A.S., ysgrifennydd cyffredinol Ffederasiwn Glowyr De Cymru, parthed y ceryddon yn adroddiad Cyrnol Pearson, arolygwr y pyllau glo, a'i feirniadaeth o'r gweithrediadau achub yn Senghennydd "a wnaed gan rai unigolion amlwg na feddent na'r dewrder na'r ddynoliaeth i gymryd rhan yn y gweithgareddau hyn."

"Mae'n anodd gennyf goelio," meddai Mr Richards, "y gall datganiad y Cyrnol Pearson gyfeirio at ddim a ddywedais, gan iddo gyfaddef na welodd y feirniadaeth tan ddydd Sadwrn diwethaf, tra oedd y datganiad a wnes i yn destun trafodaeth hir ddydd Mercher yn swyddfa'r Universal, ac fe'i darllenwyd ym mhresenoldeb Cyrnol Pearson, yr Arglwydd Merthyr, Leonard Llewelyn, Tom

Griffiths a David Hannah. Ar ben hynny, galwyd ar Cyrnol Pearson gan yr Aglwydd Merthyr i ddileu'r argraff a gefais yn disgrifio'r ymdrechion yr honnid a wnaed i archwilio'r Botanic.

"Sut bynnag, yr hyn a wnaeth Cyrnol Pearson oedd condemnio'r cyfan a ddywedais trwy gyfaddef iddo gael ei hysbysu y diwrnod yr oedd y gweithwyr allan o'r rhan honno o'r pwll. Yn ei ddilyn yn syth, dywedodd Mr Carey, arolygwr arall, ei fod dan yr argraff i'r Botanic gael ei 'dorri i ffwrdd'; hynny yw, yn iaith y pwll glo, nad oedd y rhan honno o'r pwll i'w hystyried yn rhan o'r gweithgareddau.

"Ar ôl trafodaeth hir lle yr awyrwyd fy natganiad parthed yr oediad yn mynd i mewn i'r rhan hon o'r pwll, dywedais, yng nghlyw Cyrnol Pearson a'r holl arolygwyr a'r arbenigwyr eraill a oedd yn bresennol, yr ystyriwn fy holl ddatganiadau wedi eu cyfiawnhau, ac ategwyd hyn gan y Cyrnol Pearson, yn gymaint ag y cafwyd 18 o weithwyr yn fyw er yn ddiymadferth bymtheg awr ar ôl y danchwa mewn rhan y tybiai ef i'r gweithwyr i gyd gael eu symud ohoni; rhan y tybiai'r Arolygwr Carey a 'dorrwyd i ffwrdd'.

"Parthed cyhuddiad Cyrnol Pearson y cafwyd beirniadaethau gan rai 'heb ddewrder na dynoliaeth i gymryd rhan yn y gweithgareddau eu hunain', yr oedd pob asiant yn y maes glo yn barod ac yn awyddus i rannu'r peryglon a ddisgrifiwyd mor fyw ganddo, ond dewisodd Cyngor y Ffederasiwn y nifer a ystyriwyd yn ddigonol, y rhai oedd, ac sydd o hyd, yn cymryd eu siâr llawn o'r perygl a'r gwaith. Darfu imi gael gwaith arall i'w wneud fel ysgrifennydd y Ffederasiwn, sydd ddigon i'm harbed rhag y cyhuddiad o lwfrdra gan y sawl a'm hadwaen, fel nad wyf yn malio botwm corn a anelwyd sylwadau Cyrnol Pearson ataf ai peidio."

Tynnwyd sylw Cyrnol Pearson at ateb Mr Richards.

"A hoffech arwyddo at bwy yr oeddech yn cyfeirio?"

"Na," meddai'r Cyrnol, "dyna ddigon ar y mater."

* * *

Ymwelodd 150,000 o bobl â Senghennydd!

O doriad gwawr ymlaen, dylifodd y tyrfaoedd o bedwar ban.

O Senghennydd i fynwent Pen-yr-heol, dros dair milltir i ffwrdd, yr oedd y brifford yn un dyrfa anferth o bobl.

Yr oedd yn amhosibl i'r cerbydau fynd trwodd.

* * *

Bert Williams, blaenwr yn nhîm rygbi Senghennydd. Meddai, " 'Roeddwn ar y siwrne i lawr, wrth y rhaff, pan ddaeth cwthwm heibio a'm chwythu nes imi landio ar fy nghefn. Cefais fy nghleisio'n ddrwg. Gwyddwn o'r gorau mai tanchwa ydoedd gan fod y siwrne yn neidio'r hewl cyn dod i sefyll. Diffoddodd fy lamp. Tywyllodd y cyfan. 'Roeddwn i tua hanner milltir o waelod y pwll.

'Beth oedd y peth cynta wnaethoch chi wedyn?'

"Ceisio ymlwybro tua'r pwll. Cyfarfûm â dau arall, Tom Jones, gyrrwr injan, a Johnnie Jones. Crafodd y tri ohonom ein ffordd yn ôl yn y twllwch. Digwyddai fy siwrne fod yn pasio injan Tom Rees ar y pryd. Credaf i Rees gael ei gymryd adref yn farw.

Ceisiais fynd yn ôl tua'r pwll, ond yr oedd y damp yn rhy gryf, felly dychwelais i ben y rhodfa. Teimlwn yn bur simsan, a gorweddais i lawr, siŵr o fod. Go brin fy mod yn ymwybodol ar hyd yr amser, ond deffroais, a gwelais y parti achub a'i oleuadau. Aeth y lleill yn ôl tua'r pwll, ond yr oeddwn i ar fy mhen fy hun ar hyd yr amser. 'Roeddwn ar fy mhen fy hun pan ddaethant ar fy nhraws. Ni welais y tîm achub. Cefais fy nghludo i ben y pwll tua hanner awr wedi dau. 'Roedd fy mherthnasau yn aros amdanaf."

Dywedodd ei fam, "Bûm ar ben y pwll trwy'r dydd."

* * *

Dydd Llun: 20 Hydref 1913

Gwnaeth y parti achub gynnydd sylweddol yn ei ymdrechion i ladd y tân, ac erbyn hanner awr wedi dau daeth y newydd i ben y pwll y cwblhawyd y 'pwnio', gwalio'r tân â thywod a thyweirch.

Y dasg gyntaf fydd sicrhau cyflenwad o aer yn y gweithfeydd agos, ac i'r diben hwn sicrhawyd dau bwmp aer cywasgedig o byllau cyfagos. Felly, mae'n bosibl y daw'r parti achub ar draws cyrff eraill yn fuan.

* * *

Trist a digalon eithriadol oedd yr orymdaith o angladdau nawn Sadwrn yn Eglwysilan, Caerffili, Pen-yr-heol a Rhwdri. Ymhell cyn y claddedigaethau – tri o'r gloch – daeth tyrfaoedd mawr dros y mynyddoedd o'r cymoedd o amgylch i roi'r deyrnged olaf i'r rhai a gollodd eu bywydau yn un o drychinebau mwyaf echrydus holl hanes y diwydiant glo.

Huriwyd pob hers a cherbyd oedd ar gael, ond annigonol oedden nhw, ac yr oedd yn dristach fyth gweld yr holl wragedd a phlant hŷn yn cerdded yn araf a distaw tu ôl i'r eirch a gludai weddillion eu hanwyliaid. Cerddai un weddw a saith o blant wrth ei hochr.

Arweiniwyd yr angladdau gan Seindorf Byddin yr Iachawdwriaeth o'r Barri, Pentre a'r Bargoed. Dilynwyd y bandiau gan gyrff y Prif-sarsiant Edward Gilbert a'r Bandsmon Emrys Williams. Bu Gilbert yn filwr dros chwarter canrif a gorchuddid ei arch â baner. Caed helmed ac utgorn ar arch Emrys Williams.

'Roedd yr orymdaith yn fwy na milltir o hyd. Ar y blaen, gwelid y Parchedig D. Lloyd Rees, M.A., Rheithor Senghennydd, y Parchedig John Humphreys, y Parchedig Campbell Davies, a'r Parchedig T. E. Gwynn. Y gweinidogion Anghydffurfiol yn yr angladd oedd y Parchedig T. Morris, Annibynwyr, y Parchedig W. Jones,

Bedyddwyr Saesneg, y Parchedig D. Roberts, Bedyddwyr Cymraeg, a'r Parchedig Evan Thomas, Methodistiaid Calfinaidd.

* * *

Bu Mr J. Keir Hardie yn annerch cyfarfod yng Nghefn Coed, Merthyr, nos Wener a dywedodd iddo ddisgyn i'r pwll cyn belled ag yr oedd yr archwilwyr wedi mentro. Yr oedd ymhell o fod yn anobeithiol am rai o'r dynion a allasai fod yn fyw o hyd. Pe bai darpariaethau'r Ddeddf Rheoli Pyllau Glo wedi'u mabwysiadu'n effeithiol, ni fyddai'r fath danchwa wedi digwydd.

Yn y cwest ddeuddeng mlynedd yn ôl ychwanegodd y rheithgor atodiad i'r ddedfryd yn datgan nad ystyrient i bwll Senghennydd gael ei ddyfrhau mewn modd boddhaol, ac nad oedd y dull o ddyfrhau'r ffyrdd yn ddigonol. Mor bell ag y gellid bod yn sicr ar hyn o bryd, cymharol fach oedd y ffrwydrad o nwy yr wythnos hon; llwch glo a gyfrifai am y distryw a'r tân, peth peryclach o lawer na nwy.

* * *

Cyfarfu'r pwyllgor unwaith eto ac arolygu'r sefyllfa, ac wrth weld y gwelliant a ddaeth trwy'r ffordd dramwy – tramwyfa sy'n cael ei gwneud mor fuan ag sy'n bosibl – pasiwyd yn unfrydol fod y polisi yn un priodol. Awn ymlaen yn y gobaith y bydd yfory (Sadwrn) yn datgelu rhywbeth pendant am y sefyllfa. Mae pob gobaith yr awn i mewn i'r Gorllewin bore yfory. Llwyddwyd eisoes i gael mynediad i'r Gogledd 1 a choncro'r tân yno.

* * *

Disgyn eto!

Daethpwyd â llwythi o dywod a thyweirch i ben y pwll, fel y gellid gwalio'r tân fel y gwnaed yn nhanchwa Clydach Vale.

Cludwyd llwythi o frics a choed i waelod y pwll hefyd.

* * *

Llwyddodd y dynion i fynd beth o'r ffordd i lawr at fynedfa yr holl briffyrdd yn arwain at wahanol weithfeydd; hynny yw, lefel Lancaster, Ladysmith, a Lefel y Deheudir.

Cafwyd y mygdarth yn amhosibl ei dreiddio, a phenderfynwyd mynd ag aer i mewn gyda nhw, sicrhau eu dychweliad wrth fynd ymlaen trwy agor ffordd yn ddau basej, un i'r aer i mewn a'r llall i'r aer yn dychwelyd. Gellir cael gwared o'r drwg sawl llathen yr awr yn y dull hwn. Os digwydd i'r anawsterau y deuant ar eu traws fod yn gyfyngedig i'r nwyon, gobeithir cyrraedd y gweithfeydd mewn diwrnod neu ddau.

Ond y mae bron yn anochel, ar sail y dystiolaeth a gafwyd ar y dynion llosgedig a godwyd heddiw, fod grym y danchwa ymhellach ymlaen eto, a'r tebygolrwydd yw y bydd cyfres o gwympau yn eu haros.

* * *

Bu'n rhaid codi bariers i wrthsefyll symudiad y mwg. Trwy gau'r aer allan y mae'r perygl o danchwa arall yn llai. Gwnaed y rhwystrau hyn trwy osod sylfaen o fagiau swnd ar draws holl led y ffordd, chwe neu saith llathen o drwch, yn estyn i'r to. Ond yr oedd y dasg yn un anodd. Bu'n rhaid ei chyflawni gan ddynion yn cael eu rhyddhau bob yn ail funud, oherwydd yr oedd yn ofynnol iddyn nhw ymladd nwyon drwg a ddeuai o'r tân, yn ogystal â dygymod â'r gwres aruthrol a'r mwg a'u tagai.

Ni chymerai fwy nag awr i hanner dwsin o ddynion yn yr

awyr agored godi gwrthglawdd o'r fath, ond o dan amgylchiadau anodd fel ag a geir danddaear, treuliwyd mwy na diwrnod cyfan wrth y dasg.

* * *

Disgrifiodd Mr Clement Edwards, A.S., waith yr ymchwilwyr a'u brwydr yn erbyn y mygdarth. Dywedodd: "Fel y gwyddoch, y mae'r tân y buom yn ei ymladd ar ffordd yr aer i mewn, ac yn rhedeg ond ychydig lathenni o waelod y pwll. Bu'r diffoddiaduron tân yn dilyn y tân am ugeiniau o lathenni, gan ddod yn agos ato lle y'i tynnwyd ar hyd y briffordd a'r groesffordd. I alluogi dynion i weithio'r diffoddiaduron wyneb yn wyneb â'r tân, rhaid oedd anfon aer i mewn yn barhaol, ond tra oedd hyn yn helpu'r dynion i anadlu wrth weithio, tueddai hefyd i fegino'r tân.

"Trafaeliodd y tân yn barhaus am lathenni lawer. Pan ddechreuodd y dynion, darganfuwyd bod y cwympau mor ddrwg fel bod gofyn symud tunelli o rwbel a choedio o dan y to simsan i roi mwy o le iddyn nhw wneud eu gwaith. Gwaetha'r modd, rhoddai hyn fwy o le i'r aer fynd trwodd a bywiogi'r tân. Er i'r dynion ymladd y tân mor gyflym byth ag oedd yn bosibl, cerddai rhagddo tuag at y gweithfeydd. Penderfynwyd felly gan nad edrychai'n debygol y gellid goresgyn y tân, a bod camau ychwanegol yn ofynnol.

"Y cynllun oedd amgylchu heibio i'r Botanic trwy ffordd arall, tu hwnt i'r tân, gan ei ymladd o'r ochr bellaf â dŵr a gludid trwy filltir o bibau, y rhai a osodwyd mewn 17 o oriau.

"Rhwystrwyd y tân rhag lledaenu i'r gweithfeydd yn awr trwy godi gwrthglawdd o fagiau swnd a thyweirch ar ben pella'r toriad gogleddol, ar ochr bellaf y briffordd. Bu'r gwaith hwn yn anodd a chaled, gan y bu'n rhaid i'r dynion a gludai'r tywod a'r tyweirch dros bellter am oriau lawer lusgo'r cwbl yn aml iawn dros gyrff pydredig ceffylau marw. Cymerodd amser hir i gael gwared â'r celanedd hyn;

bu'n rhaid eu claddu mewn beddau a dorrwyd yn y pwll. Bu'r gwaith hwn yn ffiaidd a chyfoglyd, a gorfu i bawb a gerddai heibio wisgo math o fwgwd, teclyn ar ffurf pedol yn ffitio'n dynn ar y trwyn. Defnyddiai pawb hancesi neu glytiau yn diferu o olew eucalyptus."

* * *

Ar y bryniau o gwmpas gwelid clystyrau bychain o bobl hwnt ac yma, ac yr oedd symudiad a bywyd a lliw ar y ffyrdd ar hyd y cwm, yn erbyn cefndir o fynyddoedd gwyrdd wedi eu golchi mewn heulwen; ond yn ymyl y pwll, yn enwedig y mortiwari, tyrfa fud a dwys a welid.

Ceisiai'r gweinidiogion a'r offeiriaid a Byddin yr Iachawdwriaeth gysuro'r galarwyr.

* * *

Safai crwt 14 oed yn y dyrfa.
'Roedd ganddo dri brawd i lawr yn y pwll.
"Mi fyddwn inna 'da nhw, ond – mi gysges yn hwyr."

* * *

Cyflwynwyd memo gan yr Arglwydd Merthyr a baratowyd gan Mr R. T. Rees, goruchwyliwr y gweithgareddau.

Senghennydd
Bore Mercher 16.10.'13

Ar ôl archwiliad gan Mr Carey, arolygwr ei Fawrhydi, a'i gynorthwywyr ac eraill, fel y cytunwyd bore ddoe, hysbyswyd y swyddfa o'r hyn a welsant, ac aeth parti arall i mewn a dod o hyd i 18 o ddynion yn fyw.

Cyflawnwyd yr holl waith hwn yn unol â'r penderfyniad

yn ystod yr ymgynghori fore Mawrth gan yr Arglwydd Merthyr a pheirianwyr eraill ynghyd ag arolygwyr ei Fawrhydi.

Bu ymgynghoriad arall y bore hwn pan gymeradwywyd gan yr Arglwydd Merthyr a pheirianwyr eraill – yr Athro Redmayne, yr Arolygwr Atkinson, Cyrnol Pearson, a'r Meistri Davies, Carey a Jenkins – godi digon o ddrysau ar ochr ddwyreiniol y groesffordd ac ar hyd y Glawnant a rhannau eraill o'r ochr ddwyreiniol er mwyn fforsio'r aer o'r Botanic a gwanhau'r nwyon gwenwynllyd a ddôi o brif ddychweliad yr ochr honno.

Bu gwahanol farnau ynghylch y priodoldeb o wneud hyn nes bod ochr ddwyreiniol y gweithfeydd i gyd wedi eu harchwilio'n fanwl.

Cytunwyd yn y diwedd y dylai'r ochr ddwyreiniol gael ei harchwilio'n ofalus ac yna, ar ôl i hyn gael ei wneud, benderfynu a ddylid newid yr awyriant.

Canlyniad yr archwiliad a'r ymchwiliad y cytunwyd arnynt oedd dod o hyd i ugain o gyrff, a darganfod i naw ohonynt fod yn gysylltiedig â rhan arbennig o'r pwll.

Ar ôl hynny, o ganlyniad i drafodaeth rhwng yr Arglwydd Merthyr, yr Arolygwr Atkinson a'r Arolygwr Pearson, trefnwyd i osod colofn newydd o bibau dŵr fodfedd ar eu traws drwy'r siafft, y dŵr i'w gymryd o gronfa Cwmni Nwy a Dŵr Rhymni ac Aber i'r argae, ac i fynd oddi yno i'r golofn newydd yn y pwll, yr hyn a gytunwyd wedi hysbysu'r Athro Redmayne, yr Arolygwr.

Ar ôl trafodaeth hir rhwng yr arolygwyr a'r peirianwyr, penderfynwyd ethol pwyllgor o bump:

Mr T. Griffiths
Mr D. Hannah
Mr Leonard Llewelyn
Mr Tudor Davies
Mr D Watts Morgan

i drafod gyda'r goruchwyliwr ac arolygwyr y pyllau glo y ffordd orau o adfer awyriant ar ochr ddwyreiniol y pwll, a hefyd sut i ddelio â'r tân ar yr ochr orllewinol.

* * *

Derbyniodd yr Arglwydd Merthyr ganlyniad trafodaeth y peirianwyr dyddiedig 4.30 p.m. 15 Hydref 1913. Fel hyn y darllenai:

Penderfynwyd mynd rhagddo i ddiffodd y tân trwy arllwys arno yr holl gyflenwad posibl o ddŵr.

Trefnwyd i anfon cyfnewidiadau o ddynion bob sifft dan gyfarwyddyd swyddogion y cwmni, a phan ddiffoddid y tân, i anfon gwŷr achub i'r awyrbont a'r drysau gwahanu. Ni thybia arolygwyr ei Fawrhydi mai doeth ar hyn o bryd fyddai anfon timau achub i'r gweithfeydd, a chytuna'r peirianwyr â hyn.

Yr oedd y canlynol yn bresennol – T. Griffiths, D. Hannah, Leonard Llewelyn, Routledge, Shaw, Onions, J. Winstone a W. John.

Penderfynwyd ystyried yr holl fater ar ôl i'r tân gael ei ddiffodd. Trefnwyd hefyd i archwilio ochr ddwyreiniol y gweithfeydd er mwyn bod yn siŵr o gyflwr yr awyriant, a hynny mor fuan ag y bo modd.

* * *

Anfonwyd llythyr at Mr Tom Richards gan yr Arglwydd Merthyr yn mynnu bod yr honiad y bu unrhyw fath o oediad, ar wahân i'r hyn a ystyrid yn ofynnol gan y peirianwyr wrth ohirio mynediad i rai rhannau o'r pwll a fernid yn eithafol beryglus, yn gwbl ddi-sail.

Gallasai gweithredu yn wahanol fod wedi golygu colli llawer mwy o fywydau.

* * *

Gohiriwyd yr holl waith achub ym mhwll yr Universal, Senghennydd dydd Iau. Ni ddygwyd rhagor o gyrff i fyny.

Yn wyneb y perygl o'r pentwr myglyd wrth fynediad y derbynnedd, penderfynodd yr arbenigwyr ar fesurau i sicrhau cyswllt â'r rhan a effeithiwyd trwy'r danchwa mewn man tu hwnt i graidd y tân.

Bwriedir allwyro'r ffordd awyr yma, a thrwy hynny rwystro llif yr aer rhag megino'r tân yn fewnol, oherwydd ofnir y gallai hyn achosi tanchwa arall.

Mae'r gwaith o osod pibau i lawr i gymryd dŵr o gronfa Cwmni Nwy a Dŵr Aberdâr i'r pwll yn mynd yn ei flaen a'r gobaith yw y gellir diffodd y tân yn y modd hwn a mynd rhagddo â'r archwilio.

* * *

Cyfarfu'r peirianwyr ar ben y pwll i drafod faint o obaith oedd i ddod o hyd i'r dynion a gladdwyd danddaear yn fyw. Dywedodd un, "Bydd dyn â rhywfaint yn ei ben yn medru gwneud cryn dipyn drosto'i hunan!"

Trafodwyd y lleoedd y byddid yn eu gweithio yn y dyfodol, ac eglurwyd y gwyddent am ddau dân yn y pwll o hyd, un yn y strêt a'r llall i'r gogledd ohono; felly penderfynodd yr archwilwyr roi 400 o lathenni o'r dychweliad er mwyn cyrraedd tu ôl i'r tân yn y strêt. Byddant yn siŵr o fynd tu ôl i'r ddau dân, a hyd yn oed i gylch a fariwyd cyn hyn, a heb ei archwilio. Mae'r cynllun yn cynnwys lledaenu un darn o'r hedin i gymryd yr awyriant o'r Botanic.

* * *

"Oes 'na bosibilrwydd o danchwa arall?"

"Unrhyw eiliad."

Mae'r archwilwyr a'r arbenigwyr sy'n mynd i lawr y

pwll o dan yr amgylchiadau anochel presennol yn cymryd eu bywydau yn eu dwylo i raddau anhygoel.

Ni syflant, serch hynny.

Mae angen nifer fawr o wirfoddolwyr i gyflawni'r gwaith ychwanegol bellach. Ymrestrant bob awr o'r dydd. Ac fe ddisgyn y dynion hyn i weithio mewn lle a all weld trychineb mwy ofnadwy fyth na'r un a welwyd ben bore Mawrth.

Hyn a wnânt.

* * *

Gwnaed archwiliad y bore hwn gan arbenigwyr – Dr Atkinson, prif arolygwr, Thomas Griffiths, Watts Morgan, Leonard Llewelyn, Shaw, Hannah, Brace, Barker a Vyce.

Dychwelsant i fynegi eu boddhad ar y gwaith a wnaed danddaear.

* * *

Awgrymwyd cau cylch y tân er mwyn galluogi'r archwilwyr i gyrraedd y rhan lle y cafwyd 18 o ddynion yn fyw fore Mercher.

Ni ellir gwrthwynebu atal y tân yn y rhan honno oherwydd y siawns o ddod o hyd i ddyn yn fyw. Bydd y sawl a fu yno am amser hir bellach wedi ei losgi'n gols, ond dymuna Dr Atkinson, wrth ystyried yr awgrym yn ymarferol, ei fodloni ei hun, cyn i'r gwaith gael ei wneud, a fydd y blocio yn amharu ar archwiliad pellach o'r pwll.

* * *

Disgwyliai'r bobl yn nerfus am ganlyniad yr archwiliad.

A hwythau'n aros, daeth Esgob Llandaf, Rheithor Eglwysilan, y Parchedig D. Lloyd Evans, y Parchedig H. Campbell Davies, yr offeiriad yng ngofal Sant Julian,

Senghennydd, i ymweld â theuluoedd y galarus, gan ddychwelyd maes o law i sgwrsio â'r bobl.

Hysbyswyd fod 50 o aelodau Sant Julian yn gladdedig yn y pwll.

* * *

Aeth yr arbenigwyr ar eu hunion i drafodaeth gyda'r peirianwyr, yr Arglwydd Merthyr yn y gadair.

Parhaodd y cyfarfod am oriau lawer.

* * *

Yr anhawster o adnabod y cyrff!

Dywedodd un plismon i un gŵr gael ei adnabod wrth ei dun baco; ei enw a'i gyfeiriad ar y clawr pres – Thomas Lewis, Hewl-gerrig, Merthyr.

Daeth y Thomas Lewis go iawn ymlaen i ddweud mai'r corff oedd ei lysfab, John Hughes o Abertridwr. Cawsai'r llanc fenthyg ei dun baco.

* * *

Mynnodd y plismyn gadw'r ymwelwyr yn glir yn ymyl siafft y Lancaster.

Ni chaniatawyd i neb fynd yn nes na deg llath onid oedd ynglŷn â llwytho'r pyst a'r diffoddiaduron i'r gaets.

* * *

Dywedodd Dr Sheen o'r Uned Feddygol y dylai pob pwll glo o faintioli Senghennydd gael ei ysbyty ei hun.

Cytunai Dr Dan Thomas, Bargoed. Cyfrifai ei hun yn ffodus i gael bod yn aelod o'r tîm achub cyntaf i fynd i lawr y pwll wedi'r danchwa. Yr unig feddyg! Aeth y parti hwn i lawr y siafft am 9.45 fore Mawrth. 'Roedd yn amhosibl mynd yn agos at y tân, ond mentrwyd ar amdaith a chyrhaeddwyd y Botanic.

Araf iawn oedd y fenter. Bu'n rhaid cripian am 40 i 50 o lathenni drwy ffordd yr aer a arweiniai yno. O hynny ymlaen, cerddent o hyd heibio i gyrff dynion a cheffylau marw; ac yna, goleuwyd eu tristwch pan ddaethant ar draws un gŵr yn fyw yn y ffas yn y Botanic. Digwyddent gario digon o ocsigen, brandi, a moddion resbiradaeth, a defnyddiwyd y remedïau gofynnol gan Dr Thomas.

* * *

Gwirfoddolodd gŵr i fynd yn ôl i waelod y siafft â rhagor o help a chyflenwad. Stretshars a blancedi hefyd.

Davies oedd ei enw.

* * *

Pan aeth Davies i lawr i waelod y siafft, chwiliodd gweddill y parti y cylch o gwmpas, a darganfuwyd, o un i un, nifer o ddynion eraill yn fyw o hyd yno. Rhoddwyd triniaeth i bob un cyn mynd trwy'r ffordd aer.

Aeth y parti cyn belled â ffordd aer y dychweliad, ond ni chafwyd rhagor o ddynion yn fyw.

* * *

Bore Iau, 9.30, y cynnydd mwyaf hyd yma. Llwyddodd y gwŷr achub i fynd 80 o lathenni ymhellach yn eu hymdrechion i fynd tu ôl i'r tân.

Cyn diwedd y nos, fe geir gwybod y gorau neu'r gwaethaf.

* * *

Dim rhagor o gwympau!

Daethpwyd â dŵr i'r pwll i ddofi'r tân, ac os na ddigwydd mwy o gwympau gall cylch y Ladysmith fod yn glir erbyn un o'r gloch.

'Roedd 25 o gyrff yno.

Cafwyd nifer o geffylau marw yn y stablau.

* * *

Adroddodd yr Arolygwr Pearson fod yr aer wedi'i adfer bron yn llwyr yn ochr y Dwyrain lle y cafwyd 18 yn fyw.

Disgwylir y bydd y sgêm yr un mor llwyddiannus i agor y tu ôl i'r tân.

Aeth Brigâd Achub y Rhondda, dan ofal Mr Thorne, i adran newydd o'r pwll nas archwiliwyd o'r blaen.

Aethant drwy'r stablau lle yr oedd 25 o geffylau marw, ond gwnaed y gwaith yn anodd iawn gan y mygdarth a'r gwres.

Trechwyd rhai o'r dynion.

* * *

Aeth parti achub i lawr y pwll nos Iau. Erbyn wyth o'r gloch yr oedd un o'r partïon o fewn trwch blewyn i gyrraedd tu ôl i'r tân pan ddigwyddodd anffawd. Effeithiwyd ar un gŵr gan y nwy a bu'n rhaid dychwelyd.

Gweithiodd Harry Harcombe yn galed dan yr amgylchiadau, ond cafodd yntau ddamwain gyda'r pyst ar y ffordd yn ôl.

* * *

Dywedodd William Brace, llywydd Ffederasiwn Glowyr Deheudir Cymru:

"Digwyddwn fod oddi cartref pan ddigwyddodd y danchwa, ac ni chlywais am y drychineb tan nos Fercher. Euthum i'r pwll y bore hwn a chael y gweinyddwyr yn barod iawn i'm cydweithwyr a minnau ddisgyn i'r pwll ac archwilio'r sefyllfa.

"Y Cyrnol Pearson, arolygwr pyllau glo, a'n tywysodd, a phe bai'r cyhoedd ond yn sylweddoli galwedigaeth mor beryglus yw torri glo, câi'r coliars lai o drafferth o lawer i gael gwell telerau; gwell telerau o lawer nag sydd ganddynt heddiw.

"Ond gall dyn feddu llawer o wybodaeth am gloddio heb iddo werthfawrogi'r arwriaeth sy'n ofynnol i archwilio pwll glo ar ôl tanchwa. Mae pob un o'r dynion sy'n gweithio yno yn arwr, er yn anymwybodol o hynny. Mae'n ei dderbyn fel ei ddyletswydd i wneud a all dros ei gydweithwyr a oddiweddwyd yn y drychineb.

"Mae'r tân mor ffyrnig fel na all neb fyw yn y mygdarth a'r mwg sy'n dod ohono. Rhaid cyfaddef, felly, gyda'r gofid mwyaf, fod y sawl sydd ar ôl yn y pwll bellach wedi trengi.

"Llosgwyd y pyst i gyd, dymchwelwyd y to, ac felly mae'r achubwyr a'r archwilwyr yn gorfod gwneud pasej wrth fynd yn eu blaen a'r tân oddi tanynt. Gwneir y pasej o rwbel a wast rhydd, y pyst wedi eu gosod heb fawr o sylfaen, fel y profwyd yn hanes Will John, a laddwyd pan oedd yn ymladd y fflamau ac y cwympodd y to arno, y math o berygl sy'n bygwth o hyd."

* * *

Anodd dweud beth yw mesur y tân.
Anos dweud pa ffordd sydd orau i ddelio ag ef.
Yr arbenigwyr a benderfyna hynny.
Pan sonnir am arbenigwyr, nid peirianwyr a'u tebyg yn unig a olygir, ond y gweithwyr sy'n hen gyfarwydd â'r anawsterau. Rhaid iddynt gludo'r awyriant gyda nhw, ei reoli fel na fo grym yr aer yn megino'r tân yn ormodol.

Ac fel y cerdd y tân, mae perygl tanchwa arall, yn enwedig os bydd nwy yn casglu ar y ffordd . . .

* * *

Pan ddychwelais i ben y pwll, ni fedrwn ond cymharu'r heulwen braf a'r bryniau prydferth â'r golygfeydd a welswn danddaear. Ni syrth i'm rhan i drin achos y fath alanastra a thrasiedi i bentre Senghennydd a galar cymaint o gartrefi. Fe drinnir hyn oll maes o law.

Tybiwyd y byddai'r Mesur newydd a luniwyd yn Nhŷ'r Cyffredin yn foddion i wneud cloddio am lo yn llai peryglus. Ond y mae Angau bob amser yn agos at y glöwr.

* * *

Un o'r achubwyr, Cecil Smith, coliar yn Senghennydd, a fu'n gweithio yn y Mafeking, a dystiodd bod y cwympau yn dramgwydd i'r gwaith fynd rhagddo.

Safai hen haliwr fel postyn, wedi'i ddal gan yr Angau yn yr act o gymryd y sbrag o'r ddram. 'Roedd y sbrag o hyd yn ei law.

Mewn lle arall gerllaw, cafwyd cyrff tad a mab. Anwesai'r tad ei fab bychan.

"Mae'r tân yn dal i ruo a'r gwynt yn ddigon i chwythu pen dyn i ffwrdd," meddai.

* * *

"Cerddasom cyn belled ag y medrem, ond daethom ar draws cwymp mawr. Mae'r tân yn gynddeiriog o hyd.

"Cawsom bedwar o gyrff ger y prif ddychweliad, 30 o lathenni o aer ffres, ac yr oedd yn amlwg iddyn nhw wneud ymdrech fawr am fywyd, gan deithio dros 400 o lathenni o'u lleoedd drwy'r damp a'r mwg cyn cael eu gorchfygu.

"Cafwyd naw o gyrff hyd yma, ond ni allai'r lleill fynd ymlaen nes clirio peth o rwbel y cwymp.

" 'Roedd un ar ddeg o gyrff yno."

* * *

Dyn ambiwlans ydoedd.

Cyfarfu â damwain. Llwyddwyd i'w dynnu'n rhydd a'i drosglwyddo i'r meddyg. Fe'i trosglwyddwyd wedyn i'r ysbyty. Ymdrechu i gyrraedd pentwr o gyrff marw yr oedd pan drechwyd ef gan y nwy.

* * *

Disgynasom am ddeg o'r gloch a mynd yn syth i'r lle yr oedd y wal fawr ar brif lefel y Gorllewin. Mynd i ben y lefel, mynd cyn belled ag y medrem, ond cael bod y ffordd wedi'i chau.

Dychwelasom a mynd i ffordd aer y dychweliad. Dod o hyd i bedwar o gyrff. Cael y frigâd ambiwlans i wneud archwiliad pellach o'r gweithfeydd. Dod o hyd i bump o gyrff yn nychweliad y Gorllewin.

Dod o hyd i un ar ddeg o gyrff ychwanegol yn adran y Gogledd.

"Oes 'na obaith nawr?"

"Go brin."

* * *

Llythyr oddi wrth Arglwydd Faer Caerdydd at yr Arglwydd Merthyr.

Tristawyd holl ddinasyddion Caerdydd gan y drychineb ofnadwy yn eich pwll glo. Byddwn yn falch cynorthwyo mewn unrhyw ffordd bosibl.

* * *

Achubwyd tri pherson o'r un tŷ tua thri o'r gloch ddydd Mercher.

George Moore, 176 Bedwas Road, Caerffili.
George Moore, mab, 17 oed.
Evan Moore, mab, 13 oed.

Dywedodd y tad, "Bu'n rhaid i mi gadw llygad ar fy mab George a weithiai yn fy ymyl, gan ei fod yn fachgen gwanllyd. Cwympais unwaith, ond llwyddais i godi, ac ar ôl cael tipyn o aer, codais eilwaith, a mynd yn fy mlaen yn iawn wedyn. Clywais sŵn mawr a thagwyd fi, ond dadebrais a cherddais yn ôl at y dynion; mwy o aer eto, ond erbyn cyrraedd yn ôl yr ochr draw teimlwn fy hun yn mygu wedyn.

"Halier ydwyf, ond lladdwyd fy ngheffyl. Mentrais at y brif fynedfa ar f'union, ond methais yn lân â mynd allan, ac wrth ddychwelyd, deuthum ar draws fy mab ieuengaf a weithiai ar y glo gyda'i bartnar Wil Greg, ond nis gwelsai ef ers amser."

Dywedodd Evan Moore, "Cwympais a bûm yn anymwybodol am amser, yna codais unwaith eto. Gweithiwn yn yr un lle â'm brawd a 'Nhad. Fi oedd un o'r cyntaf allan ar yr ochr Orllewinol lle y dechreuodd y tân.

"Bûm yn gwegian fy ffordd ar hyd y llawr.

"Rhoes Wil Greg ei ddiferyn olaf i mi. Bu farw wedyn."

* * *

Ceffylau'n fyw!

Dywedodd Mordecai Andrews, "Ni chredaf fod un creadur ar ôl yn fyw bellach. Nid yw'n beth pleserus i'w ddweud, ond mae'n wir, a thybiaf y dylid dweud yn awr y gwir plaen wrth y bobl druan sy'n disgwyl ar ben y pwll. 'Rydym newydd gymryd gŵr o'r enw Trefor Morgan i'w gartref yn y Black Cock, Caerffili, a'i ddau fab, a gafwyd yn fyw. Bu'n rhaid cludo'r byw dros y meirw, a gadael y meirw yno er mwyn cyrraedd y byw. Dywedwyd y medrai dynion ddygymod â mwy na'r ceffylau, ond gwahanol iawn yw'r gwir.

Cafwyd un ceffyl yn fyw er bod ei lygaid wedi eu llosgi allan, a'i gynffon a'i fwng ar dân.

Cawsom un halier yn gorwedd yn farw ar ei ddram.

Cawsom ddau arall yn fud ym mreichiau ei gilydd.

* * *

RHAN 4

WEDI'R DANCHWA

Agorodd ei lygaid.

Clywai sŵn traed ysgafn a lleisiau isel o'i gwmpas. Trawyd ef gan ddychryn, y dychryn a fu'n goresgyn ei nerfau a'i gyhyrau gynt, er ei fod yn ymwybodol iawn yn awr ddarfod i'r holl ffwdan argyfyngus a achosodd yr arswyd ddod i ben.

"Ble . . . ble . . . ydw i?"

Gallai deimlo'r geiriau dros ei dafod a'i ddannedd, ysgafnach na phluen, ysgafnach nag anadl, ac yn ei atgoffa mewn eiliad i rywbeth ofnadwy ddigwydd a sugnasai'r nerth bron yn llwyr o'i freichiau a'i aelodau. 'Roedd ei geg yn sych.

"Gorwedd . . . gorwedd nawr."

Llais merch. Llais dieithr. A phan edrychodd i lawr arno, sylweddolodd mai nyrs oedd hi, rhyw bresenoldeb gwyn, gwyn, a'i gwên yn ei galonogi . . . ei gysuro . . . ei gynnal.

Daeth y cwbl yn ôl . . .

Digwyddasai'n gyflymach na thrawiad y neidr a'i brathodd yr haf diwethaf, ymyriad, trywaniad, fflach, a'r holl le yn wenfflam; muriau mawr o dân yn dringo i'r to ac yn disgyn fel rhaeadrau, corwyntoedd ufelog ar hyd y ffas yn feirch gwyllt yn ymnyddu rhwng y dynion a'r dramiau a'r ceffylau, pyst yn crecian wrth gael eu llyncu yn safnau barus y danchwa, a'r rhofiau a'r mandrelau a'r llygaid a'r myngau yn toddi'n un o flaen ei lygaid. Diwedd y byd!

"Diferyn bach o ddŵr, der mla'n!"

Medrai ei gweld yn awr, ei hwyneb ifanc yn dal i wenu arno, a'i bysedd hirwyn yn estyn y cwpan at ei wefusau. Er na chawsai ateb hyd yn hyn, gwawriodd arno ei fod mewn ysbyty, ei wely yn lân a syth fel ystyllen, a rhyw arogl clinigol yn gymysg yn ei ffroenau yn awr ag arogl y blodau ar y bwrdd bychan gyferbyn. 'Roedd y muriau a'r drysau i gyd yn wyn, a rhyw ddistawrwydd llethol o gwmpas y lle fel sy'n digwydd pan ddisgyn cawodydd mawr o eira. Ni ddychrynai'n awr gan y sylweddoliad ei fod yn glaf mewn gwely er y bu ofn doctor ac ysbyty arno erioed; teimlai ar ei gefn fel hyn, â'i synhwyrau wedi eu hadfer, na fedrai unrhyw ofn ei lorio mwyach, ac yr oedd ymgeledd y ferch a diogelwch gwyn y ward yn hebrwng rhyw fath o obaith i'w gorff a'i galon derfysglyd.

Beth oedd hanes y lleill tybed?

Beth a ddigwyddasai i'w dad . . . a'i frodyr . . . a'r crots eraill . . . a'r dynion eraill?

Ei fore cyntaf danddaear!

'Roedd ei dad wedi sôn cymaint am wneud coliar da ohono. 'Roedd yntau wedi breuddwydio cymaint a theimlai mor browd cael gwisgo'i ddillad gwaith am y tro cyntaf a bod yn berchen jac-ddŵr a bocs bwyd. Gwaetha'r modd, chwalwyd ei freuddwyd bron o fewn eiliadau ar ôl disgyn yn y caets i'r dyfnder, y cryndod heb ymadael â'i bengliniau. Cael ei hyrddio drwy'r tywyllwch i'w dynged yn y goelcerth, ond . . . yr oedd yn fyw.

Teimlasai ddwy wefus gynnes yn ffurfio'n gusan ar ei dalcen, dau wres fel petai, ei wres ei hun a gwres rhywun arall, yn gylch o gariad, yn gwasgu ar ei gnawd; ac yr oedd yn falch ac yn ddiolchgar bod yn fyw, yn wir.

" 'Nhad? . . . Ble ma 'nhad?"

Chwifiwyd llaw o flaen ei lygaid, archiad iddo dawelu, a'r wên a'r llygaid yn goleuo i'w sicrhau nad oedd angen iddo bryderu am ei dad.

"A beth am . . . am . . . 'y mrodyr?"

Chwifiwyd y llaw eto, daliodd y wên a'r llygaid i oleuo'n galonogol, ei frodyr yr un modd; a suddodd yntau'n ôl i'r trymgwsg a'i cadwodd yn garcharor dros bythefnos er pan ddaeth y dynion achub ag ef i fyny o'r pwll a'i gludo'n fwndel bach anymwybodol i'r ysbyty.

Teimlodd y nyrs ei dalcen.

Edrychodd arno am eiliadau.

Gwenodd.

Cerddodd ymaith i dendio ar eraill yn y ward. "Mi ddaw a nawr," meddai'n ddistaw wrth un o'r gweinyddesau eraill.

Deffrôdd Ianto Moore y bore wedyn ac awgrym o wên ar ei wyneb. Eisteddodd i fyny a sylwodd ar bawb a phopeth o'i gwmpas. 'Roedd y ward yn hir a sylweddolodd ar ôl un edrychiad bod tri neu bedwar o goliars eraill yn cael yr un gofal ag yntau. Nid ei fod yn gyfarwydd ag un o'r wynebau, ond yr oedd unrhyw goliar yn hawdd ei adnabod, yn enwedig ar ôl damwain. Credodd am funud ei fod yn adnabod un o'r dynion, ond pan chwifiodd ei law arno i'w gyfarch, dywedodd un o'r lleill mai ofer hynny oherwydd i lygaid y creadur gael eu llosgi mor ddrwg fel nad oedd yn debyg y gwelai na llaw nac wyneb na dim mwyach.

"Wil Morgan o Gaerffili!" meddai'r nyrs.

Nid oedd Ianto Moore fawr callach.

"Bydd dy dad a dy fam a dy frodyr yn dod heno," meddai'r nyrs wedyn.

'Roedd clywed hyn yn ei wneud mor hapus â phe bai hi wedi gwasgu sofren felen ar gledr ei law.

"Diolch."

Meddyliodd amdanyn nhw i gyd — ei deulu! Diolch, diolch, diolch eu bod nhw i gyd yn ddiogel! Ble ar y ddaear yr oedd geiriau ar gael i ddatgan y fath lawenydd a rhyddhad a lanwai'i galon? Yr oedd diolch, hyd yn oed deirgwaith, rhyw ymollyngiad gwresog, yn annigonol ar gyfer yr emosiwn a ymchwyddai fel môr oddi mewn iddo.

Cofiodd yn awr fel y dywedai ei dad wrtho'n gyson a thaer, "Brysia, brysia, i ti ga'l tyfu lan, dod yn goliar da!" Tyfu lan! Onid oedd ar un amrantiad wedi aeddfedu o'i gorun i'w sodlau fel cawr chwellath? Onid oedd wedi heneiddio dros nos bron, i oedran henwr, yn wir? Mor anfodlon yr arferai deimlo ar fod yn grwt, rhyw anesmwythyd oddi mewn i fod yn ddyn, awydd i brofi a deall bywyd, dehongli, barnu pob dim, â'r callineb oer hwnnw a welsai ganwaith yn llygaid ei dad.

O, fel yr oedd ei ddychymyg wedi lliwio'r dyfodol iddo! Ond tra bo'r plentyn yn gymaint rhan o'r bersonoliaeth, y dyn a chwenychai fod yn ddim ond rhith o hyd, nid yw'r darlun yn gywir; dyfaliad ydyw, rhyw banorama o flaen y llygaid wedi'i phoblogi â phob math o gymeriadau, tylwyth teg, ysbrydion, dieifl, bwganod. Dim ond 'tyfu lan', fel y dywedai'i dad, y broses araf a phoenus honno, a fedrai ei helpu i amgyffred bywyd, synhwyro rhyw fath o batrwm i bethau yn hytrach na dibynnu ar dwyll ac ofergoel. Wel, nid oedd dim sicrach nad oedd bywyd wedi'i lusgo gerfydd lasys ei esgidiau i aeddfedrwydd, ei hyrddio i wynebu gorwelion ymhell y tu hwnt i gyrraedd crebwyll plentyn, profiad sobreiddiol a yrrai'r tylwyth teg ymhell ar ffo, a'i drwyn yn dynn yn erbyn realaeth, wal eitha'r bydysawd. Ac eto, ac eto, fe wyddai o'r gorau yn awr, er bod ganddo lygaid a synhwyrau hen gant erbyn hyn yn ei ben, yr oedd ei galon yn galon plentyn o hyd, a'i gnawd a'i esgyrn yn amharod iawn ar gyfer y fath drawsnewid sydyn.

Gorweddai'n ôl yn ei wely, ei lygaid mawr yn syllu'n syn ar y nenfwd, a'i feddwl yn ceisio rhoi lle i'r holl argraffiadau a dyfaliadau.

Ffurf ar farwolaeth oedd 'tyfu lan', meddyliodd. Yr eiliad y dechreuasai 'dyfu lan' dechreuasai fyw, a dechrau marw hefyd. Collodd mewn un eiliad chwyldroadol, argyfyngus holl fodlonrwydd tangnefeddus ei fachgendod; yn lle breuddwyd daeth hunllef, ac yn lle brwdfrydedd plentyn, ddadrithiad oer.

Diffoddodd y tân ymhob man drwy'r pwll, ond yn ei feddwl ei hun. Brathai realaeth y danchwa yn awr mor ffyrnig â'r fflamau a ysai'r pyst Norwy a'r ffas y bore bythgofiadwy hwnnw.

* * *

Symudodd yr angladd yn araf, araf — y bumed i fynd heibio i'r tai o fewn deuddydd! Canai'r dynion ar flaen yr angladd, er ei bod yn amlwg iawn i bawb gynifer o gantorion gorau'r pentref oedd yn eisiau bellach. 'Roedd nifer o weinidogion yn arwain yr orymdaith, eu hwynebau i gyd mor bruddaidd â'u dillad, a dwy ochr y stryd yn orlawn o bobl a phlant, gwragedd yn arbennig a'u hwylofain yn uchel a chlywadwy. Er mai wyneb trallodus a ddaeth i'r golwg pan godwyd y bleinds i'r arch ddod trwy'r ffenest, dwy fraich Bertha Price yn ymgeleddu ei phlant, yr oedd galar ei gweddwdod ymhell o fod wedi'i orchfygu. Dros nos, aeth cadernid Bertha, a oedd mor amlwg wrth iddi weini ar ei gŵr a'i theulu a'r lojar swil o'r wlad, yn ddewrder eirias ynddi. Bu'n daer dros brysuro'r ymholiad, ei brwdfrydedd yn cynhyrfu gwŷr a gwragedd eraill, ac nid oedd neb yn synnu ei gweled yn cerdded i mewn i'r 'long-room' yng Ngwesty Gwernymilwr i bwyso ar wŷr y Ffederasiwn i ymysgwyd. A pha bryd a pha le bynnag y dadleuai'i hachos, terfynai bob tro trwy bwysleisio, "Dinon drwg y'n nhw!" Ni fedrai osgoi'r ymdeimlad na allai trasiedi o'r fath fyth fod heb fod llygredd wrth wraidd pethau.

"Shwd fachan nobl!" meddai un o'i pherthnasau pan ddaeth o Ferthyr i gydymdeimlo, "Piti mawr! Piti mawr!"

Taniodd Bertha ar y gair, "Piti, yn wir! Piti yw'r peth ma nhw'n 'i gynnig i gathod bach sy'n cael 'u boddi, w! Piti ma nhw'n 'i roi i gryduried bach gwanllyd y byd. Bachan cryf odd Jim ni a'r dinon erill odd gydag a, gwŷr dewr i fynd lawr y pwll o gwbl, pwll fel Senghennydd, bob bore am flinidde. A ma marw *fel'na* yn galw am rwbath mwy na phiti, Duw a ŵyr!"

Ni fedrai Bertha ymresymu, cwestiwn ac ateb. 'Roedd unrhyw fath o drefnu y tu hwnt iddi, ond gollyngodd y drychineb a'i cholled bersonol ryw fath o angerdd yn rhydd oddi mewn iddi nas gwybu erioed o'r blaen ac nas gwelsai neb o'i chydnabod. Onid hyn a gyfrifai am ei hanfodlonrwydd pan soniai Iestyn, y lojar, am droi ei wyneb yn ôl tua chefn-gwlad Sir Gaerfyrddin?

"Fe gest di dy sbario, Iestyn bach, pymtheg ohonoch chi, ond ma achos i'w wmladd yn Senghennydd nawr, achos y dinon na chas eu sbario."

"'Rodd y nwy miwn shwd hast, anghofiodd alw amdanom, pymtheg ohonom yn yr encil yn cwato."

"Ond meddwl faint gadd drengi!"

"Ma drychid ar y pwll nawr yn fwy na fedra'i oddef. A phe bawn i'n aros, be gythrel sydd i'w neud?"

"Galw'r meistri i gyfri!"

"Shwd allaf i? Pe bawn i'n sgolor a thipyn o ben ar y sgwydde ma . . ."

"Nid pen sy eisie, gw boi, ond dwrne fel Jimmy Wilde a thafod fel Lloyd George . . ."

Oedodd Iestyn rhwng dau feddwl am wythnosau. Gwyddai o'r gorau mai dihangfa rwydd oedd dychwelyd i'w fro enedigol, er yr holl lythyrau a gawsai gan ei deulu yn erfyn arno i beidio â mentro byth mwy i weithio danddaear. Eto i gyd, oni fyddai hynny bron fel cachgi yn ffoi ar ganol brwydr? Ni fedrai'r teulu gartref ddeall hynny. A pheth arall, er ei fod yn llawn cydymdeimlad â thafod diymollwng Bertha ar gwestiwn cyfrifoldeb y perchenogion ac argyfwng y gweddwon a'r plant, un ystyriaeth arall a achosai iddo bendroni'n hir pa lwybr i'w gymryd oedd y teimlai'n dipyn o lwfrgi i gefnu ar Bertha a'i phlant ar ôl derbyn y fath garedigrwydd cyhyd. Onid oedd yn fwy na lojar yn y tŷ bellach?

Ac eto, beth arall oedd yn agored iddo, gan fod meddwl am ddisgyn i grombil y ddaear eto ar ôl dod allan o'r genhenna a welsai yn fflamau'r Universal yn fwy o hunllef iddo ef nag i'w deulu hyd yn oed yng nghlydwch y Gorllewin?

Aethai plant yr aelwyd, Megan, Geinor, Esther, a'r crwt bach Eben, yr un drwyn â'i dad, yn rhan o'i fywyd erbyn hyn, yntau yn eu golwg hwythau yn rhywbeth rhwng brawd mawr ac ewythr caredig, wedi eu 'difetha' ar dro gan foethau a phresantau o bob math. Yna, beth am y fam ddiwyd a thafotrydd, onid oedd hi wedi'i dderbyn o'r cychwyn cyntaf â breichiau agored, a'r agosrwydd rhyngddi ac ef erbyn hyn y peth tebycaf i berthynas rhwng . . . chwaer a brawd?

"Paid â sylwi arnaf i," meddai Bertha, "meddwl amdanaf fy hun yr ydw i nawr falle. Ddim am ollwng gafael ynot ti, Iestyn. Y plant a thithe yw'r cwbwl sy gen i nawr . . ."

Edrychodd Iestyn am eiliadau ar wyneb drylliedig Bertha Price. "Pidwch nawr, misis!" meddai o'r diwedd. "Unweth wnaf i ddechre . . ."

* * *

Gŵr mud a gerddai o gwmpas y pentre yn awr. Un o'r parti cyntaf, dyn achub profiadol, a aeth i lawr y pwll am ddau o'r gloch dridiau ar ôl y danchwa i archwilio, heibio i'r codwm mawr lle y bu'r tân yn teyrnasu, fflamau fel dreigiau cynddeiriog, trwodd i'r briffordd aer, ond bod y damp a'r mygdarth yn tagu bob cam o'r ffordd. Ceisiwyd clirio'r ffordd i hwyluso'r gwaith achub i eraill. Daethpwyd ar draws nifer o gyrff. Edrychodd Tom Roberts ar un o'r wynebau. Cofiodd. Taflodd gap drosto. Llwyddwyd i godi naw o gyrff o'r pwll. Bu'n rhaid gadael un ar ddeg ar ôl. Safodd i edrych ar y pentwr trist. Dynion wedi trengi o fewn ergyd carreg i ddihangfa, meddyliodd.

"Pam gohirio'r achub mor hir?"

Un cwestiwn ar dafod pawb.

Yr un cwestiwn diamynedd.

"Pam?"

"Pam?"

"Pam?"

Pam, yn wir! Bu Tom Roberts i lawr i weld drosto'i hunan. Gwyddai o'r gorau. Gwelsai'n glir pam.

Dyna'r rheswm am ei fudandod yn awr . . .

Gwyddai fel yr oedd y drychineb wedi argraffu'r syniad o anghyfiawnder ar led. 'Roedd meddwl am yr Arglwydd Merthyr a'i weinyddwyr mor boenus â briw agored i'r rhan fwyaf o bobl. Dyma gamwedd a ddioddefasai'r dosbarth gweithiol ers hydoedd a bu'n rhaid i'r danchwa chwythu cannoedd o wŷr dewr, hufen y gymdogaeth, i dragwyddoldeb cyn i bobl sylweddoli.

Gwyddai Tom Roberts ond yn rhy dda fel yr oedd dynion o bob cwr wedi rhuthro i Senghennydd i weithio yn yr Universal, pwll peryclaf y maes glo, er mwyn ennill briwsionyn ychwanegol o gyflog. Oni wnaeth ef yr union beth pan adawsai Nant-y-moel? Bellach, yr oedd fel pe bai llaw anweledig wedi tynnu'r llen a'r gwir noethlymun wedi'i ddadlennu . . .

"Ma hen bydewau drewllyd wedi dod i'r golwg bellach."

"Nid yw'r holl elusen na chydymdeimlad yn medru cuddio'r gwir."

"Dichell yw arf pwysica'r meistri."

Barn, rhagfarn, cerydd, bygythiad — nid oedd ball ar gondemniadau'r lleisiau a ddilynodd y danchwa. Ond yr oedd Tom Roberts wedi *gweld* a'r olygfa fel pe bai wedi tynnu'r tafod allan o'i ben.

"Ishta yn 'i gwman ar bwys y tân am orie," meddai'i wraig wrth un o'i chymdogesau . . . a gweud dim."

* * *

Eisteddai cwmni o ddynion o gwmpas bwrdd yn y bar yng Ngwesty Gwernymilwr, hen lowyr bob un a orfodwyd i roi'r gorau i'w gwaith oherwydd anafiadau mewn damwain neu dan gwymp ryw bryd neu'i gilydd. Taflai'r lampau nwy gysgodion gwamal dros eu hwynebau. Nadreddai'r mwg o'u pibau tua'r nenfwd. Nid oedd digon o nerth ar ôl gan yr un ohonyn nhw i arddio bellach; 'roedd cerdded o'r tŷ i'r dafarn yn gamp. Cwrdd â'i gilydd am sgwrs oedd yr unig gysur oedd ar ôl bron, a'r danchwa fawr a'i chanlyniadau dan sylw bob dydd yn ddi-feth. Deuai enw neu ddigwyddiadau neu ffraethineb â'r cwbl yn ôl . . .

"Good Boy Dick!"

Richard Williams, un o gymeriadau'r pentre, gŵr a ystyrid yn dipyn o rebel, ei dafod yn fras a'i ddyrnau bob amser yn barod.

"Aeth lan sha Aberdâr i gladdu perthynas, un o'r berars, shwd fachan cryf, a chyn cyrr'edd y fynwent perswadodd y lleill odd yn cario'r elor ef i fynd i'r dafarn tu fas i'r fynwent am beint. A fanna y buwyd, dodi'r arch yn y stabal dros nos, claddu'r diwrnod wedyn!"

Llenwi'r gwydrau eto . . .

"Glywsoch chi amdano'n mynd i gwrdde diolchgarwch yn Noddfa? Pregethwr o bant, wedi pregethu yno y flwyddyn gynt, 'Ystyriwch yr adar', ac yn cymryd yr un testun yr eildro, ond cyn y medrai yngan gair pellach, dyma Dic yn dweud, 'Sefwch nawr! Adar llynedd yw'r rhain!' "

Rhyfedd o beth, a'r tristwch yn gorwedd mor drwm dros yr ardal, mai cofio'r doniolwch a'r gwreiddioldeb a'r dyddiau difyr a wneid, pan ddeuai'r atgofion yn ôl.

"Un gair o ganmoliaeth, fe weithiai Dic fel poni pwll dros Lord Merthyr neu ddyn y rag-y-bôn neu pwy bynnag."

"Welas i a'n chwysu'n babwr wrth fwrw postyn i'w le,

ac os nad odd neb yn ei ganmol, dywedai ei hunan, *'Good Boy Dick!'* Dyna fel cadd a'r enw!"

Saib hir . . . peswch . . . dracht . . . a chofio.

"Tom Peters hed — cadd y ddau fynd wrth ochor 'i gilydd, w!"

"Neb a fedrai ddadle dros y Ffederasiwn, achos y dinon, fel Peters, gwbod yr hanes i gyd, a'i wrychyn yn codi dim ond anadlu gair yn erbyn y Ffed!"

"Reit i wala, wrth gwrs. Dim digon o lo i'w gael i'r meistri, un golwg ar ddocie Caerdŷdd a'r ffordd ma Bute a Merthyr a'u teuluoedd yn byw yn profi hynny."

"Welas i ariôd ddyn fel Peters, meddwl mor ddwys am bopeth, bywyd yn pwyso mor drwm arno, rhyw gwestiynau mawr yn ei boeni o hyd, a'r pŵr dab fel tasa fa'n ffaelu cael ateb i'r un."

"Wel, ma fa wedi cael ateb i bopeth nawr."

Llyncodd y dynion eu cwrw i'r gwaelod a chychwyn eu ffordd adref drwy gysgodion mawr y cwm.

* * *

Safai dau ŵr o flaen gardd Jack Moggridge, fel y gwnaethant am flynyddoedd, i'w hedmygu — gardd arbennig ei graen a'i thyfiant, gem ymysg y 'gerddi'. Sylwodd eu llygaid yn fanwl ar y newid. Darfu'r cymhendod a dechreuasai'r chwyn fynd ar garlam o rych i rych. Chwythai gwynt main i beri'r anesmwythyd mwyaf iddyn nhw, digon i dynhau eu cotiau a thynnu'r coleri hyd at yr ên; yn wir, fe allai'r cryndod a gerddai trwyddyn nhw fod oherwydd yr olygfa a dynnai'r ochneidiau ohonyn nhw yn gymaint â'r gwynt, o ran hynny. 'Roedd yr erw fechan lle y tyfasai Moggridge druan ei flodau a'i rosynnau yn ddrych o esgeulustod ac aflerwch yn awr, pridd a borderi di-raen, a'r caban du bitsh a fu mor dwt â bwthyn wedi dechrau datgymalu, adfail mor hyll â'r bwgan brain ym mhen draw'r ardd erbyn hyn.

Aeth gwraig fach araf a gwargrwm drwy'r iet a cherdded y llwybr. Safai bob hyn a hyn i syllu ar yr anialwch. 'Roedd ei llygaid mawr fel pe'n wag, rhyw dremio trallodus, hiraethus o un cwr i'r llall, ei gwefusau ar waith i gyd er yn dweud dim ac yn awgrym bod y meddwl cyn waced â'r llygaid.

"Ar 'y ngwir!" meddai un o'r dynion. "Trist! Yr ardd wedi mynd â'i phen iddi! A'r wraig ma wedi drysu!"

"Natur a'r natur ddynol!" meddai'r llall.

Dau hen goliar wedi treulio oes danddaear, cynefin â holl beryglon a gofidiau'r gwaith, bywyd caled wedi methu eu rhwystro yn eu hawydd i'w diwyllio eu hunain, dau lyfrbryf brwd; yn wir, eu hamgylchiadau a fu'n sbardun i'r ddau dreiddio i'r dirgelion a thrafod yr astrus, ar gyfeiliorn yn aml, ond nid heb fudd a llawer o hwyl.

Pan fyddai Jim Price ar dro yn sgriblan rhai o'i benillion rhamantus ar ochr y ddram, deuai'r ddau hyn heibio yn fynych gan ei blagio am ystyr ei ehediadau.

"Beth yw hyn, Jim?"

"Beth nawr?"

"Y pennill ma!

Beth yw dyhead ond aderyn,
yn hedfan yn entrychion serch;
fe ddaw yn ebrwydd 'rôl pob dilyw
â deilen werdd fy serch."

"Be sy'n bod?"

"Dyw hyn ddim yn gwneud synnwyr."

"Pwy yffach sy'n hido?"

"Wi'n hido!"

"Barddoniaeth yw hyn — dwyt ti'n deall dim am hynny!"

"Digon i wbod, gyfaill, na fydde Shakespeare yn barod i weud dy fod ti'n deall rhyw lawer chwaith."

Ond yn awr yr oedd y ddau hen ben yn gwylio hen

wreigan alarus yn cerdded llwybr a fu mor flodeuog a lliwgar gynt.

"Fel yr anian yn y pridd ma'r ysbryd miwn dyn, weldi," dechreuodd un athronyddu, "a phan fo'r gynghanedd yn cael ei thorri, ma'r ddaear fel pob meidrol yn ildio."

"Y corff sy'n ildio, bachan," ymresymai'r llall, "yr *allanol* sy'n dadfeilio. Gardd Moggridge! Gweddw Moggridge! Ma blast y brofedigaeth ar y ddwy!"

"Esbonia felly, 'y llygredig hwn yn gwisgo anllygredigaeth'."

"Beth am hynny?"

"Ca'l i *wthu* i dragwyddoldeb gadd y bancsmon, cofia!"

Eiliadau o ddistawrwydd. Tynnodd y ddau eu catiau allan a'u llenwi'n ofalus cyn tanio. Clywid y baco yn crecian yng nghwpanau'r ddau getyn. Dywedai'r llygaid fod y mwg yn felys, felys.

"Gall y Duwdod ddodi'r ardd ma'n ôl cyn wired ag y gall ddodi pob darn o'r corff yn ôl tasa Moggridge druan wedi'i wthu gan bum egsblosion!"

Y gair olaf cyn cerdded ymaith . . .

* * *

Disgynnodd y nos unwaith eto ar Senghennydd a daeth y sêr allan fel milfil llygaid am gip pryderus ar y fan. Gwelid ffurf yn symud, symud yn y tywyllwch, yn drwsgl a thrist ar hyd y llwybrau, ar goll fel y gŵr anffodus hwnnw a drigai ymysg y beddau gynt — trigai Nans Moggridge oriau lawer ddydd a nos lle y treuliasai gymaint o amser gyda'i gŵr. 'Roedd y wraig nobl ddoe wedi crymu a chrino dros nos yn fenyw fechan drist. Pe bai distawrwydd ar daen mor llwyr â'r tywyllwch dros y lle, mae'n ddiamau y clywid ei sgwrsio ffwndrus â hi ei hun, rhyw gega distaw heb fawr o ystyr i'r rhaeadr o eiriau a ruthrai dros ei gwefus.

Heno, fel bob nos oddi ar y drychineb, drylliwyd

tawelwch y gerddi gan gŵan-cŵan di-dor degau o golomennod a churo helbulus eu hadenydd; mentrai rhai i'r ffurfafen cyn bwrw'n ôl ar eu hunion am y tŷ a godasid ar stiltiau ar eu cyfer, eraill yn pigo yn y dom yn y gobaith am gael hedyn o'r corn yr arferai eu perchennog balch ei daflu allan o'i dun i'w croesawu, ac eraill wedi drysu ar ôl disgwyl cyhyd amdano, yn eu taflu eu hunain yn erbyn y drysau netin-weiar mewn anobaith.

Dechreuasai'r dŵr lifo drosodd yn y tanc yn y tŷ gwydr, rhedai ar hyd y llawr a than y drws, a thyrrai'r colomennod yno i ddisychedu. Yr oedd y twrw yn gwynfannus, oerllyd, a diddiwedd. Ac yr oedd yn hawdd casglu oddi wrth y brain penderfynol a oresgynnai'r gerddi yn ystod y dydd nad oedd Wil Morgan na Jack Moggridge o gwmpas eu pethau . . .

'Roedd brath y rhew a chrafangau'r gaeaf ar y tai a'r gerddi ac ysgerbwd ynfyd y pwll. Deuai'r henwyr heibio fel arfer i edrych ar y ddaear weddw, tynnu mwgyn, a rhyw fyfyrio'n ddwys ar droeon yr yrfa, gofidiau a difyrrwch y daith, yr hyd a'r lled a'r uchder a'r dyfnder, a'r hen wreigan alarus honno yn ei chwman yn dal i barablu'n brysur ar hyd y llwybrau.

Un noson, y colomennod yn dal i berchenogi'r fan, a'u cwynfan fel llond mynwent o ysbrydion wedi cyrraedd i hawntio'r tir, ac ar ôl i'r wraig ffwdanus fentro cau'r adar dryslyd y tu ôl i'r drysau netin-weiar, gwelwyd y tŷ pren yn goelcerth, fflamau'n dringo i'r awyr, rhaffau hir o dân, a'r trueiniaid yn gwallgofi wrth fethu â dianc.

Tân a mwg! Crioedd! Darlun fel petai ar gyfer y byw o'r drasiedi a wnaethai Senghennydd yn destun siarad a gwrthrych cydymdeimlad. Rhedodd y bobl o bob cyfeiriad, y tân wedi cael gafael cybydd yn yr oerni cras, a phob ymdrech yn ofer wrth i'r adar drengi o fewn munudau. Yna, wedi i'r stiltiau ildio a dymchwel y tŷ pren, corff hen wraig . . . pentwr llosg yn y lludw.

Dylifai'r bobl allan o gapel Salem. Am ddwy awr, bu'r adeilad hardd yn atseinio o ganu mawl gorfoleddus, oedfa arbennig a gynhaliwyd i goffáu Jac Ifans a'i ddawn gerddorol, y codwr canu a'r cerddor toreithiog ei gyfansoddiadau a fu'n gefn i ganiadaeth y cysegr yn y cylch cyhyd. Digon gwir y bylchwyd corau'r pentref, ond daeth cantorion o bell ac agos i gryfhau'r rhengoedd a gwneud y noson yn un gofiadwy.

Rhyfedd o beth, os rhyfedd hefyd, fel y bydd dynion ar adeg o dristwch — fel ag a welwyd yn Senghennydd — yn dewis yn reddfol i'w boddi eu hunain mewn cân. Canu cynulleidfaol, un o'r ymollyngiadau cyhoeddus mwyaf penrhydd posibl, heb ffrwyn ar deimladau na dofi dim ar y sŵn i fod, a pha mor ddwfn bynnag y meddwl a pha mor ddethol bynnag y geiriau, does dim o'r ots yn y pen draw os ysgubir pob ystyr ymaith gan lifeiriant y gerddoriaeth: y gân yn cynyddu o ymchwydd i ymchwydd nes i'r penllanw ddryllio yn erbyn y muriau a'r galon.

Cynrychiolid emynwyr mwyaf adnabyddus Cymru o Bantycelyn i Elfed, o Faes-y-plwm i Watcyn Wyn, ond yr oedd y tonau i gyd o waith y cyfansoddwr amryddawn a gollwyd yn y danchwa. Rhoddwyd llun ohono ar glawr y rhaglen — casgliad o'r tonau a'r geiriau ar gyfer yr oedfa. Yr elw tuag at gronfa'r galarwyr.

"Welwn ni mo'i debyg byth eto!" — dyfarniad un ar ôl y llall wrth ddod allan o'r capel.

"Wnath Joseff Parry ddim byd gwell na'r hyn glywsom ni heno," tystiai un arall.

Safodd dau ddyn ar y palmant, tanio cetyn, siarad. Thomas Jones, Twm Cart-a-cheffyl, ac Idris Gregory, mab Wil, y gŵr cyhyrog a'r artist. Daethai Idris gartref am ychydig ddyddiau o'r llynges er mwyn gwacáu'r hen gartref.

"Ma'n rhaid i mi ga'l gair â thi, Twm," dywedodd, a'i fraich ar ysgwydd yr hen ŵr fel rhywun yn closio i ofyn ffafr fawr, "ma'r tŷ . . ." dechreuodd egluro, "nawr ma mam a 'nhad wedi mynd . . . ddof i byth yn ôl, weldi."

"Be wyt ti am i mi neud, Id?" — llygaid Twm yn goleuo wrth synhwyro'r ysbail.

"Ca'l gwared â'r pethe . . ."

"Pa bethe, Id?"

"Cadeirie, byrdde, pictiyre, a *paintings* 'nhad — pa werth ydyn nhw i mi ar y môr?"

"Gad y cwbl i fi, Id!"

Y bore wedyn, tynnodd Twm ei geffyl a'i gert at ymyl y palmant o flaen drws Wil Greg, a gwelid y dodrefn a'r llestri a'r *paintings* yn bentwr uchel, llygaid prysur y tu ôl i'r cyrtenni ymhob ffenest yn gwylio pob symudiad, heb neb yn meddu ar y syniad lleiaf beth fyddai tynged y llwyth, a phob un yn gwybod yn iawn mai ofer fyddai ceisio taro bargen â'r hen ŵr. "Diolch yn fawr, Twm!" meddai Idris, ar ei daith yn ôl i'r môr, "cymwynas fawr, yr hen ddyn!"

Wedi i'r morwr droi ei gefn, cydiodd Twm yn un o'r peintiadau ac edrych yn ddifrifol arno — afalau coch, dau fanana, clwstwr o rawnwin mewn powlen!

"Myn yffarn i!" meddyliodd, gan chwerthin nerth ei geg a'r ffrâm yn torri'n ddwy yn ei ddwylo mawr.

Aeth ymaith ar ei union am gwpaned o de — 'roedd ei gartref o fewn ergyd carreg yn y stryd nesaf — gan adael ei geffyl a'i gert a'i lwyth i aros.

Y funud yr oedd allan o'r golwg, rhuthrodd rhai o'r cymdogesau i whilmentan, un yn rhedeg yn ôl i'r tŷ ag ornamentau dan ei ffedog, un arall yn lladrata ffendar, un arall yn bachu'r haearn smwddio, ac un arall yn taro dwrn drwy nifer o'r lluniau er mwyn meddiannu'r fframiau. Edrychodd un ar ffrâm aur yn edmygus, "Dest y peth ar gyfer llun mam-gu!"

Daeth menyw ifanc i lawr y stryd ar frys. Gwisgai gôt laes, coler lydan, botymau mawr y tu blaen a'r tu ôl, wedi'i thaflu'n frysiog amdani. 'Roedd yn bennoeth a'i gwallt yn dresi afreolus yn y gwynt. Clywsai fod Twm a'i geffyl a'i gert yn brysur y bore hwnnw, a'i gobaith oedd ei gyrraedd cyn iddo gyflawni'r gymwynas yr oedd y morwr wedi gofyn amdani.

Ei henw oedd Gwenda. Collasai'i thad a'i gŵr a'i brodyr yn y danchwa, ond yr oedd colli Wil Greg yn wir brofedigaeth iddi hefyd. Digwyddai fod yn un o'r bobl brin a welai fawredd ynddo, nid ei ddibrisio fel y gwnaethai eraill y dwthwn hwnnw trwy daflu'i waith ar y domen. Ef, y gŵr rhadlon â'r fath ddawn yn ei fysedd, a fu'n ei hyfforddi i lunio tapestrïau, peintio mewn olew, cawgiau o flodau amryliw a ffrwythau mewn basgedi gwiail ac ati. "Medri neud gystal â neb!" dywedai, gan ei dysgu yn hir ac yn amyneddgar fel pe na bai dim arall yn bwysig.

Clywsai hithau'r canu gwefreiddiol yn y cwrdd coffa i Jac Evans y noson o'r blaen, ac ni fynnai ddibrisio doniau'r cerddor, er na wyddai fawr am fyd y gân.

Dau gymydog twymgalon, meddyliodd, Jac y cerddor a Wil yr artist, un â dawn y glust a'r llall â dawn y llygad, dau grëwr a fedrai roi boddhad gyda'u gweithiau, creadigaethau nad oedd defnyddioldeb arferol iddyn nhw fel teilwra neu waith saer, dim ond uchelgais i greu prydferthwch a'i fwynhau.

Nid mater o fedrusrwydd ydoedd, fel y gwelai hi bethau. 'Roedd ganddi *hi* ryw ychydig o fedrusrwydd, ond yr oedd y ddau gymydog yn berchen yn eu dydd ar dipyn mwy na hynny; nid yn unig y ddawn i gynhyrchu prydferthwch yn eu gwahanol gyfryngau, ond rhyw fath o athrylith — ni allai fod yn llai o beth na hynny — i dreiddio i'r dirgelwch.

Ni chawsai Gwenda adnabod Jac Evans na mwynhau ei gwmnïaeth i'r un graddau â Wil Greg, er iddi ei glywed ddegau o weithiau wrth yr organ yn ei barlwr bach, yn canu brawddeg o gerddoriaeth dro ar ôl tro nes ei pherffeithio, a Wil Greg yn nodio'i ben drws nesa, gan ddweud, "Jac yn cyfansoddi *oratorio* arall!"

Y ffraethineb sy'n digwydd rhwng cyfeillion da!

Gŵr swil oedd Jac Evans, er y cyflawnai ddigon yn gyhoeddus, arwain côr, arwain cymanfa ganu, codi'r canu bob Sul; gŵr anodd braidd i dynnu gair allan ohono (fel y cofiai *hi* ef, beth bynnag), ond yr oedd yn amlwg fod dyfnder i'w bersonoliaeth ac yntau wedi cyfansoddi cymaint — emynau, anthemau, unawdau, ac ati.

Ac, wrth gwrs, fel Wil Greg, a oedd mor ddeheuig gyda brws a phaent, mynegiant o'r dyfnder ynddo oedd ei gelfyddyd yntau, a'r ddau wedi treulio oes i gyflwyno'r dyfnder hwnnw, boed gân, boed gampwaith, er mwyn diddanwch eraill.

Gwaetha'r modd, yn hanes Wil Greg yn fwyaf arbennig, gweithio'n dawel o'r golwg a wnaethai ef ar hyd ei oes, heb i'r ardal na'i dylwyth ei ddeall na'i werthfawrogi, fel pan daflwyd ei gynfasau o'r neilltu yn awr a chrafangu'r fframiau.

Wrth iddi chwilio ymysg y broc a adawsid ar ôl i Twm a'i geffyl a'i gert, syrthiodd ei llygaid ar un o'r cynfasau yn y gwter. Fe'i cododd . . . a chofiodd. Wrth iddi syllu arno, deigryn yn gwlychu ei llygaid, daeth cymdoges heibio, ac meddai, "O, 'na debyg i *ti*, Gwenda!"

Ni fedrai ateb . . .

"'Roedd Wil Greg yn dy lico di, 'dodd a?" ychwanegodd y gymdoges, a rhedeg ymaith.

Pan gyrhaeddodd Gwenda ei chartref, teimlodd y gwacter yn llymach na phan ddaeth y newydd iddi gyntaf am golli'i theulu. Yn ystod yr wythnosau wedyn, deuai'r sylweddoliad yn gyson fel yr oedd cartrefi eraill o'i chwmpas yn profi'r un gwacter, a merched eraill yn profi'r un unigrwydd.

Ond yn awr gosodasai'r peintiad ohoni ei hun ar fur y gegin uwch y lle tân . . . ac aeth rhyw wayw sydyn drwyddi wrth sylweddoli o'r newydd gymaint ei cholled yn ymadawiad Wil Gregory. Aeth yn ymwybodol o don o dynerwch yn golchi drosti wrth i'r atgof am y glöwr hoffus, talentog ddod yn ôl . . .

"Be wyt ti'n 'i feddwl o hwn, 'merch i?" gofynnai wrth ddangos darlun newydd iddi a'r paent yn wlyb ar ei gynfas y tro cyntaf hwnnw.

"Hyfryd!"

"Dwed y gwir nawr, groten!"

"Ardderchog!"

Rhyfedd fel yr oedd angen gair fel'na i'w galonogi fel pe'n amau ar brydiau ei dalent, rhwystredigaeth artist, a rhyw chwennych gwên neu ganmoliaeth . . . hyd yn oed gan un mor anaeddfed â hi!

Beth a barai iddo fod mor ansicr ohono'i hun ar dro, er ei fod yn graig o ddyn mewn perthynas ag eraill? " 'Rwyt ti'n *deall*!" Faint o weithiau y dywedasai hynny wrthi a'i lygaid yn olau i gyd?

Gŵr gweddw yn gynnar yn ei yrfa oedd Wil, wedi ymroi ar ôl hynny i arlunio yn ei oriau hamdden i ymgysuro, fel petai, am y golled.

Nid oedd hi ond geneth ar fin ymadael â'r ysgol pan gyfarfu ag ef gyntaf, bywyd newydd ddechrau ei wneud ei hun yn hysbys yn ei gwythiennau, yr oedran bendigedig hwnnw pan fo'r gwefusau hyd yn oed yn lân heb i gelwydd gwyn golau na thwyll eu llychwino. Ac er i'r llygaid weld yn onest ddigon, gweithiai'r amrannau fel llenni ysgafn i guddio'r swildod.

Gwyddai yn nwfn ei chalon maes o law, er y gwahaniaeth oedran, y teimlai ef fel hithau . . . ond mai'r unig fynegiant a roddodd i'w deimladau oedd braidd-gyffwrdd â hi yn ddamweiniol neu gusanu ei thalcen neu ei llaw weithiau!

Serch ydoedd na ddibynnai ar eiriau nac ymateb na dim. 'Roedd distawrwydd yn ddigon i wasanaethu'r galon . . . hyd yn oed ar ôl i angau eu gwahanu.

"Lwc 'mod i wedi achub y darlun ma!" dywedodd wrthi ei hun, gan ddal i syllu . . . a chofio . . .

* * *

Eisteddai'r tair o flaen y tân yn y gegin, Annwen, Gwenno, Siân, wedi galaru y tu hwnt i ddagrau bellach, dwy neu dair o gymdogesau yn eu cysuro a chwnstabl blinedig ar y soffa yn ceisio sgriblan nodiadau. Buasai ar ei draed er yn gynnar, ac 'roedd wedi crwydro'r ardal a'r mynydd cyn dychwelyd.

Digon diolwg oedd y Cabanau o'r tu allan, ond cartref Dai Rhymni a'i wraig, Cassie, rhif 17, yn agoriad llygad o'r dechreuad. Yr hyn oedd yn bosibl i'w wneud o shanti o'r fath!

Fel y gellid disgwyl ar aelwyd coliar, 'roedd tân anferth yn eirias yn y grât a'r ystafell fel tost, rhesi o ornamentau ar silff y pentan a'r addurniadau pres yn parhau i ddisgleirio er nad oedd llaw wedi bod heibio iddyn nhw ers dyddiau. 'Roedd sglein ar y dodrefn hefyd, y ddresel fawr yn orlawn o lestri a phiwtar, dwy gadair fawr, un bob ochr i'r tân, mor brydferth â'r delyn farnais; a'r hen wyth yn y gornel mor siriol â bod dynol yn taro'r awr yn gyson a soniarus. Gan ei bod wedi nosi bellach, 'roedd y lamp hardd ynghynn ac yn crogi wrth gadwyn o'r seilin, a'i golau siriol yn hael dros yr ystafell i gyd.

Ac eto, heno, dywedai'r distawrwydd i gysgod rhyw ofid mawr ddisgyn ar yr aelwyd, ac awgrymai'r geiriau bach amwys a leferid gan y cymdogesau ac osgo anesmwyth, anobeithiol y cwnstabl nad oedd llawer o obaith y byddai golau yn ysgafnhau'r gorwel.

"Pryd aeth Mrs Davies mas?" holodd y cwnstabl.

"Peth cynta'r bore ma," atebodd un o'r cymdogesau.

"Odd y plant wedi codi?"

"Na, cyn i'r plant godi."

"Tua saith . . . wyth?"

"Chwech, ddwedwn i. Dyna fel y gwyddwn 'i bod wedi mynd. Y plant yn pwno'r wal arna'i . . ."

"Odd hi wedi bod yn dost?"

"Ddim yn dost, ond . . . ddim yn reit ar ôl colli Dai."

Yr un hen stori, meddyliodd y plismon, yr un brofedigaeth yn dal i hawntio a gyrru pobl yn wallgo.

"Dai a hi mor glòs," meddai cymdoges arall, "byth yn mynd i unman heb 'i gilydd."

" 'Ffaelu byw hebddo', mynte hi wrtha'i y dydd o'r blaen," meddai'r gymdoges gyntaf.

"Cered bob dydd i ymyl y pwll, a mwmian, 'Fanna rwyt ti, Dai Bach!' " meddai'r drydedd gymdoges.

Cafwyd corff y fam ar waelod llyn gerllaw'r pwll . . .

* * *

Safodd Dilys uwchben y bedd. 'Roedd ei hwyneb yn llwyd a mud, a'i dyrnau'n dynn gan ddicter a siom wrth weld y dynion yn gollwng arch ei mab, Taliesin, i'r pridd. Prin y clywai'r brawddegau a'r geiriau a adroddid gan y pregethwr, dim ond ambell un, *gwynfyd, gobaith, atgyfodiad, Duw cariad yw,* hen gyfarwydd, ond heb ystyr yn y byd yn awr. Nid oedd dagrau yn agos ati, ac eto, wrth edrych o'i chwmpas, yr oedd wynebau'r galarwyr yn annelwig fel syllu drwy niwl.

Credasai erioed mewn Duw cariad, heb iddi ymhonni'n grefyddol; y Crëwr haelionus oedd yn gyfrifol am bawb a phopeth, ond beth ar y ddaear a olygai hyn yng ngoleuni ei phrofiad bellach? Cariad gŵr wedi'i ddwyn oddi arni mor ddirybudd trwy ddamwain yn yr Universal ddwy flynedd yn ôl, a'i phlentyn wedi'i ddwyn oddi arni yr un mor greulon a dirybudd yn awr.

Meddyliodd, Pan fo rhywun yn colli cariad dynol, pa fodd y gall werthfawrogi cariad dwyfol?

Meddyliodd wedyn, Falle nad yw Duw yn dewis caru neb ond i'r graddau y caiff ei briodoleddau ei hun yn y person hwnnw, a pha siawns sydd gan unrhyw druan meidrol amherffaith i fod yn deilwng o ffafr y fath Fod?

"Felly y carodd Duw y byd," meddai'r pregethwr.

Meddyliodd yn awr, Sut yr oedd hynny'n bosibl yn wyneb yr olygfa ddychrynllyd o flaen ei llygaid y munudau hyn?

A hithau'n dal i syllu ar gladdu'r crwt penfelyn a fu'n gymaint o gysur a chymorth iddi, y rhaffau'n tynhau wrth i'r arch fynd o'r golwg yn y bedd, lludw i'r lludw, pridd i'r pridd, a'r holl gwestiynau hyn yn corddi yn ei meddwl, aeth yn ymwybodol o bresenoldeb yn ei hymyl, gŵr tal a lluniaidd, a phan droes i'w wynebu, gwenodd ef arni am eiliadau fel pe'n ceisio cyfleu neges.

Gwenodd hithau . . .

Cofiai'r wyneb. Mab Twm Meredith, y gŵr yr oedd ei Thaliesin yn ei hystyried y fath fraint i weithio gydag ef. Cyfarchodd y ddau ei gilydd yn ddistaw.

"Hylô!"

"Hylô!"

Ar ôl i'r pregethwr gyhoeddi'r fendith, y galarwyr yn symud bob yn ddau i edrych i lawr ar yr arch, cydiodd y gŵr ifanc yn ei braich.

"O ble ddest ti?"

"Llundain."

"Fanna wyt ti?"

"Dysgu."

"Mae'n flin gen i am dy brofedigaeth, Wil."

"Mae'n flin gen i am dy brofedigaeth ditha, Dil."

Cerddodd y ddau gyda'i gilydd allan o'r fynwent . . .

* * *

Nid oedd neb yn rhy sicr pwy oedd pwy pan ddeuai'r eirch allan o'r tu ôl i'r llenni-bradis. Rhuthrai'r seiri eirch fel morgrug o gwmpas y lle, llifio, morthwylio, mesur, digon o blismyn o gwmpas i gadw'r cyhoedd rhag eu gweld wrth eu gwaith, ac nid oedd yn rhyfedd o gwbl i amheuon gael eu lledaenu pan gariwyd arch ar ôl arch i'r strydoedd a'r tai gwahanol, pob un yn arddel enw.

"Pan deimlais i bwyse'r arch, mi wyddwn nad Ben odd tu fiwn i honna."

“ ’Dodd dim gewyn nac asgwrn ar ôl o Ben ac Eic Dwrn Haearn, yn ôl beth glywes i.”

“Llenwi’r eirch fel sache o lo mân i dwyllo’r teulu, dyna ma nhw’n ’i neud, reit i wala.”

“Be arall fedran nhw ’i neud? Does dim byd ar ôl.”

“Nac oes, sbo, ond ma pob teulu am gredu bod . . . a’r enw ar y clawr.”

Ni chafodd yr un o’r perthnasau, pa mor agos bynnag ydoedd, weld drosto ei hun. Clöid yr arch yn sownd cyn mynd i’r tŷ yn ddieithriad. Trefnwyd yr angladdau ar frys ac ar yr un dydd a’r un awr. Y pedwar annhebycaf yn ardal Senghennydd — Ben Davies, y Cymro a fynnai i Gymru fod yn rhydd; Isaac Evans, *Eic Dwrn Haearn,* y paffiwr; Llewelyn, yr actor mawr; Lewis Morgan, y pregethwr bach swil!

Y tebyg oedd na thorrodd yr un o’r pedwar brin hanner dwsin o eiriau â’i gilydd drwy gydol oes danddaear, ond daeth y dydd pan roddwyd y pedwar i orwedd yn un rhes ar ael y bryn a hynny gystal â’u gosod yn yr un bedd.

O leiaf, eu henwau *nhw* oedd ar yr eirch . . .

* * *

“Misoedd yn mynd hibo a’r danchwa yn angof yn barod . . .”

“Dim siw na miw, a’r perchenogion heb eu cosbi . . .”

“Mae’r achos ar ben ers wythnosau, ond neb wedi codi bys bach i neud dim . . .”

“Ma Deddf 1911 yn dweud yn glir shwt y dylid amddiffyn coliar danddaear . . .”

“Ma’n dweud beth yw’r gosb am esgeuluso’r pŵr dab, hed . . .”

“Chaiff mei-lord mo’i gosbi . . .”

“Ma nhw’n taeru nad odd Lord Merthyr yn euog . . .”

“Ddim yn euog, myn yffarn i! Dodd Jwdas Isgariot ddim mwy euog na hwnna . . .”

Erbyn diwedd 1913 a dechrau 1914, 'roedd y cyhuddiadau hyn yn tasgu oddi ar wefus ac yn ffrwydro'n gyson mewn sgwrs, ond eto 'roedd rhyw ddistawrwydd annioddefol ar daen fel pe bai'r Ysgrifennydd Cartref, Reginald McKenna, yn ofni yn ei galon ymyrryd. Er ei fod yn gwybod am holl oblygiadau'r Ddeddf a oedd yn ymwneud â phyllau glo, nid oedd arwydd o gwbl ei fod yn bwriadu cychwyn ymchwiliad i'r achos ynghylch y trychineb mwyaf yn hanes y diwydiant glo. Bu grwgnach ffyrnig ymysg y boblogaeth a swyddogion Ffederasiwn Glowyr De Cymru, ac un rheswm am hynny oedd yr ymdeimlad na chaniatáí McKenna i'r Arglwydd Merthyr, perchennog y pwll, gael ei groesholi dan unrhyw amgylchiadau. "Ma'r cyfoethog yn gofalu am eu tylwyth bob amser!"

O fewn tridiau i'r danchwa, cyfarfu swyddogion Ffederasiwn Glowyr De Cymru â'i gilydd mewn ystafell yng ngwesty Gwernymilwr. Penderfynwyd pwyso am ymholiad swyddogol yn ddi-oed. "Mwya'n y byd y bydd yr achos hwn yn cael ei ohirio, anhawsa'n y byd y bydd i'r mamau a'r plant gael cyfiawnder ac i'r rheswm am y drychineb gael ei ddarganfod a'i ddatgelu."

Rhedodd gwraig weddw i ganol y drafodaeth, ei hwyneb yn llwyd a'i llais yn ofidus, ond ei dyrnau ar gau.

"Dros dri chant o ddinon cryf wedi eu lladd ma, ffon fara gwragedd a phlant, a 'ngŵr bach i yn eu plith!"

"A diawl o ddim yn cael ei neud!" ategodd gwraig arall.

"Dim, dim, dim!" cytunodd pawb.

Ni cheisiodd neb ychwanegu gair. Yr oedd y sefyllfa mor eglur. Onid oedd pob enaid byw yn y gymdogaeth yn gwybod yn rhy dda nad dyma'r unig gyfrif a ellid o'r colledion? Yr oedd galar a dioddefaint ar led yng Nghaerffili, Abertridwr a thu hwnt, a channoedd o blant amddifad wedi eu taflu ar drugaredd y gwynt.

Trasiedi cymdogaeth y bryniau agos wedi digwydd mor sydyn â seren wib, cyn carlamu a chyfarth a brathu fel anifail lloerig ar hyd ac ar led heb i neb fedru amgyffred y terfynau. Nid â ffigurau y mae mesur y dioddefaint; mae'r galanastra a'r loes yn lladrata'r llawenydd o lygaid rhai bychain a'r harddwch o wynebau'r mamau. Nid yw rhes o feddau ychwaith yn cyfleu dyfnder y golled.

Ac nid oedd yn syndod yn y byd, felly, erbyn dechrau 1914 i amynedd poblogaeth gyfan ddod i ben ei dennyn wrth ddisgwyl, disgwyl am eglurhad, ymddiheuriad, unrhyw oleuni, a rhywbeth tebyg i gyfiawnder am y fath brofedigaeth. Ysywaeth, os oedd yn gyfyngedig i'r bryniau cynefin, yr oedd hefyd yn fwy cyfyngedig fyth y tu mewn i oruchwyliaeth y Swyddfa Gartref a'r weinyddiaeth leol.

Safai y wraig a dorasai i mewn i'r cyfarfod o flaen y bwrdd mawr. Llifai ei thresi fel pe bai wedi brysio i'r fan drwy gorwynt. 'Roedd amlinell prydferthwch i'w hwyneb, ond rhyw degwch gwasgedig ydoedd bellach a chylchoedd du yn modrwyo'i llygaid. Pwyntiai fys yn daer at y dynion. "Mynnwn ymholiad nawr!" Ei henw oedd Bertha Price.

Hawliai clwstwr o wragedd taer y tu ôl iddi yr un peth.

Bu'n rhaid aros hyd Ionawr, 1914, cyn i hynny gael ei ganiatáu. Rhoddwyd awdurdod i wneud y trefniadau gofynnol i Brif Arolygwr y Pyllau Glo, R. A. S. Redmayne, a dau aseswr gydag ef, Robert Smillie, Llywydd Ffederasiwn Glowyr Prydain, ac Evan Williams, Cadeirydd Cymdeithas Perchenogion Maes Glo De Cymru. Hysbyswyd y crwner o hyn a gofyn iddo ohirio'r cwest. Gwrthododd yn bendant. Ei benderfyniad a orfu. Agorwyd yr ymholiad yn ffurfiol, mae'n wir, ym Mrawdlys Caerdydd, ond fe'i terfynwyd â'r un anadl o'r bron er mwyn ildio i orchymyn David Rees i gynnal cwest yn gyntaf.

Cynhaliwyd cwest swyddogol felly yng Ngwesty Gwernymilwr ar ddydd Llun, 5 Ionawr 1914. Chwythai gwynt brathog drwy'r pentre wrth i'r bobl ymgasglu y tu allan, a phob wyneb yn gwisgo'r prudd-der dolurus hwnnw a ddeuai o'r fath oedi am wrandawiad i'w hachos.

Dywedodd y crwner, "Awgrymwyd y dylid tocio cymaint ag y gellir er mwyn yr ymholiad. Nid wyf yn gwerthfawrogi'r awgrym ac fe'i gwrthwynebaf am amryw resymau. Yr ydym yn gwneud ymholiad i farwolaeth 439 o ddynion. Credaf fod dyled arnom i'r dynion hyn a'r sawl sy'n galaru ar eu hôl i archwilio pob ffaith, pob mymryn o wybodaeth a fydd yn debyg o'n cynorthwyo i weld lle y gorwedd y bai — os oes bai o gwbl — a'i nodi'n iawn ac eglur. Credaf, hefyd, mai dyled arnom i'r miloedd sy'n gweithio yn y pyllau glo yw gwneud yr ymholiad mwyaf manwl posibl a cheisio darganfod unrhyw ddulliau tebygol o rwystro trychinebau cyffelyb rhag digwydd eto. Ac y mae dyled arnom hefyd i roi cyfle teg i berchenogion y pyllau glo a'u swyddogion osod o flaen y llys yr holl ffeithiau a dybiant yn ofynnol i'w rhyddhau o fai am unrhyw beth a ddigwyddodd."

Parhaodd y cwest am dros wythnos. Holwyd dros hanner cant o dystion. Cafwyd atebion i dros 9,000 o gwestiynau. Wedi gwneud hyn yr oedd y ffordd yn glir i agor yr Ymholiad, 27 Ionawr 1914.

* * *

YR YMHOLIAD

Llys y Goron, Caerdydd, bore Mawrth, 27 Ionawr 1914. Er i'r cwest yn Senghennydd dramwyo'r tir yn weddol drylwyr am bum niwrnod ar gychwyn y mis, yr un wynebau oedd y tu allan i Lys y Goron a'r un disgwyliad yn yr awyr. Disgwyl rhyw newydd, cyffesion, dadleniadau, ac arwyddion o gyfiawnder i'r gweddwon a'r plant.

Cyrhaeddodd Clement Edwards, yr aelod seneddol, gŵr cydnerth, llygaid byw, ac wyneb llawn; ef a gynrychiolai'r teuluoedd amddifad, ac yr oedd llawer o'r llygaid y tu allan i'r llys yn sirioli y funud yr ymddangosodd. Chwifiodd ei law. Rhedodd un wraig ifanc ato, ôl gofid ar ei hwyneb, ond hawdd gweld ei bod yn ymddiried yn llwyr ynddo. Collasai ei gŵr a'i brodyr.

Nid nepell, clwstwr o lowyr yn cyfarch William Brace a Thomas Richards, dau aelod seneddol arall, cynrychiolwyr Ffederasiwn Glowyr De Cymru. Gwisgai'r ddau gotiau mawr du, pob un â'i sgrepan yn llwythog, a'u siarad yn brysur a phendant. Aeth dau ŵr main heibio, Dr Atkinson a'r Cyrnol Pearson, cynrychiolwyr y Swyddfa Gartref. Gwibiodd llygaid Brace a Richards i'w cyfeiriad, ond ni ddaeth cyfarchiad o'r naill gyfeiriad na'r llall. Ar eu trywydd yn union, daeth Trevor Lewis, un o amddiffynwyr y perchenogion. Gwelwyd y bobl yn rhannu'n ddwy iddo fynd heibio, ond nid oedd gwên ar wyneb neb; yn wir, rhewodd yr awyrgylch.

Dechreuodd y dorf ddilyn yn araf i mewn i'r llys . . .

Ymdebygai'r llys, yng ngolwg nifer o'r bobl, i gapel hardd, y dodrefn yn sgleinio a'r muriau'n ddelw o ddwyster, ond yn lle pulpud ac organ yr oedd mainc ar gyfer y barnwr neu'r cadeirydd — dyma lle yr eisteddai'r Comisiynydd Redmayne, y Prif Arolygwr, ac Evan Williams, Robert Smillie a H. K. Beale fel diaconiaid o'i ddeutu.

Edrychodd Redmayne, gŵr trwm a barfog, dros ei sbectol ar y tystion a'r gynulleidfa, cyn casglu ei bapurau a phlygu i gael gair cyfrinachol â Trevor Lewis. Cymedrol o daldra oedd Lewis, wyneb agored, llygaid bychain tanbaid, a gwefusau tenau wedi cau'n dynn fel pwrs. Ar archiad y Comisiynydd, ef a gododd gyntaf y bore hwn i siarad; o'i flaen, ar ei ben ei hun fel pe bai wedi'i esgymuno, safai Edward Shaw, y rheolwr pryderus. Gwisgasai'n drwsiadus fel arfer, siwt ddu, tsaen aur yn amlwg ar ei wasgod, ond ei wyneb yn methu â chuddio'r gofid. Ni wyddai ei lygaid ar bwy neu ar ba beth i edrych. Byddai'r croesholi fel nadredd yn cordeddu trwy'r meddwl.

"Pan adawsom ryw dair wythnos neu bythefnos yn ôl," dechreuodd Trevor Lewis, "Mr Sankey oedd yn eich holi, a bu Mr Thomas Richards yn gofyn cyfres o gwestiynau yn gysylltiedig â bwâu'r pwll."

"Ie, syr," atebodd Shaw, fel un wedi hen flino, er mai dyma fore cyntaf yr ailgychwyn ar yr ymholiad.

"A ydych wedi gosod bwâu mewn rhannau eraill o'r pwll?"

"Ydw."

"Pa mor hir y byddai'r bwâu yn sefyll wedyn?"

"Amser byr iawn."

"Fedrwch chi ddisgrifio rhwng pa bwyntiau?"

"Rhwng Pont-yr-aer a'r Fynedfa i bwll Dau Sowth. Rhoesom fwâu yn ogystal o'r lefel i Ddau Sowth am ganllath. Gosodais fwâu ddwywaith yno a chael na safai yr un. Dim bywyd o gwbl."

"Am ba hyd y safodd y bwa cyntaf i chi ei godi?"
"Chwe mis."
"Dim ond chwe mis? Faint yr ail dro?"
"Codais fwa ddwywaith mewn dwy flynedd."
"Bu'n rhaid i chi goedio, felly?"
"Do."
"Ma gen i syniad eich bod, adeg y ddamwain, yn codi walydd hytrawstiau?"
"Cywir."
"Oedd hynny ar waith adeg y danchwa?"
"Oedd."
"Awgrymwyd mai ymarferol fyddai defnyddio tybiau â chloriau arnyn nhw. Be sydd gennych i'w ddweud am hynny o safbwynt llwytho sbwriel?"
"Mi fyddai'n anodd iawn."
Edrychodd Lewis yn hir a dirgelaidd ar y goruchwyliwr cyn gofyn y cwestiwn nesaf. Gostyngodd ei lais. Gellid teimlo tensiwn drwy'r llys fel trydan yn meddiannu pawb. "Ydy'r tramiau newydd a ddefnyddir, ar wahân i'r ffaith nad oes topiau iddyn nhw, mor ddiogel rhag llwch ag sy'n bosibl?"
"Ydyn."
Yn y saib byr a ddilynodd, ceisiodd Shaw ddyfalu beth fyddai'r cwestiwn nesaf neu i ba gyfeiriad y mynnai'r cwnsler cyfrwys dywys yr ymholiad wedyn. Pam ar y ddaear, ar ôl bod y mwyaf cyfrifol a gwybodus ar gael parthed pwll Senghennydd, y teimlai'n dalp o anwybodaeth bellach? Nid hunan-dosturi oedd hyn. Medrai syrthio ar ei fai gystal ag unrhyw greadur, ond brathai'i dafod yn awr am fod yr holl annhegwch a brofasai oddi ar law McKenna, yr Ysgrifennydd Cartref, a Merthyr, arglwydd carcus Senghennydd, yn peri i ddicter ei gorddi.
Aeth yr atgof am y sgwrs a gafodd lai nag awr yn ôl gyda pherchennog yr Universal trwy ei feddwl fel cyllell. Pam y mynnai'r dyn ymsythu mor ffroenuchel o flaen y darlun olew ohono ei hun, trysor mawr ei fywyd, wedi'i beintio

gan ryw artist na hidiai fotwm corn am gelfyddyd, dim ond ei fod yn derbyn yr arian? Onid oedd pob plethiad o'r wisg a phob llinell ac amlinell o gnawd dynol yn y darlun, nid yn gymaint yn gelwydd noeth, ond yn goreuro'r dyn yn gywilyddus? Wrth gwrs, medrai William Thomas Lewis ymddangos fel y mwyneiddiaf o ddynion, a hyd yn oed roi'r argraff ei fod yn greadur hollol gyffredin, ond hwyr neu hwyrach yr oedd ei lais a'i osgo yn sicr o'i fradychu.

Erbyn i'r meddyliau hyn ei feddiannu, yr oedd Edward Shaw yn cael ei sobri gan gwestiwn ynghylch nodyn a anfonasid gan Dr Atkinson. Clywai lais y cwnsler — ". . . ac yr wyf dan orchymyn i ddwyn eich sylw at y rheidrwydd o roi sylw manwl i'r Rheol Arbennig parthed Trydan (15.i) aparatws arwyddo."

Chwifiodd y Comisiynydd ei law ar Trevor Lewis i adael iddo ef gydio yn yr ymholiad. Dywedodd, "Mr Shaw, fe roesoch ddisgrifiad manwl iawn i ni o'r hyn a welsoch pan aethoch i lawr y siafft y tro cyntaf ar ôl y danchwa — fe gawsoch amser caled iawn. Os cofiaf yn iawn, fe ddwedsoch i chi edrych o'ch blaen a gweld yr holl le yn wenfflam?"

"Do, syr."

"Glywsoch chi gwymp hwnt ac yma?"

"Naddo."

"Pa mor bell y gallech chi weld ar hyd y ffordd oedd ar dân?"

"Rhwng ugain a deg ar hugain o lathenni."

"Pan ddisgynnais innau i'r pwll yn hwyrach yn y dydd, ni fedrwn weld unrhyw byst o gwbl, Mr Shaw."

"Credaf i mi ddweud mai coleri oedd yn llosgi. Nid y breichiau. Yr holl goleri, dyna a ddywedais."

"Ac ar ôl iddyn nhw losgi y digwyddai cwymp o bosib?"

"Ie, syr."

"Cogsen bren?"

"Ar dân."

"Dichon os oedd gofyn am gocsen bren a choleri, y rheswm am hynny oedd bod y ddaear yn wan?"

"O, gwan iawn, yn bendant. Mae'n rhaid i mi gyfaddef bod y ddaear yn wan."

Arhosodd y Comisiynydd am eiliadau i ystyried hyn cyn ailddechrau, "Fy nhrwbwl i yw hyn: pan ddisgynnais y prynhawn hwnnw, ar ôl cerdded ymlaen ychydig tua'r cwymp, nid oedd unrhyw arwydd o dân, ond yr oedd i'w glywed oddi tanom, stêm yn codi o'r dŵr a ddisgynnai arno; ac ni fedrwn weld unrhyw goed yn ymwthio allan o'r cwymp."

"Credaf fod y rhan fwyaf o'r breichiau yn gwthio allan, a'u bod nhw yno ar ôl y danchwa."

"Falle bod hynny'n wir, ond ni welais i mohonyn nhw."

Cododd un o'r tystion i ddweud gair, "Os gwelwch yn dda!"

Edrychodd y Comisiynydd arno dros ei sbectol, "Ie?"

Meddai'r gŵr, "Ac yr oedd topiau'r breichiau — fe sylwais ar lawer ohonyn nhw — wedi eu llosgi'n rhannol. Ac yr oedden nhw'n sefyll am amser wedyn."

Nodiodd y Comisiynydd ar y dyn o ran cwrteisi, a throes yn syth at Robert Smillie, un o'r aseswyr, a oedd ar ei draed yn barod fel pe bai'n ysu am fynd i'r afael ag Edward Shaw. "Credaf fod Mr Smillie am ofyn cwestiwn neu ddau cyn ein bod yn symud ymlaen."

Symud ymlaen, meddyliodd y goruchwyliwr, cwestiwn ar ôl cwestiwn, pwynt ar ôl pwynt, ond — rhaid oedd iddo'i feddiannu ei hun mewn amynedd! Ni fedrai, serch hynny, osgoi'r hen deimlad dig y tu mewn iddo y câi'r Arglwydd Merthyr, er nad oedd am eiliad yn mynd i roi'r bai i gyd wrth ei ddrws ef, ei esgusodi'n llwyr rhag gorfod dioddef ei flingo'n gyhoeddus fel hyn gan gwestiynau. Duw a ŵyr, os gwnaeth unrhyw un gais ar ôl cais i ochel trasiedi ac enbydrwydd i bobl, ef oedd hwnnw!

Nid oedd Shaw yn synnu dim pan glywodd y cwestiwn nesaf, "Pryd ddaru chi godi bwa?"

Atebodd, "Tuag wyth mlynedd yn ôl, ar ôl cwblhau, ddwedwn i, a'i gymryd allan mor fuan ag oedd modd. Fe ddwedwn i y cymerwyd y bwâu allan saith mlynedd yn ôl."

"Ai dyna brofiad peirianwyr cloddio sy'n gofalu am byllau glo, mai ffôl o beth yw codi bwa dan y ddaear hyd nes i'r stratwm ei sefydlu ei hun?"

"Ie, dyna ni."

"Tra bo'r wasgfa ymlaen?"

"Dyna'r arferiad — peidio â chodi bwa nes bod y ddaear wedi setlo."

"Ond a yw'n iawn dweud i'r rhan honno setlo ers tro byd?"

"Nac ydy, syr, nid yw wedi setlo, yn wir, a hynny o bell ffordd."

"Mae'n para i wasgu?"

"Gwasgfa fawr a'r coed — mae'r coed yn chwilfriw. Mae'n gymaint ag y gallaf ei wneud i gynnal y dramwyfa â choed."

Tra gobeithiai Shaw y dechreuai'r aseswr lacio, bron nad oedd y cwestiwn nesaf ar ei wefus cyn iddo dderbyn ateb, ac aeth ymlaen ac ymlaen i holi ynghylch y modd y medrai'r taniwr ddarganfod y blowar, sut y medrai roi prawf ar y nwy, a diffinio capan; cwestiynau manwl, technegol, ac nid oedd y termau a ddefnyddid yn gwneud synnwyr i neb ond i wŷr profiadol — digon o le i aseswyr hyd yn oed faglu!

Ond, mynnodd ei atgoffa ei hun unwaith eto, er mor boenus o lafurus oedd y broses o fynd â chrib mân drwy'r dystiolaeth a'r damcaniaethau, yr oedd yn rhaid, rhaid, rhaid, iddo ei feddiannu ei hun. Ac eto, bob tro yr ymdrechai i wneud hyn, deuai yn ymwybodol fwyfwy fel yr oedd delw'r Arglwydd Merthyr yn cymylu gorwelion ei feddwl, rhyw ddrychiolaeth anferth erbyn hyn, a honno'n crechwenu arno am iddo ddianc ei hun a gwthio holl faich yr ymholiad ar ei ysgwyddau. Nid oedd angen i neb ei atgoffa pa mor echrydus oedd yr hyn a ddigwyddasai, colli dynion a oedd yn hen gydnabod iddo, gwŷr yr oedd ganddo'r parch mwyaf iddynt, ond . . . wel, nid oedd na hunllef nac argyfwng o fath yn y byd yn medru bod yn waeth na'r sefyllfa yr oedd ef ynddi yr eiliadau tragwyddol hyn!

Yna, bu trafodaeth hir ynghylch gwahanol adrannau'r pwll pan gododd W. P. Nicholas, cynrychiolydd Ffederasiwn Glowyr Prydain Fawr, "Fe garwn i Mr Shaw nodi ar y plan adrannau'r tanwyr. Mae'n amhosibl dilyn yr adroddiadau heb hynny."

Dywedodd y Comisiynydd i bob adran gael ei harwyddo â nodau a llinellau ar ei blan ef ynghyd ag enw'r gŵr a oedd yn gysylltiedig â phob un o'r adrannau. Fe soniwyd wedyn am adran Edward Evans, Kimberley, rhai yn galw'r lle yn Mafeking, a Nicholas yn dal i fynnu'r eglurder mwyaf, pwy oedd pwy, ble oedd ble.

Teimlai Shaw hyn oll yn dreth eithafol — gwrando ar ddynion yn ymbalfalu lle yr oedd y cyfan mor glir iddo ef â chledr ei law. Ladysmith, East Ladysmith, Mafeking, Aberystwyth, Pretoria — curai'r enwau ar ei glyw bron fel ergydion drwm!

Yna, arwyddodd y Comisiynydd i Evan Williams, yr aseswr, fynd ymlaen â'r holi. Edrychodd ar ei bapurau yn ofalus, gan achosi un o'r seibiau hynny a oedd yn fwy o dreth na dim i Shaw, yr awydd i fynd ymlaen â'r achos, doed a ddelo, yn peri iddo glensio'i ddwylo mor dynn â feis. "Yr oeddech ar ben y pwll pan ddigwyddodd y danchwa, Mr Shaw?"

"Oeddwn."

"Fe wnaethoch edrych o gwmpas a chlywed twrw?"

"Do."

"Wnewch chi fod mor garedig â disgrifio'r sŵn? Ai rhu a barhaodd am hydoedd ydoedd?"

"Na, dim ond fel sŵn saethu."

"Am eiliad neu ddwy, neu ragor?"

"Eiliad neu ddwy."

"A medrech weld pen y pwll?"

"Medrwn."

"Welsoch chi fwg o gwbl?"

"Do."

"Pa mor hir y parhaodd y mwg?"

"Amser byr iawn. Prin funud, ddwedwn i. Un pwff a diflannu."

"Nid rhuad parhaol felly?"

"Nage, un saeth siarp. Bwrw'r caets i fyny nes iddo gydio fel glud yn y fframin. Aeth y caets ddim i lawr wedyn. Sticiodd yn y fframin a chwalu'r haearn."

"Oddi wrth y sŵn a'r hyn a welsoch wedyn, a ddwedech i'r ffrwydrad ddigwydd ymhell i fewn neu ryw gymaint yn agosach?"

"Ni fedraf ddweud mwy na'i fod yn weddol ddiniwed ar waelod y pwll, lle bynnag y dechreuodd. Ma gen i syniad i'r tân gychwyn heb fod ymhell o waelod y pwll."

"Parthed cyrff y dynion, 'roedd rhai wedi cerdded tipyn o ffordd o'u lleoedd, ac eraill yn eu lleoedd, ond — gwell i ni adael hyn dros dro."

Credai Shaw, yn wir, y penderfynasai'r aseswr adael y mater, er y medrai ef ateb gystal, os nad yn well, nag undyn byw. Nid felly, yn wir. Meddyliodd, Nid yr holi yw'r peth gwaethaf, ond y loetran a'r hongian mewn gwagle bob hyn a hyn. Mae'r gyfraith yn asyn ac asynnod yw cyfreithwyr!

"Un pwynt arall," meddai Evan Williams, "Ni theimlodd y dynion yn adran West York effaith y ffrwydrad o gwbl?"

"Naddo."

"Ac yr oedden nhw wedi cerdded peth o'r ffordd ymlaen?"

"Oedden."

"A fyddai'n bosibl i rywun fynd allan o'r pwll yn ardal West York a York?"

"Amhosibl!"

"Amhosibl?"

"Mi fyddai'r mwg a'r amser i gerdded i fyny'r West York yn ormod."

"Ble'r oedd y dyn a ddaeth o fewn ugain llath felly?"

"Fe weithiai yno."

Mynnodd y Comisiynydd fod yn siŵr o hyn, "Fe ddaeth o fewn ugain llath i waelod y pwll?"

"Beth oedd ei enw?" gofynnodd W. P. Nicholas.

"John Hughes."

Mynnai Evan Williams yn awr fod yn gwbl siŵr o hyn, "Daeth y dyn hwn allan o'i le cyn belled â'r ffordd i fewn i'r West York ar hyd y brif lefel, ac fe'i caed yn farw ugain llath y tu fewn?"

"Do."

"Oedd y pwll mor llawn o fwg fel na fedrech weld unrhyw bellter o'ch blaen?"

"Oedd."

"A'r aer yn llawn o fwg?"

"Oedd."

"Gymaint felly fel na fedrai'r dynion achub weld dim ychwaith?"

"Dywedodd tri gŵr a wisgai aparatws a thair lamp Oldham yn eu dwylo, wrthi'n ripario asiad, na fedren nhw weld o gwbl. 'Roedd y mwg mor dew â hynny."

"Ond os llwyddodd y dyn hwn i gyrraedd o fewn ugain llath i'r groesffordd, onid oedd yr aer yn well?"

"Siŵr o fod. Daeth y dyn allan cyn gyflymed ag y medrai."

"Ydach chi'n credu i'r dyn hwn gerdded o ffas West York ar ôl y ffrwydrad?"

"Dyna greda' i a ddigwyddodd." Oedodd Shaw, ac ychwanegodd yn araf, "Cymerodd rhai dynion eu hamser fel na fedren nhw gyrraedd cyn belled, ond mae'n siŵr i'r mwg gael ffordd i fewn i'r West York yn bur sydyn."

Ymlaen ac ymlaen yr aeth yr holi, Trevor Lewis, Evan

Williams, y Comisiynydd, Nicholas, Kenshole, yr holl fyddin, yn bwrw i mewn i'r ymosodiad.

Ni chafodd Shaw ddim, ar wahân i ddiferyn o ddŵr, i'w gynnal . . .

Ar ôl yr holl drafod, cydiodd y Comisiynydd yn yr awenau a daethpwyd at un digwyddiad a barodd gryn ddwyster i bawb, pa mor ffwr-bwt bynnag y medrai cyfreithwyr a bar-gyfreithwyr fod, a neb wedi'i gyffwrdd yn fwy na'r goruchwyliwr, Edward Shaw.

Ar ôl holi'n fân ac yn fanwl am y drysau, bradis a phethau cyffelyb, wrth geisio dod o hyd i graidd y ffrwydrad, dywedodd Redmayne, "Fe ddaethpwyd o hyd i geffyl yn fanna, do?"

"Do."

"A oedd unrhyw arwyddion o niweidiau mecanyddol ar y ceffyl?"

"Wn i ddim yn iawn beth a olygwch wrth niweidiau mecanyddol."

"Sgraffinio'r creadur?"

"Fe sylwais fod y ceffyl yn rhannol allan o'i dac. Wn i fawr ddim arall am y ceffyl. 'Roedd ei harnais yn rhannol arno a rhannol oddi arno — ni sylwais ar ddim arall."

"Cafodd ei chwythu allan, do?"

"Roedd yn sownd yn siwrne'r dramie."

"Sownd yn siwrne'r dramie, meddech chi?"

"Oedd, ac wedi stryglan i ddod allan o'i harnais a'i gael ar ben y pentwr."

"Ai wedi syrthio ar y llwyth yr oedd neu'r llwyth wedi'i chwythu oddi tano?"

"Mi dybiwn i y saethwyd y llwyth oddi tano."

"Felly yr oedd niweidiau ofnadwy ar yr anifail druan?"

"Mae'n siŵr."

"Ond nid oedd y ceffyl wedi'i anffurfio, fel na fedrech ddweud am y niweidiau?"

"Fedra' i ddim dweud."

" 'Roedd 'na siwrne o saith dram a dwy ddram, onid oedd?"

"Oedd."

"Sylwoch chi ar rywbeth ynglŷn â'r dramiau hyn?"

" 'Roedd 'na siwrne o ddramiau llawn a siwrne o ddramiau gwag."

"Roedd 'na saith ac 'roedd 'na ddwy, ac yr oedd glo ynddyn nhw?"

"Oedd, 'roedd 'na siwrne o ddramiau llawn, mi wn hynny, ac yr oedd rhasiad y ddram ôl wedi'i chwythu ymaith. 'Roedd y dramiau eraill heb eu cyffwrdd."

"Mae hynny'n gywir, Mr Shaw . . . Down at yr injan halio. Sylwoch chi ar rywbeth yno?"

"Na, nid ar bwys yr injan halio."

"Ble'r oedd y cwymp?"

"Rhyw ddeg llath ar hugain ymlaen ar ochr dde yr injan."

Arhosodd y Comisiynydd, bron fel pe bai teimlad yn ei drechu. "Fe ddaethpwyd o hyd i gorff y crwtyn a ofalai am yr injan ar ben y cwymp?"

"Na, injan y Botanic oedd hwnnw."

"Oedd 'na gwymp yno?"

" 'Roedd 'na gwymp bach . . ."

"Dyna'r cwymp sy gen i mewn golwg felly."

" 'Roedd 'na gwymp arall tu hwnt i'r injan a chwymp ar owt-bei yr injan ac yr oedd corff y crwt ar dop y cwymp ymhellach i mewn — ychydig ymhellach i fewn . . ."

"Nid dyna'r injan . . ."

Arwyddodd Shaw yr union fan ar y plan. "Deg llath ar hugain i mewn . . ."

"Ble'r oedd yr injan lle y cafwyd corff y bachgen 'ma, Mr Shaw? Dyna beth y carwn i 'i wybod — fanna?" Pwyntiodd y Comisiynydd at y plan.

Ni ddaeth ateb.

Cododd Trevor Lewis yn ddiamynedd, "Atebwch, ddyn!"

Oedodd Shaw fel pe'n methu cael ei eiriau allan, "Dest fanna."

"Disgrifiwch y peth i ni, nid dweud, 'Dest fanna!', i'r nodiadau 'ma fod yn berffaith glir. Y cwymp ar ffordd-ddychwel y Mafeking."

Meddai'r Comisiynydd, fel pe na bai neb wedi torri ar ei draws, "O ble y cerddodd y crwt i mewn felly, ddwedech chi?"

"Yr hyn a ddigwyddodd yn 'y marn i," mentrodd Shaw, yn amlwg wedi'i gynhyrfu gan ymyriad diamynedd Trevor Lewis, "oedd bod y bachgen wrth ei injan pan glywodd y ffrwydrad ac fe geisiodd redeg allan tua'r lefel — i briffordd lefel y Mafeking — ac fe welodd nad oedd ffordd drwodd a dychwelodd. Erbyn hynny, yr oedd y cwymp wedi digwydd, ac fe'i cafodd ei hun ar ben y llanast."

"Fe alwoch y Mafeking yn storfa, oherwydd yno y cedwir llawer o'r tybiau?"

"Ie."

"Dyna'r lle mwya' llychlyd yn holl ardal y Mafeking, siŵr o fod?"

"Mae'n siŵr y ceir cymaint o lwch yn fanna ag yn unrhyw fan."

"Ac nid ydych yn credu i ail ffrwydrad ddigwydd yno?"

"Na, nid wyf yn tybied hynny o gwbl."

"A dybiwch i'r drwg dorri allan eilwaith yno?"

"Ie, rhywbeth fel'na a ddigwyddodd. Gwahanol ysbeidiau o ffrwydro fel y danchwa yn symud, oherwydd bod mwy o nwy mewn un lle na'r llall, ond un danchwa oedd."

Ychydig wedi hyn, ymaflodd Evan Williams yn y croesholi, ac erbyn hyn yr oedd olion blinder mawr ar Shaw. 'Roedd yn amlwg i bawb i'r hanner awr olaf ei ysigo. Meddai'r aseswr, "Nawr, Mr Shaw, parthed yr injan, Injan Kimberley yw'r enw arni, mi gredaf, ai dyna'r lle y mae uchder mawr gerllaw i'r injan a chodwm sydyn?"

"Ie, mae'n wir."

"Beth am y siwrneiau oedd yn mynd ar yr hewl yno?"

" 'Roedd ceffyl newydd basio fanna yn tynnu siwrne o ddramiau llawn."

"Oni fyddai'r dyn a gafwyd ar y groesffordd — wel, o safbwynt y siwrne a'r traffig, ble y disgwyliech chi i'r dyn hwnnw fod?"

"Nid oedd y siwrne yn gweithio ar y pryd. 'Roedd y siwrne o ddramiau newydd gael ei thynnu allan i ben y storfa. Mae'n rhaid eu bod wedi troi'r ceffyl i fynd â'r siwrne wag i'r partin. Cyn gynted ag yr oedd y ceffyl yn glir, rhoddai'r dyn arwydd i yrrwr yr injan."

"Felly, er mwyn gwneud hynny, byddai'n rhaid iddo sefyll rhyw dair neu bedair llath allan?"

"Byddai."

"Y casgliad y down iddo felly yw i'r dyn gael ei chwythu . . ."

"Sôn am storfa Mafeking, onid oedd 'na ddrysau yno ar ffordd y storfa?"

"Oedd, dau ddrws."

"Un â choed mawr uwchben?"

"Ie."

"A chwythwyd y postyn hwnnw allan?"

"Ar un drws, ond nid ar y llall."

"Mae un enghraifft arall o rym y ffwydrad?"

" 'Roedd chwech o ddramiau yn y siwrne. Chwythwyd tair ohonyn nhw ar draws y rheiliau."

"Unrhyw arwydd arall?"

"Bocs o offer. Fe'i chwythwyd wyth llath i ffwrdd o'r lle y dylai fod. Wedyn, siwrne arall o ddeuddeg dram; chwythwyd y ddwy ddram olaf ymhell a'r lleill a'i siaclau yn dynn yn ei gilydd."

Aeth yr holi ymlaen, a thrwy hynny cafwyd rhestr hir o'r dramiau a chwythwyd oddi ar y rheiliau a darlun o'r pentyrrau o byst a haearn a chnawd dyn ac anifail a gafwyd yn y rhan honno o'r pwll."

"Beth am ardal y Pretoria?"

"Mae prawf o egni yno sy'n werth sôn amdano . . ."

"Rhwng y Mafeking a'r Pretoria?"

"Nage. Ychydig o ddifrod sydd yno. Ychydig iawn."

Cododd William Brace ar ei draed, ei fys yn pwyntio a'i aeliau wedi codi, "Ychydig o ddifrod?"

"Prin y gwelwch gwymp yno. Dim arwydd o rym ffyrnig. Nac mewn rhannau eraill o weithfeydd y Pretoria."

"Parthed y Botanic — 'roedd 'na ddrws yno?"

"Oedd, 'roedd 'na ddrws yno."

"Chwythwyd y drws i mewn?"

"Ei chwythu allan i ganol y ffordd."

"Unrhyw beth arall nad ydych wedi sôn amdano?"

"Na, nid wyf yn credu."

Gofynnodd yr aseswr, Evan Williams, "Cyrff y dynion ychydig bellter i ffwrdd — deallaf i'r cyrff gael eu darganfod heb fod ymhell o'r ffas?"

"Yn ardal y Ladysmith yn bennaf. Mae'n siŵr i rym y ffrwydrad eu cyrraedd nhw yn gyflymach na neb arall. Mewn lleoedd eraill, yr oedd y dynion wedi heidio at ei gilydd, ond yn ardal y Ladysmith fe'u daliwyd i gyd wrth eu gwaith."

Bu'r Comisiynydd, Evan Williams, a Robert Smillie yn ymgynghori'n hir, cyn i Shaw gael ei holi'n ddidostur wedyn parthed y dynion a weithiai yn y Mafeking a grym y nwy o gwmpas Pwll 2 a hedin caled y Mafeking; Smillie yn codi pwynt ynglŷn â'r golau noeth yng nghaban y lampau, gan bwyso a gwasgu'r manajar, "Os oedd hon yn ffordd lychlyd, a oedd posibilrwydd i swm mawr o nwy fod o gwmpas i ladd y dynion hyn?"

Yr ateb oedd, "Nac oedd, syr, ffordd gerrig yw hi, hen ffordd danddaear. Ni fu glo ar hyd-ddi ers wyth mlynedd."

Cododd Clement Edwards, yr aelod seneddol a gynrychiolai'r teuluoedd galarus, a'i ddilyn gan William Brace, cynrychiolydd Ffederasiwn Glowyr De Cymru; yna, ar ôl saib, rhoes W. P. Nicholas, cynrychiolydd

Ffederasiwn Glowyr Prydain Fawr, nifer o gwestiynau gerbron y goruchwyliwr. Edrychai Shaw o hyd fel dyn dan gawod o gerrig, pob cwestiwn yn ei ddolurio, ac ymddangosai, hyd yn oed i'r bobl na feddai fawr o olwg arno, fel gŵr wedi'i fradychu a'i adael i wynebu'r dynged ar gam.

Edrychodd y Comisiynydd arno am eiliadau, y math o edrychiad sy'n adlewyrchu llawer o bryder a thosturi, cyn arwyddo â'i law, "Dyna ddigon, Mr Shaw, neu fe fyddwch chi a ninne wedi drysu."

Eisteddodd y manajar mewn cadair ychydig gamau o'r fan lle y safasai cyhyd yn cael ei holi, rhyw daflu'i hun i'r gadair fel y gwna paffiwr a fu dan ddyrnodau ar ddiwedd gornest waedlyd.

Ar ôl saib arall, a murmuron yn llenwi'r ystafell fel haid o wenyn wedi mynd yn rhydd drwy'r lle, galwyd ar Benjamin Price, glöwr profiadol, a'r cwestiwn cyntaf a saethwyd ato oedd, "A fedrwch chi siarad Saesneg?"

Atebodd, "Na fedraf."

Mynnodd Trevor Lewis, gan ddangos ei hoffter o fanylder unwaith eto, "Mae'n meddwl yn Gymraeg!" a'i dôn yn awgrymu ei fod yn gwamalu er mwyn ysgafnhau'r awyrgylch.

Ni chymerodd y Comisiynydd unrhyw sylw, dim ond dweud ar ei ben, "Fe garwn i'n fawr pe medrwn siarad Cymraeg."

Eisteddodd Trevor Lewis yn siomedig.

"Chi sydd â gofal y wyntyll?"

"Ie, syr."

"Ers pryd?"

"O'r dechre, syr."

"Faint o orie'r dydd ŷch chi'n gweithio?"

"Diddeg awr, syr."

"Deuddeg awr?"

"Ie, syr."

"Yn nhŷ'r injan sy'n gweithio'r wyntyll 'ma am ddeuddeg awr?"

"Ie, syr."

"Bobol bach! . . . Pan ddigwyddodd y ffrwydrad, sut y gwyddech fod ffrwydrad wedi digwdd?"

"Twrw mawr, syr."

"Be wnaethoch chi wedyn?"

"Fe deimles rym mawr yn rhoi straen ar y peirianne."

"Ai dyna'r unig wyntyll yn y pwll?"

"Ie, syr."

"Yr *unig* un?"

"Yr unig un, syr."

Ar ôl godro allan o'r gŵr syml bopeth a ellid, galwodd y Comisiynydd ar William Chidsey, taniwr yn ardal y Mafeking, gŵr cydnerth, wyneb llawn, gên gadarn, a'i fwstás du yn rhaeadr dros ei wefus.

" 'Roeddech chi'n gweithio yn lle Davies?" Pwyntiodd y Comisiynydd at y lle ar y map.

"Oeddwn — fe gymerodd Davies fy lle y bore hwnnw."

"Yr oeddech chi'n dost?"

"Oeddwn."

"Lwcws felly?"

Edrychodd Chidsey yn syn fel pe'n methu deall y fath osodiad. "Mmmm?"

"Lwcus felly?"

Edrychodd Chidsey i lawr a gostwng ei lais. "Lwcus iawn, syr."

Yna, gan liniaru rhyw ychydig ar drymder yr awyrgylch, dechreuodd y Comisiynydd holi'n brysur a manwl am yr amser a gymerai i gerdded o waelod y pwll a mynd o gwmpas o ffas i ffas yn archwilio.

"Faint o ddynion oedd yn gweithio ymhob ffas, Mr Chidsey?"

"Tua saith deg chwech i bedwar ugain, syr."

"Ydy hynny'n nifer fawr, ddwedech chi?"

"Na, ddim felly; mi weles fwy miwn pylle erill."

"Ac fe fedrwch archwilio pob ffas yn fanwl miwn faint?"

"Awr ac ucen munud."

"Y cwbl mewn . . .?"

"Awr ac ucen munud."

Oedodd y Comisiynydd ac ysgwyd ei ben.

"'Rydach chi'n ddyn abl."

"Abl iawn."

"Ma'n siŵr pe byddwn i'n rhedeg ras 'da chi, mi fyddech yn fy nghuro'n rhwydd?"

"Siŵr o fod."

"Ma hynny'n symud go galed, cofiwch."

"Ma 'da fi bâr o goese caled hed."

Cafodd Chidsey ei holi'n fanwl wedyn parthed y to, lleoedd danddaear lle yr oedd wedi dod ar draws nwy, gosod lamp yn erbyn y glo i ddyfalu a oedd nwy, y ffyrdd o'r siafft i'r ffas, rwbel i bacio'r gob, yr amser y disgynnai bob bore, y ffordd y cerddai, cyn i'r gŵr druan ddechrau ymddiheuro a baglu a chymysgu.

"Be ddwedech chi yw hyd y ffordd?"

"Un llath ar bymtheg neu ddwylath ar bymtheg."

"Mwy na hynny, 'does bosib."

"Wel, 'dw i ddim wedi gweithio'r peth allan. Wrth gwrs, 'rydach chi foneddigion yn well sgolors na fi."

"'Dw *i* ddim yn fathemategydd."

"'Dw inne ddim, chwaith!" atebodd Chidsey yn naturus.

"Ond mi 'rydach chi mor bendant am y ffyrdd?"

"Na, 'dw i ddim — 'dw i ddim yn gwbod!" taranodd, bron ar dorri.

Dilynwyd y Comisiynydd gan bob un o'r lleill, Trevor Lewis, Nicholas, Kenshole, Brace, Richards, Edward Williams, ef yn hawlio cael disgrifiad manwl unwaith eto o waith William Chidsey.

"Y peth cyntaf a wnaf," atebodd yn amyneddgar, "yw galw yn y lamprwm am fy nwy lamp. Byddaf yn eu harchwilio rhag ofn bod unrhyw nam ar y feinwe a'r gwydr. Edrychaf ar y barometer wedyn; yna, wedi gwneud hyn, af i ben y pwll. Mae llyfr yno i mi nodi'r amser y disgynnaf i'r pwll. Nodaf yr amser ac arwyddaf y llyfr. Byddaf yn mynd o gwmpas yr ardal dan fy ngofal ac os oes unrhyw beth allan o'i le, dychwelaf i orsaf y lampau. Gwnaf adroddiad yno. Archwiliaf lampau'r dynion wedyn cyn iddyn nhw fynd at eu gwaith a'u gyrru i'w lleoedd. Wedi i'r dynion fynd i'w lleoedd, byddaf yn ymgynghori â'r ofarman a'r is-oruchwyliwr, cyn dilyn y dynion o le i le a gwneud yn siŵr fod pob un yn cyflawni ei ddyletswydd. Gwnaf hyn ddwywaith cyn mynd â'r adroddiad i ben y pwll."

"Dyna eich diwrnod gwaith felly?"

"Ie."

"Mae hanner awr wedi tri yn awr annaearol i godi?"

"Ydy, mae'n annaearol."

"Gan eich bod yn gorfod codi mor gynnar, oes 'na berygl gor-gysgu, Mr Chidsey?"

"Ma gen i alarwm da."

"Beth pe digwyddai i chi gysgu'n hwyr — tri chwarter awr, dwedwch?"

"Fûm i erioed dri chwarter awr yn hwyr."

"Byddai gennych rywun yn eich lle?"

"Byddai rhywun yn mynd o gwmpas yn fy lle — pe digwyddwn gysgu'n hwyr. A phe digwyddwn fynd i'r pwll wedyn, fe fyddwn yno erbyn hanner awr wedi pump."

Torrodd y Comisiynydd ar ei draws, "Beth yn union yw ystyr 'rhywun yn eich lle'?"

"Taniwr y nos. Mynd o gwmpas ac archwilio yn lle ffeiarmon y dydd."

"Gŵr trwyddedig?"

"Ie."

"Mae'n cyrraedd, beth wedyn?"

"Mynd ati ar yr amser priodol."

"Ond bwriwch eich bod yn cysgu'n hwyr — 'troi'r gornel' oedd ein term ni yng Ngogledd Lloegr — sut y deuan nhw i wybod eich bod wedi cysgu'n hwyr?"

"Wel, nid ydym yn cyrraedd mewn pryd."

"Nid ydych yn cyrraedd ac fe anfonir am ddirprwy?"

"Welwch chi, fe gwrddwn â ffeiarmon y nos bob bore wrth fynd i fewn, ac os na chwrddwn ag ef byddai e'n gwybod nad ydym wedi ymddangos. Yna, byddai yn mynd o gwmpas ei hunan neu'n anfon rhywun cymwys."

"Does neb sbâr wrth law i'r pwrpas?"

"Nac oes."

Dechreuodd Edward Williams ailafael yn yr ymholiad. Nid oedd mor bwyllog â'r Comisiynydd, ond yr oedd rhyw naid yn ei lygaid ar dro yn awgrymu y medrai fod yn gyfrwysach. Teimlid ar dro y siaradai Redmayne fel gŵr a chanddo wybodaeth dechnegol yn unig, un a oedd wedi dysgu am weithgareddau pwll glo, ond yr oedd gan Edward Williams ffordd o siarad a roddai'r argraff ei fod yn meddu ar brofiad ymarferol. Meddai, "Mae'n siŵr y gwnewch gytuno, Mr Chidsey, fod y Mafeking yn rhan fawr iawn o'r pwll i un ffeiarmon?"

"Na, ddim felly. Nid mor fawr wrth gerdded o gwmpas ag y mae'n edrych ar y plan."

"Mae'r ffaith fod pedwar a deugain o leoedd gweithio, a'r rheini mor bell o waelod y pwll, yn cyfleu ar unwaith ei bod yn ardal fawr."

"Ddim yn fy ngolwg i."

"Pedwar a deugain o leoedd gweithio, dau ddyn ar gyfartaledd ar gyfer pob lle, dyna wyth a phedwar ugain o ddynion, wyth a phedwar ugain o dorwyr glo, yn ogystal â'r dynion eraill sy'n ofynnol . . .?"

"Nid oes dau ddyn ar gyfer pob lle."

"Ar gyfartaledd, ddwedais i."

"Bydd dau mewn un lle ac un wedyn. Anaml y cewch fwy na dau i un lle."

"Ond fe erys y ffaith fod gennych tua chant o ddynion dan eich cyfarwyddyd yn y rhan honno?"

"Digon gwir."

"Ydach chi'n meddwl — ac yr wyf am i chi ateb yn berffaith onest — bod gormod o ddynion yno i chi ofalu amdanyn nhw?"

Oedodd Chidsey. Gwyddai fod llygaid pawb arno. "Na."

Edrychodd Evan Williams yn galed ar y gŵr yr oedd yn ei holi. "Yr hyn a olygaf yw gormod i ddyn fedru gwarantu'r diogelwch a ddymunai, a hynny yn wyneb y dyletswyddau pwysig perthnasol i ddiogelwch pwll glo a ymddiriedwyd i chi."

Oedodd Chidsey eto. Atebodd yr un mor bendant, "Na."

Ar hyn, arwyddodd y Comisiynydd ei bod yn bryd dwyn yr holi i ben tan ar ôl cinio. Casglodd pawb eu papurau.

Aeth y dyddiau heibio. Holwyd Richard Davies, ffeiarmon y rhan o'r Mafeking a adwaenid fel Aberystwyth, David John Morris, is-oruchwyliwr yr Universal, William Williams, ofarman, D. R. Thomas, ofarman, yn hir a manwl, cyn i'r llys fentro gofyn cwestiynau parthed y trydan a ddefnyddid yn y pwll. Cyhoeddodd y Comisiynydd ei fod am ofyn i'r Dr Thornton, athro mewn peirianneg yng Ngholeg Armstrong, Newcastle, i wneud arbrawf arbennig a fyddai'n peri sŵn mawr fel taranau. Felly, gofynnodd i'r llys dorri ac i bawb fanteisio ar yr egwyl i gael cinio a dychwelyd am hanner awr wedi dau. Câi'r Dr Thornton gyfle felly i wneud yr arbrofion heb amharu ar yr achos mewn llys cyfagos.

Ar ôl y seibiant, galwyd ar Charles Waddon, trydanwr; gŵr tal, braidd yn esgyrnog, a'i lygaid yn dangos ei fod yn bur nerfus yn sefyll yno o flaen ei well.

Dechreuodd y Comisiynydd, "Mr Waddon, chi yw trydanwr pwll Senghennydd?"

"Ie, syr."

"Ers faint? Ers faint yn drydanwr?"

"Ugain mlynedd."

"Ble cawsoch chi eich gwybodaeth am drydan?"

"O dan Mr Beith, Pontypridd."

"Am faint?"

"Deuddeng mis."

"Ers faint y buoch yn drydanwr yn Senghennydd?"

"Ugain mlynedd."

"Nid un mlynedd ar bymtheg?"

"Un mlynedd ar bymtheg er pan ma'r clyche gyda ni."

Pan soniwyd am y clychau, nid oedd angen synwyrusrwydd arbennig ar ran neb i sylweddoli fod y llys yn glustiau i gyd; ac nid oedd angen gwybodaeth arbennig ychwaith ar ran neb i wybod fod y Comisiynydd yn awr yn dod at fater a oedd yn allweddol i wybod y rheswm, neu'r rheswm tebygol, am y drychineb.

Bu holi manwl wedyn — beth oedd y trefniadau yn y pwll ar gyfer y clychau, faint o gelloedd, beth pe gwanychai'r celloedd, beth oedd y dull o'u profi, a sut oedd rheoli'r foltedd.

Yna, cafwyd un cwestiwn a allai arwain at y gwir. "Pa fath o weiren a ddefnyddiwch i roi signal?"

"Weiren noeth, syr."

Oedodd y Comisiynydd yn ei ddull arferol, edrych dros ei sbectol, a throi ei bapurau drosodd. "Fe wyddoch ddarfod i danchwa ddigwydd ym mhwll Bedwas ym 1912?"

"Gwn, syr."

"Ma'n siŵr ych bod wedi rhoi cryn sylw i hynny."

"Do, syr."

"Ac yr ydych yn ymwybodol yr achoswyd hynny gan wreichioni trydanol?"

"Mi glywais ddweud hynny. Wn i ddim ai dyna'r gwir ai peidio."

"Ydach chi wedi cysidro — ydach chi'n dal i gysidro — y gallasai'r ffrwydrad yn Senghennydd fod wedi digwydd am yr un rheswm?"

"Na, nid wyf yn credu hynny."

"Pam?"

"Nid wyf yn credu y gellid achosi ffrwydrad o'r fath â naw o foltiau."

"Beth sy'n peri i chi ddod i'r casgliad hwn?"

"Wel, mi glywais gymaint am ffrwydrad Bedwas."

"Ond beth a wnaeth i chi feddwl na fedrai naw folt achosi ffrwydrad o'r fath?"

"Mi arbrofais fy hunan â'r clychau, syr."

"Pa fath o arbrofion?"

"Bensîn a phetrol."

"Ond 'does dim bensîn na phetrol danddaear."

" 'Dw i ddim yn dweud hynny."

"Ac y mae taniad nwy yn amrywio'n fawr."

"Digon gwir."

"Ac yr oedd hynny'n ddigon i'ch bodloni?"

"Oedd."

"Wel, yr ydach chi'n ddyn sy'n hawdd ei fodloni, Mr Waddon, os dyna'r gwir."

"Bodlon ar y ffaith na achosai naw folt ffrwydrad."

"Yr oeddech chi mor fodlon fel nad oeddech yn teimlo ar ôl eich arbrofion fod angen cynghori Senghennydd i newid neu wella'r system o roi signal ar ôl tanchwa Bedwas?"

"Mi gredwn fod popeth yn iawn yn Senghennydd. Wn i ddim beth oedd y foltedd ym Medwas."

"Holoch chi neb?"

"Naddo, syr."

Yna, arwyddodd W. P. Nicholas y carai ofyn cwestiwn neu ddau. Troes at Wadden, oedi'n fyfyrgar, cyn saethu, "A yw'n ddyletswydd ar eich rhan i wneud archwiliad bob dydd?"

"Nid bob dydd, syr."

"Gwelaf i chi 'neud adroddiad bob dydd?"

"Mae 'na adroddiad yn cael ei wneud bob dydd."

"Chi sy'n gneud hynny?"

"Ma fy mab yn dod o gwmpas gyda mi, a fe sy'n gneud y riport."

"A'ch mab sy'n llenwi i mewn?"

Oedodd Nicholas. Defnyddiodd ei sbectol i bwyntio at Wadden. "Fedrwch chi ddarllen?"

"Ychydig, dim llawer."

"Felly eich mab sy'n gneud y riport a chitha'n arwyddo am ei werth?"

"Ie."

Gofynnodd y Comisiynydd â thôn anhygoel yn ei lais, "Ydach chi'n dweud na fedrwch ddarllen fawr ddim?"

"Ddim yn dda iawn, syr."

"Chi yw trydanwr cymwys y pwll hwn?"

"Ie."

"Ac yn y llyfr fe'ch disgrifir fel 'y trydanwr yng ngofal y pwll y dydd hwn, Charles Waddon' ".

"Ie, syr."

Yna, ar ôl i Nicholas fanylu am beth amser ynghylch parhad y celloedd trydan, mynnodd y Comisiynydd ofyn fel rhywun ar fin anobeithio, "Oes gennych chi unrhyw wybodaeth o gwbl am gyfansoddiad nwy?"

Atebodd Wadden yn drist, "Nac oes."

"Oes gennych chi unrhyw wybodaeth am y perygl a all godi o lwch glo?"

"Nac oes, syr."

"Nid ydych wedi holi erioed am y materion hyn?"

"Nac ydw, syr."

"Ac eto, yr ydych yn cludo offeryn gyda chi i'r pwll sydd, o dan rai amgylchiadau, yn offeryn peryglus?"

"Ydw, syr."

"Mi dybiaf eich bod yn cytuno, yn ôl eich atebion blaenorol, ei bod yn dibynnu'n llwyr ar angerdd y gwreichion a ffrwydra'r llwch glo ai peidio?"

" 'Does gan lwch glo ddim i'w 'neud â 'ngwaith i."

"Ddim byd i'w 'neud â'ch gwaith chi! Ond wrth gyflawni eich dyletswydd yr ydych yn mynd â rhywbeth i ganol llwch y pwll a all beri canlyniadau echrydus?"

" 'Dw i ddim yn mynd â thân i mewn gyda mi."

"Ond chi yw'r trydanwr cyfrifol — er y gellir amau

hynny. Ond nid ydych wedi archwilio effeithiau'r gwreichioni a'r gloch mewn perthynas â'r llwch a'r nwy?"

"Nac ydw."

Sgrifennodd y Comisiynydd rai nodiadau cyn dywedyd, "Fe gawn Mr Schielbach nawr."

Cerddodd gŵr chwim ei gam a militaraidd ei olwg i'r bocs. Edrychodd o'i gwmpas a gwenu cyfarchiad ar y Comisiynydd. Ni dderbyniodd wên yn ôl, dim ond cwestiwn swrth ddigon, "Chi yw peiriannydd ymgynghorol pwll Senghennydd?"

"Cywir."

"Yn unol â'ch swydd fel cynghorwr i bwll Senghennydd ar faterion trydanol, a roesoch chi brawf erioed ar gylch yr arwyddion?"

"Do."

"Cyn y ffrwydrad — yn union cyn y ffrwydrad?"

"Na, nid cyn y ffrwydrad — nid yn union cyn y ffrwydrad."

"Faint o amser cyn . . .?"

"Mae'n anodd gweud."

"Wnaethoch chi erioed?"

"Do. Rhyw ddeuddeng mis cyn hynny, falle."

"Fe wyddoch am danchwa Bedwas?"

"Gwn yn iawn."

"Awgrymodd hynny i chi y rheidrwydd i gymryd gofal, gofal arbennig, parthed rhoi signal?"

" 'Doedd y cylchdeithiau a roddai signal a ddefnyddid gennym ddim yn beryglus nac yn debyg o fod yn beryglus."

"Pam?"

"Am nad oedd y gwreichion yn ddigon cryf."

"Pam?"

"I danio nwy."

"Ddaru chi drio?"

"Do, gydag anwedd petrol mewn cloch, peth haws i'w danio; fel y mae llwch glo yn haws i'w danio na methan."

"Ond ddaru chi erioed roi cynnig arni gyda methan?"

"Naddo."

"A wawriodd ar eich meddwl y gallai peth tebyg ddigwydd yn Senghennydd ar ôl Bedwas?"

"Na, ni thybiais fod hynny'n debygol."

"Ni thybiasoch hynny'n debygol? A dybiasoch hynny'n bosibl?"

"Ni thybiais hynny'n bosibl."

"Pryd wnaethoch chi'r arbrofion hyn gyda phetrol?"

"Rhyw bum mlynedd yn ôl, ddwedwn i."

"Pum mlynedd yn ôl?"

"Ddwedwn i."

"Cyn tanchwa Bedwas felly?"

"O, ie."

"A buoch yn dibynnu ar eich casgliadau byth oddi ar hynny?"

"Wrth gwrs, a bûm yn darllen papurau lle cefais yr un argraff."

" 'Rydach chi'n astudio'n papurau hyn yn ofalus, ydach chi? Ydach chi wedi astudio papur Dr Thornton ar y mater?"

"Ydw, 'rwy i wedi edrych ar bapur Dr Thornton."

"Ai dyma'r papur . . .? *'The Comparative Inflammability of Mixtures of Pit Gas and Air Ignited by Momentary Electric Arcs'*?"

"Fedra' i ddim dweud 'mod i'n cofio'r teitl. Pryd ddaru hwn ymddangos?"

"Awst yr ail, y llynedd."

"Na, nid wyf wedi darllen y papur hwn."

Dywedodd y Comisiynydd yn ei ffordd swta, "Fe fyddwn i'n eich cynghori i'w ddarllen."

"Gwnaf," atebodd y dyn yn y bocs.

Rhoddodd y Comisiynydd arwydd i Thomas Richards, un o gynrychiolwyr y Ffederasiwn a'r glowyr, fynd ati, a neidiodd yntau ar ei draed mewn eiliad.

"Chi yw ymgynghorwr trydanol y cwmni hwn?"

"Ie."

"A nifer o gwmnïau eraill, mae'n siŵr," meddai Nicholas yn wawdlyd.

"Na, dim ond y cwmni hwn."

"Beth ŷm ni, anwybodusion yng nghyfrinachau'r grym mawr hwn, i'w ddeall wrth ymgynghorwr trydan? Ai chi sy'n cynghori ai doeth ynte annoeth ydyw gosod arwyddion trydan neu bŵer trydan neu unrhyw beth tebyg yn y pwll? Ai dyna'r math o gyngor a roddwch?"

"Na, cynghori ynglŷn â'r aparatws a wnaf i."

"Ai'r hyn yr ydach chi'n cyfarwyddo yn ei gylch yw'r math o offer i'w osod?"

"Yn union felly. Mae'r manajar yn penderfynu'r lleoliad yn y pwll."

"Y manajar sy'n penderfynu'r cwbl?"

"Ie."

"Felly nid yw o unrhyw ddiben i mi ofyn cwestiynau i chi pa mor ddiogel neu beryglus yw defnyddio trydan neu'r clychau trydan yn y pwll."

"Na, nid wyf yn credu."

Cyn gohirio y tro hwn, gofynnodd y Comisiynydd i nifer o arbrofion gael eu gwneud. Ar ôl eu cyflawni, daeth gŵr o'r enw Charles Sparks i gael ei holi gan Trevor Lewis yn gyntaf. Dywedodd Sparks ei fod yn aelod o Institiwt y Peirianwyr Sifil a'r Peirianwyr Trydan. Eglurodd hefyd mai ef oedd y partner hynaf yng nghwmni Charles B. Sparks, peirianwyr ymgynghorol, Llundain. "I ddod yn nes adref," meddai Lewis, "chi yw'r gŵr sy'n cynghori Cwmni Pywel Dyffryn a Chwmni'r Cambrian ar faterion parthed trydan. Ac y mae gennych brofiad o'r pyllau hyn lle y defnyddir 10,000 o foltiau?"

"Digon gwir, ac y mae gen i ddeng mlynedd ar hugain o brofiad."

"Ydach chi wedi ymweld â phyllau Senghennydd, cwmni Lewis Merthyr, ac archwilio'r peiriandy, lefel y Mafeking a hedin caled y Mafeking?"

"Ydw."

Fe gasglwyd llawer o wybodaeth beirianyddol trwy groesholi Lewis, digon buddiol i'r achos, er nad arbedai hyn ambell dyst, a hyd yn oed y Comisiynydd, rhag cegrythu ar dro.

"Credaf y cytunwch â mi na all fod yn ddigon hysbys, a hynny ar led, fod peryglon yn berthnasol i'r defnydd a wneir o drydan i roi signal yn y pwll."

Ysgydwodd Sparks ei ben. "Nid wyf yn hoffi ei roi mor uchel â hynny. Mae 'na gymaint o beryglon mewn pwll glo ac nid yw'r defnydd o drydan hanner cymaint â rhai o'r peryglon eraill.

"Nid wyf am fynd ar ôl y peryglon eraill yn awr. Fe wyddom beth yw'r rhai hynny'n debyg o fod, ond rwy'n siarad â chi'n awr fel awdurdod ar drydan, Mr Sparks. Fe'i gofynnaf eto, onid ydych yn tybio nad yw'n bosibl gor-bwysleisio bod perygl yn gysylltiedig â defnyddio trydan i roi signal?"

"Yr ydych yn rhoi geiriau yn fy ngheg. Nid wyf yn hoffi defnyddio yr un geiriau â chi gan eich bod yn rhestru'r peth mor uchel oherwydd eich bod i bob pwrpas yn ystyried trydan o flaen pob achos arall."

"O diar, na. Ond fe ymddengys i mi na sylweddolir bod perygl yn perthyn i'r defnydd o drydan i roi signal danddaear."

"Mae hynny'n wir."

Ar ôl saib, cododd Thomas Richards ar ei draed. Am eiliad, ymddangosai fel pe bai Sparks dan y dybiaeth ei fod wedi dweud digon, ac edrychai braidd yn syn pan gododd Richards mor frwd i'w groesholi. Yr oedd yn bosibl y gwyddai'r Sais am yr aelod seneddol, ei fod yn gwnsel selog o blaid y Ffederasiwn a'r coliars, ac nad oedd yn debyg o gael triniaeth rhy esmwyth.

"Fe gefais y fraint o weld yr arbrofion a wnaed yn Nhredegar Newydd — yr arbrofion cyntaf — ac mae gen i gwestiwn neu ddau i chi."

"O'r gore."
"Credaf i chi ddweud wrth y Comisiynydd dysgedig bod eich gwybodaeth am nwy a llwch y lofa a'r modd y cynhyrchir nhw a'r peryglon sy'n dilyn — fod eich gwybodaeth am y pethau hyn yn hollol gyffredin ac nid yn wybodaeth arbenigwr?"
"Digon gwir."
"Felly mae'n eitha' hawdd i ddyn cyffredin siarad am hyn. Cyn i'r arbrofion yn Nhredegar Newydd ddangos peryglon gwreichion o nwy y glo, oeddech chi wedi gwneud arbrofion eraill cyffelyb?"
"Nac oeddwn."
"Felly hyd yr eiliad bresennol, fel awdurdod cydnabyddedig ar drydan, ac 'rydym oll, mi gredaf, yn barod i gydnabod eich bod, mae eich gwybodaeth am wreichion trydan a'r posibilrwydd o achosi ffrwydradau yn gyfyngedig i arbrofion Tredegar."
"Na, credaf eich bod yn mynd yn rhy bell nawr. Sôn yr ydych am wreichioni wrth roi signal â thrydan, ac nid oes gennyf unrhyw wybodaeth arbennig parthed hynny, dyna a ddwedais i. Yna, fe roesoch gwestiwn arall i mi; faint a wyddwn am wreichion dan unrhyw amgylchiadau, ac y *mae* gen i wybodaeth arbenigwr ynglŷn â gwreichioni trydanol."
"Cytunaf eich bod yn gwybod am wreichioni trydanol, bid siŵr. Addefaf hynny, ond fy nghwestiwn i oedd, faint o wybodaeth arbennig sydd gennych am y tebygolrwydd neu bosibilrwydd, os mynnwch, am wreichion trydan wrth roi signal â'r weiren noeth, yn tanio'r nwy dan unrhyw amgylchiadau danddaear?"
"Fy ateb i hynny yw hyn: dywedais wrth y Comisiynydd y tybiwn fod elfen fach o berygl cyn i mi weld arbrofion Tredegar Newydd."
"Dyna'r peth 'rwy'n ei ofyn."
"A dyna'r peth 'rwy'n ei ateb."
"Buoch yn deg iawn, Mr Sparks," meddai'r

Comisiynydd, fel pe bai'n dyheu i Richards ddwyn yr holi i ben. Ni fynnai'r aelod seneddol mo hynny.

"Ond fe fuoch, ac yr ydych, yn gynghorwr ar drydan i nifer o'r pyllau pwysicaf yn Ne Cymru?"

"Mae hynny'n berffaith wir. Ond ni chredaf y gwyddai un bod dynol arall affeth o ddim am hyn o berygl. Fe allwch chi daeru y dylswn i fod wedi gwybod, ond y ffaith yw na wyddai'r un creadur yma nac yn yr Almaen na'r Amerig nac unman arall dan y sêr."

Ar ôl i'r Comisiynydd fynnu diffinio'r gair 'arbenigwr', a hynny oherwydd y posibilrwydd o gamddealltwriaeth, rhag i unrhyw un feddwl iddo awgrymu nad oedd Mr Schielbach, cynghorwr pwll Senghennydd, yn arbenigwr, galwyd ar Dr W. W. Thornton, yr awdurdod o Newcastle; gŵr bychan, braidd yn aflêr a diofal ei wisg, ond ei lygaid yn awgrymu craffter.

Meddai'r Comisiynydd, ei lais a'i osgo yn dangos bod ganddo'r parch mwyaf i statws y tyst newydd hwn, "Chi yw Pennaeth Adran Beirianneg Coleg Newcastle?"

"Ie."

"Credaf fy mod yn iawn yn tybied i chi dreulio blynyddoedd yn astudio yr union gwestiwn sydd dan ystyriaeth yma heddiw?"

"Cywir."

"Ac yr wyf yn gywir yn tybied y dygwyd hyn i'ch sylw adeg ffrwydrad West Stanley pan alwyd amdanoch ar ran Ffederasiwn Glowyr Prydain?"

"Cywir."

Wrth ateb nifer o gwestiynau penodol, bu'r Dr Thornton, yn egluro'r gwahanol wreichion dan sylw, cylchrediad trydan i roi signal y gloch, gan ryfeddu at un gosodiad a wnaed gan Mr Sparks. Aeth ymlaen i sôn am nifer o arbrofion a wnaed ganddo yn ei labordy, cyn iddo gael ei holi gan Lewis, Nicholas, Smillie, ac Edwards. Ef, Clement Edwards, ar ôl yr holl fanylu, a ofynnodd yn derfynol, "Onid ydych yn tybied mai'r peth doeth fyddai cael gwared â'r dull o roi signal â thrydan yn gyfan gwbl yn y pyllau glo?"

Ni phetrusodd yr awdurdod cyn ateb, "Doeth iawn."

"A defnyddio'r hyn a elwir yn System Guro — *Knocker System*?"

"Ar bob cyfri."

"Curo neu chwibanu i roi signal?"

"Chwibanu? Awn i ddim cyn belled â hynny chwaith. Mae fel meddyg yn gneud diagnosis. Yr ydym wedi adnabod y drwg — gwreichioni agored. Y peth nesa' yw gwella'r sefyllfa. Os gwnewch hynny, beth mwy sydd ei eisie?"

Aeth yr ymholiad ymlaen yn llafurus a llym o awr i awr, o ddydd i ddydd, ac i Edward Shaw, ymdebygai i ryw fath o *juggernaut* yn mynnu ei ffordd drwy ei ymennydd heb na hidans nac atal. Pan ddychwelai ar derfyn dydd i Senghennydd, brysiai i'w swyddfa ar ben y pwll i chwilota am ysgrepyn o bapur neu i ailgynefino ag ambell gofnod. Ni fyddai wedi bod yn yr ystafell fwy nag eiliadau cyn y byddai'r drws yn agor ac y byddai corff trwm ei feistr, yr Arglwydd Merthyr, yn ymddangos. Bron nad yw'n ymddwyn, meddyliai Shaw, fel llofrudd yn cael ei yrru gan reddf ac ymdeimlad o euogrwydd i ddychwelyd i'r fan lle y cyflawnasai'r ysgelerder.

"Da 'machgen i! Fe ddwetsoch chi'n dda yn y llys heddi!"

Gwenai'r meistr ryw wên annaturiol, fel pe bai holl gnawd ei wyneb a'i esgyrn a'i gyhyrau yn methu'n lân â chynefino â'r orfodaeth sydyn i ymddangos yn gwrtais a mwyn, yn enwedig tuag at wrthrych yr holl seboni yn awr.

"Na ofidiwch, na ofidiwch!" mynnai'r llais wrth i'r llaw feddal honno ei gysuro ar ei gefn, "Fe ddown trwyddi'n saff i wala!"

Yr un frawddeg wag, faldodus bob cynnig.

"Mae'n siŵr, mae'n siŵr!" atebai Shaw, wedi arfer

ymddwyn yn fonheddig y tu hwnt tuag at yr arglwydd pwysig, dawn wedi'i hen ddisgyblu i drin dynion yn gadarn a throi'n sydyn wyneb yn wyneb â'i well i fod yn ddelw o wyleidd-dra.

"Bydd yr holl ffws yn dod i ben ymhen ychydig," ymresymai William Thomas Lewis, "Wn i ddim pam yr oedd yn rhaid mynd dros yr holl helynt, cant a mil o gwestiynau danghenraid, pentyrru cwestiynau, holi'r pethe mwya dibwys, 'wn i ddim, 'wn i ddim! Wedi'r cwbl, damwain yw damwain. Ma pethe fel hyn yn digwdd. Nid yw dyn na'i fyd yn berffeth. O, wi'n dal i ddweud, cywilydd o beth ych gosod yn y bocs i ateb yr holl gwestiyne ma — fel tasa rhywun yn achosi ffrwydrad o'r fath o'i fodd! Fel tasa — tasa — unrhyw ddyn gonest a chydwybodol yn rhoi ei fryd yn fwriadol ar chwythu pedwar cant o ddynion i dragwyddoldeb — twt, twt, twt! Llawer mwy gweddus rhoi'r clawr ar y cwbl ac anghofio — derbyn ewyllys yr Arglwydd — helpu'r plant a'r gwragedd druain — anghofio!"

"Anghofio? Anghofio?" Ceisiasai Shaw ddal ei dafod, a hynny ers dyddiau lawer, wyneb yn wyneb ag ymdrech gyson y meistr glo i ysgubo'r erchylltra fel manlwch dan garped, ond ni fedrai ymatal mwy. Nid ei fod yn ei esgusodi'i hun; aeth pob awgrym o esgeulustod fel cyllell drwyddo yn ystod y croesholi, er na wyddai sut ar y ddaear y gallasai fod wedi gwneud mwy a chysidro'r holl bwysau ar ei ysgwyddau.

"N-nid anghofio'r dynion — n-nid anghofio'r galar —" Brwydrai'r meistr anesmwyth i egluro, "ond — anghofio'r — anghofio'r *straen* fel . . ."

Ni fynnai Shaw hyn o ddihangfa. Adwy'r perchennog oedd hyn. Twll cyfleus yn holl alanastra'r danchwa i'r goludog achub ei groen; holwy a luniwyd yn arbennig ar ei gyfer o'r dechrau gan yr Ysgrifennydd Cartref, T. P. McKenna. Ac yr oedd ffordd ymwared i William Thomas Lewis yn amlwg ddigon yn golygu ffordd y grog iddo ef,

Edward Shaw. Pam felly y dylasai ddal ei dafod yn hwy?

"Anghofio!" Rhoddodd Shaw ochenaid a'i ddwy law yn dal ei ben fel pe bai'r gair yn atsain yn uwch na tharan yn ei glustiau. "Y ffrwydrad mwya' a welodd y deyrnas erioed, pedwar cant o ddynion iach yn bentwr o ysgerbydau bellach, a'r un tŷ o'r bron yn y gymdogeth heb achos i dynnu'r bleinds i lawr — anghofio, wir! Pwy ond y cnaf penna' fedr anghofio pan fo cannoedd o lygaid diniwed yn rhythu o dragwyddoldeb arno? Pwy yffach a fedr anghofio pan fo cri ac wylofain mamau a phlant cenhedlaeth gyfan yn boddi pob sŵn arall?"

"Fe wnes i fy ngore dros fy nynion erioed!" 'Roedd dwrn yr Arglwydd Merthyr fel dwrn efengylwr tanbaid yn wyneb y manajar cynhyrfus, "Thalodd neb fwy o arian i goliar na fi! Cofiwch hynny, cofiwch hynny, Shaw! Fe dyrrodd glowyr y Sowth o bedwar ban i gael lle yn Senghennydd. Pam? Am fod William Thomas Lewis yn talu'n well na phawb arall! Ystyriwch, ddyn, ystyriwch yr hyn a wnaed gen i dros goliars Senghennydd!"

"Gyda'r parch mwya', syr, ystyriwch chithau hefyd yr un peth!" Yr oedd tôn o ddifrifoldeb eneidfawr yn llais Shaw yn awr.

Fel un wedi'i ddychryn, atebodd y meistr glo, "B-be — b-be ŷch chi'n 'i feddwl?"

"Wyddoch chi beth a wnaethoch chi i lowyr Senghennydd?" Yr oedd llygaid y goruchwyliwr mor danbaid â dwy seren mewn ffurfafen fawr ddu. "Fe wnaethoch y coliar bach symla' yn anfarwol. Rhoesoch ryw wawl o gwmpas pen y bachgennyn mwya' di-nod sy'n loywach nag eiddo'r archangel ei hun. Yr ydych wedi iwsio dynion, a minnau wedi eich helpu â phob gewyn yn fy nghorff, gan 'neud cynnyrch ac elw yn bwysicach na bywyd dynol. A thrwy eu dioddefaint a'u diwedd yn awr, bydd rhyw fawredd yn perthyn iddyn nhw i gyd na fydd amser na'r bedd na dim yn medru'u diddymu."

Wedi'i siglo gymaint nes y bu'n rhaid iddo gael cadair

a'i law ar ei galon fel pe bai deryn gwyllt yn pwnio oddi mewn i'w gorff gofynnodd Lewis, "Pam ydach chi'n dweud y pethe hyn wrthyf yn awr, ddyn?"

Ychwanegodd Shaw yn oeraidd, "Pan leddid ceffyl dan-ddaear, 'roedd digon o ffws — onid oedd yn rhaid i ni *brynu* ceffylau? 'Roedd dynion a bechgyn yn tsiep — dyna'r camgymeriad mawr a wnaeth y ddau ohonom!"

Cerddodd Edward Shaw allan o'r ystafell heb ddweud un gair yn rhagor.

Pa mor greulon bynnag y ffeithiau a ddatgelwyd yn y cwest a'r ymholiad, ni bu Mai yn dynerach erioed o gwmpas Caerffili na phan agorodd E. W. M. Corbett, cadeirydd y fainc, sesiwn o Lys Ynadon Caerffili. Ar wahân i ychydig o glercod, nid oedd fawr neb yn bresennol, ddim hyd yn oed un o'r rhai a wysiwyd na chynrychiolydd iddo ychwaith. Syrthiodd rhyw drymder dros yr ystafell, plismyn mud yn gwylio'r drysau, dau neu dri o newyddiadurwyr yn sgriblan a mentro murmur, y naill wrth y llall nawr ac yn y man.

Cododd Clerc y Llys i gyhoeddi'r achosion yn erbyn Edward Shaw, goruchwyliwr Pwll Senghennydd — dim golwg o'r dyn yn unman a neb yn synnu! Os cafodd unrhyw un ei falu'n fân yn yr ymholiad, ef oedd hwnnw. Gwelid ôl y grilio ar ei wyneb fel y bydd storm ar y môr yn gadael ei hôl ar lestr bregus.

Dyma'r cyhuddiadau:

1. Esgeuluso penodi rhywun i archwilio'r lampau ar ben y pwll.
2. Esgeuluso penodi rhywun i ddatgloi'r lampau yng ngorsaf y lampau.
3. Esgeuluso penodi trydanwr.
4. Esgeuluso cofnodi mewn llyfr ddarlleniadau'r barometer, thermometer a'r hygrometer.
5. Esgeuluso achosi i ddarlleniadau'r barometer, thermometer, a'r hygrometer fod mewn llyfr.

6. Esgeuluso darparu llyfr i'r pwrpas.
7. Esgeuluso darparu modd i droi llif yr aer yn ôl yn y pwll.
8. Esgeuluso clirio'r llawr, y to ac ochrau'r ffyrdd i atal y llwch rhag crynhoi.
9. Esgeuluso achosi i'r llawr, y to a'r ochrau gael eu clirio i atal y llwch rhag crynhoi.
10. Esgeuluso hysbysu'r amgylchiadau parthed llwch y glo ar y ffyrdd ac ar y grisiau i osgoi perygl.
11. Esgeuluso sicrhau llunio adroddiad ar amgylchiadau parthed llwch glo ar y ffyrdd a'r grisiau i leihau perygl.
12. Esgeuluso nodi mewn llyfr arbennig fesuriadau swm yr aer yn y prif lif a rhannau eraill o'r pwll.
13. Esgeuluso sicrhau bod cofnod mewn llyfr arbennig o fesuriadau swm yr aer yn y prif lif a rhannau eraill o'r pwll.
14. Esgeuluso cadw llyfr ar gyfer cofnod misol o fesuriadau swm yr aer yn y prif lif a rhannau eraill o'r pwll.
15. Caniatáu i lampau nas cymeradwywyd gael eu defnyddio yn y pwll.
16. Esgeuluso mesur swm yr aer yn y prif lif ac ymhob rhaniad a'r lleoedd a nodir yn Rheolau Cyffredinol 77.
17. Esgeuluso peri mesur swm yr aer yn y prif lif a phob rhaniad a'r lleoedd a nodir yn Rheolau Cyffredinol 77.

Meddai Prosser, clerc y llys, "Gwell gohirio yn awr tan Fehefin 17, os gwelwch yn dda."

Lapiodd y clercod a'r newyddiadurwyr eu papurau a cherdded allan heb arwydd o siom na syndod.

Onid oedd yn hen syniad gan bawb erbyn hyn, meistr, coliar, barnwr, arbenigwr, cyfreithiwr, mai delio â'r anochel a wnaed? Onid oedd Senghennydd bellach yn gyfystyr â'r hyn na fedr dyn ei osgoi yn hyn o fyd? Ildio iddo a'i dderbyn fel tynged a'i ddehongli fel ewyllys Duw oedd yr unig bosibilrwydd.

Yr oedd gweld yr erchylltra mwyaf fel ewyllys Duw yn gysur mawr i unrhyw un a oedd yn gorfod gwneud dyfarniad, beth bynnag.

Erbyn i'r fainc eistedd nesaf ym Mehefin 1914, yr oedd cymylau rhyfel yn drwch uwch y wlad a'r gymdogaeth. Ymysg gwŷr ieuainc yr ardal, gwelid atgasedd llwyr o'r pwll glo, a'r alwad sydyn am filwyr a morwyr wedi peri i nifer ymrestru. Onid oedd rhyfel yn well na thanchwa, oherwydd nid oedd y gyflafan a fygythid yn awr yn debyg o fod yn un hir, rhywbeth dros-dro, a'r achos yn un haeddiannol?

Cyrhaeddodd W. P. Nicholas, Tom Richards, aelod seneddol, James Winstone a William Brace, i gynrychioli'r glowyr a'u Ffederasiwn, gan wybod yn iawn mai'r un tir a gerddid unwaith eto ag a wnaed yn y cwest a'r ymholiad. Mae'n wir fod hyn yn gwbl anochel wrth drin achosion y cwmni a'r goruchwyliwr, Shaw, ac yr oedd pob un ohonyn nhw'n ymwybodol o'r tebygolrwydd y byddai i'r dadleuon a'r tystiolaethau gael eu lliniaru o leiaf, os nad eu llurgunio, trwy'r oedi diweddar yn y llys.

Ni feddai ambell un fawr o amynedd â'r sefyllfa. "Mae'r achos yn erbyn y cwmni a Shaw wedi'i hen setlo, a hynny y tu hwnt i amheuaeth, y ddwy ochr yn euog, a'r unig beth sydd i'w benderfynu bellach yw'r gosb — ac ni ddylid ar unrhyw gyfrif ostwng na lliniaru honno!"

Unwaith eto, ymddangosai'r manajar yn fregus ac yn ansicr, rhyw enaid unig wedi'i fradychu yn ei dŷ ei hun, ac fe wyddai pawb o gwmpas mai felna'n union y teimlai. Cyn i'r holi ddechrau, penderfynodd yr ynadon y gohirid y dyfarniadau tan y diwedd. Y diwedd, meddyliodd Shaw, a pha bryd y mae hwnnw'n debyg o ddod? Clywodd lais yn darllen y cyhuddiad cyntaf yn ei erbyn — " . . . methu penodi yn ysgrifenedig rywun i ofalu am y lamprwm." Nid llais oedd y llais, ond gordd yn morthwylio pob gair yn ei ymennydd, pob sill yn ddyrnod. Yna, clywodd lais Kenshole yn ei amddiffyn — ". . . mae William Morse, penodiad ysgrifenedig neu beidio, wedi cyflawni'r gwaith am yn agos i ugain mlynedd yn y modd mwyaf boddhaol." Gwaetha'r modd, pan ymddangosodd Morse i roi ei dystiolaeth, braidd yn simsan oedd ei atebion ar rai o'r pwyntiau; hynny yw, yr oedd ei ystyried fel rhywun addas i ofalu am y lampau yn gor-ddweud telerau ei benodiad fel un cysylltiedig â'r lamprwm.

Bu trafod swyddogaeth y trydanwr wedyn. Dangosodd Schielbach, trydanwr y cwmni, iddo gyflawni holl ofynion y Ddeddf, a hynny'n cynnwys penodiad Charles Waddon.

Pan godwyd mater darlleniadau'r barometer ac ati, addefodd Kenshole na ddarparwyd llyfr i'r pwrpas ac nad oedd unrhyw gofnodion ar gael.

"Yn nesaf, down at gyhuddiad yn erbyn y goruchwyliwr a'r cwmni — methu darparu modd i droi'r aer yn ôl!"

"Dyma gyhuddiad difrifol iawn," mynnodd Ivor Bowen, ei lygaid yn dal llygaid Shaw, a'r goruchwyliwr yn teimlo yr eiliad honno nad oedd modd yn y byd i hwn o bawb gymryd trugaredd.

Yr un cwestiynau, yr un atebion, yr un cylchdro o dreiddio a chyhuddo, ffeithiau, manylion, dyfaliadau am y lampau, am y gwydrau, am hyn a'r llall, yn ôl ac ymlaen, yn ôl ac ymlaen, nes y teimlai Shaw ei ben yn chwyrnellu drwy ofod diddiwedd heb na phostyn na rhaff na dim i gydio ynddo. Na, nid oedd dim o'i flaen, dim ond mynd ar ei ben i ddyfnderau'i dynged, dyfnach nag uffern, ffyrnicach na'r ffrwydrad. Pa bryd, pa bryd, y deuai'r holi hunllefus i ben?

". . . a gwell gohirio yn awr tan Orffennaf 4, pan gawn glywed am fesuriadau llif yr aer, a'r rheolaeth ar lwch, gobeithio."

Pa bryd, pa bryd, meddyliodd Shaw eto.

4 Gorffennaf 1914.

Pan oedd prif gymeriadau achos Senghennydd yn ymgynnull am y drydedd waith y tu allan i Lys Ynadon Caerffili, yr oedd trên yn cyrraedd yr orsaf ar ei ffordd i Abertridwr a Senghennydd ac ymhob cerbyd o'r bron wŷr ifainc, rhai a fu'n lowyr ym mhyllau'r cwm ddim ond ychydig fisoedd yn ôl, yn gwisgo lifrai'r fyddin neu'r morlys. Rhywle tua chanol y trên, eisteddai Iestyn, lojar Bertha Price, wedi methu'n lân â dygymod â bywyd y wlad gartref mwy nag y medrai fentro unwaith eto i'r pwll ar ôl ei siarsio gymaint gan ei rieni, ac wedi ymateb i alwad ei wlad ac ymuno â'r Ffiwsilwyr Brenhinol Cymreig. Yr oedd ar ei ffordd i weld Bertha a'r plant. Onid oedd y trueiniaid hyn fel ei deulu ei hun? Onid oedd wedi teimlo ar ei galon fel ei gynnig ei hun yn ŵr i Bertha, er y gwahaniaeth oedran, ond — wel, pan awgrymodd ei ddymuniad, bu hi'n garedig a thyner yn ei hymateb iddo, er iddi eirio'r ymateb hwnnw yn gwbl nodweddiadol ohoni'i hun. "Bachan, bachan, be wnâi crwt bach fel ti â chloban o hen fenyw fel fi yn y gwely?" Nid oedd hynny'n wir — dim ond rhoi crib trwy ei gwallt ac ymbincio, a gallai Bertha sefyll ochr yn ochr â'r berta'n y fro. O leiaf, dyna fel yr ymddangosai yn ei olwg ef. Ar yr ochr arall, gwyddai'n iawn nad oedd colli Jim Price yn brofedigaeth yr oedd y fenyw hon yn debyg o ddod trosti byth. *Fe* oedd ei chariad, a dichon na allai'r ddynes byth mwy ddygymod â chael dyn arall yn ei chôl na'i gwely.

Aeth y trên ar ei ffordd i lawr y cwm . . .

Erbyn hyn, yr oedd tanchwa Senghennydd wedi cilio i'r cefndir ym meddwl llawer iawn o bobl; heb fod y pwysicaf o bell ffordd ymysg y materion a drafodid mewn tafarn a chapel ac aelwyd. Onid oedd holl fusnes yr Eglwys yng Nghymru wedi tynnu llawer o sylw? Aelodau seneddol ac arglwyddi, yn ogystal â'r frenhines, yn ddig am y fath gynnig i ddatgysylltu oddi wrth y wladwriaeth a gofal Caer-gaint. Llwyddasid i basio'r mesur ar y trydydd darlleniad yn Nhŷ'r Cyffredin ym mis Mai ac nid oedd modd yn y byd y gellid gwrthod y Cydsyniad Brenhinol erbyn Medi. Buasai Gladstone yn ei ddydd yn pledio nad oedd hyn ond teilyngdod i 'Gymru fach ddewr', a 'dewr' oedd y gair pan ystyrid y modd y gohirid rhoi cyfiawnder iddi drwy'r blynyddoedd. Oni siomwyd anghydffurfwyr selog y wlad dro ar ôl tro? 'Roedd unrhyw achos dan haul yn ddigon i sugno'r amser i gyd yn San Steffan fel nad oedd munudyn ar ôl i drafod busnes Cymru. Aros ac aros ac aros oedd hanes annifyr y genedl. Ac eto, pan oedd armagedon ar ei gwarthaf, sylweddolodd y craff mai ieuenctid Cymru oedd ar flaen y gad yn barod i roi'r einioes i lawr.

Un o bynciau mawr y dydd hefyd, achos a barodd wrid a llawer o ddrwgdybiaeth, oedd helynt Marconi — anfri ar enw da'r athrylith a ddyfeisiodd system telegraffiaeth, heb iddo ef gael y mymryn lleiaf i wneud â'r mater. Penderfynasai'r Comisiwn Imperialaidd ym 1911 gymeradwyo sefydlu cadwyn o orsafoedd telegraff y tu fewn i'r ymerodraeth. Cydsyniodd y Llywodraeth, ac ym 1912 derbyniodd y Postfeistr Cyffredinol dendr Cwmni Marconi am godi gorsafoedd.

Datgelodd y Postfeistr i Dŷ'r Cyffredin ym mis Awst 1912 delerau'r cytundeb, ond gohiriwyd eu hystyried tan y gwanwyn. Yn y cyfamser, dechreuodd y wasg gyhoeddi awgrymiadau go dywyll am yr holl fusnes. Edliwid, fwy neu lai, ddarfod i'r Postfeistr Cyffredinol gael ei lygru i roi ffafr arbennig i'r cwmni, yr un yr oedd Godfrey Isaacs, brawd y Twrnai Cyffredinol, yn brif oruchwyliwr iddo, a'i fod ef a Mr Lloyd George a Meistr Elibank, y brif chwip yn y Blaid Ryddfrydol, yn dal diddordeb ariannol yn y fenter. Codasai cyfranddaliadau'r cwmni o 46 swllt yng Ngorffennaf 1911, i dros £8 erbyn Ebrill 1912, pan gyhoeddwyd derbyniad o'r tendr i'r cyhoedd.

Pan godwyd y mater yn Nhŷ'r Cyffredin, gwadodd Isaacs a Lloyd George yn bendant fod a wnelo hwy ddim â'r cwmni, yn uniongyrchiol neu'n anuniongyrchol. Yn ôl pob tebyg, yr oedd hyn yn wir, ond nid y gwir i gyd; yr oedd rhyw ymatal mawr mewn onestrwydd yn y gwir hwn. Pan wnaed ymholiad pellach, cafwyd y bu gan y ddau ŵr, Isaacs a Lloyd George, ddiddordeb ariannol yn y cwmni, ond mynegodd Adroddiad y Mwyafrif na fu iddyn nhw gael eu rhwystro mewn unrhyw ffordd rhag gwneud eu dyletswyddau cyhoeddus, er dyfarnu bod eu perchenogaeth o gyfranddaliadau yng nghwmni Marconi yn 'amhriodoldeb difrifol'.

A hyn oedd yr union thema a adleisiwyd yn llys Caerffili pan gychwynnwyd ar y dasg o benderfynu dirwyon Edward Shaw a Chwmni'r Universal, a hyn am y tro olaf ar 18 Gorffennaf 1914. Bu Ivor Bowen ac Evans, clerc y llys, yn taeru nad oedd gan y mater o glirio llwch y glo ddim i'w wneud â chost ac elw, dim ond diogelwch. Bu Atkinson, Arolygwr Mwynfeydd Lloegr a Chymru, yn rhoi tystiolaeth unwaith eto, a bu'n rhaid i Shaw gyfaddef na wnaed dim yn Senghennydd ers llawer o amser i glirio llwch y glo o'r to ac ochrau'r ffyrdd. Cyfaddefodd hefyd fod y dull o symud llwch trwy ei chwythu ag aer cywasgedig yn debyg o yrru'r llwch i'r talcenni glo a chynyddu'r perygl wrth saethu. Soniodd Hugh Johnson am frwsio llwch o'r to a'r ochrau trwy ddefnyddio ysgubau sych. Esboniodd David Hannah gymaint oedd y perygl o symud llwch trwy ddefnyddio aer cywasgedig — buasai'n beiriannydd yn Ferndale yn ddigon hir i wybod hynny.

Â'i ben i lawr, cyfaddefodd Shaw y cwbl — "Mi wn yn iawn gymaint yw'r perygl, ond ceisiais feddwl am bopeth, heb arbed ceiniog, i glirio'r llwch drwy'r pwll. Bûm yn codi 'bwâu', ond fe'u gwasgwyd nhw i gyd a bu'n rhaid rhoi'r gorau i hynny."

Cododd Ivor Bowen i ddwyn y siarad i ben. Meddai, "Mae digon o sôn y dyddiau hyn am bobl mewn awdurdod yn cadw'r gwir dan gaead" — yr oedd

Adroddiad Marconi yn cael ei drafod yn Nhŷ'r Cyffredin bron yn ystod yr union ddyddiau — "a gwyddom mor drist yw clywed am weinidogion y Goron yn dal yn gyndyn rhag bod yn gwbl agored ynglŷn â'u gweithgareddau. Bu Mr Shaw ar y cyfan yn agored y tu fewn i derfynau; terfynau anochel yn gymaint ag mai ef yn unig sydd wedi cynrychioli'r cwmni, ac ef yn bennaf a fydd yn gorfod wynebu dyfarniadau'r llys."

Cyhoeddwyd gan gadeirydd y fainc fod Edward Shaw yn euog o fethu penodi'n ysgrifenedig lampmon ar ben y pwll a'i fod wedi dibynnu ar benodiad 1905 a'r un modd danddaear. Dirwywyd ef £2 ar bob un o'r achosion a £5-5-0 o gostau. Cafwyd ef yn euog o dri achos parthed darlleniadau o'r barometer, thermometer, a'r hygrometer a dirwy o £5 am y cwbl a chostau o £5-5-0. Am fethu â sicrhau modd i droi'r aer yn ôl, cyhuddiad difrifol iawn, dirwy o £10 a chostau o £5-5-0. Am fethu â chlirio'r llwch yn foddhaol o'r to, llawr ac ochrau, dirwy'r holl achosion dan y pennawd hwn, £5 a chostau o £5-5-0. Am y gweddill o'r cyhuddiadau o esgeulustod, llif yr aer, mesur a chofnodi, lampau diogelwch — a dau achos o'r fath yn erbyn y cwmni — esgusodwyd ef. Cyfanswm dirwyon Edward Shaw oedd £24 a chafodd ei esgusodi o naw o gyhuddiadau.

Wrth esgusodi'r cwmni, dywedodd cadeirydd y fainc, "Barnwn i'r cwmni wneud popeth o fewn ei allu i gadw'r ddeddf a'r rheolau. Ymddiriedwyd popeth i'r goruchwyliwr trwyddedig, ac yr oedd rhedeg y pwll yn llwyr yn ei ddwylo ef; nid oedd gan gyfarwyddwyr y cwmni ddim i'w wneud o gwbl â'r gwaith, dim ond gwneud y ffordd yn glir i'r goruchwyliwr gyflawni ei ddyletswyddau yn effeithiol. Gwnaed felly yr holl gyhuddiadau yn erbyn y cwmni heb i'r cyfarwyddwyr fod yn ymwybodol o ddim. Yr ydym felly yn esgusodi'r cwmni o bob cyfrifoldeb."

Costiodd y danchwa i werin Senghennydd 439 o fywydau.

Y bore wedyn, ar draws un o'r papurau, gwelid mewn llythrennau bras — "COST BYWYD GLÖWR — SWLLT A CHEINIOG A FFYRLING!"

Pan gyrhaeddodd Iestyn y tŷ yn Senghennydd, yr oedd Bertha yn disgwyl amdano fel yr oedd ei hymddangosiad yn profi. Nid y wraig lafurus, flinderog mohoni mwyach. Yr oedd ei hwyneb a'i gwallt a'i gwisg wedi ailfeddiannu'r ieuengrwydd merchetaidd a fu'n gudd, os cudd hefyd, dan yr holl ofalon a gofidiau. Edrychodd Iestyn arni a syllodd am eiliadau ar y golau llawen yn ei llygaid. Do, bu'n ymwybodol o'r cychwyn nad oedd y wraig a dywalltai'r dŵr i'r twba a thynnu coes a gwarchod plant yn dangos ei phersonoliaeth i gyd; rhywle, rhywle, o dan y diwydrwydd mamol, yr oedd rhyw afiaith genethig o hyd yn fwrlwm yn ei gwythiennau. Nid oedd Jim, ei gŵr, yn brin ar dro o sôn am ei hynni nwydus mewn ffordd ddireidus; cyfeiriadau a chwerddid ymaith y pryd hwnnw am mai dyma'r ffin yn eu perthynas o'i safbwynt ef. Eto i gyd, pe gorfodid ef i fod yn gwbl onest, hyd yn oed dan chwys a phwysau'r dydd, nid oedd ef, Iestyn, y lojar, heb wybod am yr apêl a oedd yn ei gwên a'i chwerthin a'i chnawd.

"Iestyn!"

"Bertha!"

Teimlai awydd i'w chofleidio, oedodd yn nerfus, ond ni fedrai. Diflannodd yr hunan-hyder, hynny a feddai ohono erbyn hyn, ac yr oedd yn ôl unwaith eto yn grwt o'r wlad fel y diwrnod cyntaf hwnnw gynt. Er i Bertha lwyddo i arddangos y ferch a dariai o hyd yn ei deunydd, yr oedd digon o aeddfedrwydd yn ei meddiant i gwpanu'i wyneb a'i gusanu. Arhosodd y gusan yn boeth a llaith ar ei wefusau.

"Iestyn!"

"Iestyn!"

"Iestyn!"

Tynnodd Bertha ei dwylo'n ôl wrth i'r plant redeg ato o'r gegin.

"Dyna ddigon o sŵn nawr!" meddai'r fam, "Wel, wel, wel, dyma ffws!"

Meddai Iestyn, a'i freichiau'n gwasgu'r tri phlentyn ato, "Bertha fach, nid sŵn mo hyn, w! Lleisiau'r plant 'ma yw'r miwsig gore glywes i ers tro byd."

Edrychodd ar y crwt, baban y teulu, Eben, a sylwi fel yr oedd amlinell wyneb y tad wedi dechrau ymddangos yn ei wyneb yntau. Heb ei weld cyhyd, meddyliodd Iestyn, mae dyn yn sylwi wedyn. Sylwodd hefyd fel yr oedd y fam wedi gwisgo'r crotesi, Megan, Geinor, ac Esther, yn eu ffrogiau gorau i'w dderbyn; ar ben hynny, sylwodd yn arbennig fel yr oedd Megan, yr hynaf, mewn byr amser, wedi prifio'n ferch ifanc. Sylwodd ar yr edrychiad yn ei llygaid, fflachiadau yn awgrymu mor hunan-ymwybodol ydoedd erbyn hyn o'i phrifiant. 'Roedd llygaid ei mam ganddi. 'Roedd ei bronnau wedi dechrau ymffurfio dan ei dillad. Crynai rhyw wên synhwyrus yng nghornel ei gwefusau.

"Iestyn bach," meddai Bertha, gan edrych yn edmygus arno yn ei lifrai, " 'rwyt ti'n edrych yn smart irfeddu yn dy gaci."

Torsythodd ar ganol y gegin i'r teulu ei edmygu — dyma'r tro cyntaf i neb ddweud dim byd canmoliaethus oddi ar iddo ymuno â'r fyddin yng Nghastell Aberhonddu, cyn ei yrru ar ei union i Barc Kinmel yn y Rhyl ar arfordir y Gogledd. Taflwyd y dillad ato ar ôl iddo gyrraedd yno, a'i orchymyn i fynd yn syth i dorri'i wallt, a chan gneifiwr y fyddin yno cafodd y driniaeth fwyaf ffyrnig a wybu llond pen o wallt cyrliog erioed. Cofiai fel yr edrychodd ar y llawr o gwmpas ei draed a gweld y trwch a fu'n ogoniant iddo gynt yn gaglau euraid ar hyd ac ar led. Ond yr oedd ei gorff ifanc cyhyrog yn llenwi'r tiwnig a'i groen glân gwridog yn disgleirio gan iechyd yn union fel yr oedd ei esgidiau yn disgleirio o boer a blacin.

"Cofia di, ma dipyn gwell golwg arnat ti'n awr, yr hen grwt, na phan oeddet yn gorfod crafu glo gyda Jim am oriau lawr y pwll."

"Falle wir, ond — mi rown i lawer i gael y dyddiau hynny'n ôl."

"Nid ti yw'r unig un, 'machan i."

"Mae'n siŵr."

"Sut bynnag, der at y bwrdd, Iestyn bach! Mae'n siŵr dy fod yn barod am fwyd."

Taflodd Iestyn lygad tua'r bwrdd a arlwywyd mor hael ar ei gyfer. Chwarddodd wrth weld Eben a'r ddwy groten ieuengaf yn rhuthro i gael lle yn y wledd. Safodd Megan o'r neilltu.

"Tipyn o'r hen bastai fel own i'n arfer gneud i ti a Jim — wyt ti'n cofio? Meddwl ma hyn fydde'n siŵr o fod at dy ddant. Shwd fwyd sy i'w gael yn y fyddin?"

"O, mae'n burion, ond — ddim fel hyn. Dim digon o gig i gadw pry copyn yn fyw."

"Wel, byta di'n awr, siarad wedyn!"

Ac yr oedd blas y bwyd yn hyfrydwch pur, yn enwedig ar ôl yr hyn a roddodd cantîn y Ffiwsilwyr Cymreig ar ei blât ers rhai misoedd bellach. Ar ben hynny, yr oedd y siarad mor felys hefyd, cymaint i sôn amdano, a'r hen blant bob un â'i stori. Ar wahân i Megan — sylwodd Iestyn fel yr oedd hi o'r neilltu rywsut yn cadw'i distawrwydd.

Wedi'i ddigoni i'r eithaf, aeth Iestyn i'w git-bag a thynnu anrhegion allan; i Eben yr oedd ganddo ddryll ("'Run fath â'r soldiwrs i gyd!'), i Geinor ac Esther, pwrs mawr yr un; i Megan, breichled hardd. Diolchwyd yn hael — yr oedd dyfodiad Samariad o'r fath yn achos gorfoleddu. "Ma gen i rwbeth yn rhwle 'ma i'ch mam hefyd."

Aeth Bertha i dynnu'r llenni a chodi wic y lamp. "Mae'n amser gwely nawr, blant!" Teimlodd Iestyn ben-glin y fam yn cyffwrdd â'i ben-glin yntau pan ddychwelodd at y bwrdd. Eiliad wedyn, teimlodd ei llaw yn cydio yn ei law yntau yn ddirgel dan y bwrdd. Gwasgodd.

"Ddim eisie mynd i'r gwely *nawr*!"

"Gaf i aros am dipyn rhagor?"
"Mae'n rhy gynnar i fynd i'r gwely *nawr*!"
Yr unig un nad agorodd ei phen, dim ond llithro'n dawel o'r cwmni tua'r llofft, oedd Megan. "Nos da," meddai.
Dychwelodd y fam o'r llofft ymhen amser wedi gweld ei theulu i gyd yn eu gwlâu, cusan nos da, a diffodd y golau — yr oedd ei rheolaeth ar yr aelwyd, er yn dirion ddigon, yn para'n gadarn o hyd.
"Der at y tân, Iestyn!"
Symudodd yn ufudd.
"Be sy gen ti i'w ddweud? O, mae'n dda dy weld, grwt!"
Tynnodd Bertha ei chadair ato. Cydiodd yn ei law. Edrychodd y ddau i galon y tân am eiliadau. Clywid y gwreichion yn tasgu yn y tanbeidrwydd.
"Be wnaeth i ti ymuno â'r soldiwrs, dwed?"
"Ma pawb yn gneud."
"Ond mi gredes yn siŵr dy fod ti'n mynd sha thre i fod y ffarmwr cyfoethocaf yn Sir Gaerfyrddin."
"Na, braidd yn anodd oedd hi i ddygymod â chefn-gwlad wedi . . ."
"Wedi beth?"
Teimlai Iestyn law Bertha yn mwytho ei law ef wrth iddyn nhw siarad.
"Wedi byw yn Senghennydd, sbo."
Edrychodd Bertha ym myw ei lygaid. "Dyna pam, iefe?"
Edrychodd Iestyn yn ei llygaid hi, "Na, ddim hynny, ond — shwd all dyn fyw yn dawel yn unman ar ôl cwympo miwn cariad?"
"Cwympo miwn — ?"
"Der 'mlan nawr, Bertha — fe wyddost yn iawn fel wi'n teimlo."
Rhywsut, nid y fam ddiwyd, na'r wraig drafferthus a gofiai gynt mohoni, ond geneth na fu ei thecach yn ei ymyl erioed, rhyw ieuengrwydd nwyfus yn aros i'w gofleidio a'i

feddiannu a'i fwynhau. Aeth ei swildod naturiol ymaith fel taflu pilyn ym Mai. Estynnodd amdani, a suddodd ei wefusau i'w gwefusau hi nes bod eu dwy galon i'w teimlo'n pwnio fel dau aderyn wedi eu dal mewn rhwyd. Nid oedd angen geiriau mwyach, nid oedd siarad yn bosibl, gan fod eu gwefusau ar waith yn gwasgu'r angerdd i mewn i'w gilydd. Cododd Iestyn yn sydyn i dynnu'i diwnig.

Cododd Bertha hefyd gan dwtio'i gwisg, "Na, Iestyn, paid ag ymddihatru 'ma."

"Pam hynny?" sibrydodd.

Rhoddodd ei bys wrth ei cheg, "Well i mi weld shwd mae i fyny'r llofft na — os wyt ti am garu hen fenyw fel fi!"

"Hen fenyw fel ti, wir! 'Does dim croten yn y deyrnas a all frathu fel'na, myn yffarn i!"

"Gad i fi fynd i fyny gynta', cariad."

Taflodd gusan ac i ffwrdd â hi. Eisteddodd Iestyn i ddisgwyl amdani'n ôl. Beth oedd ar ei meddwl tybed? Yn ei frwdfrydedd, nid oedd yn anodd ei dychmygu'n dychwelyd wedi'i pharatoi ei hun amdano, rhyw wisg fregus amdani, mwy fel aderyn na merch, fflam aflonydd o gnawd hudol yn barod i'w lyncu! Rhyfedd fel y gallai anffawd a phrofedigaeth mor erchyll â thanchwa Senghennydd esgor ar nefoedd o brofiad fel disgwyl am Bertha yn awr a'i chael, y wraig a weddnewidiwyd gymaint, yn barod i ildio iddo.

Clywodd yr hen gloc yn taro'n araf a phenderfynol.

Meddyliodd, ble ar y ddaear mae Bertha wedi mynd? Ai gwell mynd i waelod y staeriau i holi? Bobol bach, beth pe medrai'r hen Jim ei weld yn awr? Wel, gan i bethau ddilyn eu cwrs fel ag y gwnaethant, fe all na fyddai'n ddig nac yn anfodlon, dim ond yn ddiolchgar am i rywun ddod i'r adwy oedd yn fodlon gofalu am ei wraig a'i blant. Mwy nag yr oedd yr Arglwydd Merthyr a phwll yr Universal, bid siŵr.

Bertha, Bertha, dere 'mlaen!

Wedi hir oedi, ymddangosodd, ond nid y ddynes a aeth i fyny'r llofft; yr un wraig ond â gwedd arall, ei hieuengrwydd a'i hangerdd i gyd wedi cilio, a rhyw sobreiddiwch oer wedi'i meddiannu.

"Beth sy'n bod, Bertha?"

"Dim — dim byd o gwbl."

"Ond mae *rhwbeth* — be sy'n bod, dwed?"

"Dim — dim byd o gwbl." Aeth i glirio'r llestri o'r bwrdd, "Wyt ti'n siŵr dy fod wedi cael digon o fwyd?"

Edrychodd Iestyn arni. "Dere'n awr, misis!" Cerddodd ati, ei fys dan ei gên, a chynnig rhoi cusan iddi, ond taflodd ei phen yn ôl. "Bertha, be sy'n bod, w?"

"Iestyn bach, arnaf i mae'r bai." Daeth deigryn i gornel ei llygad, "Meddwl shwd beth . . ."

"Meddwl beth, fenyw?"

"Meddwl — meddwl amdanat ti a fi . . ."

"Nid ti sy'n meddwl fel'na — fi, fi, fi sy'n meddwl fel'na."

Tynnodd Bertha Price ei hun yn rhydd o'i afael. Meddai, "Pam oeddet ti'n meddwl 'mod i'n dy berswadio i aros 'ma, yn lle mynd yn ôl i'r wlad? Pam? Er mwyn ymladd Lord Merthyr a'i lu, dadle dros y gweddwon a'r plant, dyna ddwedes i, ond — nid dyna'r gwir. Dy foyn di i mi fy hun, boi bach. Sgêm menyw o'dd yn anfodlon bod yn wraig weddw. Cyfrwystra gwraig yn mofyn cwmni yn ei gwely . . ."

"Bertha, Bertha, fe gei di . . ."

"Na, na, na, Iestyn . . ."

Llifodd y dagrau. "Gad fi'n llonydd."

Meddyliodd Iestyn ei bod wedi cofio am Jim, ei theimladau wedi'i gorchfygu, ei hiraeth yn ormod!

Rhedodd y fam ofidus allan i'r gegin fach. Clywai Iestyn ei hubain dwfn. Gwyddai mai ofer oedd ceisio mynd ati gan iddo'i chlywed yn bario'r drws.

Pe medrai ei gweld y funud honno, fe'i gwelai yn tynnu darn o bapur allan o boced ei ffedog. Fe'i darganfu yn ei ystafell wely ar y lloft. Ar y papur yr oedd yn ysgrifenedig, *Iestyn – cariad a chusanau, Megan*. O dan y geiriau, 'roedd darlun o galon â saeth trwyddi.

Ymhen amser, daeth Bertha allan o'r gegin fach, wedi gorchfygu'r dagrau, ac yn abl i wynebu'r gŵr ifanc ar ei haelwyd. "Edrych be weles i lan llofft yn dy aros ar bwys dy wely!" Estynnodd y nodyn iddo.

Darllenodd Iestyn yn ofalus. Ni chwarddodd, dim ond dweud, "Mae hi'n ifanc."

"Ydi, boi bach," atebodd y fam, "a minnau'n *ceisio* bod yn ifanc."

"Rwyt ti *yn* ifanc, Bertha."

"Dere, dere, grwt, gad dy ddwli!"

"Roeddet ti'n ifanc fel croten hanner awr yn ôl yn fy mreichie — gad *di* dy ddwli!"

"Jocan bod yn ifanc, falle."

"Gwed y gwir, be oeddet ti'n 'i 'neud nawr lan llofft — gwed y gwir!"

"Be oeddet ti'n meddwl own i'n 'i 'neud?"

"Mi ddweda' i ar i ben be oeddet ti'n 'i 'neud. Mi oeddet ti'n dy baratoi dy hun a'r gwely . . . dere'n awr, Bertha!"

Oedodd y fam, "Falle 'mod i, ond — wi wedi callio nawr."

"Callio, wir!" Estynnodd Iestyn amdani, "Dere, misis, i mi roi tipyn o flas bywyd yn ôl i ti!"

"Eistedd, Iestyn." Dangosai llygaid Bertha Price nad oedd modd yn y byd i unrhyw emosiwn ei threchu yn awr. "Gad i ni siarad yn gall dros bethe."

"Lan llofft, lan lloft, dere!"

Daeth gwên i wyneb y wraig, "Clyw, boi bach, beth a ddigwyddai pe bawn i'n cael plentyn anghyfreithlon? *Meddylia*!"

Gwenodd Iestyn yn ôl, "Does dim shwd beth â phlentyn anghyfreithlon — dim ond rhieni anghyfreithlon."

"Esgusoda fi am eiliad, Iestyn, wnei di?" Rhoes gusan

ar ei dalcen a diflannu eilwaith i fyny'r llofft.

Meddyliodd y milwr, mae wedi newid 'i meddwl, mae wedi newid 'i meddwl! Bron na theimlai fel canu'r geiriau.

Aeth y munudau heibio.

Dechreuodd Iestyn anesmwytho.

Yna, daeth llais ychydig uwch na sibrwd o'r llofft, "Nos da, Iestyn, nos da!"

"Nos da, Bertha," atebodd yntau, yn ddistawach.

Y bore wedyn, pan gododd y fam a'i theulu, yr oedd y sowldiwr wedi ymadael â'i bac ar ei gefn. Wrth ffarwelio â'r pentre, cofiodd y bore pan ddigwyddodd y ffrwydrad, a chofiodd y pennill o'i waith ei hun y bu Jim Price yn ei adrodd mor hapus ar y daith, ei daith olaf, y dwthwn hwnnw.

Mae'r haul tu ôl i'r cwmwl,
Mae'r wawr tu ôl i'r nos,
Mae gwên tu ôl i'r gofid,
Felly, dwed wrth anobaith, Dos!

Torrodd y rhyfel. Gwelsai Bertha Price y milwr ifanc yn edrych mor urddasol yn ei lifrai, ond ni wawriodd arni, ddim mwy na'r rhelyw o bobl, y golygai hyn ryfel ac y gwireddid mor fuan yr holl sôn a fu am ryfel. Do, rhagwelsai rhai gwleidyddion yr armagedon. Proffwydid y gyflafan mewn rhai papurau ers tro byd; yn wir, yr oedd y llynges wedi hir baratoi ar gyfer y fath drychineb, a'r Swyddfa Ryfel yr un modd. Ychydig iawn o'r bobl gyffredin a gredai'n wirioneddol y digwyddai rhyfel, serch hynny.

Yr adwaith cyntaf oedd syndod, a hwnnw'n parlysu dynion. Sut ar y ddaear y gallai peth mor anhygoel ddigwydd? Oni fydden nhw yn siŵr o ddihuno un bore yn fuan a gweld y cymylau i gyd wedi diflannu? Sut bynnag, erbyn Gŵyl y Banc yr oedd Banc Lloegr wedi codi'r disgownt o 4 i 8 canran, gan ddilyn hynny oherwydd rhesymau technegol y diwrnod dilynol i 10 canran. Dychrynwyd y bobl mewn ffordd na fedrai dim na neb ond y banciau. Onid oedd gofyn am arian ar gyfer gwyliau? Tyrrodd miloedd tua'r ariandai, ond ni newidiai rhai o'r banciau sieciau ond mewn papur ac arian. Yr oedd credyd wedi rhewi. Ni ellid gwerthu gwarantau mwyach. Byddai'r cyfoethog hyd yn oed dros-dro cyn dloted â'r tlodion pennaf.

Aeth Prydain Fawr i ryfel fel un genedl ag un uchelgais ganddi. Gwelwyd hynny'n eglur iawn yn y dyrfa a ymgasglodd y tu allan i Balas Buckingham ar 2 Awst 1914. Gwnaed duwiau o'r brenin a'r frenhines, canwyd anthem genedlaethol Lloegr a Ffrainc yn afiaethus. Cafwyd anerchiad y diwrnod wedyn gan Syr Edward Grey a bwysleisiodd fel y gwnaed pob ymdrech bosibl i osgoi rhyfel a methu, a bod yr achos yn awr yn gwbl gyfiawn.

O Loegr wych, d'anrhydedd di
Sydd yn y fantol nawr;
Ymladdwn erot hyd at waed
A'n heinioes rown i lawr.

'Roedd cydwybod Prydain yn glir heb beri tramgwydd i neb.

Ni chafodd Asquith drafferth o gwbl i sicrhau Pleidlais o Gredyd am £100,000,000 a chynnydd o 500,000 o ddynion i'r fyddin a 67,000 o ddynion i'r llynges. Eglurodd y Prif Weinidog yr ymleddid dros ddau beth; un, i gyflawni addewid ryngwladol gysegredig; yn ail, i amddiffyn yr egwyddor nad yw cenhedloedd bychain yn haeddu eu gorthrymu gan unrhyw allu mawr.

Ymosodiad yr Almaen ar Wlad Belg a gyfrifai fod Prydain wedi mynd i ryfel, ond y gwir amdani oedd y bu annibyniaeth yr Iseldiroedd o gryn ddiddordeb i Lywodraeth Lloegr am ganrifoedd ac yn ganolbwynt polisi Prydeinig. Digon gwir, yr oedd y frwydr i amddiffyn Gwlad

Belg a'r Eidal, ond nid oedd wadu nad oedd buddiannau Prydain a Ffrainc yn y fantol hefyd.

Ymddangosodd gŵr a gyhoeddodd ar led y byddai'r rhyfel yn parhau am flynyddoedd. Digwyddai'r Arglwydd Kitchener fod ar ei wyliau o'r Aifft. Anfonwyd amdano i 10 Stryd Downing, a gwnaed ef yn Ysgrifennydd Gwladol dros Ryfel. Nid oedd amheuaeth ynghylch ei gymwysterau arbennig ar gyfer y swydd, ond yr oedd yn greadur anodd yr un pryd. Ni ddeallai fawr ddim am wleidyddiaeth ac nid oedd ganddo fawr o amynedd â gwleidyddion. Nid oedd gronyn o sentiment yn agos ato ac ni feddai ar fawr ddim dychymyg, chwaith. Hynny a gyfrifai am ei fethiant llwyr i ddelio â Chymru a De Iwerddon. Drylliwyd John Redmond ganddo. Fe all mai Lloyd George a roes y disgrifiad gorau ohono — "Goleudy o ddyn sy'n rhoi golau ysbeidiol ac yna'n dychwelyd i'r tywyllwch." Aeth ati i ymarfer ac arfogi'r fyddin fawr. Nid oedd yn syndod i neb y gelwid hi'n 'Fyddin Kitchener'.

Serch hynny, mynnai'r papurau i gyd na fedrai 'Byddin Kitchener' amddiffyn Lloegr na chynorthwyo Ffrainc, heb sôn am wrthsefyll ymosodiadau'r Almaen, heb gymorth mawr gan y llynges. Bu'r llynges yn ymarfer yn galed oddi ar fis Gorffennaf ac yr oedd yn barod. Mwy na hynny, yr oedd bellach yn llwyr dan awdurdod Winston Churchill, Arglwydd Cyntaf y Llynges.

Dyma'r newyddion a ystyrid yn awr gan Edward Shaw. Ar ôl y llys yng Nghaerffili a myfyrio'n ddwys ar y canlyniadau a'r cyhuddiadau, ni fynnai weld neb na mynd i unman.

Nid oedd unrhyw awydd arno i fynd yn ôl i oruchwylio unrhyw bwll. Gwingai o hyd wrth gofio fel y gadawyd iddo wynebu'r driniaeth ar ei ben ei hun. Gyrrodd yr Arglwydd air sawl gwaith ond gwrthododd bob tro —

'Dear Edward, Do not keep away. It would comfort me much if you called. Regards, Merthyr.'

Taflodd y nodyn i'r tân.

Tybed a fyddai modd iddo ei gynnig ei hun i wasanaethu'r wlad? Fe all nad oedd yn rhy hen. Meddai ar ddigon o brofiad o drin dynion, gallai drefnu cystal â neb, pwll glo neu gatrawd — beth amdani? Na, yr oedd y driniaeth, y sarhad, a'r euogrwydd wedi'i glwyfo fel na fyddai modd i swydd na swcwr o fath yn y byd ei wella.

Erbyn ystyried, tybed a rwystrodd ei wellhad ei hun trwy fagu chwerwder a dialedd a'r holl emosiynau sur a gorddai oddi mewn iddo? Wedi'r cwbl, onid oedd dros bedwar cant o ddynion wedi eu hyrddio i dragwyddoldeb? A pha mor gydwybodol a diffuant bynnag yr ystyriai ei hun, nid oedd modd yn y byd osgoi'r gwirionedd ei fod yn rhannol gyfrifol — nid o fwriad, bid siŵr — am eu diwedd. Oedd, debyg iawn, yr oedd pob math o resymau ar gael a phob math o esgusodion yn bosibl, ond yn y diwedd, dyweded neb a fynno, yr oedd rhan o'r cyfrifoldeb ar ei ysgwyddau ef a rhan o'r euogrwydd yn gorwedd wrth ei ddrws.

A ddylai fynd i weld William Thomas Lewis, Maerdy House, Aberdâr, yr Arglwydd Merthyr o Senghennydd, meistr glo pwysicaf glofa De Cymru?

Daeth ton o deimladrwydd dynol drosto, atgof neu ddau, hyd yn oed bwl o hiraeth am yr hen deyrn; a'r peth nesaf yr oedd ar ei ffordd. Ni ddaw dim byth, meddyliodd, o gyndynrwydd.

'Roedd hi'n fore braf yn niwedd Awst 1914 pan fentrodd Edward Shaw i gyfeiriad Aberdâr, siwrne a ddeuai ag atgofion lawer yn ôl iddo, hen wynebau, hen brofiadau, o'r dyddiau pan ofalai am bwll y Gadlys yn ei gyfnod ifanc. Daeth y cwbl yn ôl wrth iddo agosáu at y dref — O, y newid a ddigwyddasai yng Nghwm Cynon yn ystod y blynyddoedd diwethaf!

Y peth mwyaf chwyldroadol yn ystod y blynyddoedd diwethaf, yn ei feddwl ef, oedd y dirywiad a ddigwyddasai i Ystad Bute yn yr ardal, a hynny fel y gwyddai'n rhy dda trwy aflerwch ac esgeulustod.

Ystad Bute oedd perchen ochr ogledd-ddwyreiniol y cwm yn ddiwydiannol, ond yr oedd y cwbl erbyn hyn mewn cyflwr enbydus, pyllau'r Werfa a Lewis yn arbennig yn hen-ffasiwn ac mewn angen eu moderneiddio yn ddirfawr. Crybwyllodd Shaw hyn dro ar ôl tro wrth William Thomas Lewis, gŵr a ymffrostiai gymaint ac a ddaliai mor gyndyn yn ei le ar y bwrdd fel cyfarwyddwr pyllau, dociau, rheilffordd Taff Vale, ar wahân i gwmnïau niferus eraill Ystad Bute. Ef, yn ddiamau, oedd cyfalafwr selocaf a mwyaf dylanwadol Cymru.

Am hyn o reswm, wrth gwrs, ef hefyd oedd gelyn pennaf glowyr De Cymru, a'r glowyr hynny y gelynion pennaf yn ei olwg ef. Nid unwaith na dengwaith y dywedasai Shaw wrth ei wraig, Elin, ar ôl diwrnod syrffedus yn ceisio argyhoeddi'i feistr i wneud rhyw welliannau a gwario ar ambell atgyweiriad, "Mae gwario'r swm lleiaf ar ripario pwll glo fel cynnig anrheg i'r coliar a'i nawddogi yn ei farn ef." Y tristwch ychwanegol oedd i'r weinyddiaeth, yn enwedig yn Aberdâr, fynd yn gwbl esgeulus. Nid oedd pwll y Gadlys yn cael ei redeg fel y gwneid dan ei oruchwyliaeth ef — ac fe wyddai'r perchennog hynny'n ddigon da! Adroddasai wrtho rai blynyddoedd yn ôl am ei is-gyfarwyddwr yn Aberdâr, A. P. Thomas, yn darganfod nad oedd deg o goliars pwll y Werfa wedi codi eu cyflog a thynnodd sylw'r clerc at y ffaith. "Mi alwaf ar y dynion hyn," meddai, "ma nhw'n byw yn f'ymyl." Pan alwodd arnyn nhw y diwrnod wedyn, yr ateb a gafodd oedd, "Nid ydym wedi codi cyflog o'r Werfa ers blynyddoedd." "Pam hynny?" gofynnodd Thomas. "Am nad ydym wedi gweithio yn y Werfa ers blynyddoedd, wrth gwrs!"

Cofiodd Shaw y bore hwn hefyd am y gwŷr o Aberdâr a

berswadiwyd ganddo flynyddoedd yn ôl i fentro i Senghennydd — "Fe gewch arian-dwbl yn Senghennydd!" — ac fel yr oedd eu llygaid wedi gloywi o flaen y fath ragolygon i wella eu byd a byd eu teuluoedd. Ystyriodd y ffaith oeraidd nad oedd yr un o'r dynion hynny'n fyw erbyn hyn.

Y daith hon oedd y gyntaf iddo, ar wahân i wibio o gwmpas y pentre, a fentrasai oddi ar pwrcasu modur — modurwr cyntaf Senghennydd ar wahân i ddau neu dri arall! 'Roedd ei brofiad fel peiriannydd yn help mawr iddo ddeall peirianwaith y modur a llwyddo i yrru'n ddiogel. Tipyn yn garegog oedd y ffyrdd, yr olwynion yn bur galed, a theithio cyn belled ag Aberdâr yn medru bod yn llafurus, ond yr oedd y dreth yn werth ei dioddef gan fod y fath berchnogaeth yn rhyw fath o fathodyn a nod tra gofynnol mewn cymdeithas yn ei sefyllfa ef bellach. Onid oedd, er gwaetha'r holl ofidiau, yn ffodus ei fod yn ddigon cefnog i allu fforddio hyn o foeth?

Cofiodd am Dai Llewelyn, cystal peiriannydd â neb, perchennog y Bwllfa a'r Dyllas, drifft Coed-y-gam a sawl lefel yng nghymdogaeth Cwm Dâr, ond a fu o fewn trwch blewyn i chwalfa ariannol hyd yn ddiweddar iawn. Trwy drugaredd, yr oedd y rhyfel newydd dorri ac yr oedd argoelion Dai wedi newid i gyd dros nos. Nid oedd ei sefyllfa, serch hynny, hanner mor rhosynnog ag eiddo'i gymydog yn yr Ysguborwen, D. R. Thomas, y dyn busnes mwyaf cyfrwys a'r perchennog mwyaf peryglus, un a fu'n ddraenen yn ystlys yr Arglwydd Merthyr ers rhai blynyddoedd bellach. Nid oedd ond eisiau enwi D. R. Thomas i weld y gwrid yn codi yn wyneb William Thomas Lewis. Credai'r Arglwydd Merthyr mai Thomas oedd y tu ôl i wrthodiad teulu Llewelyn i ymuno â Chymdeithas Perchenogion y Pyllau Glo. Bu'n darogan fwy nag unwaith y deuai gŵr yr Ysguborwen i ddiwedd trychinebus fel diwydiannwr, ond yn groes i'w holl broffwydoliaethau, mynd ar gynnydd a wnaeth ei anturiaethau — aelod seneddol Merthyr ac Aberdâr, a'i fryd yn amlwg ar feddiannu holl fusnes y maes glo yn Ne Cymru. "Gewch chi weld, gewch chi weld, ei gwymp fydd fawr!" taranai gŵr Tŷ Maerdy. Ond o'i orsedd ym mhwll y Cambrian yn y Rhondda, yr oedd wedi perchenogi erbyn hyn byllau Llwynypia, pyllau'r Naval a Britanig Merthyr, pwll yr Albion yng Nghilfynydd; pwll Ferndale; Navigation, Maesteg; pwll Cynon; Imperial Navigation; pwll Oakwood; pwll Gwaun-cae-gurwen; pwll Dyffryn Rhondda, Cymmer; a phwll Blaengarw. Nid oedd syndod yn y byd fod y danchwa a'i chanlyniadau wedi ergydio'r hen gawr i'w seiliau a pheri iddo deimlo bod ei deyrnas yn simsanu hefyd.

Beth a ddywedai ar ôl dod wyneb yn wyneb â'r gŵr a wynebodd holl ryferthwy'r ymholiad tybed? Nid ar chwarae bach y llwyddodd Shaw i fedru ymgymryd â'r siwrne hon, ac nid oedd heb deimlo emosiynau cryfion yn siglo'i gnawd a'i nerfau yn awr wrth rag-weld ei gyfweliad â'r hen gawr bydol. Mor rhyfedd y'n gwnaed! Chwerwder a dicter yn medru crynhoi mor rhwydd ynom, ac eto, ein gelyn pennaf yn medru denu bron mor daer â'n ffrind pennaf, nid i gyhoeddi barn ar ei ben, ond — wel, yr un fath o orfodaeth a yrr y llofrudd i'r union fan lle y bu'r camwri!

Gyrrodd Shaw ar hyd y ffordd heibio i'r wal hir a amddiffynai'r gŵr goludog yn ei gastell rhag ymyrraeth y werin y tu allan; rhag sŵn a drewdodau'r union bobl a fu'n ei gynorthwyo drwy'r blynyddoedd i gasglu ei ffortiynau! Arafodd ei fodur yn raddol, nes stopio. Rhoddodd yr allwedd yn ei boced. Gan fod ychydig o oledd, aeth i gefn y car a thynnu lletem allan. Ni redai'r car yn ôl wedyn.

Cerddodd at y drws. Nid oedd y gloch yn canu. Curodd. Curodd eto. Yna, daeth morwyn yn brysur at y drws, un fechan ofnus, newydd yn y tŷ, oherwydd yr oedd yn amlwg na wyddai ar y ddaear pwy oedd wedi galw.

"Ydi Arglwydd Merthyr o gwmpas?"

Ni wnaeth y forwyn un ymdrech i ateb, dim ond diflannu i gael gafael ar rywun arall.

"O, Mr Shaw, Mr Shaw, *chi* sy na! Wel, wel, wel!"

Oedd, yr oedd y Fonesig Ann yn falch o'i weled, er iddo synhwyro awgrym o ansicrwydd yn wyneb holl straen wythnosau'r Ymholiad a'r achos yn Llys Caerffili; eto i gyd, yr oedd o linach hen deulu'r Reesiaid Llety Siencyn, ac yr oedd hen, hen urddas yn weladwy ym mhob modfedd o'i phresenoldeb. Safai'n unionsyth a thal, ladi a'i chwrteisi mor brydferth â blagur unrhyw goeden nobl, un yn gweddu i'w hamgylchedd clustogaidd er yn meddu osgo hynod o debyg i wyleidd-dra a fedrai ymdoddi i'r cwmni mwyaf cyffredin heb golli dim o'r awdurdod tawel. Gwahoddodd Shaw i'r cyntedd. "O, mae'n dda gen i ych gweld, Edward."

"Mae'n dda gen i ych gweld chithau, ma'am."

Meddai ei holl symudiadau ryw arafwch a ychwanegai at ei hurddas. Rhoddodd ei bys wrth ei gwefusau. Aeth ei llais yn ddim mwy na sibrwd.

"Ma gen i ofn nad yw'r arglwydd yn rhy dda . . ."

Oedodd Shaw — braidd nad oedd y newydd yn ei daflu oddi ar ei echel. "Mae'n ddrwg gen i glywed hynny."

"Mae wedi cymryd pethe i galon yn fawr iawn . . ."

"Siŵr o fod."

"Wedi pryderu llawer yn eich cylch *chi,* Edward."

Teimlai Shaw yn anesmwythach fyth. "O felly . . . felly . . ."

"Fe gewch ei weld yn awr, ond — fe welwch newid mawr ynddo."

'Roedd y Fonesig yn amlwg dan deimlad, a rhoddodd Shaw ei law yn dyner ar ei hysgwydd. "Mi garwn i'n fawr ei weld . . . a chael gair ag ef . . ."

Ymsythodd y wraig gyfoethog, y gadwyn aur o gylch ei gwddw yn cael ei thynnu'n dynn rhwng ei bysedd, a bron na ddaethai nodyn o gondemniad wrth i'w llais gryfhau a dywedyd, "Fe gewch ei weld, ond — chewch chi ddim siarad ag ef mwyach."

Ni fynnai ragor o sgwrs, ond cydiodd ym mraich yr ymwelydd a'i dywys i'r lolfa fawr a'i ffenestri'n edrych allan ar y lawntiau.

"Hylô, hylô . . ." dechreuasai Shaw gyfarch wrth agosâu at y gadair fawr, cyn iddi wawrio arno fod y gŵr a eisteddai yno wedi cael trawiad a'i gadawsai yn ddiffrwyth a mud. "O diar . . ." Ceisiodd Shaw wenu. Ni wyddai'n iawn a ddylai estyn ei law, oherwydd yr oedd y llygaid a arferai gynt losgi'n eirias yn rhythu arno'n wag a'r dagrau yn twmlo allan ohonyn nhw. Rhoddodd Shaw ei law ar law yr hen ŵr a'i gwasgu. Sylwodd fel yr oedd poer hir yn diferu dros ei farf wrth iddo ymdrechu i siarad heb yngan dim mwy na sŵn yn ei gorn-gwddw.

"Mae wedi ych nabod, Edward . . ." dywedodd y Fonesig.

Pan geisiodd yr ymwelydd dynnu'i law ymaith, sylweddolodd fod ei hen feistr â'i law chwith wedi llwyddo i gydio ynddo a thrwy hynny'n ceisio gadael iddo wybod ei fod yn falch, mwy na balch, i'w weled.

Gwasgodd Edward Shaw y llaw yn dynnach — yr oedd fel cymodi dau elyn a holl gamweddau'r blynyddoedd yn cael eu maddau.

"Mi af i nawr . . . mi alwaf eto . . . falle y cawn ni sgwrs . . . tro nesa'." Geiriau fel y deuent iddo wrth droi ar ei sawdl am Senghennydd.

Aeth bywyd yn ei flaen ym mhentref Senghennydd ac erbyn diwedd yr haf yr oedd y rhyfel yn meddiannu meddwl pawb, ac ieuenctid y lle, yn hytrach na chwilio am waith yn un o byllau glo'r gymdogaeth, yn prysuro i ymrestru ac ymadael. Ymadawodd Gwenda, y ferch a hyfforddwyd gan Wil Greg, i nyrsio yn Blackburn — yr oedd ymysg y cyntaf i ofalu am filwyr clwyfedig o Ffrainc.

Deuai rhyw newydd o ddydd i ddydd i'r pentref am hwn a'r llall — Dilys, honno a gyfarfu â mab Twm Meredith ar lan bedd ei mab, Taliesin, wedi dechrau cyfeillachu ag ef a'u carwriaeth ar fin troi'n briodas, newydd glywed fod yr athro ifanc wedi'i ddallu a'i glwyfo'n ddifrifol, a hynny bron ar stepen y drws, yn Dover.

Cyn bo hir, yr oedd y siarad i gyd am Idris Gregory, y morwr ifanc a edrychai'n gymaint o gawr yn ei lifrai, wedi colli'i fywyd ar fwrdd llong — llong ryfel a ddigwyddodd daro yn erbyn bom yn y môr bron cyn i'r fordaith gychwyn a phob enaid byw wedi'i golli!

Un ar ôl un, clywid am ieuenctid y cwm yn trengi ar fôr neu ar dir. Gwawriai'n raddol nad oedd y rhyfel yn mynd i derfynu mor fuan ag y disgwylid.

A daeth llythyr union flwyddyn o'r bron i'r danchwa o Gaerfyrddin yn hysbysu Bertha Price ddarfod i Iestyn, y lojar, golli'i fywyd yng nghymdogaeth y Dardanelles.

Ym mharlwr gwesty Gwernymilwr, trafod yr hen ddynion oedd anerchiad David Lloyd George — "Tri gelyn sy gan y wlad hon, yr Almaen, Awstria, a chwrw — a'r peryclaf o'r tri yw cwrw!"

Meddai un o'r cymeriadau wrth flasu'i ddiod, "Shwd all unrhyw ddyn call wmladd 'i ryfel drosto heb fod yn feddw dwll, wn i ddim!"

Draw yn Aberdâr, aeth angladd araf drwy'r dref i'r fynwent i hebrwng yr Arglwydd Merthyr o Senghennydd i'w hir gartref. Oedodd ambell hen wreigan a hen ŵr — nid oedd llawer o bobl ifanc o gwmpas bellach — i holi angladd pwy oedd yn mynd heibio. Ni thynnodd y farwolaeth fawr o sylw yng nghymdogaeth Senghennydd ychwaith — buasai'r angheuau mor gyffredin â hen ddefaid du y mynydd o gwmpas y lle yn ddiweddar.

C4